一脉香

淡樱 / 著

重庆出版集团 重庆出版社

图书在版编目(CIP)数据

一脉香/ 淡樱著.—重庆：重庆出版社, 2016.7
ISBN 978-7-229-10372-9

Ⅰ.①一… Ⅱ.①淡… Ⅲ.①长篇小说—中国—当代 Ⅳ.①I247.5

中国版本图书馆 CIP 数据核字(2015)第 202903 号

一 脉 香
YIMAIXIANG
淡樱 著

责任编辑：张德尚
责任校对：杨　婧
装帧设计：九一设计
封面插图：容　境

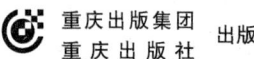
重庆出版集团　出版
重庆出版社

重庆市南岸区南滨路 162 号 1 幢　邮政编码：400061　http://www.cqph.com
重庆市国丰印务有限责任公司印刷
重庆出版集团图书发行有限公司发行
E-MAIL:fxchu@cqph.com　邮购电话:023-61520646
重庆出版社天猫旗舰店
cqcbs.tmall.com
全国新华书店经销

开本：700mm×1 000mm　1/16　印张：17　字数：300 千
2016 年 7 月第 1 版　2016 年 7 月第 1 次印刷
ISBN 978-7-229-10372-9
定价：29.80 元

如有印装质量问题，请向本集团图书发行有限公司调换：023-61520678

版权所有　侵权必究

第 一 章	崔氏阿锦	/1
第 二 章	初绽光芒	/18
第 三 章	巫子谢恒	/38
第 四 章	狭路相逢	/56
第 五 章	贵人召见	/71
第 六 章	谢恒之宠	/90
第 七 章	斗智斗勇	/112
第 八 章	前往泰州	/130
第 九 章	光芒四射	/166
第 十 章	再度相逢	/192
第十一章	口蜜腹剑	/207
第十二章	跌落谷底	/218
第十三章	东山再起	/236
第十四章	天佑崔锦	/248

目 录
CONTENTS

第一章
崔氏阿锦

今晨一场大雨，约莫下了两盏茶的工夫。此时还未到晌午，蜿蜒崎岖的山路上，泥土微微湿润，青草垂挂着莹莹水珠。

正值春夏交替，山间绿意盎然，遍地野花开。

一抹明媚的艳色蓦然出现，踩着轻快的步子走在山间，时不时回头催促着："阿欣阿欣，你走快些。走慢了，小心恶狼咬你。"

被唤作阿欣的女子气喘吁吁地小跑着跟上来，额上生了薄汗。

"大姑娘莫要吓唬奴婢。"

崔锦笑吟吟地道："我可没有吓唬阿欣，焦山上当真有狼。前些时日，赵郎与我说赵知府派了二十人上焦山猎了两头青狼哩。"

提起"赵郎"两字，不到二八年华的少女崔锦两颊上浮起红云。

阿欣笑嘻嘻地打趣。

"大姑娘怎地还未见到赵家郎君便脸如红果？"

崔锦嗔她一眼，提起裙裾又踩着轻快的步子往山上行去。不到两刻钟，山间的五角凉亭已然出现在她的视线里。

凉亭中，一青衫公子负手而立。

山风拂来，衣袂翩翩，丰神俊朗的容貌好似仙人一般。

崔锦加快了脚步，满心欢喜。

赵平含笑道："阿锦，你来了。"

赵平乃赵知府二房所生，虽为庶子，但因其容貌才华，尤其受赵知府看重。崔锦踏上石阶，笑问："赵郎这般着急唤阿锦出来，不知所为何事？"

他深情款款地看着她。

"我想阿锦了，恨不得早日可以将你娶回府中。"

崔锦红着脸道："我……我会早日说服阿爹。"

赵平叹了声，说："阿锦，不是我不愿应承，可你阿爹的要求也委实让人为难。我好歹也是知府之子，男人纳妾本是理所应当之事，我若应承你爹，我以后有何颜面面对赵家人？"

崔锦今年十四，还未完全长开，容貌便已是妍妍如娇花。

她轻咬着唇。

赵平声音软下，道："阿锦，你不想嫁我么？"

她连忙点头，说："想。"

赵平声音有了笑意。

"我应承你，即便是以后纳了妾，我心中也只会有你一人。"

崔锦苦恼地道："可……可是阿爹不愿。"我……也是不愿的。这话崔锦看了看赵平，始终没有说出口。天下间又有哪个女子愿意见到自己的夫婿满堂妾室？

赵平听了，有些恼了，可目光落在崔锦如花似玉的脸蛋，还有不盈一握的腰肢时，他又忍下来了。他握住崔锦的纤纤素手，说："阿锦，我有一法子。"

崔锦惊喜地问："什么法子？"

赵平在她耳边低声一说，崔锦面色顿变，挣脱开赵平的手，连连摇头："赵郎，你……你怎能如此待我！我若这般嫁入你们赵家，你家人必定会看轻我的。"

赵平赶紧哄道："阿锦莫恼，我也只是说说。这事待我们成亲后再做。"

崔锦嗔笑地看了他一眼，也不恼了，柔柔地道："赵郎，待阿爹回来后，我再劝劝阿爹。"

赵平忽问："你爹去哪里了？"

崔锦说："阿爹说青城有诗会，半月前便去了青城，昨日才让人送了信回来，说是这几日便归家。"

阿欣小声地催促："大姑娘，时候不早了。"

待崔锦与阿欣离开五角凉亭后，方才还是深情款款的赵平，眉头轻轻地蹙起，眼中有不耐烦的神色一闪而过。已有足足半年了，他求娶两次崔元始终不答应，他放出了话，必定会娶回崔家大姑娘。若是崔元再不答应，他颜面何存？又要如何在弟兄们面前立足？

赵平在凉亭中踱步。

他得想个法子。

红瓦灰墙的屋宅后，有一少女盈盈而立，姣好的面容此时有几分不安和紧张。崔锦的手指缠上半旧的青铜门环，无意识地轻叩着。

她在算着时辰。

以往不到半炷香的时间便会出来与她说，大姑娘大姑娘，夫人在屋里头，可以悄悄溜进去了。

只是如今阿欣进去已有一炷香的时间了，怎地还未出来？

就在此时，后门发出"吱呀"的一声响。

崔锦回神，连忙缩回手指，一颗被吊在半空中的心总算稍微松了一些。她撇撇嘴，埋怨道："阿欣，你怎么进去了这么久？我娘可有在屋里头？"

阿欣惨白着一张小脸，支支吾吾的。

崔锦注意到了，当即给她使了个眼神儿。见阿欣使劲地眨眼，崔锦眼珠子转了转，以迅雷不及掩耳之势拔出墙角的几朵野花，拢了拢，声音快活地道："阿娘在屋里头呀，太好了，阿锦出去给阿娘采了野花，簪在阿娘的如云乌髻上，定能教阿爹移不开目光。"

门缓缓地向两边打开。

崔锦越过阿欣，见到了十步开外站着的阿娘，还有珍嬷。

"阿娘阿娘，你看，阿锦摘的野花好看么？是黄的这朵好看呢还是红的这一朵？阿娘可喜欢？"少女眨巴着眼睛，一副笑意盈盈的模样。

林氏瞅着她，不说话。半晌，无奈地接过野花，她道："都怪你爹，将你宠得无法无天了。哪有女儿家家私自跑出去见公子的？若是被其他人见到了，又该招来闲言碎语了。"

崔锦咂嘴道："阿爹说在燕阳城中，那些天家贵女也会与公子出游呢。"

林氏叹道："那是燕阳城，这是樊城，小城又岂能与都城相比？你爹将你教成这般性子，看以后有谁敢娶你！"

崔锦道："赵家郎君不就愿意么？依我看，先让阿爹应承了赵家郎君，待我与赵郎成亲后，我定能管住他，不让他纳妾。"

林氏说："傻阿锦，一个男人连口头都不愿应承你，成亲后又岂会真心待你好呢？"

崔锦说："可……可是樊城里最优秀的儿郎便是赵家郎君了，女儿想要嫁最好的。"顿了下，她转移话题道："阿娘，大兄在屋里看书么？阿锦去与大兄说说话。"

"你大兄看得入神，莫要扰他。"

崔锦笑嘻嘻地道："好，那我回房歇息。"

闺房的门一关。

崔锦面上的笑意顿消，取而代之的是几分愁绪。她坐在胡床上，双手撑着下颌，

低低地叹了声。阿娘说的她又岂会不明白？赵家公子未必有他口头上那般喜欢她，可……樊城这么小，能入得她眼的便也只有赵平，且离家是最近的。

再说以她的家世，能嫁给官家为媳，即便是庶子，也算是高攀了。

崔锦的阿爹姓崔，单名一个元字，原本是名门望族子弟，可后来违背了族中旨意，被逐出崔家。崔元是个生性渴望自由的人，被逐出崔家后，他独自一人来了樊城，虽没有锦衣玉食，但也过得随心所欲。识字的人极少，他便教人认字，以此谋得度日之资。

不到半年，樊城中无人不知东巷住了一个识字的郎君，面如冠玉，气质不凡。赵知府原先以为来了个不得了的大人物，暗中一查，得知崔元不过是崔家弃子后，也歇了讨好的心思。不过看在汾阳崔氏的分上，也没有为难他。

而周围的人见崔元独身后，本是起了嫁女的心思，可时日一久，见公子气质虽佳，但家中穷酸，也纷纷打消了念头。

唯独有一人在初见崔元时就一见倾心。

此人便是崔锦的母亲林氏。

两人一来二往，便对上了眼。

林家在樊城算是有头有脸的家族，府中子女众多，而崔元又是姓崔的，那可是燕阳城中五大名门望族之一，而林氏又只是众多庶女之一，林父毫不犹豫地应承了崔元的求娶，还陪了不少嫁妆，并在樊城置办了一座屋宅。林氏与崔元成亲后，林父逢人便说与汾阳崔氏是亲家。

崔元推崇婚姻自由，又生性潇洒，教导一双儿女亦与他人截然不同。

他娶林氏为妻后，也不曾纳妾，并悉心教诲崔湛与崔锦，以后婚嫁之事，崔湛不得纳妾，而崔锦所嫁夫婿也不得纳妾。虽说此时的婚姻乃父母之命媒妁之言，但崔元却任由一双儿女自主选择，从不干涉，只要不违背纳妾一事，不管贩夫走卒，只要是儿女真心喜欢的，他便不反对。

林氏颇有微词，但夫婿坚持如此，也只好顺从。

也正因为纳妾一事，赵平与崔锦的婚事方拖到了现在。

崔锦离开胡床。

她的闺房不大，布置得很是简朴，丝毫没有女儿家闺房的模样。衣橱里只得两套衣裳，妆匣中首饰头面也仅有数样，都是些不值钱的小物。

不过这些崔锦都不在乎，用来置办衣裳首饰的钱财都用在了她身前的画纸上。

崔锦嗜画。

然，时下纸贵，还未全国普及，家家户户中的藏书都是由竹简制成。能用得上纸

的怕也只有世家贵族。为了满足女儿的爱好，崔元节衣缩食，宁愿不喝酒也要买画纸。

长年累月下来，崔锦画技进步神速。

崔元欣慰不已。

阿欣走了进来，见到大姑娘坐在书案前，便知她要作画了。

她不由有些心疼。

崔家穷困，崔元独身时身边也没个仆役，后来林氏嫁来了，才带了个珍嬷和看门的元叟。再后来崔湛与崔锦出生了，恰逢崔元外出买酒，遇到一老叟卖女，他便用买酒钱换了老叟之女，带回来侍候崔湛与崔锦，并取名为阿欣。

阿欣在崔家也待了七八年，岂会不知崔家的情况。

一张画纸能换七八匹布帛还有两斗米呢。

"大……大姑娘要画什么？"

崔锦说："随心所画。"

阿欣一听，更心疼了，说："大姑娘随心所画，不如蘸了墨在墙上画呢。墨迹干了还能擦洗掉。"

崔锦笑道："无妨，我有分寸的。"

她自是晓得画纸珍贵，平日里她也是能不用画纸便不用，她闺房里的墙都不知擦洗了多少回，有些墨迹重的，如今还隐隐约约能看到印迹。

可今日没由来地，心底有一股强烈的欲望，想要在画纸上挥毫作画。

阿欣只好道："奴婢为大姑娘备墨。"

一盏茶的工夫后，崔锦执起画笔，端坐在书案前。阿欣悄悄地离开，她知道大姑娘作画时喜静，并不喜欢周围有人侍候。

她走去灶房，煮了清茶，走进另外一间厢房。

崔湛抬起头，温和地说："阿欣，这里不必侍候了。"一顿，瞧见她手中的茶盅，他微微一笑，说："把茶搁下便好。"

阿欣应了声，带上东厢房的门后，轻声一叹。

家中的大姑娘和少爷一个嗜画，一个嗜书，两样都是不小的开销。若是没有这两样开销，家中也能过得很好。阿欣与珍嬷一说，被珍嬷敲了头。

"傻孩子，这可不是这么算的。少爷嗜书，他日得了功名，便能光宗耀祖。而大姑娘画得一手好画，莫说是赵知府家的姑娘，老爷说便是燕阳城的贵女也没有大姑娘画得好呢。若是有朝一日被达官贵人瞧上了，那就是飞上枝头变凤凰。你年纪小，看得不长远。老爷读过书的人懂得多，又岂会做吃亏的事情？好好侍候两位小主人才是正经事。"

阿欣低低地应了声。

树上蝉鸣轻响。

阿欣拿着扫帚在树下赶蝉，唯恐扰到了大姑娘和少爷。扫帚挥了又挥，蝉鸟四散，绿油油的叶子哗啦啦地掉了满地，阿欣喘着气，一手擦掉额头的热汗。

院子里静了下来。

西厢房中此时此刻却是发出了一道极轻的声响，是崔锦的画笔掉落在地的声音。

崔锦的眼睛睁得有铜铃般大。

画墨沾上了裙裾也不曾察觉，她就这般呆呆地看着案上的画纸，仿佛见到了鬼魅似的，一张小脸惨白如纸。

画中有一个小小的院子，院中有一棵枣树，长着翠绿的叶子，而树下有个姑娘跌坐在地，痛苦地捂着脚踝，身边躺了一把扫帚，而不远处有一条灰褐色的小蛇。

让崔锦吃惊的是，她想画的明明是一幅空山新雨图，落笔时也是正常的，可当她落下最后一笔的时候，画中山与雨竟变成了另外一番景致，且……且还是有色彩的。

时下纸贵，笔墨亦是水涨船高，颜料采集也颇为艰难。崔锦时常用胭脂上色，偶然得来一块铜绿，亦是珍之藏之，舍不得多用。现下自己用淡墨作画，蓦然间变成了彩画，她愣了又愣。

而更让她诧异的是，画中的院子她一推开门窗便能见到，枣树她也认得，小时候她最爱与大兄在树下玩耍，娇声娇气地喊着珍嬷给她摘枣子，而画中唯一的人也是她识得的，不正是她的侍婢阿欣么？布鞋上还沾了从焦山下来时的泥泞。

崔锦觉得不可思议。

她使劲地拧了下自己的胳膊，疼得眉头紧皱。

是真的，不是在做梦。

她咽了口唾沫。

而就在此时，外头忽然响起一声尖叫。崔锦疾步走出，只见阿欣一脸惊慌之色，扫帚也倒在一旁，而她捂住了脚踝，位置正好在枣树之下。

珍嬷上前，仔细一看道："看来是被蛇咬了。"

珍嬷问："阿欣，你可有看清是什么蛇？"

阿欣脸色苍白地道："没看清，方才我正想歇一口气，之后脚踝就忽然疼起来了。我心里慌，也没有注意是什么蛇。"

珍嬷说："这下糟糕了，这伤口看起来像是为毒蛇所咬，若是不知是什么蛇，又怎能对症下药？"

阿欣急了，泪珠子滚落。

"阿嬷阿嬷,我会死么?"

珍嬷道:"我去禀明夫人,再让元叟找个巫医回来。你莫要慌,老爷与夫人都不是见死不救的人。"

阿欣此时方镇定下来。

一道清丽的声音响起,"阿嬷止步,莫要扰了阿娘歇息。"崔锦走上前,低头瞅了瞅,眸色微深,只听她道:"咬伤阿欣的并非毒蛇,只是寻常小蛇,无毒,我房里还有些之前阿爹被蛇咬后留下来的草药,磨碎了在伤口处敷个一两日便好。"

珍嬷有些惊讶。

"大姑娘方才见到了?"

崔锦颔首。

崔元被逐出崔府时,亦带走了自己的家当,崔元嗜书,家当中钱财甚少,却有两车的竹简。与林氏成亲后,这两车的竹简便安置在书房里,崔锦与崔湛都可以随时出入。

而这两日,只要天一亮,有光了,崔锦便钻进书房,比崔湛还要用功。

平日里崔元宠着崔锦,林氏对于崔锦这般行为早已习以为常,轻声嘱咐了几句身子为重后,便任由崔锦自个儿在书房里折腾。

两日一过,阿欣的伤口也痊愈了,虽还有点印子,但早已不疼了。她欣喜若狂,对崔锦道:"幸亏大姑娘看到了,不然奴婢定要提心吊胆个好几日了。"

崔锦没有吭声。

她盯着阿欣的脚踝,似是陷入了沉思。

阿欣没有注意,欢喜地道:"明日奴婢去找钟巫医要些雄黄,一到夏季蛇虫就变多了。得好好在屋宅四周撒雄黄,尤其是大姑娘和夫人的厢房前,不然睡到半夜里忽然见到蛇,没病都要被吓出病来了。"

阿欣又说:"大姑娘,为什么世间会有蛇虫这般可怕的东西呢?倘若没有的话,那该多好呀。这样行走于山林间也无须怕被咬了。"

崔锦这时终于开口了。

"阿欣,我乏了,你出去吧。"

这两日崔锦又画了一幅画,是隔壁小孩落水的画像。画中日头如盘盂,显然是正午时分。崔锦遣了元叟在池塘边候着,到了午时果真有一小童落水。

元叟回来时,直呼大姑娘神乎。

至此,崔锦确认了一事。

阿欣离开后，带上了房门。

崔锦在书案上缓缓地铺开了竹简，这是她在阿爹的书房里寻到的一卷竹简。

竹简中记载了一个极其短小的故事，在一个遥远的山村里，有个姑娘姓方，家中排行十九，唤作方十九娘，本是一寻常姑娘，而某一日忽然开启了神智，双目所及竟有千里之远。村人都以为十九娘得了鬼神庇佑，方得此绝技，皆羡慕不已。

崔锦仔细地看了又看，最后缓缓地卷起竹简。

她露出一个安心的微笑。

倘若当真是鬼神庇佑，赐此绝技，她便安心受之。

既来之则安之。

又过了几日，林氏有些着急了。

前些时日老爷派了人回来，说是不日便归，最迟五日。然，五日已过，六日也过了，七日还剩一半了，老爷还是未归。

林氏开始坐立不安。

她让元叟去打听打听，元叟回来时摇摇头，什么都没打听出来。

崔湛说道："阿娘放心，兴许阿爹是半路遇上知己好友了，所以才会耽搁了。"话是这么说，崔湛心中始终没有底。即便是遇上知己好友，阿爹也该会捎一封信回来才对的。

而这段时日虽有雨，但最多下个半日便也停了，周围也没有山泥倾泻的消息传来；断不会是因为恶劣的天气才阻碍了归家的行程。

思及此，崔湛看了看林氏担忧的神色，说："阿娘且放心，儿这便启程去青城，向阿爹的诗友打听一番。"

林氏道："好，你带上元叟。"

崔湛说："万万不可，儿去青城后，家中无男丁。倘若遇上了无赖子，元叟还能应对一二。还请阿娘放心。"

见林氏仍是愁绪未散，崔湛又说："待儿经过周家庄时，向周叔借一两护卫结伴而行。"

听到此话林氏总算放心了，轻轻地点了点头。

当日，林氏与崔锦便为崔湛送行。

崔锦劝慰林氏。

"阿娘莫要担心，大兄定会与阿爹平安回来的。兴许这一回是阿爹路上有急事耽搁了。"她扶着阿娘回了屋里，吩咐珍嬷好生照顾阿娘后，旋即转身回了西厢房。

她提笔作画。

不到两刻钟，画中的淡墨尽散，逐渐展现出柔和的色彩。

山洞中有一蒙面的黑衣人，手执利器，正对被逼到边角的青衫公子发出狰狞的眼神，利刃上寒光森森，倒映出青衫公子恐惧的眼神。

画笔掉落在地。

崔锦的脸色瞬间变白。

是阿爹！

林氏的一颗心七上八下的。

她做了个噩梦，梦中夫婿不归，长子身亡，只剩阿锦与她相依，孤儿寡母被人欺，而娘家也不再庇佑自己。这样的噩梦吓得林氏惊醒过来。

她坐起，拭去额上的冷汗。

珍嬷的声音传来。

"夫人可是梦魇了？"

珍嬷欲要点起蜡烛，林氏说："不必点了，莫要浪费。"顿了下，她又道："湛儿可有回来？"

珍嬷说道："不曾。"

林氏又问："夫主的消息呢？"

珍嬷轻声叹道："也不曾有。"

林氏又说道："娘家那边呢？"

一声轻叹。珍嬷说："夫人，今日下午奴婢回了林家，家主外出了，说是秋至时才归，林家如今拿主意的是周氏。"

周氏乃林家主的正妻，林氏小时候起便不得主母欢喜，而她的生母走得也早。如今回娘家求派几个人，怕是不容易了。而这些年来林家主见崔元毫无作为，到头来他也只攀了个汾阳崔氏亲家的名头，而且还是被遗弃的庶子结的姻亲，林家主也渐渐疏远了崔元与林氏一家。崔湛出生时，林家主见汾阳崔氏那边没任何举动，他便也当作不知孙儿的出生，后来更别说崔锦了。

屋外忽有细微的声响，林氏心中一喜，赶忙催促道："珍嬷，快去看看，是不是老爷和少爷回来了？"片刻后，珍嬷回来禀报道："夫人，奴婢问了元叟，并无人回来，应该是风的缘故。"

林氏失望地叹了声。

珍嬷温声道："夫人歇息吧，也许明日老爷与少爷就回来了。"

与此同时，屋宅外的元叟松了口气。他转过身，压低声音道："大姑娘，珍嬷并没有发现异常。"

黑暗中有一道人影缓缓走出。

正是理应在西厢房里就寝的崔锦。

只见她穿着褐色的粗布衣衫，原先姣好的面容此时添了六七道的伤痕，半张脸像是被火烧过一样，坑坑洼洼的，委实难以入目。

崔锦花了半天方画出这般妆容，平日里不舍得用的色彩都用到脸上来了。

她沙哑着声音问："阿叟，都备好了？"

元叟连忙点头。

"依照大姑娘的吩咐，变卖了衣裳和首饰，还有一张画纸，得来两金，雇了牛车和一个可靠的驭夫以及四五个乞儿。还请大姑娘放心，驭夫是我识得的亲戚，唤作二牛，是个老实憨厚的人。"元叟担心地道："大姑娘是要做什么？不如先等少爷回来？"

崔锦想起画中的阿爹，咬牙道："事到如此，不能等了，只能一搏！"

她看向元叟。

"阿叟，你放心，我自有分寸。从小到大哪次阿爹不是让着我胡来，这也并非我头一次出门。倘若阿娘问起，你便说大兄临时让人将我带了出去。"

若是以往，她定然会向赵郎求助。

可如今时不我待，赵郎搬救兵需禀报赵知府，赵知府派人必会先问清状况，一来二去，已经来不及了。画中所示，她尚且不知何时发生，抑或是已经发生。

此事是连一弹指也不能拖。

事不宜迟，崔锦登上牛车，与四五个乞儿同乘一车。乞儿身上臭味难闻，然崔锦面不改色，只听她刻意压低的嗓音道："二牛，前往洺山。"

乞儿并不知崔锦身份。

元叟雇他们时，只说了崔锦是替赵知府办事的。乞儿们在樊城乞讨为生，又岂会不知他们的衣食父母便是赵知府？遂答应得极其干脆利落。

可如今见到领着他们办事的人是一个女子，顿时又起了轻视的心思，尤其是见到崔锦不堪入目的容颜，都不禁开始怀疑元叟话中的真假。

乞儿们心思各异。

而崔锦依旧淡定自如，仿佛不曾见到乞儿们不怀好意的打量。

樊城虽称城，却无城门，并无夜禁一说，只有三三两两的衙役在街上巡逻。此时，崔锦忽道："二牛，往东边走。知府派了人在西街埋伏，等待已久的小贼今日定会在西街落网，我们走东边，莫要坏了知府的捉贼之计。"

二牛应声，旋即改变方向。

车内的乞儿们你看我我看你的，皆是面色各异。直到牛车毫无阻碍地驶出樊

城，而一路上半个查问的衙役也没有时，乞儿们方信了崔锦之说，心中的那点轻视也消失了。

若非是知府的人，又怎会知道西街埋伏一事？

而东街有衙役巡逻，见到半夜三更有牛车经过定会前来查问，若非是知府的吩咐又怎会不来查问？

乞儿们看崔锦的眼神添了一丝恭敬。

自古以来三教九流对待官家的人心中都会有所敬畏，官家就是替天子办事的人，而在这山高皇帝远的樊城里，知府就是他们的天。

确认了这个丑陋的姑娘是替知府办事的人后，车里的乞儿们纷纷退了退，倒也不敢直视崔锦了。

崔锦似是毫无察觉，神色依旧如初。

只有她自己才知道多亏了画中所示，她方知今夜赵知府在西街有埋伏，不然也难以让乞儿们信服了。

车声辘辘，约莫过了一个时辰，牛车离开了焦山。

洺山与焦山相邻。

原本两山之间最多也只有路人经过，而近几个月来有人挖出了金子，迅速在樊城置办了屋宅美婢，娶妻生子，且还入了赵知府的眼，迅速跻身为樊城富商之一。

经此一事，越来越多的人集聚在洺山与焦山之间，日日夜夜地铲土挖金。

然，成功挖出金子的人却屈指可数，但始终没有打击众人挖金的热情。倘若……再挖深一点，深一点，就挖到金子了呢？从此便不用再挨饿，也能像挖金第一人那般走上人生巅峰了呢。

时日一久，这挖金的人也划分了圈子。

七八人圈一块地，九十人划一个圈，井水不犯河水，各自看守自己的阵营。也因此，挖金人对来往的路人格外警惕。

夜阑人静时，蓦然有一牛车驶来，惹来了挖金人的纷纷瞩目。

车是普通的牛车，车厢也无任何雕饰和纹案，驭夫的衣裳也是再寻常不过的麻衫，不像是权贵的驭夫。如此打量之下，已有数人举着火把围了上去，嚷嚷道："车上是谁？"

二牛哪里应对得了这番阵仗。

他哆嗦了下，说："我们只是路过此地，并无他意。"

有人道："嗤，谁知道你说的是真是假，全都下车，待我们检查过后方能离去。前几日还有不知死活的人偷偷来掘金，你知道下场是什么？这一处我们都划分好了地

盘，敢来抢的人只有一个字，就是死。"

二牛说："我们……没有……"

"废话少说，下车。"带头之人喝道。

车里的乞儿小声地说道："姑娘既然是奉知府之命，又何惧他们？"知晓眼前的姑娘当真是奉了知府之命，乞儿说话也变得文雅起来。

崔锦扫了他一眼。

车外虽是咄咄逼人，但她也无所惧。她低声道："此乃私命。"

一个"私"字足以道尽一切。

乞儿不再多问。

崔锦轻拢衣袖，压低声音与乞儿道了数句。乞儿纷纷点头。而此时车外的数人也等得不耐烦了，正要扯下车帘时，蓦然有一股酸臭味袭来。

若干个乞儿依次跳下牛车。

只听一乞儿说道："诸位，我们自樊城而来，受雇于樊城大户，送姑娘到顺覃休养。"

听到"姑娘"二字，数人眼睛不由一亮。

他们没日没夜地掘金，好久没有碰女人了。送去偏远地区休养，既是大户，而护送之人却雇了乞儿，显然车内的姑娘是被遗弃了的。

有人吹了声口哨。

"姑娘莫要害羞，下来给我们瞅一眼，瞅不对眼，你便可以去休养。"

随即又有数道淫笑声响起。

二牛着急得不知该如何是好，只能不知所措地站着。

而此时，牛车内有一道极为沙哑的声音传出。

"求诸位放行，我……我……咳……咳咳……"车内蓦然有剧烈的咳嗽声传出。此时有乞儿小声说道："听闻这位大姑娘似乎得了什么疾病……"

病字一出，笑声顿止。

这个时代医术匮乏，巫医盛行，倘若得了疾病，通常便只有一条死路。到时候即使得了万金，也无命享用。

有不少人登时打退堂鼓。

却也有几个不怕死的留在了牛车前，其中一个人说："姑娘下来，我们看一看。"

"好。"

没想到车里的大姑娘会应声，几人都愣了下。

此时只听崔锦又道："二牛，掀开车帘。"

车帘缓缓地掀起，几人都期待地咽了口唾沫，有咳嗽声响，几人都下意识地后退了一步，原先想来看热闹的人也坐了回去。

渐渐地，渐渐地。

车帘完全掀开，车厢中的一切展露无遗，包括穿着褐色布衫的姑娘，以及她丑陋不堪的容颜。

几人见到她脸上可怕的疤痕后都几欲作呕，晦气地摆摆手，道："快走快走。"

乞儿们重新上车，车帘又放了下来。

崔锦缓缓垂下眼，静静地坐着。

方才那群挖金人一副凶神恶煞的模样，连他们都不禁心有余悸，反观崔锦却没有一丝一毫的惧意，乞儿们此时方彻彻底底对她信服。

天将亮时，牛车终于停在了洺山山脚。

画中所示的山洞有一个特别之处。

洞口有两株紫前草。

从青城回樊城的路上，要经过四座山，唯独洺山因较为独特的地理位置才能长出紫前草。紫前草向阳而生，那么山洞的洞口必然是面向东边的。

洺山上洞穴数不胜数，如今只能放手一搏。

兴许上天垂怜，念及她一片孝心，能让她早日寻出画中所示的洞穴。

崔锦沉声道："天已亮，还请诸位助我。知府大人要寻一人，他如今便藏在山上的洞穴中。你们且记着，要寻出口面向东边的洞穴，洞口左侧长了两株紫前草。无论有没有见到人，你们都要留心，记住山洞的位置。"

乞儿们应声。

崔锦让二牛停在山脚下，自己带了一个乞儿，与剩下的几个兵分四路，开始找寻洺山洞穴。

时间过得极快。

天色由鸦青转白，又从白转艳红，将近傍晚时分，他们统共寻出了三个洞穴，然而洞穴中却没有人。崔锦打量天色，又问："洞穴中可有血迹？"

乞儿们纷纷摇头。

崔锦心中一喜。

她今日一直担忧画中所示在昨天夜里已经发生，所幸没有。她道："你与他，守在第一个洞穴里，你与他，第二个洞穴，而你和我则在第三个洞穴，皆躲在洞穴中，若我没有猜错，今夜必有动静。知府大人要寻的乃一着青衫的郎君，然，郎君被人追杀，你们若见到有黑衣人便拖住他的脚步，另一人出来叫唤他人。你们都听

明白了吗？"

崔锦表情严肃而凝重，语气也是万分郑重。

乞儿们不敢有所疏忽。

天色渐渐暗下来，山洞里变得一片漆黑。

今夜无月，夜色深沉。

崔锦蹲坐在山洞一隅，嘴里嚼着果子。他们寻了一整日的山洞，并未进食，只能借山中野果果腹。果子酸涩无比，然崔锦却毫无察觉，她脑子不停地思考着。

阿爹无论在樊城还是青城，都不曾树敌。

这些年来，他在樊城教上不起私塾的孩子识字，更是让周遭人赞不绝口。樊城不大，不识字的百姓居多，时下能识字必能让人尊重，尤其是像阿爹这般从燕阳城过来的。

青城中阿爹的诗友亦与阿爹交好，且都是些读圣贤书的郎君，又岂会做为文人所鄙的事情？

有急促的脚步声响起，在寂静的山间中格外地响亮。

崔锦心中一紧，直勾勾地看向洞外。

一抹青色人影闪现，随之而来的是粗喘声，显然是已经跑得精疲力尽。崔锦很快就认出了这一抹青色人影，正想奔上前去时，一声冷笑阴冷得像是腊月天的寒风。

"崔元，洞中已无路，你还想往哪儿跑？"

崔元一步一步地后退："你……你究竟是谁？为何要弑我？"

"要怪就怪你得罪了不该得罪的人。"

黑衣人步步逼近，手中利刃寒光森森，倒映出崔元恐慌的神色。崔锦此时却拉住准备往前冲的乞儿，她打了个手势。

乞儿虽不明崔锦为何突然改变了主意，但也依照她的意思，悄无声息地爬出了洞穴。

崔元被逼到死角，退无可退。

黑衣人又是冷笑一声。

然而就在此时，洞中蓦然响起了一道刻意压低的轻咳声，嗓音沙哑，一时间难以辨雌雄。黑衣人一惊，旋即环望周遭，喝道："谁！"

"郎君心有担忧，怕你不成事，又雇我为后路。"此话，崔锦以一种轻蔑的语气说出。她又道："果真不出郎君所料，一手无缚鸡之力的文弱书生，你竟追了一路还不能得手。"

黑衣人怒道："岂有此理，既雇我，为何又不信我。"

崔锦道："同为郎君办事，我且赠你一言。此事本就不光明磊落，郎君怕为人所知，你得手后必不留活口。我与郎君乃远亲，郎君自是信得过我。"她哀叹一声，"只是可怜你年轻尚轻，却再也无法再见天日。你听，郎君派的人快到了……"

沉静如水的山林间果真响起了若干道急促的脚步声，在回音之下，仿若有一队人马奔来。

黑衣人不疑有他，当即收起利刃，往洞口外跑去。

崔锦旋即悄声跟上。

她停在洞口处，望着黑衣人远去的背影。

须臾，乞儿们过来了。她吩咐道："我还有一个任务，值一金，你们当中有谁擅于跟踪？"

数人你望我我望你的，最后一看起来约莫不到十五的少年乞儿站出。

"……我。"

崔锦道："你抄近路下山，然后埋伏在草丛间，最多小半个时辰便会有一黑衣人出现。你莫要惊扰了他，且跟着他。他所做的事情，所见的人，所说的话，你都需要一一记着。半月后，你再禀报于我，就在焦山半山腰的五角凉亭处。"

她从腰间摸出两金，道："这次的任务你们完成得很好，且分了去。另外，你们记住，此事乃知府大人的私事，切莫与任何人声张，否则……"

崔锦声音中有一丝狠意。

"别怪知府大人心狠手辣。"

明明是盛夏的天，然而却因崔锦可怕的容颜和狠戾的嗓音让他们平添几分冷意，几位乞儿连忙应"是"。

待乞儿们离去后，崔锦方转身走进山洞。

方才还是惴惴不安的崔元此时早已恢复了神智，他清清嗓子，毫不犹豫便说："阿锦，你为何在此处？"

她松了口气，笑着道："阿爹认出我了？"

崔元道："胡闹！"

话虽如此说，但声音中却没有丝毫责骂之意。他站了起来，道："我生你养你，又岂会听不出自己女儿的声音？你怎会在此处？"

崔锦微微思量，始终没有将自己得到上天垂怜特赐神技一事说出来。阿爹一喝了酒，总藏不住话。若是此事传开，而她又非权贵之家，到时候必定会任人宰割。

她道："阿爹数日未归，阿娘担心，大兄出去寻找了数日也不曾有音讯。阿锦着急便也出来打听消息，后遇巫师指点，晓得阿爹有此一劫，遂雇了若干乞儿在此等待。"

时下不仅巫医盛行，还有巫师。

燕阳城中的大巫师更是一人之下万人之上，士农工商，甚至是宫中皇帝都深信不疑，遇事必先找巫师占卜，之后进行下一步。

崔元惊讶地道："是哪一位巫师？"

崔锦道："女儿不知，巫师行踪诡异，并未透露姓名。"

崔元道："看来是高人了。"话音一转，他又道："此回我也不知得罪了何人，竟对我痛下杀手。巫师可有告诉你此劫为谁所控？"

"巫师大人并未明说，只告诉了女儿在洞中等候。"

崔元又兴高采烈地道："阿锦真是阿爹的好女儿，方才你的两番试探，区区数句便离间了他们。如此聪慧狡猾，不枉我对你的期望。"

似是想起什么，他又叹道："此事万万不能让你娘知道。"

崔元教导女儿向来与寻常人不一样。

寻常人都是让女儿留在闺阁中，学点高雅的琴棋书画，再绣绣花，安安分分地等着嫁人生子。而崔元则盼着自己的女儿可以随心所欲，女儿身做男儿事也无妨。

林氏颇有微词，拗不过自己的夫婿，只好时常念叨。

父女俩最怕的便是林氏的念叨了。

如今崔元一说，父女俩会心一笑。

崔元平安归来。

崔湛得知消息后，也赶了回来。

夫主与长子都归来了，林氏一颗悬着的心总算落下来。她喜不自胜，也没有念叨崔锦私自跑出去一事。崔锦也放心了，不过兴许是劳累了一天一夜，又不曾进食，身子向来好得可以上山打老虎的崔锦病倒了。

珍嬷去请来了巫医，巫医作法请来鬼神，围着崔锦作了好几场法事。

将近半月，崔锦方逐渐痊愈。

阿欣倒了一杯清茶，转眼见崔锦从榻上爬起，连忙道："大姑娘，你身子刚好，小心些。"她搁下清茶，扶着崔锦坐起。

崔锦笑道："我已经好了，阿欣你看，我现在不已经可以活蹦乱跳了么？"

阿欣道："大姑娘下次偷偷出去的时候一定得带上奴婢！"

崔锦说："你呀，要是跟我出去肯定会露出破绽。"

阿欣说："哪会哪会！"

崔锦笑了笑，没有多说。过了会，她又问："这半月来，赵郎可有来寻我？"阿欣说道："有哩有哩，不过被老爷赶走了。奴婢瞧到赵家郎君似乎面色不太好看。"

崔锦顿时有些头疼。

阿爹事事由她，偏偏在婚事上不愿让步。

她曾与阿爹说过，赵郎为庶子，但有才华，生母早逝，而因赵知府的宠爱，嫡母也不会插手他以后的家事。赵郎丰神俊朗，唯一不好的地方便是易怒，耳根软。

以她之能，成婚后他定可以为自己所控。

而后在小小的樊城中，也能和和美美地过一辈子。

其实纳妾也罢，不纳妾也好，为人妻固然不愿自己的夫婿纳妾，但实际上她并不是不能容忍。大抵是因为她也没那么喜欢赵郎，想嫁他是因为可以给她未来想要的日子。

崔锦喝了一杯清茶，问道："阿欣，我上回的褐色布衣呢？"

第二章
初绽光芒

半月之期已到。

少年乞儿早已在凉亭中等候，他等的时间有点长，微微有些不耐烦。但一想到崔锦的身份，也不敢表露出来，暗暗地搓搓手，在凉亭里踱步徘徊。

蓦然，他眼前一亮，大步离开凉亭，喊道："姑娘你总算来了。"

崔锦颔首。

她也不多说，开门见山便道："你且说说这半月来打听到什么了？"

乞儿的眼睛又亮了亮，只听他道："姑娘，我打听到的东西可多了。"他搓搓手，却是盯着崔锦的腰间。同色系的腰带上系着一个荷包。

崔锦哪会不知他的心思，顺手从荷包里摸出一金，却也不给少年乞儿，反而是在手中掂量了下，而后握在掌心。

"说吧，钱财少不了你的。"

乞儿咽咽唾沫，说道："那人姓方，是方家村的打铁郎，他离开洺山后就回了方家村，整整三日闭门不出，第四天的时候才开了屋门，挂上打铁铺子的旗幡，做了几日的生意。到了第七天，他开始打磨自己的剑刃，也没有和别人说话。我向方家村的人打听，原来那人的双亲几年前就与世长辞，独自留下他一人，还有打铁的手艺。村里的人还说他生性孤僻，除了接生意之外就不与其他人说话。"

崔锦听着，问："然后呢？"

乞儿看了眼她的掌心，说道："第十天的时候他带着打磨好的剑刃离开了方家村，来了樊城。他一直徘徊在赵家府邸的门前，有人见到他了，他就躲开。再后来，赵家郎君出来了，那人就气势汹汹地冲上去，说了什么我也没听见，但是看得出来赵家郎君和那人都很生气，最后赵家郎君偷偷摸摸地给那人一些钱财，那人才离开了。"

乞儿说话的时候并不敢看崔锦，只好一直盯着她的掌心或是地面。

他并没有注意到此时此刻的崔锦面色变得格外古怪。

"哪位郎君?"

她的声音有一丝颤抖。

乞儿想了想,说道:"赵三郎。"

赵平在赵家排行第三。

崔锦抑制住发颤的手,深深地吸了一口气,沉声问:"当真没有看错人?"

乞儿道:"怎会看错!赵家三郎的姿容放眼樊城也寻不出第二个,我认错姑娘你也不会认错赵家三郎!"

崔锦再次深吸一口气。

她平静下来,说道:"你这次做得很好。"她展开掌心,乞儿接住了一金。她又从荷包摸出半金,道:"你再替我做一事,这半金便是你的。"

阿爹晓得她为了两金变卖了自己的衣裳还有首饰后,卖了书房中的一卷竹简,得来二十金,全数给了她。

阿爹将二十金给她的时候,还问:"为何对乞儿如此大方?即便不给一金,就算是只给几斗米,乐意为你办事的人亦数不胜数。"

她说:"我表明了以赵知府的身份办事,自是不能吝啬。钱财上大方了,他们方不会猜疑。"

阿爹沉吟片刻,摸了摸她的头,并没有多说什么。

竹简之珍贵,崔锦自是知晓。

阿爹平日里也极其疼惜,然而却为了她变卖了一卷。虽然内容她与大兄都记得滚瓜烂熟了,但这是可以流传后代的圣贤之书呀。

崔锦下焦山的时候,心情很是感慨。

她活了十几年,头一回感受到黄白之物虽俗,但缺之在世间则寸步难行。

她得想个法子赚取金子。

不过在这之前,她还有一事要解决。

崔锦归家,从后门溜了进去。她唤阿欣打了盆水,洗净了面上的妆容,随后又换了身干净的衣裳。之前她的衣裳都变卖了,这一套是阿娘扯了布帛,新做的衫子和下裳,颜色微微有些暗淡,裙摆绣了七八朵争相斗艳的花儿。

尽管不是一套可以拿得出台面的衣裳,但这个年纪的少女无论穿什么,都是极好看的。

阿欣问:"大姑娘是要去见赵家郎君吗?"

"是。"

阿欣又好奇地看了看崔锦。

平日里大姑娘去见赵家郎君时眼睛必然是熠熠生辉的，两颊偶尔还会有女儿家的娇羞，在菱花铜镜前一坐便是一个时辰，精心打扮后才提起裙裾快活地走出家门。而现在大姑娘就这般素着一张脸，虽说也是顶顶好看的，但她面上却无见到心上人的笑容与娇羞。

她说："外头的月季花开了，可以簪一朵，衬上大姑娘乌黑如云的发髻，一定好看。"

崔锦淡淡地道："不必了，我就这样出去，你也跟我一起。"她看了看外面的天色，说道："申时前便能回到家了，走吧。"

茶肆中人声鼎沸。

店小二见到崔锦，连忙前来招呼，极其热情地道："赵三郎就在二楼的雅间，小人带姑娘前去。"小二是认得崔锦的，几年前茶肆召小二，多亏了崔元教他识字，他凭靠认出寥寥数字在众位应召小二的人中脱颖而出。后来他去崔家拜谢，有缘在小院中惊鸿一瞥，于是记住了崔锦的容貌。再后来，得知赵三郎追求崔锦时，他还隐隐有些失望。

崔锦道了声"谢"，与小二还有阿欣一同上了二楼。

门一开，崔锦第一眼就见到了赵平。

他今日穿着宽袍大袖的衣裳，是时下燕阳城中诸位郎君最喜欢的样式。他微微一笑，说道："阿锦，你来了。"

平日里崔锦必会脸红心跳，然今日却心如止水。

她当初心悦赵家郎君，乃因其貌，在茫茫人海中他随意一站便是鹤立鸡群，那般区别于俗世的容貌让她一见倾心。可如今看着他的脸，看着他的笑容，她心中只有四字——人面兽心。

她眼底极快地闪过一丝厌恶。

她提起裙裾，迈入雅间，面上浮起笑意。她道："赵郎近来且安？"

赵平说："无阿锦陪伴在身侧，我又如何能安？"他想握住她的手，许久未见，那一双纤纤素手依旧修长而白皙，像是羊脂白玉一般。他晓得只要轻轻一握，那一双白玉般的手软如云絮。

他心痒痒的，喉咙间像是有一把火在慢慢地烧着。

然而，还未碰到她的衣衫，她便不经意地转了身，微微垂下头，长叹一声。

他只好先打住念头，问："阿锦怎么长吁短叹？莫非是见到我心中不喜？"

崔锦说："赵郎有所不知，我爹险些遭人所害。若非得高人相救，恐怕此刻早已命入黄泉。"

"高人？什么高人？我怎么没听你提过你爹还认识高人？"

崔锦眨眨眼，说："我也不知呢。可你也知我爹是汾阳崔氏的庶子，虽然已被逐出，但血缘关系却是无法扯断的。阿爹回来时也没有多说，只是长叹数声，感慨家族庇佑，方能侥幸逃过。"

赵平大愕。

"你的意思是崔氏的本家想接回你爹？"

崔锦说："我也不清楚，兴许是，兴许不是。不过即便是，阿爹也不会回去的。"似是想起什么，崔锦又道："赵郎赵郎，我阿爹又不曾树敌，你说会是谁想杀我爹呢？"

赵平有些心不在焉的。

崔锦说："赵郎，时候不早了，我得回去了，不然被阿爹发现了，阿爹定会生气的。"

赵平点点头，也不挽留。

他神色怔忡，不知在想些什么。崔锦看了他一眼，扭回头时面上笑容全数敛去。赵家势大，赵平虽为庶子，但始终是知府之子。

画中的神技，也并非完全由她所控。

她并不知下一幅画会出现什么。他若再想耍手段，她下一次未必可以防得住。但搬出汾阳崔氏，想来他也会有所忌惮，晋国五大名门望族之一，莫说他一个区区知府之子，即便是皇帝之子也会有所忌惮。

如此一来，也能安生一段时日。

赵平心惶惶了数日。

他自是明白汾阳崔氏的权势，倘若要对付他一人，那便是如同捏死一只蚂蚁般容易。不过七八日一过，天气还是那般热，花儿还是盛开得灿烂，周遭风平浪静，并不见有任何不妥。

赵平稍微放心了些。

又过数日，依旧风平浪静的。

兴许助崔元的高人非汾阳崔氏的人，而是路见不平拔刀相助的侠士。赵平转眼一想，姓方那厮收了钱财，也离开了方家村，如今知道他想杀崔元的人已经不在了。

赵平彻底放心了。

心情一放松，赵平便不躲在府邸里了。他优哉游哉地出了府邸，在樊城四周闲逛。他本想去寻崔锦的，但一想到崔锦，他就不由想起崔元。一想起崔元，就想到崔元背后那个可怕的家族，尽管也许没多大联系，但稍微有那么一丝丝的关联，都让赵

平难以放心。

赵平在一个面摊里坐下，叫了一碗牛肉汤面。

老板自是认得赵平的。

那般容貌，樊城谁不识得？

"赵家郎君，面来喽，给你多加了几块牛肉。"

赵平笑眯眯的。

对的，世间就该如此，看着他赵平的脸面，谁都要让上几分。而非像崔元那个老顽固，什么不许纳妾的规定，简直就是放屁。

不想了不想了。

赵平从筷子筒里挑了双筷子，伴着葱花的清香，卷起一块牛肉夹杂着弹性十足的面条送入嘴中。吃了半碗后，他忽然闻到一股酸臭味，扭头一看，却是几个衣衫褴褛的乞儿。

赵平皱皱眉，只觉晦气。

他正想赶人，却听其中一个乞儿说："真……真的吗？你真的没有看错？"

"真的！我不骗你。我那天在洺山本想摘些野果子的，或者抓只野猪，然后不知踩到什么掉进一个奇怪的地方，本来月亮没有出来的时候还好端端的，月亮一出来，地面上立马散发绿幽幽的光芒。太可怕了！我以为有什么鬼怪，连滚带爬就跑出来了。太可怕太可怕了，那个地方我再也不要去了。"

此时，一道声音响起。

"那个地方在何处？你且带我去，我给你报酬。"

阿欣步伐匆匆地走进西厢房，乌溜溜的眼珠子闪烁着兴奋之色。她喊道："大姑娘大姑娘！"

端坐在书案前的崔锦抬起头，含笑道："这般聒噪！该罚！"

阿欣兴冲冲地道："不不不，大姑娘，你先听奴婢说。奴婢今天在外面听到了不得了的事情呢！也许就此老爷会对赵家郎君改观，让大姑娘你嫁给赵家郎君！"

崔锦挑眉，问："什么事情？"

阿欣说道："听说赵家郎君在洺山上挖到了一块前朝的古玉，足足有鼎那般高那般大呢！到了夜里就会发出幽幽的绿光。赵知府献给了皇帝陛下，还因此得到陛下的嘉奖。奴婢听人说，赵知府很有可能会升官！现在呀，赵知府可宠赵家郎君，比赵家大郎还宠。陛下赏赐了一千金，一车上好的布帛，还有一车牲畜，还有好多好多的赏赐，赵家三郎分得比大郎还要多！"

崔锦安静地听着，面上并无喜色。

阿欣疑惑地问："大姑娘不高兴么？赵家三郎越得知府大人的宠信和重任，便会越好。老爷是惜才之人，到时候定然就不会反对大姑娘和赵家三郎的婚事了。"

她笑道："阿欣，我怎会不高兴呢？"

她很高兴，也很愉悦。

又过了几日，阿欣又兴冲冲地跑进来，像是一只小麻雀似的，叽叽喳喳地道："大姑娘大姑娘，赵家三郎如今可威风了。赵知府去邻县视察，带了赵家三郎去呢。听说赵知府有意将赵家三郎举荐给明州的何公，到时候入了何公的眼，三郎就可以飞黄腾达了！"

崔锦却笑道："飞黄腾达哪有这般容易？你听听你自己的声音，兴许连东厢房的大兄都听到了。到时候阿娘晓得你扰了大兄读书，定饶不了你。"

阿欣嘀咕道："大姑娘最近变得好奇怪，以前听到赵家郎君的消息都能高兴上一整天。如今却一点也不为赵家郎君高兴。以后肯定会有越来越多的姑娘想嫁给赵家郎君，大姑娘要不你再去劝劝老爷？"

崔锦说："不了，我不想嫁给赵家郎君了。"

阿欣呆住了。

"你知道过眼云烟的意思么？"

阿欣歪着头，问："大姑娘想说什么？"

崔锦道："荣耀来得太快很容易招人嫉妒，稍有不慎，再大的荣耀与成就都会变成过眼云烟。"她语重心长地道："阿欣，三郎是庶子。"

阿欣一副似懂非懂的模样。

崔锦没有多加解释。

而此时，门外响起珍嬷的声音。

"大姑娘，老爷唤你去书房。"

崔锦搁下笔，施施然起身，离开了西厢房，走了数十步方到书房。她还未敲门，里头便传来阿爹的声音。"进来。"

崔锦关上了门。

崔元面色不佳，他紧蹙眉头，不等崔锦开口，就直接说道："阿锦，赵平此人是不能嫁了。不管你说什么，我都不会应承。"

崔锦张张嘴，似乎想说些什么。

崔元打断道："不成！撒娇也没用。你平日里素来聪明，如今又怎会看不清现状？赵平近来虽得了荣宠，但你该知道他是庶子，上边有主母还有嫡兄。以前还好，有些小聪明，但不会太过，主母自然睁一只眼闭一只眼。如今光芒太盛，你可知赵家的主母郭氏是何人？当初赵知府还未当官时，是依靠郭氏的嫁妆发家，也是依靠郭氏

才能有今日。郭氏断不会允许一个庶子爬到自己嫡子的头上来，你若嫁给赵平，定无宁日。那妇人的手段又岂是你能对付的？"

崔锦低着头。

他叹了声，说道："除了赵平，以后你想嫁谁阿爹也不拦你了。"

"好。"

这一声干脆利落的应答让崔元无奈地笑出声："原来是我白费口舌了，你倒是看得明白，还白得爹的一个承诺。"

崔锦笑吟吟地道："阿爹应承了阿锦便不许反悔了。"

崔元叮嘱道："还是不许纳妾，你看看赵家，若纳妾便没这么多麻烦事。"

崔锦又笑道："阿爹才是个明白人呢。"

渐渐的。

樊城里的人不像以前那般经常见到赵家三郎陪在赵知府身边了，且连在城里见到赵三郎的次数也逐渐减少了。

又过了些时日，赵知府有幸得明州何公召见。而后赵知府将自己的儿子向何公举荐，何公考察了一番，收下了赵家大郎。

赵家大郎乘坐着马车风风光光地驶向明州，然而从头到尾，并无赵家三郎的影子。

百姓们也不知发生了什么，不过这毕竟是赵知府的家事，赵三郎的一时风光很快便成为人们茶余饭后的谈资。

阿欣多方打听了一番，得了许多种说法。

有人说是赵家三郎不小心得罪了鬼神，受到鬼神的惩罚，就因为在洺山挖了不该挖的东西。那可是前朝的古物，鼎般大小的古玉，还有商周的玉璧，那都是帝王将相或是诸公诸侯才能用得起的东西，挖了别人家的东西总得受些惩罚。

也有人说赵家三郎得了重病，还有见过赵知府亲自找了巫医，巫医们进进出出的，也跳了好几场的舞，最后都一脸黯淡地离开了赵府。

还有许许多多的说法，众说纷纭的，也没个定论。

阿欣说："大姑娘说得没错，赵家三郎果然风光得不久。"她心有余悸地道："幸好之前大姑娘没有嫁给他呢。"

崔锦笑了笑，心中却是颇为感慨。

虽不知赵平究竟发生了什么，但从流传出来的闲言蜚语看来，赵家主母郭氏当真极有手段，无声无息地便让赵平出不了赵府，恐怕如今的赵平是想出府也有心无力了。

似是想起了什么，崔锦的目光落在了烧成灰烬的炭炉里。

那是她烧掉的画纸。

当初她的画中出现了洺山古玉，然而挖到洺山古玉的人却非赵平。至于是谁，崔锦也不清楚，画中只有他的背影，穿着素白的宽袍大袖，墨发垂垂，拇指上有个墨玉扳指。

崔锦数了数，二十金只剩五金。这段时日以来，她买了不少画纸，一张分成四小张，然而还是不够用。她已经记不清自己画了多少幅，然而能让她用上的却一幅也没有。

最近画中所示的不是隔壁家的鸡被偷吃了，便是哪一家的夫妻在争吵，抑或是哪一家的孩童因为被欺负而在地上打滚号啕大哭，都是一些极为平常的事情。

崔锦颇是苦恼。

她想寻求赚金的机会，可惜画中所示的于她而言并没有帮助。

她搁下画笔，望着院中的枣树出神。

时下已经接近秋季，天气微微有些凉了。崔锦在想，以前只觉赵家三郎是樊城中最好的儿郎，如今却觉得他空有相貌，所谓大才也不过是小聪明。嫁了他也未必能安稳，如今赵家三郎是不能指望了。那么，她该寻一个新的夫婿人选了。

她依旧想嫁自己认为最好的儿郎。

可眼下樊城能入得她眼的几乎没有，阿爹让她慢慢来，莫要急。不过她认为好的儿郎得早些挑，不然迟了剩下的都是些歪瓜裂枣。

崔锦起了离开樊城的念头。

她先与大兄说了，大兄并不赞同。她与阿爹一说，阿爹亦不赞同。

人在一个地方生活的时间久了，便不愿再离开了。

崔锦也只好作罢，思来想去，她年纪还小，离及笄之年还有两年，婚嫁之事不着急。当务之急，还是先赚金，待以后若想搬离樊城了，也有资本。

崔锦让元叟去青城打听了，青城离阳城比较近，而阳城又是明州的中心，地价不便宜，在青城置办一座屋宅的钱，可以在樊城买三座屋宅，更别说阳城了。

阿欣摘了一盘枣子，挑了最好看最大的，洗净了分别送进东西厢房。

见自家姑娘唉声叹气的，她捂嘴笑道："大姑娘，别人家的姑娘都是担心要怎么嫁个好夫婿，唯独只有我们家的姑娘担心要怎么赚金。"

崔锦说："我这是未雨绸缪。"

上次阿爹险些回不来的时候，她几乎是变卖了自己的家当才能雇了牛车驭夫还有乞儿。以后若是有些什么事情，没有金周转，委实麻烦。

且她与大兄画画写字读书都需要大量的钱财。

若非阿爹一视同仁，待她与大兄一碗水端平，丝毫没有轻视女子的心思，她画画的钱再凑一些，也可以让大兄上私塾了。

只是如今兄长已经十五了，还未上过私塾，平日里都是阿爹教他，或是自学。

思及此，崔锦难免有些愧疚。

阿欣听了，也觉得自家姑娘说得有理。她的眼珠子转了转，又说道："不是都说焦山外有金山么？如果大姑娘可以挖到一桶金，就不用愁了呢。"

谁都想在金山里挖到一桶金，但是现在划分了圈子和帮派的金山上，压根儿就没多少人能挖出金子。金子具体在哪儿，没有人知道。

即便有人侥幸挖出了，也只是一丁点。

随着时日的流逝，已经有越来越多的人离开了，驻扎的营地也越来越少。那一天她经过的时候，不经意地瞥了下驻扎在里面的人，个个几乎都是面黄肌瘦的，仿佛一阵风来便能倒了。

蓦地，似是想起什么，崔锦说："阿欣，你不用在里面侍候了。"

阿欣以为大姑娘要作画，默默地离开了西厢房。待阿欣一离开，她立马翻箱倒柜的，将这些时日所作的画通通找了出来。

为了安全起见，一旦画中有所示，她记下来后便会烧掉。但是暂时看不懂的，她都留了下来。好一会，崔锦方在里头寻出一幅画作。

画上有一个男子，锦衣华服，坐于高堂之上，葡萄美酒夜光杯，似是在一场盛宴之中。

崔锦紧盯着男子的容貌。

不，准确点来说，她紧盯着男子的双目。

男子有一双丹凤眼，在波光荡漾的葡萄酒之下，如同魅惑人心的妖孽，可他却有一双正气凌然的剑眉，这种似正似邪的气质在他身上竟丝毫不会觉得奇怪，反倒是融合得恰恰好。

此郎君，她见过的。

这样一双带着妖气的丹凤眼，她见过的。

在哪里呢？

崔锦蹙着眉头。

半个时辰后，崔锦出了房门。她唤来元叟，低声吩咐了几句。阿欣不小心听到了，倒吸一口气，说："大姑娘！你真的要去挖金？"

崔锦瞪她一眼。

"你小声一些！"

阿欣连忙捂住嘴，随后又小声地道："此事危险，大姑娘不如让少爷与你一同前去吧。"

崔锦道："告诉了大兄，他定不会让我去的。此事，你莫要声张便对了。"大兄一心只扑在圣贤书中，上次听到她对阿堵物表现出了一丝期待之后，大兄还因此温和地训了她一顿，说大家闺秀怎地能这般俗气？她吐吐舌头，撒了个娇便不再多说。

大兄始终认为他们都是汾阳崔氏的后代。

只不过崔锦不这么认为，汾阳崔氏若当真还愿意认他们，就不会对他们不闻不问了，再说当初也的确是阿爹为了自由自愿离开崔家的。

他们现在就是个日子过得紧巴巴的小门小户。

崔锦又道："阿欣你莫要担心，我不是真的去挖金，我只是去焦山上瞅瞅。我要确定一事。你若不放心，与我一道前去便是。"

阿欣连忙点头。

一个时辰后，崔锦来到了焦山的半山腰。

阿欣问："大姑娘是要去哪里？不是要去五角凉亭那儿么？"每次大姑娘上焦山，上到半山腰处必会在五角凉亭那儿坐一坐，歇一歇的。

可是现在却绕过了五角凉亭，往山间偏僻之地行去。

阿欣不由有些担心。

崔锦没有回答阿欣，径自往前走，穿过一条狭长的山路，又攀爬了几个小山坡。崔锦终于停了下来，面前是足足有人般高的草，遮挡住了前面的路。

阿欣跟上来了，大口大口地喘着气。

"到了？"

崔锦说："嗯，到了。你留在这儿，莫要作声，我前去看看。"说罢，崔锦弯腰钻进草丛，片刻后，她小心翼翼地拨开草丛，有山风拂来，吹乱了崔锦的乌发。

她也没有搭理，专注地俯望着山下的人。

此处乃焦山的东角。

焦山不高，此处恰好可以俯望与洺山交接的山谷。

谷中很明显分了好几派的人，各自驻扎一方，还有人不停地挥铲挖掘，明明是带有凉意的初秋，可众人都光着膀子，热汗淋漓。

崔锦的目光一一扫过。

几盏茶的工夫后，崔锦钻出了草丛。

阿欣松了口气，催促着道："大姑娘，时候不早了，该回去了，不然夫人又要担心大姑娘了。"崔锦没有吭声，半晌，她忽道："一个卑微之躯凭着什么才能成为人

上人？"

阿欣诧异地道："这……这怎么可能？"

崔锦也道："是呀，怎么可能呀。"

时下贵贱嫡庶分明，那般卑微的人又怎么可能成为人上人？可……她不会认错的。

他们就是同一人！

崔锦咬牙道："不行，我得想明白。"

她带着阿欣归家。

崔锦在厢房里思考了许久，然后她去了书房，问崔元："阿爹，一个卑微之人用什么法子才能在短暂的时间内成为人上人？"

她看得分明。

画中的他，与山谷中的他，相貌并不曾有岁月的痕迹，显然不是长年累月之下方积得无上功勋。她仔细回想了下，画中的郎君与山谷中的他年龄最多相差五岁，甚至是更少。

崔元问："是何种人上人？"

崔锦道："一人之下万人之上？像是阿爹所说的大巫师那样。"

崔元沉吟片刻，笑道："短暂的时间内成为人上人，恐怕只有两个可能，一是直接入了皇帝陛下的眼，像是大巫师那样有窥天之能。不过第一种人即便有，怕也难以见到皇帝。巫师一族根基已有百年，其中盘根错杂，偶然民间有奇人，若其能为巫师一族所忌惮，下场不堪设想。"

崔锦追问："第二种呢？"

崔元说："约莫只有战功了。"

接连数日，崔锦每日上焦山。

时常在东角一待便是一整天，直到日落西山时方离开焦山。阿欣不明白大姑娘整天看着一群光膀子的男人干什么，不过她也知大姑娘是个有主见的主，只好默默地陪着崔锦。

第五日的时候，崔锦终于不去焦山了。

她雇了上次为她办事的少年乞儿，让他跟着那人，打听他的姓名，他的身世，以及他近日的所作所为。乞儿爽快地领了任务，不到三天就在五角凉亭里将他打听到的一切告诉了崔锦。

崔锦微微思量，第二日的时候换上了一套新的衣裳，并精心装扮了一番，还唤了阿欣折了一朵鹅黄的小花簪在发髻上。

而后，崔锦让元叟雇一辆马车。

元叟惊愕地看着崔锦，确认自己听到的是马车而非牛车后，他不敢置信地问："当……当真要雇马车？"马车比牛车贵上两番，家中是什么情况，元叟也晓得一二。

崔锦道："不要紧，阿叟你依照我的意思去办便可。"

她从荷包里取出两金，交给元叟，对他点了点头。

阿欣在一旁说道："这么下来，大姑娘就只剩一金了，加上这段时日存下来的私房钱，也只有两金了。"眼里有一丝担忧。

崔锦说："旧的不去新的不来。"

一炷香的时间后，元叟雇来了马车，驭夫还是上次的二牛。崔锦道："阿欣，你同我一起上马车。"

"是……是。"

二牛问："大姑娘要去哪儿？"

崔锦道："你可知焦山附近有个村子，唤作闵村？"

"知道的，不过闵村是个破落村子，居住的人不多，大姑娘当真是要去闵村？"那样的地方，他们城里人都是看不上的。

崔锦说："嗯，快到闵村的时候你再告诉我。"

"好嘞。"

阿欣头一回坐马车，兴奋不已，左看看右瞧瞧的，还傻傻地呢喃："奴婢也坐过马车了。"崔锦瞧她那般模样，不由失笑。

将到闵村时，二牛停下了马车。

崔锦吩咐道："停靠在树丛后。"二牛应声。之后，崔锦对阿欣道："可记得我方才吩咐的话？"

阿欣如小鸡啄米般地点头。

此时正值晌午。

虽是日头高照，但也有一丝凉意。秋风卷了落叶飘了一整路，枯黄的叶子落在小径上，一只破了两个小洞的布鞋踩上落叶，毫不留情地继续往前走。

只见那人身形颀长，身上穿着麻衫子，肤色黝黑，眼角处还有一处泥渍。他似没有察觉，径自往前走。闵村的村口已经渐渐能见到了。

男子踏出小径时，一个扎着丫髻的姑娘蓦然出现在他的面前。

阿欣敛衽一礼。

男子似是受了惊吓那般，后退了一步，他皱着眉头，问："你是谁？为何要对我

行礼？"仔细一看，丫鬟姑娘身上的衣裳虽是布衣，但脸蛋白净，十指也不像是干过粗活的，明显不是闵村的人，更像是城里的人。

阿欣说："我家姑娘吩咐了，郎君聪慧而隐忍，是值得她尊重的人，是以特地遣奴婢向郎君施礼。"说完，阿欣打量着男子的神色，似不为所动，反而紧皱眉头。

阿欣摸不清他在想什么，又施了一礼，后退数步方转身离去，很快人影便消失在树丛中。

男子若有所思地望了眼。

此时此刻，马车里的阿欣松了口气。

她摸摸胸口，说道："奴婢都是依照赵家府邸侍婢的那一套呢，方才险些吓死奴婢了。他身上像是一整个月没有洗澡，头发油腻且又污垢，奴婢还能见到虱子！"她心有余悸地道："不过奴婢都依照姑娘所说的那般去做了，见他神色不为所动便撤回来了。"

崔锦说："我们明日再来。"

第二天，崔锦让珍嬷做了一篮子的白面馒头，而后带上了马车。又像是昨日那般，崔锦遣了阿欣向男子施礼，并赠出白面馒头。

第三日，崔锦又带上一篮子的枣子。

第四日，第五日……

终于在第六日的时候，男子开口了，问阿欣："你家姑娘在何处？"阿欣道："郎君请跟奴婢来。"阿欣带着男子走到树丛后，她恭恭敬敬地道："大姑娘，他过来了。"

马车里传来一道慵懒的声音。

"知道了，退下吧。"

男子沉默地盯着车帘，也不说话。此时，马车里又传出一道如泉水叮咚般好听的声音："闵家郎君，你可知为何官府知道有人在山谷间断断续续挖到金子，却不曾派人来挖过？若是当真挖出一座金山，赵知府必能升官。"

不等闵恭接话，马车里又是低低一笑。

"想来赵知府是不想费时费力，要坐收渔翁之利。不过却也可笑，恐怕赵知府并不知真正的金山并不在焦山与洺山之间。闵家郎君，你觉得我说得可对？"

闵恭面色一变。

他终于开口了，声音沙哑地道："姑娘究竟想说什么？"

崔锦道："你潜伏在一众挖金人中，不过是怕他们挖到了真正的金山。可你明知真正的金山在何处，却不敢明目张胆地去挖。因为你知道一旦暴露，你连丁点也分不着。因为如今的你并没有权势去护住偌大的一座金山，甚至有可能会在争夺之中被灭口。"

闵恭问："你究竟是谁？"

一只素白的手伸出车帘，灰褐色的帘布挂在了带钩上。明媚少女落落大方地将自己完全展现在闵恭的面前，她弯眉一笑，道："闵家郎君，我们来做个交易吧。"

闵恭愣住了。

他完全没有想到马车里钻出来的会是个看起来年纪不到二八的姑娘，那般明媚开朗地笑着，像是不谙世事的少女，理应无忧无虑地留在闺中，绣绣花弹弹琴，可就是一位这样的姑娘用老练而成熟的语气抽丝剥茧般地说出他最大的秘密。

他眯起眼，问："什么交易？"

崔锦道："我给你指明一条青云直上的路，而你赠我五百金。五百金买你的飞黄腾达，闵家郎君意下如何？"

闵恭呢喃着四字："青云直上。"

崔锦也不催促，笑意盈盈地倚在马车旁，等着他做决定。半晌，闵恭问："你凭什么？"

崔锦神色不改。

"郎君信我，便与我交易。郎君若不信我，我也无法。这样吧，若是郎君答应了，明日午时便去焦山半山腰的五角凉亭，我在那儿等候闵家郎君。"

说罢，崔锦径自上了马车，重新放下车帘。

二牛与阿欣也上了车。

马车渐渐消失在闵恭的视线外。

回去后，崔锦让元叟还了马车，并多付了半金。车马行的老板原先颇有微词，如今见到半金倒也没说什么了。阿欣很是心疼，这几日以来大姑娘花金如流水，现在荷包里是一丁点的金也没有了。

崔锦不以为意，该吃的吃，该睡的睡。

翌日她精神飒爽地用了早饭，然后望着枣树数着时辰，离午时还有一个时辰，她带上阿欣提前上了焦山，并让阿欣沏了一壶清茶，并带上几碟枣糕。

午时到了。

然而，半山腰上却连个人影也没有。

崔锦也不慌，优哉游哉地拈了一块枣糕，缓缓地送入嘴中。阿欣说："大姑娘，那个闵家郎君当真会来吗？"

崔锦道："会的。"

不管他信不信她，已经陷入困局的他只能死马当活马医。他能聪明地察觉出金山的真正位置，且还能守住这么久，可见他性子沉稳，是能办大事的人。

这种千载难逢的机会，他不会不把握住的。

闵村曾经因为一场疾病夺去了大多数人的性命，留下来的男丁极少，而闵恭的爹娘也在那一场疾病中与世长辞。据乞儿回报，闵恭一直都是独自一人居住，家中穷得揭不开米缸。

金山是他最后一根救命稻草。

且挖金人都知道，再过多一段时日，会有燕阳城的大人物要来明州，樊城虽地处偏远，但金山之说已经流传出去，少不得会过来探察一番。

到时候被发现了，那就真是一场欢喜一场空，他将会什么好处都捞不着。

午时过了一刻，有一道灰色的人影逐渐走近。

崔锦搁下茶杯，含笑看向闵恭。

他今日洗净了脸和头发，衣裳还是那一日的衣裳，但整个人却因为整洁干净而变得不同起来。阿欣的眼睛瞪得老大，丝毫不能相信这是同一人。

他直勾勾地看着她。

"我答应你。"

崔锦一指石椅，说道："你坐。"她慢条斯理地喝了口茶，开门见山便道："秦州与明州相邻，而秦州除了出了王氏一族之外，还曾出过一位将军，复姓欧阳。你即日起赶往秦州，带上你的消息拜见欧阳将军，以此消息投入欧阳将军的门下。至于今后如何，且要看你自己的造化。你以金山相赠，欧阳将军定会赠你钱帛，到时候你匀我五百金便好。"

闵恭道："我从未见过你这般古怪的姑娘。"

崔锦说："你是想夸我聪慧吧。"

闵恭说："你就不怕我到了秦州，得了欧阳将军的赏识便不信守诺言了？"

崔锦笑道："我信得过郎君，倘若你不信守，那我也只能认栽。"

他不说话了，又直勾勾地看着她。阿欣心有不悦，道："哪有人像你这般盯着良家姑娘看的？"闵恭却是哈哈笑道："你雇马车不过是想唬我吧，真真狡猾透顶。你叫什么名字？"

阿欣怒道："我家姑娘的芳名岂是你能知道的？"

"我姓崔，单名一个锦字。"

"崔锦。"他念了两遍，朗声道："你赠我尊重，赠我馒头，赠我枣子，待我功成名就衣锦还乡之时，若你还没嫁人，我以正妻之位娶你过门。"

崔锦一下子就愣住了。

她的模样呆呆的。

而此时闵恭已然扬长而去，山间还回荡着他肆意张扬的笑声。

阿欣跺脚，恼羞成怒道："好个登徒子，都不知羞的。我家大姑娘哪是你想娶就能娶的！真真不要脸！大姑娘，你别听他的，如今八字还没有一撇，他就敢满口胡言。以后若真飞黄腾达了，岂不是要用鼻孔看人了！"

半个月后，闵恭果真没有失约。他遣人送了五百金到樊城，完完整整地送到了崔锦的手中。见到金灿灿的五百金，不仅仅是崔锦，连向来视阿堵物为俗物的崔湛也不禁瞪大了双眼。

崔锦将自己如何得来五百金的前前后后告诉了崔元与林氏。

两人听后，反应各不相同。

崔元说："有智谋！有胆量！阿爹给你的二十金不亏！"林氏则担忧地道："阿锦你一个女孩家家的怎能跑去这么遥远的地方？若是那个闵恭心怀不轨又该如何是好？"

崔元道："我们女儿有智有谋，自是懂得该如何应付。"

林氏看看女儿，又看看儿子，轻叹一声。这一双儿女性子若是掉过来那该有多好，别人家的女儿都是大门不出二门不迈的，偏偏她家则是儿子不愿踏出家门，成日关在房中看书。

林氏见儿子转身回房，也不知该如何管教女儿了，索性睁只眼闭只眼，让珍嬷扶着她回房歇息。

崔锦笑眯眯地与崔元说道："阿爹，有了这笔钱，我们以后的生活定能无衣食之忧。即便是搬去阳城，也能置办房屋了。"

崔元道："钱财不可外露，我们即便去了阳城，也是外乡人，始终不如樊城。我们在樊城落脚多年，有了这五百金，以后也不愁吃穿，还能给你置办新衣裳还有新首饰，画纸也能买好一些的。"

崔锦道："阿爹，我明白钱财不可外露之理。如今除了我们家人之外也无人晓得我得了五百金，大家不说，我们也像平常那般过日子，也断然不会有人起疑。到时候即便起疑了，还能拖出汾阳崔氏吓唬吓唬……"

说到这儿，崔锦面色一变。

她说错话了，阿爹平日里最不喜欢提起汾阳崔氏。

果不其然，阿爹面色一黑，道："吓唬什么！"

崔锦连忙软声哄道："阿爹阿爹，女儿给你买酒吃可好？酒肆里最上好的花雕。"崔元面色有所松缓，伸出两根手指。

崔锦点头。

"好，两壶。"

崔元又说："钱是你得来的，便由你拿主意。"

崔元的话是这么说，崔锦自是不会全都花在自己身上。她取了一百金藏在大兄的床底，作为应急的钱财。之后又给了母亲五十金，作为家中日常开销，又分别给了大兄和父亲二十五金。

剩余的三百金，崔锦另有打算。

崔锦有了钱，施展手脚的时候感觉也没那么束手束脚了。她唤来了那个少年乞儿，这一回她以真面目示人，委实将乞儿惊艳了一番。

之后崔锦雇他当跑腿的，每月给他两金。

少年乞儿之前为崔锦办事，得了金后顿觉自己也是个有本事的，再当乞儿实在不划算，本想着如何另谋出路的时候，崔锦便给他送来了枕头。

少年乞儿高兴应允。

崔锦给他起了个名字，唤作阿宇。

崔锦觉得生活一下子变得美好起来。

然而，她也知道不能守着这五百金度日。闵恭能迅速成为人上人，靠的必然是军功。而晋国很久没有战事了。假如五年后闵恭因军功而平步青云，那么也就是说将来五年之内晋国必有战事。

若是外战还好，可若是内战，天晓得会在哪个州打起来。

战事一起，当受其害的必然是平民百姓。

崔锦仍旧是未雨绸缪。

樊城如今可以待，但倘若战事起了，樊城这种连城门都没有的小城，要被占领那是轻而易举之事。崔锦深以为要寻一个绝对安全的地方。

所以在战事起之前，她要赚更多的金，储备充足的干粮。

崔锦在街上行走。

她四处环望，想着赚金的法子。

她这几日也画了不少的画作，只不过却没有一个是能帮得上忙的。崔锦愈发觉得上天赐她的神技并非时时刻刻都能显灵，她要靠的还得是自己，不能完全依靠上天所赐的神技。

此时，崔锦注意到一处不妥。

街边的路人见到她时，神态有异，指指点点的，随后又与身边的人交头接耳的。

崔锦蹙起了眉头。

没多久，在崔锦经过茶肆时，阿宇忽然出现了。他对崔锦挤挤眼，又招招手。崔锦左右环望了下，疾步走向一处小巷。

阿宇小声地道："大姑娘，不好了。"

崔锦镇定地问:"出什么事情了?"

阿宇道:"今早开始就传出了流言,说……说大姑娘你只能同甘不能共苦,是个薄情的势利之人。"

崔锦的眉头蹙得越来越紧。

阿宇问:"大姑娘,这该如何是好?"这样下去,不用几天,整个樊城都会布满这个流言。到时候大姑娘的名声肯定就毁了。

崔锦道:"你去查一查到底是从何处流传出来的。"

阿宇应声。

没多久,阿宇就打探出来了。崔锦听后,不由愣了愣,问:"当真是齐家?"

阿宇拍胸口道:"肯定没有错的!"

崔锦是知道齐家的,在樊城里而言,只算得上是小家小户,不过却也比他们崔家富有,好歹齐家有五亩田地,衣食不缺,齐家的大姑娘与她同岁,每次见着她了总要嘚瑟下她的新衣裳。不过齐家大姑娘的衣裳再美,也敌不过她庞大的身躯,兴许是吃得好且吃得多,崔锦八岁的时候长得跟竹棍似的,而齐家大姑娘则像是一头小熊,胳膊能当崔锦的两条大腿。

直到如今,还是如此。

因此齐家姑娘也有个称号,唤作熊姑娘。

当初她心悦赵家三郎,而赵家三郎也心悦她的时候,有一日,这位齐家大姑娘忽然跑来她的家中,说想嫁给赵三郎。她自是不愿,劝走她之后没几日又来了,这一回倒是降低了要求,说自愿为妾。

崔锦又好言好语地劝走了她。

她一直觉得为情所困的姑娘太可怜了,所以对着齐大姑娘也说不出狠话来。

于是后来她是能避着她就避着她。

如今从阿宇口中得知流言是从齐家传出来的,她顿时就火气直冒。她本想直接冲去齐家,质问齐大姑娘。可是刚迈出一步,她又冷静下来了。

不对。

齐大姑娘虽然痴心于赵家三郎,但是她这么贸然损害另外一个姑娘的名声,若是有心人说了出来,无疑是杀敌一千自损八百!

这事没有这么简单。

她说道:"阿宇,你再去查查,齐大姑娘这几日可有见过赵家的人?"

"是。"

阿宇很快就回来了,悄声与崔锦说了几句话。崔锦听罢,露出深不可测的笑容。阿宇无意间一瞥,心中登时一寒。明明只是个年岁跟他差不多的姑娘家家,可方才的

眼神冷如冰，让人心底止不住发抖。

崔锦说："你且替我向齐大姑娘传话。"

"郎君，崔家的大姑娘送了木牍过来。"

一小厮打扮的小童双手呈上木牍。

赵平问："是亲自送来的？"小童说："是一个唤作阿欣的姑娘送来的。"赵平摆摆手，让小童退下。待厢房中只剩他一人时，他看向木牍。

是崔锦的问候，寥寥数语，虽有关心，但也能见敷衍之意。

赵平几欲要捏碎木牍。

最近他过得很不好，那狠毒的妇人郭氏不知从哪儿寻来一个巫师，在阿爹耳边也不知说了什么，没几日阿爹看他的目光便有了厌恶。又过了几日，他的身子竟大不如以前了，好几次在鬼门关里打转，所幸上天庇佑，他熬下来了。

他知道一定是郭氏的诡计。

大郎才华不及他，所以她怨恨了。

赵平咬紧牙关。

府里的下人侍婢都是些势利眼，侍候他也不像以前那般尽心了。若非他身边还有个自己买来的小童，怕是事事都要自己劳心劳力了。

还有崔氏阿锦！

他一失势，竟然连问候的一句也没有。

不过不打紧，举荐的位置算他让给了大郎，崔锦却是他一定要得手的。倘若连个姑娘也娶不回来，阿爹必定会更加看轻自己。

赵平唤来小童。

"阿欣还在外头？"

"是。"

"给她家姑娘传句话，三日之后相约在茶肆，还是老地方。"

三日后，崔锦如约而至。

赵平早已到了，见到姗姗来迟的崔锦，他心底添了几分不悦。若是以往他得势时，崔锦哪敢这般怠慢他。原以为她是个不一样的，岂料还是跟凡夫俗子一样，眼睛只懂得往高处看！

实际上，崔锦并未迟到。

她是刚好踩点到的，与以前并没有相差，无奈赵平一朝失势，心境也变了，只觉周遭人人都看轻他。

崔锦自是不知赵平心中所想。

她笑意盈盈地喊了一声："赵家郎君。"

赵平敛去不悦，又变回一副温文儒雅的模样。他含笑道："阿锦，你来了。这些时日我卧病在床，心中实在想念你。如今见着了你，只觉那点病痛也不见了。"

崔锦仍旧是笑吟吟的模样，心中却是在冷笑。

以前只觉他的情话缠缠绵绵悦耳动听，如今只觉可笑之极。他哪里是欢喜着她，若是欢喜她就不会一边说要娶她另一边又派人去杀害她爹！

"是么？"

"自是真的。"赵平对她招招手，温柔地说，"看你神色疲倦，想来是出门匆匆。来喝杯清茶，解解乏。阿锦，我想通了，纳妾不纳妾的其实没所谓，我有阿锦便足够了。我愿意答应你爹的要求，以后我们琴瑟和鸣，一辈子和和美美的，你觉得可好？"

崔锦坐了下来。

她瞥了茶杯一眼。

赵平的手心微微冒汗。

第三章
巫子谢恒

雅间里的茶具较之外间的精致了些许，外间是普通烧制的不带任何点缀的素青色瓷杯，而雅间里的茶杯描了青花缠枝纹，青釉的质地，两边有巧致的小耳。

杯中清茶如碧波，酝着清浅的茶香。

崔锦忽道："赵郎，你定是病糊涂了，你忘了阿锦不爱喝清茶么？阿锦喜欢苦涩甘香的浓茶。"

说话间，崔锦仔细地打量赵平的神色。

他道："我自是没忘，只是清茶解渴。你若不喜欢，我便唤小二上一壶其他茶。"赵平又道："现在你先喝杯清茶解解乏，我唤小二过来。"

"好。"

崔锦看了茶杯一眼，也不马上喝，仔仔细细地摩挲着茶杯上的缠枝纹。

赵平起身。

原本茶肆里的雅间外头都配了一名小二，随时随地候着。不过今日赵平吩咐了，无须小二在外头侍候。

他唤了小二过来，吩咐："沏一壶龙井茶。"

小二应声。

赵平又回到雅间，此时的崔锦已经将杯中的茶一饮而尽，茶杯搁在了桌案上，里头空荡荡的，一滴不剩。赵平面上笑意加深，他坐下来，又与崔锦闲聊了片刻。

小二捧了龙井茶进来。

赵平道："搁下便可，不必在外边候着了。"

小二望了崔锦一眼，悄悄地退了出去。此时的崔锦又道："今日来见赵郎，我特地带了一壶烈酒。"她拈来两个酒杯，一杯倒酒，一杯倒茶。

崔锦说："阿锦不宜喝酒，唯有以茶代酒，还望赵郎莫要嫌弃。"

她举杯敬酒，仰脖将杯中龙井一饮而尽。

赵平说："好，好，好，阿锦敬酒，我自是不会嫌弃。"说罢，赵平喝光了杯中的烈酒。烈酒灌入喉咙，火辣辣地烧着，但过后的劲儿却销魂之极，赵平道："好酒！再来一杯！"

连着喝了几杯后，崔锦又笑吟吟地道："阿锦再敬赵郎一杯。"

不到两盏茶的工夫，一壶烈酒便见了底。

赵平只觉喝得头昏昏的，不过他仍然保持着一丝清醒。他看向崔锦，明明没有沾酒的她脸色有一丝不寻常的绯红，整个人看起来坐立不安的，额头还有薄汗冒出。

这般的崔锦，他从未见过。

碧波盈盈的水眸中泛着一丝媚态，那般欲语还休的风情让他心底变得燥热，小腹一处仿佛有火焰在燃烧。目光触及桌案上的莹白素手，赵平用力地咽了口唾沫。

心中荡漾了一番，他握住了崔锦的手。

软若无骨的触感袭来，赵平只觉浑身变得酥软。他口干舌燥地说："阿锦，你热么？"

眸色却似有深意。

崔锦挣脱开了，她扯了扯衣襟，懊恼地道："热，赵郎，我去开窗透透气。"

"不要。"

赵平将她抱在怀中，崔锦又推开了，她说："赵郎，你莫要……这样……"赵平哄道："我就抱一抱，阿锦，你也是渴望我抱着你的，是不是？"

崔锦嗔了他一眼，问："赵郎先答我一个问题，你当真要纳齐大姑娘为妾？"

"胡说！我怎么会纳她为妾！我心中只有阿锦一人……那齐家的胖姑娘给我的阿锦提鞋都不配，又怎配当我赵三的妾室？"

赵平没有注意到崔锦眼底异样的光彩。

他生怕崔锦误会，又继续道："我现在连齐家的姑娘叫什么都不记得，阿锦，我应承你的，娶你为妻后即便要纳妾也会征得你的同意。"

崔锦看他真是醉了，说话已经前言不搭后语了，竟连之前应承她不纳妾的事情都抛之脑后了。她敛去面上神色，推了他一把。

赵平本就有七八分醉意，如今被崔锦用力一推，直接跌坐在地，还不曾反应过来，便只觉脑袋昏昏沉沉的，连坐起来的力气也没有了。

赵平完全清醒过来的时候，还未睁眼便已摸到了身旁的温香软玉。

那一处丰盈之地竟然比自己想象中要大了些许。

他心中不由大喜。

虽说醉酒后他不记得发生了什么，但计划依旧按照他所想那般进行着。他在茶里下了药，只要崔锦喝了，便只能成为他的人。

赵平心中沾沾自喜，已经开始想着被自己要了身子的崔锦无可奈何之下只能嫁给自己，甚至是为妾。以他的才华与相貌，兴许还能娶个更好的。

不过想归想，赵平晓得自己要好好地安抚崔锦。

左右都离不开"酒"之一字，更何况酒还是崔锦自己带来的。此事可怨不得他。

赵平终于缓缓地睁开了眼。

然而，他还未完全看清身边的美人儿时，美人儿已经放声尖叫。赵平很快就意识到不妥，不对，声音不是崔锦的。

睡意和酒意顿时全无。

一个激灵让赵平猛地坐了起来。

地上是凌乱的衣衫，一赤条条的身影不停地往坐地屏风挪动，笨重的身躯撞到屏面，轰然倒塌。齐大姑娘鼻涕眼泪俱下，手掌扯着赵平宽大的袍子遮挡自己的身躯。

"赵郎，你……你怎能如此待我！"

赵平蒙了。

而与此同时，外头听到声响的小二跑了进来。门一开，路过的茶肆客人不经意往里头一瞥，立马认出了赵家三郎。茶肆里本就是三教九流会合之地，一传十，十传百的，在赵平还陷于震惊不已的情绪中时，雅间外边人头攒动，若干道明亮的眼睛齐刷刷地看着雅间里头的热闹。

尽管齐大姑娘手脚迅速地躲到了屏风后面，可众人却早已认出了她。

齐家的胖姑娘，樊城有谁不知。

这下可好了，赵知府的儿子在茶肆里跟正经人家的姑娘做出了苟且之事，赵知府的颜面这回是不保了。

那一日过后，不到半天，整个樊城都知道茶肆里发生了一件不得了的大事。闻讯最先赶过来的赵家人是主母郭氏，郭氏的手段雷厉风行，二话不说便决定了赵平的婚事。

短短一盏茶的工夫，郭氏便让人抬回赵平，送回齐大姑娘，当天夜里就派人去了齐家商定了婚事，甚至省去若干礼节，很仓促地定下了成亲之日。

赵平娶齐大姑娘那一日，虽不是个良辰吉日，但是秋高气爽，天气极好。

崔锦在屋中作画，神态悠然自得。

画毕，阿欣捧了糕点进来。

自从家里有了金，珍嬷便时常去糕点铺子买来好吃的糕点。珍嬷自己尝了一回，很快就摸清了糕点的做法和用料。

阿欣说道："大姑娘，这是珍嬷做的，比糕点铺子里买的还要好吃，夫人赞不绝口呢。"

说着，阿欣打量着崔锦的神色，见她毫无沮丧方稍微放心了一些。

其实阿欣也不明白，那一天明明是大姑娘去见赵家三郎的，她在下面候着。后来好端端的，齐大姑娘就跑进来了，没多久大姑娘就出来了。

之后大姑娘闭门不出。

之前那些针对大姑娘的闲言蜚语也因赵家三郎与齐大姑娘的事情转了个风向，再也没有人说大姑娘半句不是，反而都说赵平才是那个薄情负心之人。

崔锦尝了一口，笑道："果真不错，珍嬷这手艺可以去开糕点铺子了。"

此时，阿欣又道："对了，大姑娘，那个唤作阿宇的少年还在外头候着。方才听说大姑娘在作画也不敢打扰，便一直在外头等着。"

崔锦问："在后门？"

"是。"

崔锦搁下糕点，说："带他进来，莫要让阿娘看见了。若是……阿娘看见了，便说是来讨水喝的人。"不一会，崔锦整理了下衣裳，方离开了西厢房。

阿宇在一棵枯树下站着。

地上的落叶被打扫得干干净净的。

崔锦过来后，阿宇便道："大姑娘请放心，小二说崔夫子对他有识字之恩，那一日茶肆中的事情他什么都没有看到。"

顿了下，阿宇又说："那小二还说大姑娘您……值得更好的。"

崔锦微微一笑。

"嗯，你做得很好。"

阿宇又担心地道："若是齐大姑娘主动告诉了赵家三郎，那该如何是好？"

崔锦说："这个不必担心，她若想以后有好日子过，就绝不会告诉赵平。倘若说了，赵平定会认为是我与她一道算计他，若不说赵平只会以为他想算计我，不曾想到却搭上了一个意外。"

心气如此高傲的赵平娶上一个自己厌恶的正妻，恐怕这一辈子他都会意难平吧。

赵平成亲后，崔锦便再也没有见到他。听说赵知府知道赵平在茶肆做出那般有辱赵家颜面的事后，气得脸色发青，还对赵平用了家法。

崔锦听到的时候，不以为意地一笑。

如今的赵平与她不再相干，而她有更重要的事情去做。

接连几日，不大的樊城蓦然变得热闹起来。也不知是从哪儿走漏了消息，说是那

燕阳城中将有贵人来樊城。赵知府战战兢兢地准备着迎接的事宜，街道上巡逻的衙役也逐渐增多，连乞儿也被赶走了不少。

赵知府这般郑重其事，作恶宵小之辈也急遽减少。

一时间，樊城是前所未有的安宁。

赵知府越是这般，樊城百姓们便越是好奇。

在樊城里活了这么多年，大人物也不是没有来过。之前樊城中还曾有过皇子微服呢，但赵知府也没有这般郑重其事。莫非这次来的贵人比皇子还要金贵？

这天下间比皇子还要金贵的莫非是太子？

茶余饭后众人猜得如火朝天。

而此时崔家一派祥和。

崔父扫雪煮酒，崔母在屋里头小睡，崔湛仍旧在东厢房里埋头啃书，崔锦亦是独自一人在西厢房里作画，阿欣与珍嬷坐在厢房外头的小板凳上，有一句没一句地搭着话。

阿欣时不时呵出一口暖气，搓着冰冻的双手，兴奋地喋喋不休地说着外头听到的趣事。

她今日去外头买猪肉回来炖汤时，听到菜场里的人说起即将要来樊城的贵人。阿欣也很是好奇，她说："阿嬷，比皇子还要金贵的是太子和皇帝么？除了这两位还有谁能比皇子还要金贵？"

珍嬷说："我不懂，你呀，别整天想些有的没的。再金贵也跟我们没干系。"说着珍嬷起身，往灶房走去，边走边呢喃："猪骨汤也应该快炖好了。"

阿欣撑着下巴，使劲地揉了揉脸。

此时，背后忽然嘎吱一声，东厢房的门打开了。随之而出的是崔湛。崔湛负手看着院里结了霜花的枣树，说道："竟然下雪了。"

阿欣扑哧一声笑出来。

郎君连着好几日没有离开过东厢房，吃食也是由她端进去的。这几日郎君可刻苦用功了，夫人见状，不忍心扰了郎君的思路，索性让郎君独自在厢房里用饭。

雪是前些时日下的，也难怪郎君没有察觉。

崔湛瞥了阿欣一眼。

阿欣登时噤声。

此时，崔湛又道："阿妹在厢房里头作画？多久没出来了？"

阿欣道："午饭后便进去了。"

崔湛皱眉，寻思一会，大步迈向西厢房。他敲了敲门，说："阿锦，是大兄。"屋里头很快便传来崔锦的声音，说："进来。"

崔湛刚要推开门，却又住手。阿锦将到及笄之年，与自己该避嫌了，不能像小时候玩得肆无忌惮的。思及此，崔湛心里有几分失落。

他对阿欣招招手，说："你也进来。"

崔锦坐在书案前看书。

书案上还有一杯清茶和几样零嘴，崔湛扫过后，目光落在了崔锦的脸上。崔锦含笑问："大兄怎地过来了？"

崔湛原是想说崔锦在房里坐了一下午却没有走动，这样不好，可转眼一想，自己也没有做出好的榜样，索性咽进肚里。他改口说："最近画了什么？"

语气威严。

话一出口，崔湛就懊恼了。原先兄妹俩感情是极好的，他与阿锦说话时也不似这般生硬，到后来崔锦认识了赵家三郎。那赵家三郎，他见过的，油嘴滑舌的，长了张哄骗少女的脸蛋，一看就知不是好人。崔湛说过崔锦几次，可崔锦不听，一来二去，兄妹之间感情也不如当初，偶然说上几句话，崔湛一想起赵家三郎便没有什么好脸色。

后来崔湛索性不理崔锦了，更觉自己的阿妹肤浅。

他打小就晓得阿妹对容貌有一定的执着，就喜欢那些长得花里花哨的人，那赵三郎偏偏就符合了阿妹的审美。哼，他还觉得自己长得比赵家三郎好看呢。

不过如今赵家三郎成亲了，阿妹似乎没有伤心。

他好几次夜里徘徊在西厢房门前，原想着阿妹一哭便进去先骂她一顿，再软声哄她的。不曾想到阿妹不仅仅没有哭，还笑得很是快活，看来已经将赵家三郎给忘记了。

崔锦拿出几张画纸，一一铺在书案上，面部依旧是笑吟吟的，不过心中却有几分忐忑。

她与大兄这几年的感情生疏了不少。

每次大兄一与她说话，便板着脸，比阿爹还要威严。她看了，难免心里有些害怕，尤其是大兄也像阿娘，这不许，那也不许的，成日让她背女诫女德。她听多了，心中也烦躁。

如今见大兄主动来寻她，她心中委实没底，脑子里使劲地回想这段时日自己有没有做错什么。

崔湛仔仔细细地端详着，他越看越自豪。

他的阿妹画功越发深厚了，再过个七八年，兴许还有大家之风。不错不错，他的阿妹又岂是那赵家三郎能配得上的？

"大兄觉得如何？"

崔湛沉吟片刻，道："还好。"话一出，崔湛又懊恼了。瞧他这张嘴，心口不一的。哪里是还好，分明是极好！极好的！

崔锦不由有几分黯然，大兄待人温和，也不会说重话，如今说还好，那便是不好的意思了。她道："大兄，我会仔细钻研画技，下次一定会画得更好的。"

阿妹！我没有这个意思！

崔湛在心中想抽自己一个嘴巴，可话到了口里又变了个样。他也不知自己到底在别扭什么。只听他道："嗯。"

嗯！嗯个头！你就不会说点别的吗？崔湛呀崔湛，你脑子糊涂了是不是！

见崔锦低垂着头，重新卷起画纸，崔湛蓦然给了阿欣一个眼色。阿欣不明所以，她打从一进屋便觉得大郎不对劲，见崔湛眼神有异，她懵懵懂懂地问："大……大郎可是眼睛不舒服？"

"大兄可有不适？"崔锦望去。

他重重一咳，道："无。"

阿欣问："那为何大郎一直眨眼？"

崔湛又是重重一咳，只觉与其靠阿欣，还不如靠自己。他说："阿妹，我听阿欣说再过些时日燕阳城有贵人要来，到时候城里定会很热闹。你可想出去瞧瞧？"

崔锦自是晓得此事的，她欣喜道："好。"

贵人到来的那一日，樊城极其热闹。

赵知府带着樊城有声望的诸老一大早便在樊城数十里外等着。显然燕阳城这位贵人是不打算低调了，浩浩荡荡的队伍铺了十里，最前面的是银甲红枪，曾在战场上沐浴过血河的兵士威仪赫赫，肃杀之气浑然天成。这一路过来，山贼退避三舍，鸟惊四散。

而接着的是骑着大马的随从和穿着绸缎锦衣的侍婢，再接着才是一辆华美的马车。

赵知府大老远就看到了寒光瑟瑟的银甲卫。

他打了个寒战，赶紧视察周围。

之前下了雪，他派了衙役和百姓将樊城外数十里的积雪都扫清了，所幸这几日没有下雪了，官道上干干净净的，丝毫污迹也没有。

终于，队伍停了下来。

赵知府领着众人前去跪拜。

银甲卫和随从还有侍婢有条不紊地散开，一辆宽敞的华美马车缓慢地驶上前。虽还不曾见到贵人，但赵知府背后已然湿了一大片。

"樊城知府赵庆率领诸老拜见贵人。"

马车里迟迟没有出声，周遭安静得只能听到自己的心跳声。赵知府的后背又湿了许多。就在此时，马车里终于传出一道慵懒而清冷的声音。

"立了献玉之功的赵庆？"

"回贵人的话，正是在下。"

"洺山古玉是何人挖出？"

赵知府听到此处，心中不由一喜，原先恐惧而敬畏的心情添了一丝自豪，他挺胸道："是赵某的三子赵平。"

一直立在车旁的侍卫道："着赵平准备，郎主今夜召见。"

赵知府连忙应声，登时欢喜不已。

衙役将樊城百姓挡在两侧。

百姓们皆是兴奋不已，纷纷探头眺望，人群中熙熙攘攘的，嘈杂万分。不久后，有银光闪现，人群中有人大声喊道："贵人来了！贵人来了！"

衙役们纷纷喝道："通通都不许吵闹喧哗，再吵都关进牢里！"

顿时，人群安静了不少，但依旧有些许声音。

众人紧盯着缓缓到来的队伍，眼睛眨也不眨的，生怕一眼错过便会少了茶余饭后的谈资。尤其是见到侍婢们身上绸缎锦衣，纷纷都亮了眼。

这燕阳城的侍婢穿得比知府家的姑娘还要好呢，随便一个挑出来都像是贵女一般。

侍婢都如此，更何况华贵马车中的贵人。

也不知这贵人是男是女，这可是比皇子还要金贵的人物呀。

百姓们人头攒动，使劲地伸长脖子，仿佛要将那一辆马车盯出个洞来才肯罢休。

而此时此刻的崔锦与崔湛正在茶肆的雅间里头。

崔湛早已料到这种情况，便一大早就在茶肆里定下雅间，稍微迟个几日，雅间也都爆满了。茶肆里的老板恨不得燕阳城的贵人们一天来一个，如此他的生意也不用发愁了。

崔锦低声笑道："也不知比皇子还要金贵的人会是何等身份？这种架势委实让人叹为观止。"

崔湛有心搭话，说："阿妹猜猜会是什么人？"

"大兄知道？"

他笑道："你先猜猜。"

崔湛一笑，让崔锦只觉回到了以前，兄妹俩也是有说有笑的，大兄时常还会出题考她，答对了他便省出私房钱给她买零嘴吃。

崔锦莞尔道："比皇子还要金贵的人是太子，还是一国之君？抑或是受宠的长公主殿下？"

她绞尽脑汁地想着。

蓦然间，脑子里却浮现了在她画中的闵恭。

锦衣华服，葡萄美酒，若无底气撑着眉眼间又怎会那般肆意张扬？不过此时此刻的闵恭应该还在秦州，断不可能是闵恭。

"还有呢？"

崔锦扁嘴道："想不出来了，大兄快说快说。大兄看的书比阿锦多呢。"

崔湛含笑道："阿妹的确还猜少了两人。"

崔锦好奇地道："天下间还有什么人能比皇子金贵？"

崔湛也不卖关子了，他慢悠悠地道："时下信巫，不受宠的皇子自然比不上皇帝身边的大巫师，我们晋国的大巫师掌管国运，即便是皇帝也要卖大巫师面子。"

"还有呢？"

崔湛话锋一转，却问："燕阳城有五大名门望族，阿妹可知有哪几家？"

她毫不犹豫便道："汾阳崔氏，青郡范氏，济城李氏，秦州王氏，以及申原谢氏。"崔湛道："燕阳城最先只有四大名门望族，申原谢氏也是近二十年来才跻身为五大名门望族之一。阿妹可知道原因？"不等崔锦开口，他又继续道："谢家五郎生而有眼疾，虽不能视物，心中却澄明如镜，通巫术，大巫师观之，禀报圣上，自此谢家五郎成了鬼神所庇佑的巫子。"

崔锦大愣。

"何为……通巫术？"

崔湛说："通天事，知人事，晓鬼事。正因开了天眼，所以谢家五郎才会有眼疾。"

崔锦并未从阿爹口中听过这些事情，如今一听，心中惊愕不已。那……谢家五郎竟然是个瞎的！天赐神技，所以才瞎了眼？岂不是上天赐予神技，必会从人身上夺回一物？

崔锦不禁有些后怕。

崔湛察觉到阿妹脸色不妥，担忧地问："阿妹怎么了？可是身子不适？"

她苍白着脸色，勉强一笑，说："不，只是有些乏了，可能是昨夜没有睡好。"崔湛说："那我们回去吧，贵人在马车里头，我们也见不到容貌。"其实他还在担心若是阿妹见到贵人长得好看，又像对赵家三郎那样飞蛾扑火地掉落一颗芳心，那就不妙了。

崔锦与崔湛一道回了家。

崔锦以身子不适为由，连晚饭也没有用，直接躺在了榻上。崔湛有些担心，本想着唤元叟找个巫医回来，可阿妹坚持不用，说只是有些乏了，歇一夜便好。

崔湛见状，也没有坚持，不过心中仍是担忧着，夜里起身了好几回，打开窗子看对面厢房的情况。

西厢房黑漆漆一片的。

而此时此刻的崔锦也没有睡着。

她满脑子都是今日大兄所说的话，谢家五郎是天赐神技，而她也是天赐神技，但谢家五郎瞎了，可她却安然无恙的，能走能跑，五官俱在，甚至比得神技之前还要圆润了不少。

她借着神技已经画了不少画，还因为其中几幅画赚了金，并救出阿爹，还让未来的大人物欠了自己的人情。这些都是上天所赐的神技带给她的好处。

崔锦抿紧唇瓣。

她苦思了数日，在第四日的时候，崔锦起来时，一扫之前几日的郁结，变得精神奕奕的。

她想了很久，终于想通了。人得到一些东西，总要失去一些东西的。上天赐予她这个神技，救了阿爹的性命，不管以后失去什么，她也甘之如饴。

还是之前那句话。

既来之则安之。

崔锦笑容可掬地离开西厢房，准备与爹娘还有大兄一块用早饭。"阿爹阿娘，多吃点。"崔锦给崔元与林氏舀了白粥，又给崔湛夹了包子。

"大兄，也吃多点。"

崔湛仔细地打量着崔锦，见她面色如常，不再像前几日那样苍白后，心中稍微放心了些。不过同时的，又有几分黯然。阿妹果真长大了，前几日分明是有心事的，以前阿妹有心事都是第一个与自己说的，现在宁愿自己憋着想着也不愿告诉他这个大兄。

思及此，崔湛又怨了下赵家三郎。

不过这些心思崔湛自然不会表现出来，他也给崔锦舀了白粥，说："阿妹也多吃点。"

一家其乐融融的。

林氏看着一双儿女，眉毛笑得弯弯的。

然而就在此时，忽有急促的脚步声响起，崔锦扭头一望，是元叟慌慌张张地奔了进来。只见元叟面色惊慌，嘴唇也在哆嗦着，他说："不好了不好了，忽然有许多衙役过来了。"

话音一落，若干衙役就出现屋外。

其中一人喝道："崔元，知府大人命吾等捉拿你前去审问，速速过来，不然休怪吾等动手！"

崔锦大惊失色。

她刚想迈出去质问，却被崔湛握住了手，旋即他走出屋外，问："不知各位大人因何捉拿我爹？我爹安分守己，又何曾犯过事？"

其中一衙役道："崔元涉嫌杀害孙家郎君。"

"不可能！"崔湛叫道。

衙役不欲再与崔湛周旋，咄咄逼人地一挥手，若干衙役便将崔元押了出去。崔元回过神，连忙道："你们莫要担心，只是审问而已，我很快便回来。湛儿，阿锦，照顾好你们的阿娘。"

林氏方才还是笑得弯弯的眉毛瞬间就拉了下来。

她颤抖着手，苍白着脸，说："这……这是什么回事？"说着，眼泪已经从眼眶掉下来。她道："不可能！不可能！你们阿爹光明磊落，又岂会做杀人越货之事？不可能不可能的，一定是误会。一定是知府大人误会了！"

崔锦与崔湛互望一眼。

兄妹俩各自挽住林氏的手臂，崔锦轻声劝道："阿娘莫怕，方才衙役也只是说涉嫌，涉嫌便是还未定罪，阿爹是什么人，整个樊城的人都清楚，一定是误会。方才阿爹也说了，只是讯问而已，很快便能回来了。"

崔湛也说道："阿娘别担心，我让元叟去打听打听，你先歇着，在家里等阿爹回来。"

接着崔锦唤了珍嬷和阿欣进来。

两兄妹走了出去。两人又互望一眼，崔湛正想说什么，崔锦便道："大兄，我先让人去衙门打听下，到底发生了什么事情。元叟年纪大了，未必有我的人精明。他当惯跑腿的，打听消息很有一套。我们有金，还可以在衙门里打点一番，定不会让阿爹受苦的。"

崔湛也是此时方察觉到一事。

他的阿妹比他想象中要稳重得多，遇事不乱，说话有条有理，他这个当大兄的也被比了下去，难怪阿爹平日里总多疼阿妹一些。

他颔首道："便依你所说的去做。我也出去一趟，此事怕有蹊跷。"

阿宇很快便打听回来了。

只听他说道："是西街街尾的孙家大郎，唤作孙青，是个嗜酒之人。孙大郎性子孤僻，早早与孙家弟兄分了家，独自一人住在西街街尾。本来孙大郎与自己的弟兄几人也不常见面，但前几日刚好是孙母的生辰，孙父离开人世后，孙母便跟了孙三郎同住。以往孙家几位郎君都会在孙母生辰那一日齐聚一堂庆贺生辰，那一日唯独孙大郎没有来。孙母担心便遣了仆役去看看，未料一撞开门竟见到了孙大郎的尸首。"

孙青？

崔锦不由一愣。

西街街尾的孙家大郎她是知道的，因性子孤僻，是以极少与人来往。她小时候经过孙家大郎的门口时，都生怕孙家大郎会凶神恶煞地跑出来。樊城中有小童不听话时，不少长辈们都会用孙家大郎来吓唬他们，一吓一个准。

阿爹又怎会与他扯上关系？

崔锦示意阿宇继续说。

只听他又说："前些时日孙家大郎去了酒肆买酒，酒肆老板说孙大郎喝醉了，与前去买酒的崔元起了争执。孙大郎故意为难崔元，崔元面有愠色。衙役说大姑娘的爹有作案的动机。"

崔锦皱眉，恼道："简直是胡说八道，我爹在樊城多年，为人处世如何，大家都是有目共睹的，用得着杀害一个孤僻的孙大郎吗？"

阿宇连忙道："大姑娘莫气，您说得对，我们都是有目共睹的，知府大人定不会白白冤枉崔老爷的。"

崔锦冷静下来。

她道："阿宇，此事你做得不错。"她摸出半金赠予阿宇。阿宇摆手道："要不得要不得，大姑娘每月给小的两金，小人为大姑娘办事是理所应当的。"

崔锦道："办得好自该有奖励，你收着。也多亏了你，才能这么快将事件的来龙去脉打听清楚。你先回去，待我有事再唤你。"

阿宇推托了下，最后还是收下了。

崔锦看着阿宇离去的背影，心想着阿宇虽是自己雇下的人，但忠诚度如何她不敢完全保证。毕竟人心总是贪婪的，阿宇虽收了她的好处，但最初她是以为赵知府办事为由雇佣了他与另外几个乞儿，阿宇也一早知道她为赵知府办事是假的，若这一回当真是什么有心人从中作梗，害得阿爹坐牢子，阿宇另谋高就也并非是不可能之事。

不过阿宇是个聪明的少年郎，像她这么大方的雇主，整个樊城未必能寻出另外一个。

崔锦不再细想，她回了西厢房，铺好画纸，准备作画。

一炷香的时间后，崔锦略微有些失望。

上天赐予她的神技，似乎不像以前那么好用了。刚开始得此神技，她急着救阿爹，急着取得乞儿的信任，画中也顺了她的意，她几乎是想知道什么便能知道什么。

可近来她画了许多幅，而里头都是些极其琐碎之事，跟她想要的毫无干系。

崔锦按捺住急躁的心情。

她搁下笔，准备出去走走。

在崔锦即将出门时，崔湛回来了。

兄妹俩在门口撞了个正着。

"大兄……"

话还未说完，崔锦便被崔湛拉到了一旁。元叟正想高声喊"大郎回来了"又被崔湛使了个眼色，他只好咽进肚里。

崔湛面色不佳。

他压低声音道："阿叟莫要声张，此事不能告诉阿娘。"

崔锦脸色变了变，问："可是出了什么意外？"

崔湛叹道："赵知府升堂审问了阿爹，虽然没有证据证明是阿爹杀的，但阿爹也一样没有证据证明不是自己杀的。孙大郎死的那一日，有人目睹阿爹经过孙大郎的家门口，阿爹没有人证，如今阿爹被收押，直至捉拿真凶后才能放出来。"

元叟瞪大眼睛。

"若是捉不到呢？岂不是得一直关着？"

崔锦说："大兄莫急，我已预料到这个情况，先一步让人给了金打点了牢里的狱卒。"接着崔锦又将阿宇听到的事情一五一十与崔湛说了。

崔湛微微沉吟，问："你现在准备去哪儿？"

崔锦说道："我想去孙大郎家看看，孙大郎若真是在家中被杀，兴许会留下些蛛丝马迹。"

崔湛说："孙大郎的尸首被抬走后，孙家已经不许任何人进入。赵知府也派了人暂时封了孙家，直到水落石出后才会解封。"

她眨眨眼，狡黠地道："明的不许，我们总能暗着来吧。小时候大兄还教过阿锦爬墙呢，阿锦至今还没有忘记。"

那时的大兄才不会整天让她背女诫女德，会教她玩许多好玩的事情。

崔湛本想说危险，不许她去的。可转眼一想，自己的阿妹的确长大了，即便自己不许，以她的性子定会偷偷跑着去，还不如自己紧盯着她安全一些，遂道："等天色暗下来后再去。"

入夜后。

崔湛与崔锦悄悄地离开了崔家，在夜色的掩护之下，到了孙家。孙家的墙不高，只有三尺左右。这段时日经常山里来山里去的崔锦轻而易举就爬上去了，反倒是成日待在屋里头的崔湛爬了好久，最后崔锦搭了一把手才成功爬进了孙家。

所幸夜色昏暗，崔锦才没有看到崔湛红得像火一样的耳根子。

崔湛悄悄地瞥了眼崔锦的后脑勺，暗自咬牙，以后万万不能闭门不出了，怎么能让自己的阿妹比过自己？委实……丢脸！

崔锦从衣襟里摸出火折子，悄悄地点了灯。

此时只听崔湛重重地咳了咳，说道："阿妹，你脚下便是孙大郎死前的地方。"见她颤抖了下，崔湛稍微寻回了兄长的颜面，正想说些什么，岂料崔锦却后退一步，蹲了下去。

她低头仔细地瞅了瞅，烛光照着她的脸，丝毫恐惧害怕之色也没有。

崔湛在心中叹了声。

瞧瞧他这阿妹，一点也不像是姑娘家。

崔锦说："大兄，你过来看看，地上有干涸的血迹。"

他也凑前来，仔细一看，然后说道："孙大郎的尸首还在义庄里，仵作还没有开始验尸。"崔锦说："地上有血迹，必然是孙大郎生前与人起了争执。大兄你看，血迹不止一处。阿爹是文人，与身形魁梧的孙大郎相比，又怎么可能杀害得了他？即便当真有动机，也没有那个能力。这么明显的事情，仵作跟捕快怎么可能没有发现？"

崔锦蹙起眉头。

崔湛道："所以我才说此事有蹊跷，像是有人故意要冤枉阿爹似的。"

听到此话，崔锦蓦地抬头。

崔湛又说："上次阿爹莫名其妙失踪了几日，也不知是何人所为。兴许跟这一次的是同一人。"之前赵平欲要杀害崔元一事，崔锦并没有告诉崔湛。她怕大兄一时冲动便没有多说。如今她听崔湛这么一说，不由陷入沉思。

只是赵平早已失势，他又何来能耐做这些事情？

接着兄妹俩又在孙家逗留了两盏茶的工夫，把屋里头都仔仔细细地看了个遍后，方离开了孙家。

崔锦回到家中后，刚进西厢房，阿欣便匆匆走过来。她小心翼翼地从衣襟里摸出一张信笺，小声地道："大姑娘，之前有个小童让奴婢交给您的。"

她颤抖着双手呈上，眼中很是兴奋。

"是纸呢！用纸当帖子的人，一定是个贵人。大姑娘，你说会不会是闵家郎君得势了，晓得如今我们家中的状况，所以来帮我们了？"

崔锦道："小童送来时可有说些什么？"

阿欣摇头："什么也没说，只说是他家郎君给大姑娘的。"

崔锦铺平信笺，扫了几眼后，神色大变。信笺上的字迹是她曾经最熟悉的，他曾经给她写过窈窕淑女君子好逑，还曾赞美过她的容颜，曾经有一度她见到这样的字迹

便心花怒放，然，现在的她却如同灌了一盆冰水，在这寒冬里仿佛一潭深渊。

她打了个寒战。

信中只有七个字——想要救崔元，求我。

最后一个"我"字，他写得极其狂放，她甚至可以透过这个字看到他得意扬扬的表情。她咬牙道："将元叟唤来。"

"阿叟，去东街寻阿宇过来。"

半个时辰后，元叟才回来了。比以往的时间久了一半，崔锦不由有些心慌和忐忑。之前事事都把握在自己的掌心里，可如今变得有些不一样了。

崔锦问："阿宇在何处？"

元叟道："大姑娘，奴找不着阿宇。奴敲了很久的门，也没有人应声。后来悄悄地爬进去了，发现阿宇并不在家中。桌上有一口也不曾动过的吃食。之后奴想着阿宇会不会去其他地方了，沿街找了一遍，也没见到他，于是便回来了。"

崔锦眉头拧起。

樊城小，一旦发生什么事情，一传十十传百的，很快地整个樊城便会知晓。今日贵人突来雅兴要游樊城，出府后不久，连处在樊城偏僻之处的人都晓得了。

赵知府暗中下令，闲杂人等不能出来扰贵人。

原先热闹的街道也因此变得清冷了不少。

贵人依旧坐在华美的马车中，一旁是赵平在作陪。马车慢悠悠地荡着，赵平也慢悠悠地跟着。马车里偶尔飘出一句话，赵平搭上了，滔滔不绝地给贵人讲解樊城的风土人情。

赵平说得舌灿莲花的。

后边跟着的赵府随从也不禁暗自忖道：这一回三郎入了贵人的眼，以后定能让赵知府刮目相看了。

赵平心中亦是这么想。

原本他以为这辈子只能认栽了，没想到上天给了他一个机缘。大兄得了明州何公的赏识又如何，这位可是从燕阳城来的贵人呢！比何公贵了不知多少！只要他侍候好了这一位贵人，以后的前程兴许比阿爹还要好！到时候他休了齐氏！另娶娇妻！他还要让崔锦这个不知天高地厚的女人后悔！

竟敢算计他！

待他弄死崔元，必定要好好地尝一尝她的身子，再纳她为妾，任由齐氏欺凌。看她还如何嚣张！

思及此，赵平更加卖力地在贵人面前卖弄自己的才学。

而与此同时，崔锦也得知了赵平入了贵人的眼一事。她万万没有想到赵平竟然有这样的时运。虽不知那个贵人究竟是燕阳城里的哪一位，但赵平一得势，吃亏的只有她自己。

阿欣着急地问："大姑娘，现在该如何是好？赵家三郎会不会对老爷有所不利？"

崔锦说："你小声些，现在还没有定案。赵知府最多也就敢关着阿爹，虽说阿爹已被汾阳崔氏放弃，但好歹也是汾阳崔氏的人，赵知府不敢用刑的。"

而且她还有一个后招。

既然申原谢氏依靠一个巫子在短短数十年内挤入根基皆有百年以上的名门望族里头，那么其他家族肯定也会盼着自己能有一个巫子或是巫女。

尽管上天赐予她的神技时灵时不灵的，可她依旧拥有此神技。

她相信汾阳崔氏很乐意见到一个这样的孙女。

但是不到走投无路时，她不想用上这一招。一旦用上了，便是人为刀俎我为鱼肉，她此生也只能任由汾阳崔氏宰割了。

"咦，大姑娘你要去哪里？"

崔锦戴上幂篱，道："你且跟我来。"

街道上有些清冷，崔锦选择了一条小路。小路上更是清冷，走了一会，半个人影都没有。阿欣忐忑地说："大姑娘，这要是被赵知府发现了该如何是好？"

崔锦道："等不得了。"

赵平既然入了贵人的眼，万一哄得贵人杀了她爹，她到时候又找谁伸冤去？何况这一次来的贵人究竟是谁，她现在也没有打听到，万一是长公主殿下那该如何是好？

听说长公主殿下年已二十五，可迟迟没有嫁人。

也听说长公主好男色，而皇帝宠着长公主，竟任由长公主暗中广收面首。

而赵平姿容不凡，能入得长公主的眼，也并非难事。

思及此，崔锦不由加快了速度。就在此时，远处忽有异响传来，崔锦面色一变，连忙拉了阿欣躲在小巷中。阿欣吓得大气也不敢喘一下。

崔锦倒是一脸平静地望向外头。

她见到了春风得意的赵平，还有那一辆宽敞而华美的马车，车帘纹丝不动的。

半刻钟后，小路上重新恢复了平静。崔锦拉着阿欣离开小巷，快步往东边走去。一路上，她低声与阿欣说着话，仔细地吩咐着。

阿欣见崔锦一脸凝重，不敢有误，认真地听着。

终于，崔锦停下脚步。

她的身前是一座屋宅，屋宅不小，大门是木头所制，可以看得出来是上好的木

材，门环是崭新的，有着金属的质地。

阿欣轻轻地叩了叩门。

不久后，有个小童跑出来。阿欣着急地说："我家姑娘得了怪病，钟巫医在吗？"小童打量了眼戴着幂篱的崔锦，半晌才道："在，跟我进来。"

钟巫医已经年过半百，蓄着白须，乍看之下，颇有仙风道骨之感。一进门，崔锦便闻到了酒味儿。阿欣扶着崔锦坐下。

崔锦缓缓地揭开了幂篱。

钟巫医打量着她，问："得了什么怪病？"

崔锦神色不太好看，一张巴掌大的小脸毫无血色，连唇也是白的。钟巫医的话音落后，崔锦并没有马上回答，而是过了半晌，她才哆嗦着唇，道："钟巫医，有……有鬼缠上了我。"

钟巫医挑眉。

"哦？是什么鬼？"

他也并非头一回见到被鬼缠上的人，所以倒也不吃惊。

崔锦魂不守舍的，又不出声了。

这时，阿欣挤出两行眼泪，抽泣着说道："钟巫医，你一定要救救我们家大姑娘。前几日我们大姑娘就开始变得不对劲了，一到了夜里就说要喝酒，喝的还是烈酒。平日里我们大姑娘是喝不得烈酒的，一喝就呛个不停，可这几日却不停地嚷着要喝烈酒，喝了后不但没有呛到，而且还喝得津津有味。奴婢想去夺下酒壶，却被大姑娘扇了一巴扇，接着还搂过奴婢，动手动脚，说什么让大郎我亲一亲。一到白日里，大姑娘却连夜里发生过什么事情都不记得了。"

钟巫医说道："兴许是家有恶鬼，待我作场法事好好超度下亡灵……"

话还未说完，崔锦蓦然瞪大了眼睛。

她霍地站起，眼睛发亮，直勾勾地盯着不远处桌案上的酒盅。她就像是一只豹子！迅捷而凶狠的雄豹！不过是眨眼间，她就抱来了酒盅，旋开酒塞，仰脖大口大口地喝着。

酒从下巴流落到衣襟里，可她丝毫也不在意。

直到喝光了，她扬手一扔，酒壶落在地上，碎了一地！她打个了酒嗝，笑嘻嘻的，走路也是跟跟跄跄的，仿佛只要稍微不注意便会醉倒在地。

她醉眼迷蒙地扫着周遭，目光最先落到了阿欣身上。

她色眯眯地走前，挑起阿欣的下巴。

"美人儿，给大爷亲一个。"

说着，她顺势倾前身子，要去揽住阿欣的腰肢。阿欣躲开了，扑通扑通地躲到了钟巫医的身后，她颤抖地说道："钟巫医，恶鬼跟着来了！"

这时，崔锦的目光落在了钟巫医的身上。

她又打了个酒嗝，歪着唇，不以为意地说："钟老叟，是你呀。你都这么大了，怎么还没死？"

钟巫医面色微变。

而此时崔锦又跟跟跄跄地走上前，笑哈哈地道："别阻拦我跟美人儿亲热，钟老叟你都这么老了，还霸着美人儿，夜里也不知道能不能起得来。"

这一番话已然有羞辱的意思了。

钟巫医皱着眉头。

一直在一旁侍候的小童也是头一回遇到这样的状况，以往都是去别人家作场法事便好了，这一次竟跟来他们这儿了。

小童后退了几步。

他小声地道："巫医，这……这大姑娘有点像是孙家大郎呀……"

钟巫医说道："你去请林巫师过来。"这种事情已非他一个巫医可以管得了，还是得把巫师叫来参详参详。林巫师住的地方离钟巫医不远，不到一刻钟，小童就把林巫师带来了。

崔锦一见到林巫师，又连着打了几个酒嗝。

她歪着头，直勾勾地看着他。

眼神阴恻恻的。

小童在路上已经将事情的原委与林巫师细细地说了。林巫师如今见到崔锦也知道了个大概，只听他喝道："孙家大郎，为何你要缠着这位姑娘？"

崔锦眨眨眼。

"我要报仇！报仇！报仇！杀我者不得永生！"

时下的人都信鬼神，皆认为人死身灭，魂灵是能得永生的。这样的话由这样的一个姑娘狠戾地道出，比毒誓的分量还重！

"是谁杀了你？"

"我要回孙家！"

林巫师与钟巫医互望一眼，最后林巫师道："好，老夫带你去。但你了结心愿之时要放了崔家大姑娘。"

她答应了。

临走前还带走了钟巫医家中的一壶酒。

第四章
狭路相逢

因赵知府的吩咐，今日大多百姓不敢出门，除了在外头开铺子的，还有一些由赵知府之前就挑选出来的稍微得体的百姓们。

他们走在街道上，时不时注意着贵人有没有来。没有来便重新回去继续走一次，从街头到街尾，又从街尾到街头。走了大半日，贵人仍然没有来，他们也不敢有埋怨，只好继续走。

蓦然，街道上出现了几抹突兀的人影。

时下巫师与巫医都极其受人尊重。

林巫师与钟巫医在樊城里可以说是无人不识，巫医治人，巫师通鬼神，百姓们很少会见到他们两人走在一起。如今两人一起出现在街道上，外加一个戴着幂篱的姑娘，还有一个扎着双髻侍婢打扮的姑娘，难免有些惹眼。

目光齐刷刷地就落在了他们四人身上。

此时，有人认出了阿欣，低声道："那不是崔家的侍婢么？"

也有人渐渐认出来了。

"那个戴着幂篱的是崔家的大姑娘吧？怎么会与钟巫医还有林巫师走到一块了？"

数人低声细语，目送着他们四人的背影渐渐消失在街道尽头。而这个时候，有人反应过来了，只听他道："这个方向不是去孙家吗！"

几人你望我，我望你的。

忽有人道："消息来了，贵人去了朱街的茶肆，刚进去呢。没小半个时辰都不会出来。"话音一落，几人仿佛心有灵犀地互相点头，接着若干人紧跟着钟巫医与林巫师的脚步，看热闹去喽。

孙家。

孙家大郎死后，为了确认死因，尸首还在义庄里。而孙家大郎的屋宇也暂时被官府封了，孙母白发人送黑发人，只好在自己这儿设了个灵堂。

孙家上上下下都在孙家灵堂里。

孙母这辈子生了五个儿子，孙父是经商的，死得早，而家中弟兄早年也不太合，于是便早早分了家。孙父经商剩余的钱财，五个儿子平分了，三儿子因与孙母同住，还得了孙母当年带来的嫁妆。

本来孙家大郎是孙家的嫡长子，理应侍候孙母的，但孙家大郎性子孤僻，迟迟不愿娶妻，最初孙母与孙家大郎同住，但过了一两年，孙母倒是被孙家大郎气出病来了，不得已之下，只好跟了孙家三郎同住。

不过一码归一码，孙母心中虽气着大儿子，但如今大儿子去了，孙母哭得双眼红肿，眼泪都流干了。

孙家三郎安慰着孙母。

孙母仿若未闻，不停地烧着纸钱，还说："你大兄爱喝酒，烧多点纸钱，他在下面也能买酒喝。"

孙家三郎叹了声。

就在此时，孙家二郎匆匆地跑进来，急促的脚步声惊扰了孙母。孙母霍地抬头，怒骂道："跑什么，你大兄尸骨未寒，这么大声想惊扰你大兄的魂灵？"

二郎面色讪讪的。

他给三郎使了个眼色。三郎与二郎一道离开了灵堂，二郎此时方急道："三弟，钟巫医与林巫师都来了，就在外面。"

三郎面色微变，他道："去开门。"

灵堂里的孙母痴痴地看着牌位。

人生中最大的苦难莫过于是年轻丧夫，中年丧子，这两样她通通遇上了。她的命怎么就这么苦？孙母揩了揩眼角，没有眼泪，可心早已泛滥成灾。

又有急促的脚步声响起。

孙母几乎是凶神恶煞地瞪去，话还未出，她蓦然愣住了。她直勾勾地盯着林巫师，着急地说："巫师大人，我儿的亡灵在何处？他可有吃苦了？可有在我身边？"

孙母的声音沙哑之极。

林巫师说："孙大郎便在我身边。"

此话一落，灵堂里的所有人都愣住了。孙家几位郎君皆在，都露出了各式各样的神情。这些神情一一落入了崔锦的眼里。

孙母惊喜地道："在哪里在哪里？大郎，来阿娘身边。"

林巫师又道："他在这里。"说着，他揭开了崔锦的幂篱。一张姣好的容颜露在众人面前，明明是漆黑的星眸，高挺的鼻梁，可此刻却有着异样的神采。

林巫师说："孙大郎，已经如你所愿带你到孙家了。"

三郎皱眉道："这明明是崔家的姑娘！"

二郎也随之附和。

然而孙母却激动地站起，握住了崔锦的双手，她说："不，这就是大郎，我的大郎。大郎，你怎么附身在崔家姑娘身上了？怎么有家不回？阿娘在这里呀。"

崔锦却甩开了孙母的手，粗声地喘了几口气，使劲推倒了只有衣冠的棺木，长袖一挥，又打翻了牌位。木质的牌位掉落在地，竟是摔成了两半。

她冷冷一笑："回来？回来等着你的好儿子害我？"

她的目光落在不远处的四位孙家郎君身上，她一一扫过，眼神凶煞而狠戾，手中握着的酒壶冷不丁地摔向孙家三郎。

"三弟，人在做天在看，人死魂在，死人也是会说话的。"

孙母震惊地看向三郎。

三郎说："你胡说什么？你明明是崔家姑娘，为何要装我大兄？阿娘，此人满口胡言，你莫要信他。我又怎会做出这伤天害理的事情？"

孙母看看三郎，又看看崔锦。

一时间不知该信谁才好。她是相信大郎的魂灵尚在的，可大郎说三郎杀了他，三郎如此温顺，又……又怎么会……

然而就在此时，崔锦冷笑一声，说："三弟是忘了，那天你与我争吵，还扬言要杀了我。如此母亲便不会再偏袒我了。"

三郎的面色唰的一下变白了。

他与大兄最后一次的争吵在大兄的屋里，而且这还是三个月前的事情，当时是个暴雨天，只有他与大兄两人。崔家姑娘为什么会知道？

孙母看向三郎。

她问："这是真的吗？三郎，你回我！"话音到了后面，已有厉色。面容也有几分狰狞，显然是已经信了崔锦的话。

三郎缓缓地垂下头。

灵堂刹那间变得安静。

崔锦嗤笑一声，说："认了？"

三郎抬起头，之前还是温和的神色，而如今却完全变了个样子。他的眼神阴寒而愤恨，他看着她，目光用力地像是在看此生最大的仇人。

"你该死，你该死！你明明什么都没有做，就因为你是嫡长子，从小爹娘便偏心于你。不管我做了多少，爹娘从来不看我一眼。而你混账如斯，爹娘始终将你当宝。苦是我受的，便宜是你占的。凭什么？凭什么！"

孙三郎眼睛充血。

崔锦垂眼，她没有多说什么。

这一番话表明了什么再显而易见不过，即便是个外人也能明白。她不动声色地看了眼人头攒动的外面，又缓缓地垂下眼。

孙母这个时候已经扑了上去。

她掐住孙三郎的脖子。

崔锦目的已达，她晃了晃神，佯作一副迷迷糊糊的模样看着周围，诧异地问："这……这是哪里？"见到阿欣，她大步走到她身边，皱眉问："阿欣，我怎么会在此处？"

阿欣大声道："大姑娘好了，大姑娘好了，孙大郎真的走了。"

外面的人群中忽然钻出了一人，身材颀长，剑眉星目的，不正是崔湛么？他大步走来，扶住崔锦的手臂，说："阿妹，阿娘找了你一整日了。你怎么在此处？"

崔锦张张嘴，神情还是有些迷糊。

崔湛道："罢了，归家再说。"

他与阿欣两人各自扶住崔锦的手臂，扶着她缓缓地离开了孙家。此时已经是傍晚时分，天色渐黑，街道上清清冷冷的，带着冬天的凛冽。

崔锦的面部被冬风刮得生疼，可此时此刻她的内心却是欣喜的。

她成功了！

真的成功了！

原本她只想着试一试的。很久之前，她初得神技，曾经画过不少樊城里诸多琐碎之事的画，其中有一幅便是孙家大郎与孙家三郎争吵的画面，说了什么，她并不知，但孙家三郎面容狰狞，与以往温和的他截然不同。

她进孙家的时候，孙家四位郎君，面有悲戚，但唯独孙家三郎见到林巫师的时候，神色躲闪。

她试着一赌，真的被自己赌中了。

果真是兄弟相残。

有林巫师与钟巫医还有若干外人作证，这一回孙家三郎想逃也逃不了了。真凶已有，阿爹不日便能放出来。

崔锦的一颗心噗咚噗咚咚地跳着，蓦地，脸上一暖，她微微怔了怔。

崔湛解下外衫，拧成手臂般粗的布条，围在崔锦的脸上，挡住了呼啸的冬风。只

听他低声道："以后若有这样的事情，告诉兄长，兄长陪你去。"

巴掌大的小脸此时就露出了一双乌溜溜的眼睛。她看着自己的大兄，心下不由一暖，只觉以前与自己亲密无间的大兄又回来了。

她重重地点头。

"嗯。"

崔湛含笑道："这样才乖，以后不许乱来了。"

崔锦的声音变得轻快，她说道："大兄，约莫明日阿爹就能回家了。到时候我们让珍嬷去买点猪肉和羊肉，涮着吃。"

崔湛说："好。"

两兄妹走了一段路后，忽然间树下冒出一道黑影，缓缓地走近。崔湛下意识地便往前站了一步，挡在崔锦的身前。

他警惕地看着黑衣人。

黑衣人却也不望崔湛，直接越过他看向崔锦。

"崔大姑娘，我家郎主有请。"

黑衣人走近了，崔锦看清了黑衣人的面容，是一张寻常的脸，但身上的黑衣即便是在昏暗的天色之下，也能感觉出质地的华美。

在樊城中，一个被差遣的仆役也穿得起这般衣裳的人家压根儿没有。

崔锦察觉出这位黑衣人是燕阳城来的贵人所差遣的。

"好。"

崔锦应得爽快。

她的不惊不惧让黑衣人不禁多看了她一眼。

崔湛扯了扯她的衣裳，压低声音道："阿妹？"崔锦说道："是贵人要见我，还请大兄放心。贵人宅心仁厚，又是燕阳城过来的，岂会难为我这样卑微的姑娘？大兄与阿欣在外头等我便好。"

话音一落，黑衣人又看了崔锦一眼。

宅心仁厚。

他不由轻笑了下，若是他们郎主叫宅心仁厚，天下间怕是没有狠人了。

崔锦自是没有错过黑衣人眼中一闪而过的笑意，她仔细琢磨着，脚步轻盈地跟上黑衣人。不过与此同时，崔锦心底也稍微安心了些。

她本来就担心燕阳城来的贵人会是长公主殿下，怕赵平会依靠自己的容貌得了长公主的欢心，如今黑衣人自称贵人郎主，那便是个郎君了。

黑衣人在茶肆前停了下来。

这家茶肆崔锦是晓得的，每次赵平都约在这家茶肆里，于她而言并不会陌生。只听黑衣人说道："我只能带你到这里，郎主便在里面。"

崔锦点点头。

"劳烦了。"

崔湛轻声说道："阿妹小心些。"

崔锦回头，笑了笑，之后提起裙裾迈入茶肆。现下已经入了夜，茶肆里点了灯，桌案上，屏风前，点了许许多多的灯，整个茶肆亮如白昼。

她心中不由有些诧异。

茶肆老板以往很是节俭，到了夜里，灯最多点五六盏，而如今的灯几乎数不清了。且奇怪的是，茶肆里安静极了，竟一个人也没有。

她四处环望。

过了会，她踏上阶梯，往二楼走去。

二楼有八个雅间，以往赵平喜欢约在第三个雅间。第三个雅间的景致是最好的。她没有多想，直接走进第三个雅间。

门一推开，崔锦便见到了赵平。

他位于坐地屏风前，手中有一晶莹剔透的夜光杯，杯中似有紫红的液体。他睨她一眼，唇边有喝瑟的笑容。

"哦，你来了。"

声音有伪装的温柔，然而更多的是一种窃喜和不屑。

此情此景，崔锦竟是想起了画中的闵恭。

见过闵恭那种妖魅的相貌后，赵平的容貌已经算不得什么了。他是有一张好脸，可他的出身和他的心境却让他变得俗不可耐，尤其是得知他心中的想法之后。

崔锦见到他，只觉恶心透顶。

"阿锦，我们很久没有见了。"

崔锦不着痕迹地打量着这间雅间。

这间雅间她来过好几次，如今却有了天与地的变化，摆设与大小都不一样了。她可以敏感地察觉出雅间里还有另外一个人。

她佯作不知，也不与赵平周旋了。她开门见山便道："是你让贵人找我过来？"

赵平说："有这样的殊荣，你可会觉得欣喜？"

崔锦不答，反而说道："赵三郎，你既已娶妻，又何来招惹我？又为何要将我逼迫到这般地步？我爹说过我的夫婿是不能纳妾的，你既然做不到，为何还要强求？还企图杀害我爹，杀害不成，又诬蔑我爹。所幸鬼神有眼，庇佑我爹，如今真凶已出，

你的奸计也不能得逞。你做了这样丧尽天良的事情，即便你有才华，有姿容，燕阳城的贵人也不会容得下你。你心中的污秽只会玷污了贵人的眼！"

赵平愣住了。

脸色顿时变得极其难看。

他不知道崔锦竟然晓得他欲杀害崔元之事。可思及此，他心中也变得懊恼。崔锦早就知道了，她之前的柔情通通都是装的。这个狠毒如蛇蝎的妇人！

他急忙看向另一边的七面屏风，随后呵斥道："你胡说什么。你不过个女子，又知道些什么？"

他正要上前。

崔锦面无表情地说："三郎是想动手？堂堂男子汉大丈夫竟想对一个手无缚鸡之力的女子动手？若是传出去了，你颜面何存？世人又会如何看待你？"

赵平咬牙："你……"似是想起什么，他方才还是青白相间的脸色忽然变得平静。他说："崔氏阿锦，我倒是不知你如此伶牙俐齿。"说着，他哼笑一声，压低了声音，"伶牙俐齿又如何，贵人应承了我，你只能是我的玩物，你以后的伶牙俐齿恐怕只能在榻上表现了。"

崔锦神色微变。

赵平见状，总算有了底气，声音也添了丝得意。

"你现在向我求饶，我且考虑考虑善待你。"

崔锦不为所动，反而轻笑了一声。她朗声道："赵郎不过刚得势便目中无人，即便以后站稳跟脚，也只会拖了贵人的后腿，与其让赵郎善待，不如让我自行了断，与赵郎一起'名垂千古'，阿锦没有这个福分。"

"你……"

赵平被气得七窍生烟。

而此时，屏风后响起一道声音，极为清冷，如同寒玉一般。

"聒噪。"

两个字一出，屏风前的赵平与崔锦都愣了下。但是很快的，赵平的面色转喜，他睨她一眼，仿佛在说——不知好歹。

一小童自屏风后走出，手中有一个精致的雕花镂空端盘，盘上有一双耳白釉小杯，杯中是澄碧的液体。

只见小童低垂着眼，走到赵平面前。

"郎主赐赵家三郎'沉碧'。"

赵平又看了崔锦一眼，随后高声道："赵平多谢郎主赏赐。"说罢，他执起小杯，仰脖一饮而尽。霍地，他面色大变，手中精致的白釉酒杯掉落在柔软的地毯上。

他扼住自己的喉间，眼珠子瞪得老大，面容狰狞得青筋直冒。他似乎想痛苦地呻吟，可他张大着嘴巴，却连一个音节也喊不出来。

小童面无表情地看着他。

直到赵平彻底昏过去了，外头有两个随从进来。小童用稚嫩的声音说道："郎主厌之。"

简短的四字便让崔锦心惊胆战。

这燕阳城来的贵人手段好生狠戾，若直接毒死赵平，他一死便没有任何顾虑。而如今他毒哑了他，却又让自己的随从仆役放话。

贵人简单的四字必定会伴随赵平一生，终其一生，他不会得到任何人的重用。让贵人所厌恶的人，他这辈子永无安宁了，连赵家的人也不敢对他好了。

一个连话也不能说的人，为贵人所厌，为家人所弃，赵平这辈子是毁了。

这样粗暴而直接的手段……

崔锦咽了口唾沫。

小童看向崔锦，只听他道："请姑娘跟我过来。"崔锦应了声，跟上小童的脚步。小童带着崔锦去了第一间雅间。

雅间里一个人也没有，只有一个浴桶，还有热气腾腾的水。屏风上挂着新的衣裳，是桃红的颜色，百花盛开的纹案，浣花锦的质地。

这样的一套衣裳，在樊城里可以卖上十金。

小童的声音又再次响起。

"姑娘身上酒味甚重，还请沐浴。"

崔锦看了眼浴桶里的水，又咽了口唾沫，她倒是有些担心一泡进去便会全身毒发。毕竟这燕阳城的贵人行事章法毫无规律，完全是随心所欲，她捉摸不透。

可事到如今，她无法后退了！

崔锦担心会让贵人久等，匆匆洗了下，很快便从浴桶里走出。当她穿好新衣裳后，不由微微一惊，衣裳不大不小，恰好适合她。

意识到此事，崔锦有些惊惧。

贵人当着她的面毒哑了赵三郎，如今又给她换上尺寸恰好的衣裳，岂不是说明贵人对自己早已摸透？如今大费周章让她沐浴，让她穿上新衣裳，是为了告诉她莫要耍花招？

崔锦心中开始变得忐忑不安。

明明还未见到贵人，可她却总觉得他什么都知道。

她深吸一口气。

不，她不能紧张不能忐忑，大兄还在外头等着她，稍有差池，代价便是她一整家的性命。

崔锦换上平静的神色，大步迈了出去。

外头候着的还是那个小童。

小童瞧了她一眼，也没多说什么，略略领先了半步，带着崔锦回到原先的雅间。而这一回，小童没有与崔锦一道进去，而是留在了外面。

雅间里还是之前的摆设，唯一不同的是赵平方才所待的坐地屏风被撤走了，雅间顿时显得空荡了些许。而七面屏风尚在，崔锦知道贵人就在屏风后面。

她朗声道："崔氏阿锦拜见贵人。"

屋里一片静谧。

屏风后面迟迟没有话音传来。崔锦咽了口唾沫，说道："阿锦多谢贵人赐热汤。"而此时，屏风后终于响起一道不紧不慢的声音。

"你在孙家装神弄鬼时倒是不紧张，怎么在我这里却如此紧张不安？"

他的声音低沉悦耳。

崔锦先是一愣，随后面色微变。

他……他连这个都知道了！

崔锦压制住心底的恐慌，镇定地道："贵人威仪赫赫，阿锦自然会紧张，孙家心怀不轨，阿锦以为上天公道，且多行不义必自毙，阿锦心中便无所惧。"

"倒是伶牙俐齿的。"

此时，有脚步声响起。崔锦低垂着头，不敢直视贵人，眼角的余光只瞥到了素白的锦缎，像是雪一样。他停在窗前，推开了窗子。

凛冽的冬风吹进，崔锦不由打了个寒战。

她下意识地便抬起头望向窗边，这一望，委实将她吓得不轻。

窗前所站的贵人身材颀长而瘦弱，裹在一袭素白的宽袍大袖之下，袍袖都是素白的层层叠叠的锦缎，一头墨发懒散地披着，如同最上等的墨玉。

然，让崔锦惊吓的并不是这些，而是贵人拇指上的墨玉扳指。

她见过的……

就在画中！是那个挖出洺山古玉的郎君。

画中的郎君与眼前的贵人渐渐重合，崔锦的一颗心七上八下的，总觉得贵人已经知道她抢了他机缘的事情。不过转眼一想，崔锦又觉得古玉埋在洺山，只要是细心一些的，并且是有缘分之人，能找出古玉也不稀奇。古玉就在洺山，谁都可以挖！

崔锦冷静下来。

"你见过我？"

冷不丁地，窗边那人来了这样的一句。若不是他背对着她，她几乎要以为他心里长了眼睛！她说："回贵人的话，不曾。"

他淡淡地说道："你进来时呼吸急促，然，你控制得极好，一弹指的工夫便恢复如常。即便是我从你身边走过，你也不曾有所惊慌。只不过在我开了窗子后，你的呼吸立马有两变，一是因寒风的颤抖，二又是因为什么？"

她没有想到贵人的观察力竟然如此敏捷！

她说："贵人有所不知，阿锦自小好美姿容。但凡见到像神仙般的人物时，便总会忍不住紧张。虽不曾见到贵人的真容，可贵人倚窗的背影仍旧让阿锦心中怦咚乱跳。阿……阿锦从未见过像贵人这般的人物，所以……所以……"

她使劲憋出一张通红的脸。

然而，崔锦却没有料到的是当贵人缓缓转身时，她发现贵人虽有一双明亮清澈的黑眸，但是眼神里却是一片虚空，仿佛天地万物没有可以入得了他的眼。

燕阳城来的贵人竟目不能视物。

而兄长说过，巫子为表对鬼神的信仰，长年累月只能着一袭素白衣裳。

眼前的贵人是巫子谢家五郎谢恒！

是他！竟是他！大兄说巫子通巫术，无所不知。以前的她是不信，可自从她得了上天所赐的神技后，她深以为然。

崔锦的脸瞬间由通红转白。

她不禁后退了一步。

谢恒察觉出声响，负手踱步过去，一步一步地逼近，面上有着古怪的神情。

"崔氏阿锦，你果真识得我。"

寻常人见到他，即便有恐惧与紧张也不会表现得像崔锦那样。她的举动仿佛在说她做了心虚之事，所以有紧张也有不安，而非发自内心对显贵的景仰与畏惧。

"是！"

崔锦忽然大声地应道。

谢恒停下脚步。

她重重地喘了口气，泫然欲泣地道："巫子大人莫要逼迫阿锦了，阿锦……阿锦的确认得大人。几年前家父与阿锦游申原，无意中见到了大人的画像，自此……自此便情难自禁。可……可是阿锦也知，大人与阿锦身份悬殊，阿锦此生是无缘侍候大人左右，便一直盼着能亲眼见大人一面。后来阿锦在洺山无意间遇到了一位民间的巫师，巫师曾对阿锦说，此处有宝物，将来会为大人所得。阿锦记下后便想要挖出古玉，等大人来了阿锦就可以献给大人了。"

顿了下，崔锦打量了下谢恒的脸色。

她又继续道："阿锦自知身份卑微，即便得了古玉也无法护住，思来想去便只好告诉赵家三郎，但是阿锦并不知之后会变成是知府大人献给陛下。不过……一定是鬼神听到了阿锦所求，所以今日才能见到大人！"

她说得如此恳切，如此真诚！

宛若一个情窦初开的少女在无比认真地诉说着自己的倾慕之情。

谢恒愣住了，他彻彻底底地愣住了。

他完全没想到会逼问出这样的答案来，他见不到她的表情，可他却能想象出眼前的姑娘表情一定是娇羞的，脸颊上有着朝霞般灿烂的绯红。

她捂住脸，羞也似的逃离了雅间。

外边的小童见谢恒不曾阻止，也微微侧身，让崔锦离开了。

茶肆外的夜色已然全黑。

风声呼啸而过，吹得崔湛瑟瑟发抖。他摩挲着双手，不停地呵着热气，目光时不时望向门口，又时不时抬头望向茶肆的二楼。

黑夜中的茶肆灯火通明，崔湛心中紧张万分。

三刻钟前，赵平被人扔出来了。

贵人的随从毫不留情，不像是在扔人，更像是在扔一样物件。他清楚地见到赵平的身子在空中抛出了弧度，然后重重地摔在被打扫得一尘不染的地面上，他在静谧的夜里甚至还听到了骨头断裂的声音。

之后，有赵家的人抬走了赵平。

崔湛的心噗咚乱跳。

头一回意识到了权贵的权势是如此霸道，即便是知府之子，也能随意玩弄在掌心。

过了许久，终于有脚步声响起。

出来的人是崔锦。

手手脚脚尚在，除了面带薄汗之外，一切皆好。崔湛松了口气，放松的同时，他也注意到崔锦换了一身新的衣裳。

"阿妹身上的衣裳……"

崔锦低声说："贵人喜洁，我身上有酒味。"

"贵人可有难为你？"

崔锦说："并无，大兄，此处不宜说话，我们回去再说。阿娘在家中也等久了。"崔湛这才想起家中的阿娘，连忙扶了崔锦，兄妹俩匆匆地往家中赶去。

小童走进雅间。

他咪咪地笑着，说：" 郎主，这崔氏真是个胆大的姑娘。"要晓得巫子身份高贵无比，在燕阳城中，多少人倾慕于巫子，可即便是尊贵如公主也不敢像崔氏那般大胆地示爱呢。

瞧瞧他们郎主，都被崔氏唬得一愣一愣的。

小童又笑嘻嘻地说道："郎主郎主，崔氏长得不差呢。脸蛋白白净净的，还生了双好眼睛，放在燕阳城中也是数一数二的容貌。不过若是崔氏本家的嫡女晓得自己的庶妹跟郎主示爱了，定会气得脸色发青。"

谢恒不语，甩袖走回屏风内。

小童跟着走进。

只见谢恒抱起五弦琴，随意地弹了几下，琴音铮铮，很快便连成一曲佳音，然，佳曲未成，谢恒又停了下来。

他忽然冷道："能一本正经地说胡话，委实有本事。"

崔锦归家后，与崔湛说了在茶肆里发生的事情。不过也没有全说，她省略了她对谢家五郎的示爱。以大兄的性子，晓得她这么做的话，定会不喜。他们兄妹间的感情难得恢复了，她可不想又因为一个郎君而闹得兄妹不和。

崔湛听后，便以为是赵平拖阿妹下水，所以巫子大人才会传唤阿妹。

思及此，他对赵平又添了几丝不满，不过崔锦相安无事的，他也放心了许多，低声与崔锦说了几句话后，兄妹俩便各自回厢房。

阿欣摸着崔锦脱下来的锦衣，咽了几口唾沫，说道："大姑娘，贵人出手真是大方。这锦衣的料子端的是极好的，瞧瞧这图，瞧瞧这质地，知府家的姑娘都没穿得这么好呢。"说着，阿欣眼中有向往憧憬之意，"若是大姑娘能嫁给那位贵人，哪怕是当个妾，也能锦衣华服，一辈子富贵荣华享之不尽吧。到时候奴婢也能跟着沾光……"

崔锦低笑一声，嗔道："大户人家规矩多，莫说是谢家五郎那样的家世。倘若进了谢家门，便不能像如今这么自由了。在名门望族里当一个妾室，自己生的孩子都不能跟着自己，上头有跨不过的主母，下头有管教不住的仆役侍婢，夹着尾巴做人，便为了锦衣华服？"

木梳从乌发上缓缓滑落，她含笑道："阿欣，我不期盼这些。锦衣华服，富贵荣华，这些我自己也能挣出来，何必攀附郎君？再说，我们崔家家训，不纳妾，不为妾，这些话若是被阿爹听着了，小心阿爹罚你，到时候我可不会帮你求情。"

她搁下木梳，道："好了，夜深了，你去歇着吧。"

阿欣笑嘻嘻地道："是，我们大姑娘最能干了。"

阿欣退了出去，轻轻地带上了房门。崔锦卧在榻上，今日劳累了一整天，发生了这么多事情，可她却毫无睡意。

她懊恼极了。

明明对着巫师和巫医，还有孙家这么多的人，她都能冷静自若地演一出好戏，完美地骗过在场所有人的眼睛。可是到了谢家五郎面前，她却心慌了。

当时若非自己咬牙压抑住心底的恐慌和害怕，兴许谢家五郎就会发现她的秘密了。

谢家五郎太可怕了！

明明目不能视物，可是却洞若观火！

最令她懊恼的是，在她冷静下来后，她发现当时自己可以有更好的借口和说辞去圆洺山古玉的由来，可到头来她竟用了最蹩脚的一套说辞。

头一回她觉得大兄说得没错。

她当初看上赵家三郎就是因为其俊朗的容貌，大兄说她肤浅，看人不能看外貌，长得越好看的人便越不可靠。这理由她懂是懂，可是……

霍地，崔锦从榻上坐起，她伸手揉脸。

啊啊，都是美姿惹的祸！

次日一早，天还未亮，灰蒙蒙一片。整个樊城笼罩在一片灰暗之下，因天气冷的缘故，又因赵知府的命令，此时此刻樊城安静得死气沉沉。

然，这时的崔家却点亮了灯，随之是元叟中气十足的声音。

"夫人，大姑娘，大郎，老爷回来了！"

最先出来的是林氏，她只披了一件单薄的外袍，头发也未梳，跟跟跄跄地出了房门，见到多日未见的崔元，激动得泪流不止。

"老爷！"

崔元揽住林氏的肩膀，轻声道："让你受累了。"林氏摇头，含泪道："老爷回来了便好。"说着，她仔仔细细地打量着崔元，见他除去面上的胡楂略显憔悴之外，其余皆是安然无恙，方松了口气。

而这会，崔湛与崔锦也走了出来。

两人皆简单地梳洗了。

兄妹俩经过昨天之事，已经知道自己的父亲出来是迟早的事情，所以也不曾担心。林氏虽然已从儿女口中得知真凶已抓，但一日未见到自己的夫婿，心中便不踏实，所以听到元叟的话，便激动不已。

崔元经过这次牢狱之灾，心中也添了几分感慨。

他望向自己的一双儿女，满足地摸了摸他们的头，说："这次也让你们受累了。"他这一回白白遭受牢狱之灾，定不是偶然，想必是幕后有人操控，至于是谁，他虽不知，但他能出来，他的一双儿女肯定没少费功夫。

他又看看崔锦，又看看崔湛。

"你们俩都成长了不少。"

崔锦笑吟吟地道："阿爹，屋外冷呢，阿娘穿得单薄，我们回屋里说。"刚到门口，林氏忽道："别动，等等。"说着，林氏吩咐珍嬷取了炭盆，点了火，摆在门口正中，她道："跨过炭盆，驱走霉气。"

崔元笑了笑，撩起青灰的袍，跨过了炭盆。

进屋后，林氏便张罗着早饭，并让珍嬷备了热汤。崔元简单地洗了个澡，出来的时候早饭还没准备好。他坐在椅上，仔细地问了崔锦与崔湛有关这些时日的事情。

崔湛没有多说什么。

只有崔锦事无巨细地将事情告诉了崔元，包括如何装神弄鬼地引出真凶。不过说到谢家五郎的时候，崔锦也如同昨夜那般省去了示爱之事。

崔元听后，不由微微沉吟。

半响，他才叹道："阿锦果敢有谋，若为男儿身，想必也不输于燕阳城的贵子。"

之后，崔元没有再多说。一家人其乐融融地用了早饭。饭后，崔元单独留下了崔锦。他瞅着她，目光似有深意。

"嗯？"

崔锦佯作不知，她无辜地问："嗯什么？"

崔元道："你瞒得了你的大兄，瞒不了为父。谢家五郎是何等金贵？又怎会为了区区赵平传唤于你？谢家五郎究竟因何寻你？你……与他有过节？"

崔锦佯作老成地叹了口气，随后扁嘴撒娇道："阿锦瞒不过爹爹！爹爹的眼睛跟孙猴子一样！世间万物都逃离不了阿爹的火眼金睛，阿爹随意一看，妖物都现出原形了呢。"

崔元不由笑道："撒娇没用，老实招来。再不招来，为父就将你这只小妖收进降妖塔了。"

崔锦只好道："其实也不是大事。阿爹可记得当初洺山古玉的事情？实际上是阿锦无意间发现了，可阿锦有自知之明，以微薄之力定护不了古玉周全，兴许还会招惹杀身之祸。"

崔元颔首。

"你思虑周全，得古玉是好事，但免不了要上缴官府和朝廷，到时候处理稍有不慎，的确是会有杀身之祸。所以你便告诉了赵平？"

说到这里，她咬牙切齿地道："阿爹！你有所不知！当初阿爹在洺山险些遇害，便是赵平那小人所做的！女儿知晓后，便小小地报复了一番。阿爹曾告诉过阿锦，名门望族中族人众多，一房又一房，便是汾阳崔氏的内宅中也是斗争不断。阿爹曾说过有一种不费吹灰之力的争斗便是捧杀，将人捧到最高处，自然会引来嫉妒与仇恨，到时候无须自己动手，便有人前赴后继想拉下高处的人。"

若不是崔元问起，崔锦定不会主动说。

这样的手段和心机，若是被人知晓了，肯定会落得个狠毒的骂名。她希望自己在阿爹心中永远是那个勇敢善良的姑娘。

说完这番话，崔锦心中忐忑万分，手不停地揪着袖口。

而此时，崔元却是哈哈大笑。

他道："好！阿锦年不到二八，便有这样的手段。为父甚是欣慰。"仿佛看透了崔锦心中所想，崔元拍拍崔锦的肩，说道："以后你若想做什么便放手去做，你永远都是阿爹心中的阿锦。"

这句话一出，崔锦不由热泪盈眶。

她做些这事情的时候，总担心家人会不理解自己。然，此刻阿爹却告诉自己，他永远理解她，且还会支持她。有什么能够比得上家人的支持？

崔锦顿觉能够成为阿爹的女儿，远比成为公主贵女要幸运得多。

第五章
贵人召见

午后的街道慢慢变得热闹起来，昨天赵知府被贵人训斥了一顿，今日樊城里的人也渐渐变多了。

昨日崔锦在孙家装神弄鬼了一番，整个樊城的人都听说了。

知道是孙家三郎杀害了孙家大郎后，所有人都唏嘘不已。今日一大早，官府便捉拿了孙家三郎。孙母没有任何表情，就那般冷冷地看着孙家三郎被带走。

当然被议论的人除了孙家大郎之外，自然少不了被附身的崔锦。人们对于鬼神深信不疑，对崔锦的说辞自不会怀疑，今早还有人悄悄地蹲守在崔家附近，想瞧一瞧崔锦。

不过他们都守了个空。

经过昨日那么多的事情，崔锦决定这几日先在家中避避风头，等风头过去再说。吃过午饭后，崔锦遣了元叟去东街打探消息。

小半个时辰后，元叟回来了。

"大姑娘，阿宇仍旧不在。"

崔锦沉吟道："行，我知道了。"

阿欣好奇地问："大姑娘，阿宇去哪儿了？老爷都回来了，阿宇会不会被人捉走了？"崔锦蹙着眉头，没有回答阿欣的话。

她踱步回房，在西厢房里画了一整个下午的画。

到了傍晚时分，元叟忽然过来通报，只听他道："大姑娘，阿宇来了，老奴让他像往常那样在后门等着。"

崔锦不由一愣。

但是她很快便回过神，她敛眉吩咐道："阿欣，你去跟阿娘说一声，说我迟些再用饭。莫要说我去见阿宇了。"

阿欣这段时日已经摸清自家大姑娘的行事风格，她吐吐舌头，俏皮地说道："知道啦，奴婢会告诉夫人大姑娘专心作画，等画完再用饭。"

崔锦点点头。

说着，她和元叟悄悄地离开西厢房，趁庭院里没有人迅速走向后门。

她打开后门，果真见到了阿宇。

阿宇衣衫凌乱，眼眶是青黑色的，他满脸的惶恐与不安。他搓着手，断断续续地说道："大姑娘，前几日我被人抓走了。我也不知道是谁，只知抓我的人穿着黑色的衣裳，且蒙着面，我只看到他有一双锐利的眼睛。那黑衣人关了我几天，期间还问了我有关洺山古玉的事情，问是谁让我把消息传出的。当时黑衣人的表情太可怕了，就这般直勾勾地盯着我，手里还握着弯刀，刀柄上还镶嵌了一颗红宝石！仿佛我不说话就要割断我的喉咙！"

崔锦神色平静地看着他。

霍地，阿宇跪了下来，他痛哭流涕地道："大姑娘，是阿宇对不住你。黑衣人严刑逼供，我虽什么都没有说，但黑衣人狡猾之极，套出了我的供词。阿宇对不住大姑娘，甘愿受罚。大姑娘，您惩罚阿宇吧。"

阿宇使劲地磕头。

他磕的力度不小，额头很快便沁出了鲜血。

此时，崔锦开口了。

"此事错不在你，你起来吧。"

阿宇又磕了三个响头，然后才从地上爬起。他低垂着眼睛，面上满是愧疚之色。崔锦打量着他，又说道："你可知捉你的是什么人？"

阿宇说："似乎就是那一位从燕阳城来的贵人。"

崔锦道："你回去歇息吧。"

他忐忑地抬头："那……"

她含笑道："我说了，此事错不在你，再说你并没有供出我，我不怪你。何况此事也在我的预料之中，你无须自责，回去养伤吧。以后若有差事，我自会唤元叟寻你。"

阿宇松了口气。

"多谢大姑娘！"

阿宇离去后，元叟关了后门。

他转身一看，只见崔锦眉头轻拧，不知在想些什么。老爷已经放了话，无论大姑娘要做什么都要依照她所说的去做。此话即是表明，以后这个家便是由大姑娘做主了。

元叟退到一边，也不出声。

半响，崔锦松开轻拧的眉头，低声吩咐道："阿叟，你这几日悄悄地跟着阿宇，他做什么，见什么人，吃什么都要盯着。"

元叟应了一声。

崔锦又叮嘱道："切莫让阿宇发现。"

元叟好奇地问："大姑娘是在怀疑阿宇？"

崔锦信得过元叟，是以也不曾隐瞒，她说道："试问阿叟，倘若你被严刑拷打，在你知道自己很可能会因此而丧命的前提之下，你可会去注意刑具上有何图案？又可会去注意行刑之人的神态？"

元叟恍然大悟。

崔锦微笑道："阿宇错在说得太多了，不是我不信他，而是他不能让我信他。"

元叟拍胸口道："老奴明白了，阿宇竟敢背叛大姑娘，老奴一定会好好跟着他，收集证据！定不会辜负大姑娘的信任。"

两日后，元叟禀报道："回禀大姑娘，阿宇第一日留在家中，正午时分去了一趟食肆，买了一只烧鸡。今天的正午时分，他也一样买了一只烧鸡，路过酒肆时还买了一壶花雕，期间并没有见任何人。"

崔锦颔首。

"我知道了。"

赵府。

燕阳城的贵人来了之后，便住在赵府新辟的院落中。至今知道燕阳城来的贵人是当今巫子的人屈指可数，甚至连赵知府也是连蒙带猜的，如今还不敢完全肯定自己的猜测。

贵人来了之后，也不曾露面。

他费尽心思办的洗尘宴，贵人一句轻描淡写的话便取消了。赵庆压根儿摸不准贵人的目的，原想着赵平入了贵人的眼，可以好好巴结巴结，如今倒是好了，一转眼把贵人给得罪了，还令贵人发出这样的狠话。

赵庆思来想去遣人去问了明州太守。

明州太守只有一句回话。

贵人乃贵中之贵，好生侍候着。

得到这样的回话，赵庆更加摸不着头脑，只好愈发谨慎地招待贵人。然而，连着几日，贵人都不曾离开院落，只能时不时听到有琴音传出。

赵庆心里苦兮兮的。

夫人郭氏提议道："夫主不如从另外一方面打听，看看燕阳城中有哪一位贵人嗜琴。"赵庆顿时觉得是个好主意，连忙派人去打探。

探子回来禀报："燕阳城中人人嗜琴。"

赵庆心里的苦水顿时又多了几片黄连。他一拍脑袋，瞧他这脑子，燕阳城中好风雅，无论男女皆是人手一把琴，时常以琴会友，每隔数月还有琴会。

赵庆不知该如何是好，只好决定在这尊大佛离开樊城前夹起尾巴当孙子。

而在赵庆苦恼得头发都快掉光的时候，谢家五郎正坐在穿山游廊中，怀中抱着五弦琴，迎风弹奏。穿山游廊外站了几个训练有素的小童和随从，他们皆低垂着眼，呼吸也刻意放轻。

谢恒全神贯注地弹奏。

风拂起他的墨发和素白的锦衣，琴音空灵而悦耳，微微仰着的头似有虔诚的神色，仿佛只要一瞬间便能羽化登仙。

一曲毕，谢恒放下五弦琴。

他闭着眼睛，感受着拂来的风，明明冷冻刺骨，可他就像是丝毫不曾察觉。足足有一盏茶的工夫，他才睁开了眼，喊道："阿墨。"

一随从出列，刻意放重脚步走到谢恒身后。

"郎主，阿墨在。"

谢恒问："今日是晴天还是阴天？"

"郎主，今天是阴天，空中有乌云，今天夜里怕是会有一场小雨。"阿墨环望周围，又说道："前面有两株梅树，梅花开了，是白梅。前阵子下的雪假山上还遗留了一小半，覆在山顶，像是雪山一样……"

阿墨早已习惯每日向郎主描述周遭的景致。

待他说完，一炷香的时间已过。

谢恒不曾出声，他又闭上眼，仿佛在感受着阿墨口中所说的景致。

阿墨似是想到什么，眨眨眼，又笑嘻嘻地说道："郎主，崔家姑娘这几日派人跟着那个少年郎呢，估摸着已经发现少年郎背叛她了。"

阿墨又说道："不知崔家姑娘会怎么做。"

他仔细打量谢恒的脸色，又道："郎主，我们还要派人跟着崔姑娘吗？"

谢五郎依旧阖着眼。

阿墨哪会不明白郎主的意思，嘿嘿一笑："好嘞。"

郎主平日里清心寡欲的，年已二十五身边却不曾有过女子，面对皇帝派来的绝色美人也是坐怀不乱，甚至能面不改色地拒之千里。以至于后来皇帝不送美人了，而是送了美男前来。

然，郎主依旧弃之如敝屣。

有时候他觉得他家郎主恐怕这一生都要献给鬼神了，日子过得比和尚还要清淡。

直到第五日，崔锦方让元叟停止跟着阿宇。元叟跟了阿宇数日，也没发现什么异常，他摸不着头脑，只好问："大姑娘，真的不用跟着了吗？"

崔锦颔首道："不必跟着了，这几日劳累阿叟了。"

元叟连忙摆手道："大姑娘莫要折煞老奴，此乃老奴分内之事。"

崔锦笑了笑。

元叟离开后，崔锦回了厢房。她也是这几日才意识到一事，阿宇之所以不能替她保守秘密，乃因他不是她的人，他们仅仅是雇佣的关系。一个雇主没有了，他还可以寻第二个雇主。

阿宇与元叟是不一样的。

元叟是家仆，是签了卖身契的。

此时，厢房外有人敲了敲门，"阿妹，是我。"

崔锦回过神，蹙着的眉头松缓开来，她换上一张笑意盈盈的脸，施施然走前，推开房门。

"大兄。"她乖巧地喊道，侧过身子，又说："大兄，屋外冷，赶快进来吧。"

崔湛却也不动，仍是负手站在门口处。

崔锦不由一愣，讶然问道："大兄怎么了？可是有哪儿不舒服？要不我让元叟去唤巫医来？"一连说了几句话，崔湛仍是不吭声。

被冻得通白的脸此时此刻却慢慢地爬上一丝窘迫的红晕。

崔锦正想伸手探向他的额头，蓦然间怀中添了一样物什。她低头一望，竟是一套衣裳。鹅黄的颜色，绣有梅花的罗裙。

她呆了下。

"阿妹，此乃为兄在成衣铺子里买的，用的是我自己赚的金。"

崔锦下意识地便问："大兄如何赚来的金？"

崔湛有些恼，他道："就许你赚金，不许为兄赚？你能养家，为兄亦能。我教人识字。"虽然挣得不多，都是些小钱，但积少成多。

崔锦有几分讶异。

以往大兄觉得好好读书才是正经事，挣金什么的都是些上不得台面的，等以后当大官了，自然有数不尽的钱财滚滚来。

她不由弯眉笑道："大兄赠阿锦衣裳，阿锦心中欢喜。"她又重复道："真的很欢喜呢。"

崔湛瞅着她，却问："比谢五郎送的还要欢喜？"

她眨眨眼，不明白为什么大兄忽然扯到谢家五郎了。

崔湛语重心长地道："谢五郎乃当今巫子，一出生便是高人一等，身边美人如云，侍婢穿的也是绫罗绸缎，赠人衣裳也是件极其寻常的事情。"

崔锦总算听明白了，她扑哧一声，笑出声来。

"大兄，莫非你以为阿锦会因为一件衣裳便倾心于谢五郎么？"

崔湛轻咳一声。

崔锦拉着崔湛的手臂，撒娇道："大兄大兄，你的阿妹才不是那般肤浅的人！"

崔湛瞥她一眼，问："谢五郎生得如何？"

"阿锦有自知之明，大兄尽管放心。"

瞧她说得信誓旦旦，模样也是再真诚不过，崔湛说道："最好如此。"唉，当人兄长不容易呀，生怕外面又来个赵三郎，用一张俊脸蛋勾一勾，阿妹的三魂七魄就连渣滓都不剩了。

谢五郎赠的那一套衣裳，崔锦打从那一夜没有再穿过。反倒是阿欣垂涎得很，总盼着自家大姑娘哪天再穿一穿，配上妍妍花容，那当真是贵气极了。

只不过阿欣盼了几日，都没有盼到，反而是得了吩咐，要将衣裳收到包袱里。

"大姑娘这是要送人么？"

崔锦道："不是送，是还。"顿了下，崔锦又交予阿欣一金，她吩咐道："去买最好的纸，顺便将阿宇唤来。"待阿欣离去后，崔锦换上了崔湛所买的鹅黄衫子和罗裙。

她揽镜一照，衫子买得有些小了。

家里不缺钱后，每隔几天便能吃上一顿肉，她的身子也长得快，尤其胸前的柔软之处，这几个月来似乎大了不少。如今包裹在鹅黄衫子之下，微微有些紧。

不过也不打紧，外面还要加披风。

待阿欣买回纸后，崔锦提笔蘸了墨，写下一行话。笔墨一干，阿宇也来了。崔锦没有见阿宇，而是让阿欣将帖子递给阿宇。

阿欣照着崔锦吩咐，说道："大姑娘让你将帖子送到赵府。"说着，她压低声音道："是给那一位贵人的。"

阿宇面色微变，他道："若……若是那位贵人不收……"

阿欣打断他的话。

"你大可放心，贵人一定会收的。"她微微凑前，左看看右望望，才神秘兮兮地道："看你为大姑娘办事我才告诉你的，你可千万不要往外说。"

阿宇连忙点头。

阿欣这才说道："我们大姑娘呀，可能入了贵人的眼呢。你将帖子送去，贵人肯定会收。算你走运了，现在便得了大姑娘的青睐，等以后大姑娘飞上枝头，想要为大姑娘办事的人能从街头排到街尾。"

她扬起下巴。

阿宇忙不迭地应声。

后门一关，崔锦从耳房里走出。阿欣眨巴着眼睛，说道："大姑娘大姑娘，奴婢完全按照你所说的去做了。"

崔锦满意地点头。

她这侍婢虽然有时候说话不经脑子，但关键时候还是很稳妥的。

阿欣问："贵人真的会收大姑娘的帖子么？"

崔锦含笑不语。

赵府。

阿墨敢发誓！他从未在郎主的脸上看过这样的神情！平日里向来都是神态从容，可当他念完崔家大姑娘的谢帖后，郎主的表情变了。

尽管只有一瞬间，可他看到郎主呆了下。

那种惊愕的神情，明明白白地表露在脸上。

他挠着头，不明白崔家姑娘帖子上的这句简单的话有什么异常之处——多谢大人的关怀，阿锦不胜欣喜。

欸，等等！不对！

阿墨发现不对劲的地方了。

他家郎主什么时候关怀过崔家姑娘了？身为郎主身边的贴身随从，他怎么不知道？

此时，一直沉默不已的谢家五郎冷冷地道："又在一本正经地说胡话了，"顿了下，"既要谢我，一张谢帖又岂能打发？"

谢五郎袖手起身。

阿墨察言观色，立马吩咐道："带崔家姑娘前来。"

阿宇在赵府外已经站了足足小半个时辰。

今个儿的冬天是越来越冷了，呵出来的热气仿佛都能结成霜花。不过这时的阿宇可没心情想这些，他的心底有些焦躁。

阿欣的那一番话一直在他心头盘旋。

那一天他被捉走，黑衣人直接就表明了身份。那可是燕阳城的贵人呀，是连赵知府也比不上的。黑衣人审问他洺山古玉的事情，他犹豫了下，还是将大姑娘供了出来。

他别无选择。

一边是权势滔天的贵人，另一边却只是一个无权无势的姑娘。

而且贵人给了他更多的金，让他以后紧盯着大姑娘，将大姑娘所做之事事无巨细地回禀。只要他能瞒得住大姑娘，就能两边收钱了，发家致富也是指日可待之事。

他原本以为可以瞒天过海的，可他却没有料到一事。

大姑娘是个姑娘，且还是个姿色尤佳的小美人，还那般聪慧！被贵人看上是一件多么寻常的事情呀。到时候大姑娘真的成了贵人的枕边人，晓得他背着她做了这些事，定不会放过他的。

阿宇咽了口唾沫。

虽然身处寒冬，但他的心更为寒冷。

木门"吱呀"一声打开了。

阿宇被吓了一跳。

一蓝衣小童走出来，说道："郎主要见崔氏。"

阿宇的心噗咚噗咚地乱跳。

贵人来了燕阳城这么久，除了最开始的赵家三郎之外，就没有召见过任何人，莫说是一个姑娘了。如今却要见大姑娘……

阿宇忽然觉得自己发家致富的美梦破灭了，取而代之的是心慌。

响午过后，太阳出来了。虽有寒风呼啸，但日头暖洋洋的。街道上的人也渐渐多了起来，三两成群的，有在面摊上吃面的，也有在街上闲逛的。

没多久，街头蓦然出现了一道惹眼的身影。

众人定睛一望。

只见是个亭亭玉立的少女，穿着鹅黄的罗裙和茜色的披风，衬着一张不施粉黛的俏脸，宛如冬日里的一抹明艳的亮色。

"啊，是崔家的姑娘！"

很快地，有人认出了崔锦。而这道轻呼声一出，街道上的人也开始议论起来。

"就是被孙大郎附身的崔家姑娘？"

"是，就是她。听说当时崔家姑娘变成了酒鬼哩，真的跟孙家大郎生前一模一样！无论是动作还是神态！那孙家三郎也因此才认罪了。当时孙家可热闹了！"

"……"

众人起初只是窃窃私语，可渐渐地，声音越来越大，甚至还有肆无忌惮的目光。

然，作为被议论的崔锦却仿若未闻，腰板挺得笔直，步伐也不曾有一丝慌促。不过她身后的阿欣倒是没这份功力，紧张地抱紧了怀中的包袱，低垂着头，紧紧地跟在崔锦身后。

就在此时，有人上前，拦住了崔锦。

那人打从听了崔锦被孙家大郎附身的消息后，便对崔锦好奇得很，在崔家门外守了几日，却连半个人影也没见着。

"崔姑娘走得这么急，上哪儿去？"

"莫非这次又被谁附身了？"

有第一个人凑前了，第二个人也围了上来，不到半盏茶的工夫，崔锦身前就站了七八个人，其中还有人色眯眯地看着崔锦。

此时，她方不紧不慢地开口。

"虽不知孙家大郎为何附身于我，但想来是听了鬼神的旨意。又兴许是上天有好生之德，怜我父亲入狱，遂赐我解救之法。鬼神无处不在，还请诸位虔诚以待。"

众人皆信鬼神。

能得鬼神庇佑的人，是值得被尊重的。

而如今崔锦得了鬼神庇佑，又说出一番这样的话来，她身前的人不禁都露出了愧色，下意识地便往后退了数步。

崔锦不动声色地给阿欣使了个眼神。

阿欣立马挡在崔锦身前，微微扬起下巴，用清脆的声音说道："你们围在这里是几个意思？见我家姑娘是个薄弱女子便起了欺负的心思了？快让开快让开，我们姑娘有要事要办呢。我们家姑娘受鬼神庇佑一事，燕阳城来的贵人已经知晓，如今特地传召我家姑娘。你们一个两个挡在这里，若是事情被耽搁了，你们有一百条性命也担当不起！"

此话一出，七八人面色顿变。

崔家姑娘竟然被燕阳城来的贵人召见了！那贵人是何等人物！几乎是没有任何思考，他们就各自退到一旁，连周围偷听的路人也不禁用带了敬意的目光往后退了几步，原本有些拥挤的街道瞬间变得宽敞起来。

崔锦依旧面不改色。

她迈开步伐，挺直背脊，缓缓地往赵府走去。

一传十十传百的，崔锦被贵人召见的消息在极短的时间内传遍了整个樊城，包括赵知府一家。当崔锦出现在赵府门口的时候，已经有人来迎接了。

崔锦认得的，是赵府的总管，唤作赵凡，是赵知府的堂弟。

她见过赵凡几次，只不过每一次都没有什么好脸色。而如今这副恭敬中带有谄媚的神情，委实让崔锦觉得好笑。不过好笑的同时，她也清楚地感受到了贵人二字的威力。

只是一次召见，竟让赵知府将总管派出来了。

这样的礼遇，怕是樊城中的富商也没有的。

"崔姑娘，这边请。"

赵凡侧身，略略领先了半步带着路。他不着痕迹地打量着崔锦，虽是粗布衣裳，但胜在脸蛋白皙，五官精致，如今还未完全长开，已是容貌妍妍，当真没有想到燕阳城的贵人喜欢这种处于青涩与娇媚之间的姑娘。

"崔姑娘是头一回来赵府吧，我们府里有个与崔姑娘年纪相仿的二姑娘，兴许能成为闺中好友。以后崔姑娘不妨多来赵府走走。"

崔锦没有接话，反而是看了赵凡一眼。

她露出紧张的神态，问："赵总管可知贵人为何召见于我？当真是因为孙家大郎一事？可孙家大郎一事已经结束了，阿爹也平安回来了呀。"

这好端端地提起自己的阿爹，莫不是在提示什么？说当初赵知府抓错人了？白受牢狱之苦？

他不由一愣。

崔锦此时睁着水灵灵乌溜溜的眼睛，无辜而好奇地看着赵凡。

赵凡一时半会也分不清崔锦究竟是话中有话，还是随口一说。而这时，院落将到，赵凡也不敢跨过那条线，只好停下脚步，说道："崔姑娘，贵人便在前方的院落，我也不方便带路了，请自行前去。"

恰好此时，院落的门被打开。

阿墨探头出来，见到崔锦，眼睛弯出了弧度。

"崔家姑娘，跟我来吧。莫要让郎主久等了。"

崔锦低声应了句，便疾步跟上。待院落的门一关，赵凡若有所思地盯着院门。阿墨的脸赵凡是见过的，当初是跟在马车旁边的，从衣着与位置看来，显然是个能在贵人面前说得上话的人。

一个小门小户的姑娘前来，竟惊动了这样的人物，且从语气上看来，似乎颇是熟稔。

看来，崔家的姑娘真的要飞上枝头了。

赵凡大步往书房走去。

不得了了，得马上跟堂兄商量对策才是。

只不过赵凡千想万想也没有想到阿墨并非是谢五郎派出来迎接崔锦的,而是阿墨太着急了,他准备先来敲打敲打崔锦。难得郎主主动召见一个姑娘,不管三七二十一先推到郎主身边再说。

阿墨清清嗓子,边走边道:"郎主喜洁,也喜静,只要避过这两点,郎主是个极好说话的人。"

崔锦微微一怔,心中却是想,一言不发地就将赵平毒哑了,还是个极好说话的人?想起上回的谢五郎,她不由在心底打了个寒战。

不过想归想,崔锦面上仍是带着矜持的笑容。

"多谢郎君指点。"

阿墨见状,心中不由添了丝好感。这崔氏倒是个知分寸的,生得也不差,若郎主欢喜的话,打点下汾阳崔氏,将崔氏的父亲接回燕阳城,到时候有了汾阳崔氏女的身份,也是能够当郎主的妾室的。

"郎主在里面,姑娘请。"

崔锦轻轻颔首,她接过阿欣手中的包袱,独自一人走进。

屋里一个人也没有,崔锦想起方才阿墨的话,刻意放轻了脚步。然而她在屋里转了一圈,也没见到谢家五郎,正诧异不已时,忽有琴声响起。

她循声走去,穿过纱帘,又走过一段游廊,蓦然间天地变得广阔起来。崔锦不曾想到屋里竟是别有洞天。层峦叠嶂的假山石前,梅树三两株,红色的梅花开得正灿烂。

而梅树之下置有坐地屏风。

屏风前的谢五郎白衣白袍,两膝上卧有五弦琴,指骨分明的十指在琴弦上灵活地滑动,琴音时而低沉时而高扬,明明是不成音节的曲调,可由他那般随意慵懒地弹奏出来,却极是风雅。

崔锦看得目不转睛。

一个郎君竟有这般容貌,还有这样的家世,这才是真真正正上天的宠儿呀。

崔锦施礼道:"阿锦拜见贵人。"

琴声仍然未停,而在崔锦话音落后,五弦琴调皮地发出刺耳的声音,手指每动一分,琴音便更刺耳一分,尖厉得仿佛能刺破耳膜。

持续了将近一炷香的时间,琴音方歇。

谢五郎问:"琴音如何?"

崔锦打量了下谢五郎的脸色,方道:"阿锦不懂琴,可郎君白衣如雪,黑发如墨,阿锦头一回见到如此风雅的大人物,不由看得如痴如醉。"

所以,醉得什么都听不见。

谢五郎缓缓起身,循声而去,待站定后,他微微拧眉,冷道:"你这般伶牙俐

齿，是崔元所教？"

崔锦悄悄地挪动步伐。

刚动了下，谢五郎又道："又想逃了？"

崔锦轻咳了声，说道："阿锦……阿锦以为贵人想训斥阿锦，为表敬意，便想着走到贵人面前，以供贵人训斥。"

不然贵人对着虚空皱眉冷眼的，虚空也很无辜的！

谢五郎眉毛动了动。

"站前来！"

崔锦应声上前。

她站在离谢五郎只有手臂之长的位置上，兴许是方才谢五郎出了点小差错，又兴许是他对着虚空皱眉冷眼的模样，让崔锦意识到谢五郎虽为巫子，但也并非事事皆知晓。

若当真事事知晓，方才他就不会站错位置。

也就是说谢五郎未必会知晓她有上天所赐的窥测未来的神技。

崔锦暗中松了口气。

"崔氏阿锦，你不怕我了？"

她吃了一惊。对了，险些就忘了，就算谢五郎不会事事知晓，可他有着非同寻常的洞察力。崔锦连忙说道："贵人是天上的云端，高高在上，阿锦心中对贵人恭敬有加。贵人抖一抖，阿锦身上都会出冷汗。"

修长的手臂蓦然一伸，带着凉意的手掌触碰到了崔锦的脸蛋。

她倒吸一口冷气。

谢五郎反问："冷汗在何处？"

崔锦呆了下，又道："风……风大，冷汗干了。"宽大的手掌此时此刻紧贴着她的脸，以一种极其亲密的姿势。

方才她还是呆了下，如今则是完完全全愣住了。

她的眼睛瞪得老大，像是铜铃一般。

"啊……"

她的反应似乎愉悦了谢五郎，他难得轻笑一声，修长而冰冷的手指开始摩挲她的脸蛋，一下又一下，像是有情人之间的爱抚。

"为何你如此惊讶？不是倾心于我么？既然倾心于我，此刻你该是欣喜才对。"

他微微倾前身子。

灼热的鼻息喷洒在她的脸上。

崔锦的呼吸一下子就变得急促起来，连胸腔里的心也跳得飞快。

"紧张了？"谢五郎眉头舒展，仿佛她越紧张越害怕，他便越快活。他又说："崔氏阿锦，你的伶牙俐齿去哪儿了？你一本正经说胡话的本事呢？"

她强迫自己冷静下来，微微咬牙，猛地后退了一步，脱离了谢五郎的魔掌。

她泫然欲泣地道："贵人莫要给予阿锦希望。阿锦知晓自己配不上郎君。郎君这般调……调戏阿锦，阿锦不知所措。这段时日，阿锦在家中垂泪数日，想通了一事，既配不上郎君，便不再见郎君。若郎君能安好，便是阿锦最大的心安。郎君赠阿锦的衣裳，阿锦于此归还郎君。阿锦明白衣裳只是郎君随手所赠，郎君毫不在意，可于阿锦而言，却是唯一能借此思念郎君之物。"

她抽泣数声，打量着他。

他一副面无表情的模样。

崔锦琢磨不透，继续说道："阿锦尚有自知之明，卑微如我即便是思念郎君，也只会侮辱了郎君。郎君是天边的贵人，阿锦不敢有一丝一毫的玷污，特此归还郎君，以表阿锦虔诚之意。"

她搁下包袱，跪在冰冷的地上，磕了一个响头。

随后她没有站起来。

谢五郎久久没有吭声。

崔锦头贴地，看不清他的表情，也不知他究竟会如何回应，只知过了许久许久，久到她的双腿发麻时，头顶方响起了谢五郎的声音。

"崔氏阿锦，阿墨方才可有跟你说我谢五郎是蛮横霸道之人，在燕阳城里我即便是横着走也没人敢管。你既然倾心于我，没有我的命令，你便不能停止。"他低笑一声，说："敢当着我的面糊弄我的，你是第一人。如此有勇气的你，我自然不会伤你半分。"

他甩袖转身。

须臾，有悠扬琴音传来。

谢五郎说："带上我赠你的衣裳离开，我谢五郎送出来的东西从来都不会收回。我会在樊城待数月，作为糊弄我的奖励，我允许你在樊城横行霸道。"

此话一出，崔锦只觉心惊肉跳。

贵人口中的哪里是奖励，分明是惩罚！

他只待数月，那他不待了呢？她岂不是四处受敌了？

崔锦咬牙应声。

谢五郎好生小气，不过是小小地糊弄他一下罢了！

崔锦离去后，阿墨端着茶水走进。谢五郎仍旧在弹琴，弹奏的是时下燕阳城最流行的奢华之音。说起此曲，里头倒是有个故事。数年前，谢五郎携亲友弟兄踏青，彼

时五郎身乏，便卧在坐地屏风前，酣睡了片刻。五郎梦中遇仙音，醒后呼小童呈桐琴，弹奏出梦中仙音。

此曲一出，众人皆醉。

不到半月的时间，燕阳城便已是人手一份曲谱，以弹出此曲为荣。

曲名是什么，如今也未定，谢五郎迟迟未取名。燕阳城人便称之为巫曲。不过阿墨却晓得大多数人不知道的一事，便是郎主在愉悦快活的时候才会弹奏巫曲。

他奉上一杯清茶，待琴音停后，方含笑道："郎主今日心情不错。"

阿墨的眉毛笑得弯弯的。

崔氏果真有一套。

崔锦疾步离开了赵府。

阿欣在后面小跑跟着，直到出了赵府后，崔锦的步伐才放慢下来。阿欣气喘吁吁地道："大姑娘大姑娘，你怎地跑这般快？莫非后面有吃人的狼？"

没有吃人的狼，有吃人的贵人！

简直是霸道之极！

"咦，"阿欣惊奇地道："大姑娘，你的脸怎地这般红？"

崔锦懊恼地道："冻红的！"她将包袱塞到阿欣的怀里。阿欣又惊讶地问："大姑娘不是要还给贵人么？怎么还拿出来了？"

崔锦说："我心情不佳，你莫要再说话。"

阿欣打量着崔锦的脸色，连忙捂住嘴巴，死劲地点头。

崔锦大步往家中走回。

一路上，有不少人的目光都在悄悄地打量着崔锦。但有了之前的传言，鬼神所庇佑之人，众人也不敢放肆了，只敢不着痕迹地打量，也没有人敢围上去了。

毕竟崔锦刚刚可是从赵府里走出来的。

崔锦简直是气得七窍生烟，可生气之余，又有些不知所措。尤其是那一句——"我会在樊城待数月，作为糊弄我的奖励，我允许你在樊城横行霸道。"

他说得那般随意，仿佛她真的可以打着他的名义在樊城里随意作为。

可她知道他说得轻巧，她却不能轻信。

越是权势高的贵人，人情便越难还。

崔锦苦恼地叹了声。

崔锦回到家时，已经是傍晚时分。一进门，元叟便走来，小声地道："大姑娘，老奴已经按照您的吩咐将事情办好了。"

崔锦颔首，又问："找的都是可靠之人？"

元叟道："还请大姑娘放心，都是信得过的人。"

崔锦取出二十金交给元叟。

"去买一辆牛车，再雇二牛当车夫。"

元叟惊愕地道："可……可是以前大姑娘不是说买牛车太过张扬了吗？"

崔锦说："今时不同往日。"似是想起什么，她的语气颇有咬牙切齿之意，"横竖都是要还人情的，不如先捞一笔。"

元叟听不明白。

崔锦正色道："去吧，此事办得越张扬越高调便越好，最好让整个樊城的人都知道我们崔家要买牛车了，还要雇得起车夫。若是有人问起，你便神秘一笑，什么都不要说。"

元叟应声。

之后崔锦一如往常地用晚饭，和家人有说有笑的。崔湛挣了金买了衣裳后，便没有出去教人识字了。他始终不太爱出门。

也正因如此，外头传得沸沸扬扬的有关崔锦与贵人的事情，崔湛丝毫也不知道。

崔锦用过晚饭后，便回了厢房作画。

她想知道谢五郎更多的事情，兴许能找出谢五郎的软肋。到时候在紧急情况之下，还能派上用场。今日谢五郎的行事风格，委实让她难以捉摸。

翌日，元叟带着牛车和二牛回来了。

他禀报道："大姑娘，事情已经办妥了。"

崔锦夸道："你做得很好。"

阿欣惊喜地道："我们家有车了呀。"

崔锦笑道："是呀，以后有车了。"崔湛此时走出房门，见到牛车，倒也不惊讶。反而是见到崔锦身上穿着自己买的衣裳后，笑眯了眼。

崔锦笑嘻嘻地走前。

"大兄，我给你找个陪读可好？"

崔湛微微一怔，也没拒绝。

崔锦说道："他手脚灵活，就是不识字，以前还当过乞儿，但胜在头脑聪明，懂得举一反三。有个书童在身边，大兄以后办事也方便。"

"好。"

阿欣不明所以。

之前大姑娘说了要给大郎找书童，可连着几日大姑娘却什么也没有干，不是在作

画便是去书房里看书，甚至连屋门也没有迈出去过。

终于，阿欣忍不住了。

她问道："大姑娘不是要给大郎找书童吗？"

崔锦反问："今天是什么日子？"

"十二了。"

崔锦笑道："才过了三天，不着急。不过估摸着也差不多了，到他的极限了。"她噙着笑容，手中把玩着一支新狼毫。

毛色光滑，蘸上燕阳墨后，写出来的字极其好看。

崔锦记得以前阿爹带着她进入叔宝斋时，因家中穷困，只能挑最劣质的笔墨。彼时她眼巴巴地看着被珍而重之搁在大红锦缎上的狼毫，口水咽了一大把。当时的掌柜还嫌弃地看了她一眼。那时的自己定不会想到有朝一日这樊城人人敬之的赵知府会让心腹总管亲自送来自己所爱之物。

其实这也不过是昨天的事情。

赵凡带着数人前来，先是拜见阿爹，后是奉上赔礼，以示当初抓错人的歉意。赔礼有五十金，还有文房四宝，五匹布帛，两匹绸缎以及一些琐碎之物，足足挑了五担。

之前崔锦在赵府的时候原想着讹赵知府一笔，没想到还真的讹到了，而且赔礼比自己想象中要多得多。谢五郎不过召见了她一回，也不曾有任何表态，就足以让赵知府对自己刮目相待。

崔锦感受到了攀上贵人的好处，难怪这么多人爱攀附权贵。

只不过……

她搁下狼毫，叹了声。

她察觉出来谢五郎待自己没有任何男女之情，他待自己更多像是见到一件新奇的玩物，怕是哪一天他厌了，便能随意将她扔到一边。

尤其是他还霸道得不许玩物反抗。

崔锦咬牙道："还是得想个万全之策。"

阿欣歪头打量着崔锦。

这几日大姑娘总是自言自语的，说的话她也听不懂，也不明白，似乎从老爷险些失踪的那一日起，大姑娘就开始变得不一样了。

申时一过，天色便渐渐暗下来。屋宇灯火渐亮，炊烟袅袅，街道上的行人也愈发稀少。有一道灰扑扑的身影出现在街道的尽头，只见他头发凌乱，面色乌青，衣衫也是脏兮兮的，还隐隐有一股酸臭的味道，与路边的乞儿并没有多大的区别。

此人不是别人，正是阿宇。

他那一日给崔锦带话后，崔锦便让他回家了。他忐忑极了，也不敢回去，便在赵府外偷偷地打探。直到崔锦满脸通红地从赵府出来时，他方确定自己做了件错事。

他的心一下子就凉了，一时半会也不知该如何是好，浑浑噩噩地飘回自己用从崔锦那儿挣来的金买回的小屋。岂料屋里竟是被洗劫一空，连他藏在地底的金也被挖走了。

更可怕的是祸不单行，次日有地痞无赖子欺负上门，砸了他的榻，毁了他的房。不过短短数日，他又再次成为无家可归的人。

他在街上流浪了几日，还被以前的乞儿嘲笑了一番，他们一同排挤他，如今的他连行乞也不能做了。

阿宇不知道自己该去哪儿。明明前些时日，他是那么的春风得意，挣着金，吃着肉，做着以前从来不敢想象的事情。

如今通通失去了，让他回到以前行乞的日子，他做不到。

阿宇停在一扇大门前。

他看起来似乎有几分紧张和忐忑，五指缠在一个半旧的青铜门环上，仿佛在犹豫些什么。直到寒风拂来，他方下定决心，用力地叩起门环。

不一会，后门开了。

不知是不是他的错觉，他觉得元叟的神情有几分冷。只听元叟淡淡地说道："姑娘在用晚饭，你这般模样不宜见姑娘，井边有水，你先清洗一番。"

"是……是。"

阿宇打了井水，彻底洗干净了脸。元叟又给了他一套干净的衣裳。约莫两盏茶的工夫，阿宇终于见到了崔锦。

"噗咚"的一声，阿宇跪在地上。

他连着磕了几个响头。

崔锦也不出声，也不惊讶，面无表情地杵在树下。

直到地上磕出血迹来了，阿宇方低垂着头，说道："大姑娘，阿宇之前向您隐瞒了一事，贵人审问小人时，小人将大姑娘所吩咐的事情说了出来。小人知错了，请求大姑娘给阿宇一次机会。阿宇愿意做牛做马，报答大姑娘的恩情。"

夜，很静。

阿宇听到自己胸腔里在噗咚噗咚地乱跳，身前的大姑娘明明还未到及笄之年，可是却如此聪慧，让人不得小觑。

尤其是现在。

他觉得自己站在风口浪尖之上，只要崔锦的一句话，便能决定他以后是生是死。

崔锦终于开口了。

"你和贵人说过什么？"

阿宇知道自己表忠心的机会来了，他连忙道："贵人只问了洺山古玉一事，其他事情小人半个字也没有说。之前因形势所逼，小人知错了，真的知错了，小人保证不会再有下一次。"

他又磕了三个响头。

崔锦却是低笑一声："你懂得来求我，而不是求贵人，也算你聪明。只不过你如今来了，贵人定然是知晓的。要为一个曾经背叛雇主的人与贵人作对，阿宇，你认为值得么？"

阿宇的身子一抖。

大姑娘竟然早已知道了！

话锋一转，她又道："不过你懂得悔改，倒也不算迟。你也算聪明伶俐，也帮我办了不少事，看在过去的情分上，要原谅你一回并非难事。我可以替你向贵人求情，那么你带给我什么？"

"忠心！小人愿意誓死追随大姑娘！"

他几乎是不假思索便说出来了。

崔锦满意地点头。

不枉她费尽心思，阿宇此人知道她太多秘密，杀之她尚且做不到，弃之又太过可惜。唯有加以调教，为己所用。

"画押吧，签押后你以后无论生死都是我们崔家的人。"

崔锦给阿欣使了个眼色，阿欣很快便拿出竹简，是一份卖身契。阿宇没有犹豫就画押，带着一颗感激的心。

他站了起来。

此时，崔锦又说道："想必你也听说了，我是鬼神所庇佑之人。今日我身份虽卑微，但他日如何，连鬼神也不知晓。"

她说此话时，神情是肆意张扬的，仿佛天下间只要是她想要的，终究都会落在她的手中。

阿宇后悔极了。

他当初想错了。

大姑娘如今是无权无势，可他也亲眼见着大姑娘是如何从无到有的，那一份果断和勇敢即便是男儿也不曾有。燕阳城的贵人虽贵，但又岂知以后大姑娘不会攀附上一个更贵的贵人？

阿宇顿觉自己目光短浅，做人应当想远一些才是。

他目光坚定。

"大姑娘，小人明白的！"

"哦？"

谢五郎挑眉。

阿墨说道："没想到崔氏竟然还把那厮收了，有过一次背叛，换做我们谢家断是不会用了。到底是小家之气，一次不忠百次不用，这样的道理崔氏竟然想不通，还费了这么大的力气将那少年郎推到自己身边。"

顿了下，阿墨又改口道："不过崔氏出身卑微，又只是个姑娘家家，想不周全也没什么。相比起大多数姑娘，崔氏也算得上是有点小聪明。"

他看了看郎主的脸色，生怕郎主因为崔氏的做法而不悦。

幸好幸好，郎主面色如常。

谢五郎轻笑一声，却道："阿墨，你未必有她聪明。"

阿墨瞪大眼睛。

谢五郎又道："你也不及她想得周全。"

阿墨不懂了，他说道："请郎主解惑。"

谢五郎不语，反而淡淡地道："她倒是懂得物尽其用。"阿墨百思不得其解。而此时，谢五郎话音一转，忽然问："事情查得如何？"

阿墨正色道："回郎主的话，他往秦州逃去了。"似是想起什么，他咬牙恨恨地道："当真狡猾之极！不过郎主放心，我们的人已在秦州布下天罗地网，只要他出现，一定可以捉拿。"

谢五郎从屏风前站起，踱步到窗边。

夜风拂来，带着一丝与以往不同的春意。

"春天来了。"

阿墨附和道："这几日开始转暖了，外面的野花也渐渐开了，树上也长出了嫩绿的芽。"

谢五郎闭着眼。

半晌，他慢声道："可以踏春了。"

第六章
谢恒之宠

一阵急促的脚步声惊醒了崔锦。

她揉揉眼睛，从榻上坐起，刚打了个哈欠，外头便传来阿欣的声音。

"大姑娘大姑娘。"

崔锦说道："进来吧。"说话间，她顺势看了眼外头，天色漆黑，她也未听到鸡鸣声，显然还是半夜。她又打了个哈欠。

她睡前又浪费了好几张画纸。

也不知为何，上天所赐予的神技似乎越来越不好用了。她原想查找有关谢五郎的蛛丝马迹，可是画中除了最初告诉她谢五郎原先是挖出洺山古玉的人之外，便再也没告诉过她任何与谢五郎相关的事情。

阿欣疾步走进，双手递上帖子，又顺手点了灯。

"大姑娘，是贵人的帖子。"

说话间，她的呼吸有几分急促。她从未见过这么好看的纸，泛着一股好闻的熏香，带着燕阳城的奢华和贵气，纸边还有繁复的暗纹。

听到"贵人"二字，崔锦脑里的瞌睡虫登时消失得无影无踪，她打了个激灵，立马打起十二分精神来。

帖子里只有简短的一句话——卯时焦山踏春。

她的嘴角微抖。

谢五郎好雅兴，卯时，山上冻得发冷，天色还是黑的，这个时候踏春能看见什么？应该叫踏黑才是。况且她一个姑娘家家的跟燕阳城的贵人去踏春，被有心人见到了，她的名声也没了。

再说天还未亮去踏春，说出去有谁信？

阿欣眨巴着眼睛。

"大姑娘，可是贵人要传召您？"

崔锦咬牙道："不是！"

她冷静下来。

不行，这踏春绝对不能去。若是寻常男子也罢，可如今是谢五郎呀，他打个喷嚏樊城的人都会议论纷纷，更何况是去踏春，且还跟一个姑娘！

崔锦说道："你立马让阿宇去赵府，便说我昨夜感染了风寒，今日身子抱恙，怕传染了贵人，不便踏春。"

阿欣应声。

很快地，阿宇回来了。

崔锦问："可将有话传达？"

阿宇沮丧地道："回大姑娘的话，传是传了，现……现在贵人的马车就在外头。"顿了下，阿宇又说道："如今天色还未亮，街上一个人也没有，面摊也还未开，巡逻的衙役也正好交接。"

崔锦不由多看了阿宇一眼。

她还未说，阿宇便已经猜到她的心思，果真是个聪明心细的。

她低声吩咐道："待会动静小一些，莫要惊扰了爹娘和大兄。阿欣，你跟我去。"

阿欣诧异地道："大姑娘就这么去？不用稍微梳洗一下吗？"

崔锦道："来不及了，走吧。"

一走出大门，崔锦就见到了那一辆奢华的马车，不偏不倚地就杵在大门正中，若是天色再亮一些，怕是会惹来不少闲言蜚语。

阿墨笑吟吟地说道："郎主在马车里，请姑娘上车。"

崔锦愣了下。

她没想到要与谢五郎同乘一车。她自是不愿的，上次谢五郎连句招呼也没打便直接摸上她的脸，这次两人同乘一车，还不知会做出什么事情来。

她咽了口唾沫。

此时，马车里响起一道不紧不慢的声音。

"莫非你要我请你不成？"

崔锦露出一个比哭还要难看的笑容，"没……没有。"

她咬咬牙，踩上阶，登上马车。天色尚早，灰蒙蒙一片，马车里自然也是黑的。崔锦只能隐约看到谢五郎素白的身影坐在马车的一角。

崔锦摸黑行礼。

"阿锦见过贵人。"

"坐。"

"多谢贵人。"

她摸索了下，寻了一处离谢五郎最远的地方坐了下来。刚坐下，谢五郎的声音又飘来，"崔氏阿锦。"这一回的声音里似乎有几分不悦。

"上次我说过什么？你且重复一遍。"

她委实捉摸不透谢五郎的行事风格，只好咬牙说道："贵人说了许多话，不知要阿锦重复哪一句？"

"都重复一遍。"

崔锦的嘴角抖了下，心想谢五郎真是无聊得可以。可心里这么想，她也不能说出来，只能默默在心里腹诽几句，顺便当着他的面做个鬼脸，然后才说道："我谢五郎是蛮横霸道之人，在燕阳城里我即便是横着走也没人敢管。"

停顿了下，谢五郎说："继续。"

她绞尽脑汁地道："如此有勇气的你，我自然不会伤你半分。"

"……我会在樊城待数月，我允许你在樊城横行霸道。"

此时此刻，谢五郎忽然低笑起来，只听他道："崔氏阿锦，你倒会避重就轻。你是个聪明人，该知道我想听的是什么。"

他虽是笑着的，但崔锦听出了一丝冷意。

她抿抿唇，方不情愿地道："你既然倾心于我，没有我的命令，你便不能停止。"

"过来。"

崔锦磨蹭了会，才慢吞吞地摸黑前行。待离素白身影还有几步远的时候，她停了下来，正想说些什么，马车忽然颠簸了下。崔锦一时没有站稳，整个人往前扑去。

待她反应过来时，谢五郎轻笑道："崔氏阿锦，你果真倾心于我，这么着急就投怀送抱了？"

崔锦一张脸窘迫得火辣辣的。

"我……我……"

她手忙脚乱地想要站起来，可谢五郎却禁锢住她的腰肢，另外一只手轻轻地抚摩她的乌发。

"别动。"

崔锦不敢动，她完全不知道谢五郎到底想做什么。

他又笑道："崔氏阿锦，你快活么？被自己倾心之人抱在怀中，你如今该是心如鹿撞吧？"

是心惊胆战才对！崔锦发誓如果上天让她回到那一夜，她绝对绝对不会捏造那么蹩脚的措词，也一定不会糊弄谢五郎。

贵人心眼太小！

她区区小女子，不就说错了几句话，他便记恨到现在，还连本加利地索取回去了。

"在心里说我坏话？"

崔锦吓了一跳，连忙道："没有，阿锦不敢。"

谢五郎冷笑道："你胆大得很，说胡话的本事连我也要自愧不如。"

她干巴巴地笑了声，说道："没……没有，贵人定是误会阿锦了。只……只是现在贵人的做法让阿锦有些困扰。"她深吸一口气，说道："贵人这般待我，会让我燃起不该有的希望……"

"嗯？"他的手指挑起一缕发丝，缠在了指尖上。他的动作如此自然，仿佛两人是再亲密不过的有情人。

这般亲昵让崔锦打了个激灵。

谢五郎忽道："不是说了倾心于我么？我如今这么待你，你该小鸟依人般依偎在我怀中，而不是害怕得全身发抖。"

崔锦当真不知所措了。

谢五郎太过反复无常，她耍无赖的话，他能比她更无赖，想要糊弄他，却糊弄不过他。苍天呀，谢五郎简直是个妖孽呀。

就在此时，谢五郎松手了。

他道："往前走五步，把灯点了。"

"……是。"

得以离开谢五郎的怀抱，崔锦暗中松了口气，几乎是连滚带爬地往前冲。待她点了灯后，方发现马车里头比外头要宽敞得多，极是富丽堂皇。

而谢五郎依旧着一袭素白的宽袍大袖，阖眼把玩着墨玉扳指。

崔锦注意到谢五郎膝上的衣袍有几丝褶皱，她脸微红，知道是自己方才挣扎的时候弄出来的。

谢五郎淡淡地说道："崔锦，你记住，我谢五郎送出去的邀帖，只能赴约，不能拒绝。"

她愣住了。

方才她被调戏得心惊胆战的，就是因为她拒绝了他的邀约？

好生霸道！

他缓缓地睁开眼。

明知他看不见，可她还是忍不住打了个寒战。

他拍了拍身边。

"坐过来。"

崔锦抿紧唇瓣，这一回她没有多说话，而是温顺地应声，坐在了谢五郎的身侧。

谢五郎含笑道："只要你不忤逆我，我会宠着你的。"

到焦山山脚时，已是卯时。

天仍是灰蒙蒙的，闪烁的星辰隐约可见。她下了马车，望着上山的路犯起难来。莫说天色灰黑，谢五郎目不能视物，这……这该如何上山？

不过转眼一想，崔锦又不担心了。

谢五郎只说要踏春，并无说上山，兴许在这附近走一走，待天亮时他也该累了，便会回去了。

岂料她刚这么想，谢五郎就迈开了步伐，径自往前走去，而不远处正是唯一上焦山的路。崔锦惊愕极了，阿墨并没有扶住谢五郎，谢五郎负手前行，仿若闲庭信步一般，一点儿也不像是目不能视物之人。

周围的随从擎着火把跟在附近。

此时，谢五郎停下脚步。

阿墨开口道："崔姑娘，怎么还不跟上来？"

崔锦如梦初醒，提起裙裾跟上谢五郎的脚步。阿欣连忙跟在崔锦身后。一路上，崔锦的目光时不时飘向谢五郎。

瞧他走得如此平稳，看起来不像是个瞎的。

有那么一瞬间，崔锦觉得兴许巫子目不能视物之说只是传闻。

不过很快地，崔锦就发现了谢五郎上山的诀窍。

焦山位于樊城郊外，山并不高，几乎每一天都有人上山采摘或是伐木，久而久之，便也踏出一条平整的山路。不过平整归平整，总会有一两处是凹凸或是有异物。然，她今天上山，山路异常地平坦，除了有坡路之外，与平地并无差别。

想来是谢五郎早已派人清扫了山路，且跟在谢五郎身边的阿墨时不时会出声，不过声音极小，离谢五郎有些远的她听不太清楚，估摸着是在指路。

到半山腰的时候，谢五郎停下来了。

阿墨小跑着过来，说道："崔姑娘，郎主让你过去。"

"崔氏阿锦。"

"阿锦在。"

谢五郎仰着头，仿佛在看着天空。崔锦看着他素白的背影，冷不丁地觉得眼前这一位贵中之贵的谢五郎有几分落寞。只见他沉默了半晌，方慢条斯理地道："你且说说周围有什么。"

她愣了下，不过很快地便反应过来。

她打量着周遭，说道："前方有一座五角凉亭，亭子里有一张石桌，四张石凳，到了春夏交际时，经常有鸟儿停留在石桌上。小时候阿爹带我与大兄上山，累了便在五角凉亭里歇息，鸟儿也不怕人，扑腾着翅膀光明正大地在石桌上走来走去。后来我见鸟儿有趣得很，便想捉一只回家，只不过家中穷困，怕忍不住宰了鸟儿当吃食便只好作罢。"

崔锦刚开始还有几分拘谨，可说着说着，她仿佛忘记了自己身边站着的是谢五郎，是那个高高在上的贵人。话匣子一开，便收不住了。

她的语气越来越轻快。

"那鸟儿似乎与我极有缘分，有一回竟然跟着我回家了。我偷偷地养在厢房里，每天将自己的饭食分给它。它是一只红黄相间的鸟儿，眼珠子是黑色的，头顶还有一根红羽，模样很是憨厚。我偷偷地养了几个月，还给它起名唤作小红缨，后来……后来小红缨不见了。大兄和我说，鸟儿也有家，它想家了，所以便回家了。"

说到此处，崔锦叹了声。

"其实我知道的，大兄是在骗我。小红缨哪里是想家了，它只是熬不过寒冬死了。大兄怕我伤心才会说小红缨回家了……"

她陷入回忆中，直到背后的阿墨轻咳一声，她才回过神来。崔锦想起阿墨曾经说过五郎喜洁和喜静，她方才那么聒噪定是让谢五郎不悦了。

"阿……阿锦似乎说得有些多了，还请贵人恕罪。"

岂料谢五郎却道："无妨。"

话音落时，他迈开步伐往前走。

崔锦跟上，小声地说道："再走十步，五角凉亭就到了。"谢五郎的脚步一顿，随即有数人上前，不过是片刻的时间，五角凉亭里的石桌罩上了一层貂毛镶边的锦缎，石凳上也放置了墨绿浣花锦缠枝纹褥子，五角凉亭上垂挂下薄纱。

随从训练有素地退离。

石桌上留有一盏圆筒花灯，指骨分明的手指轻敲着桌面，随之而来的是谢五郎的声音。

"鸟儿便是在这里？"

崔锦怔了怔，说道："……是。"

谢五郎似是陷入沉思，手指微屈，有节奏地敲着石桌。

崔锦见状，也不说话了，索性在谢五郎对面坐下。刚坐下，谢五郎又开口道：

"继续。"崔锦眨巴着眼睛,她问:"贵人要听阿锦说什么?"

谢五郎此时的心情不错,他道:"你想说什么便说什么。"

"贵人为何要在卯时上山踏春?"

此话一出,在谢五郎身后侍候的阿墨不由多看了崔锦一眼,心想这崔家大姑娘给根竿子就真的往上爬了。郎主的喜好又岂是她能开口问的?这下可不妙了,平日里郎主最不喜别人多嘴问事情。这崔家大姑娘也真是的,郎主让她随便说说,显然是想听她之前说的小红缨。

阿墨不用看谢五郎的脸,就已经能预料到自家郎主会面色不悦了。

他瞪了崔锦一眼。

未料谢五郎竟然回答了。

他的唇角含了一丝笑意:"让你半夜起来,我心里高兴。"

崔锦的嘴角微抖。

她说道:"原来贵人只是为了捉弄阿锦,不过能让贵人惦记着,也是阿锦的荣幸。"她的声音变得轻快,"一想到贵人心中有着阿锦,阿锦心里也很高兴呢。"

顿了下,她又认真地道:"贵人在马车里与阿锦说的话,阿锦都一一记住了。能得贵人看重,阿锦不胜欣喜。"

她的声音真诚中带有喜悦,像是一个情窦初开的少女,与自己心尖上的人诉说着情话。

谢五郎微怔,仿佛没有想到崔锦会说出这样的话来。

天色渐渐变亮。

没多久,谢五郎让随从送了崔锦回去。他仍然留在半山腰的五角凉亭中,阿墨沏了一壶热茶,道:"郎主,可要将崔氏收了?族长若是晓得郎主此趟出来收了个姑娘,想必也不会总想着法子给郎主塞女人。"

顿了顿,阿墨又说道:"若是郎主担心崔氏的家世,大可与汾阳崔氏打声招呼,崔家不一直想给郎主送女儿么?"

谢五郎缓缓地道:"此事不急。"

阿墨愣了下。

谢五郎喝了口茶,慢声道:"可有动静传来?"

阿墨回过神,连忙道:"郎主果真料事如神!一切如郎中所料,那边的人终于忍不住动手了。可是他们定没有想到此时此刻郎主并不在赵府。我们的人已经将企图弑杀郎主的刺客捉拿了。如今只等郎主回去亲自审问。"

谢五郎搁下茶杯。

"回去吧。"

崔锦回到家时，天色已然全亮。她从后门进去的，直到门关上后，她才彻底松了口气。幸好幸好，从焦山回来的路上一个人也没遇到，也就是说除了谢五郎的人根本没有人知道她一个姑娘家在半夜三更的时候跟贵人去踏春。

似是想起什么，崔锦扭过头吩咐道："阿欣，今日之事不得告诉其他人，尤其是我大兄。"

阿欣却瞪大了双眼。

崔锦蹙眉，说道："你这是什么表情？"

"阿妹，不能告诉我什么？"

崔湛的声音冷不丁地在她背后响起，崔锦的额上冒出了冷汗。说实话，在这个家中，她不怕阿爹，也不怕阿娘，反而是怕大兄。

她咽了口唾沫，缓缓地转身。

"大兄今日怎么起得这么早？"

崔湛瞅她一眼，说道："怎么及你早？一大清早的，去哪儿了？"说着，他上下打量着崔锦，目光最后落在她的鞋子上。

崔锦说道："昨夜里做了个梦，梦见了许多肉包子。今天起得早肚里馋虫也来了，便索性带着阿欣去买肉包子。"

"去买肉包子，鞋子上的泥土怎么来的？"

崔锦摸摸鼻子，说道："吃完肉包子后，便顺便去附近的庙里上香了，应该是那时踩到的。"她笑吟吟地道："我……我这不是怕大兄说我贪玩，一大早便出去，所以刚刚才让阿欣莫要告诉大兄。下回我若这么早出去，一定告诉大兄。"

说罢，崔锦溜得飞快。

阿欣行了礼，也赶紧跟上崔锦的脚步。

崔湛皱了皱眉头。

阿妹说的不是真话。这样的情景以前也出现过，便是阿妹倾心于赵家三郎的时候。

他的表情变得古怪。

崔湛思来想去，决定出去走一圈。

这几日他一直留在家中，并不曾出去过，外头发生了什么事情也无从得知。当初阿妹与赵家三郎的事情他是最后一个得知的。原以为阿妹经过赵家三郎的事情，在情之一字上会变得谨慎，可从方才阿妹的表现看来，似乎有些不妥。

"大郎要去哪儿？"

阿宇的声音蓦然响起。

崔湛道："出去走走，你不用跟着了。"

阿妹给他挑了个陪读，不得不说的是，阿妹的眼光是极好的。他以前也见过阿宇几面，倒也不知阿宇如此机灵，仿佛他皱个眉头，他也知道他在想什么。

阿宇应了声。

崔湛从后门走出，绕过小巷，他走到了大街上。太阳初升，大街小巷渐渐变得热闹。西巷口卖包子的大爷见到他格外热情，吆喝道："崔家大郎，肉包子要不要？"

崔湛说："我阿妹可有在这儿买肉包子？"

"没有，要不要买包子？"

崔湛道："来五个。"

"好嘞。"大爷动作利索地装好五个包子，递给崔湛的时候，又笑道："难得见大郎出门，送你一个馒头。"

崔湛道了声"谢"。

大爷似是想起什么，又说道："以后大郎飞黄腾达了，可不要忘记张老叟的肉包子。不过以后大郎恐怕也不会留在樊城了吧。你们家的大姑娘得了贵人赏识，又得鬼神庇佑，将来定有个锦绣前程。当初我第一眼见到你家阿妹，就知道她是个不得了的姑娘，以后断不会留在小小樊城里的。我张老叟看人就没看错过，瞧瞧现在。来来来，多赠你两个肉包子，我们樊城能出现飞上枝头的人物实在难得，以后若有机会还请大郎在大姑娘面前替我多美言几句。"

大爷的话匣子一开，便收不住了。

"若今生能去燕阳城卖一回包子，我张老叟也不枉此生了，燕阳城这么多贵人，一想到……"

张老叟说得兴奋不已。

崔湛的眉头却是皱了起来，等张老叟一说完，他付了钱立马转身。不过，崔湛并没有回家，他去了茶肆。茶肆里是最能打探消息的。

小半个时辰后，崔湛从茶肆里走出。他的一张脸青黑青黑的。

他疾步往家中走去。

待崔湛回到家中时，已经到了晌午时分。阿宇说道："大郎总算回来了，老爷和夫人还有大姑娘都等着大郎用午饭呢。"

崔湛直接绕过阿宇，大步冲向屋里。

"阿爹，阿娘，大兄回来了。"崔锦笑吟吟地站起，不等崔湛开口，她便迎了上去，挽住崔湛的胳膊，"大兄去哪儿了？爹娘都在等大兄吃午饭，今天午饭珍嬷做了大兄爱吃的菜。"

崔湛刚想说什么，崔锦又说道："等饭后，阿锦有话与大兄说。"

崔元此时道："好了，都坐下来吧。"

林氏吩咐道："珍嬷，开饭了。"

一家四口坐下后，崔湛瞅了崔锦一眼，见她笑意盈盈的，心里头不由愈发担心。这次可不是赵三郎，而是燕阳城的贵人！嫁给赵三郎还能当正妻，嫁给谢三郎莫说是正妻，连贵妾也当不了！

思及此，崔湛又不动声色地瞄了自家阿爹一眼。

阿爹每天都要出去买酒喝的，他难得出门一回，连张老叟都能拉着他说家常，莫说是阿爹了。崔湛只觉头疼，阿爹太过宠着阿妹，赵三郎也就罢了，谢五郎是什么人？怎么能由着阿妹乱来？

崔元自是不知崔湛在想什么。

一家人齐齐整整地用午饭，他喝上几杯小酒，身旁美娇娘，儿女聪慧乖巧，人生最得意的事情也莫过于如此吧。

半个时辰后，午饭吃完了。

崔锦唤珍嬷收走了碗筷。

崔湛目光灼灼地看着崔锦："阿妹想与我说什么？"

她含笑道："大兄莫急。"说罢，她站了起来，往后退了数步，忽然跪了下来。

林氏惊讶极了，"阿锦，你……"

崔锦磕了三个头。

她抬起头后方轻声说道："阿爹，阿娘，大兄，阿锦有一事要说。"

崔湛眯起眼。

是了，当初阿妹想嫁给赵家三郎的时候，也是挑了个风和日丽的时候，用过饭后便跪下来了。

他冷声道："不许！不行！不能！谢五郎是什么身份，你是什么身份？你岂能嫁他？莫非你忘记我们崔家的家训？不许为妾！也不许纳妾！阿妹，你应承过为兄什么？如今被谢五郎一哄，你便将为兄的话忘得一干二净了？阿妹，为兄对你很失望。"

崔元瞥了他一眼，道："急什么，先让你阿妹说完。"

他只好噤声。

崔锦这时才缓缓开口，说道："阿爹，女儿并没有忘记家训，也一直谨记着家训。当初赵家三郎的事情，是阿锦一时糊涂，可那事已经过去了。阿锦已经吸取教训，万万不敢再犯了。如今与燕阳城的贵人，也并非是外人所说那般。阿锦懂得分寸的，也知自己是配不上贵人，更不可能与贵人结秦晋之好。且阿锦此时也没有那样的

心思……"

崔湛不由一怔。

"接下来的数月兴许还会有很多的闲言蜚语,但是还请爹娘和大兄放心,闲言蜚语仅仅是闲言蜚语,阿锦懂得分寸,也有自己的理由。"

说罢,崔锦伏地一礼。

林氏心疼女儿了,道:"说话便说话,好端端的,跪下来作甚。地凉,快起来。"她扶起了地上的女儿。

崔元沉吟了半晌,方问道:"贵人因何看重你?"

崔锦回道:"兴许是因为贵人山珍海味尝得多了,偶然见到山间野菜便想换换口味。"其实到现在为止,她也不明白谢五郎到底因何而看重她。

想到今早谢五郎在马车里所说的话,崔锦就忍不住咬牙切齿。

崔元道:"我明白了,就如以前我与你说那般,无论你做什么,阿爹都支持你。"

崔锦弯眉一笑。

"多谢阿爹。"

林氏道:"虽有闲言蜚语,但有你爹应付着。"她叹了声:"本来我也只想你当个安守本分的闺阁女子,可如今我也想开了,就是你外祖父那儿有些棘手。"

外孙女跟贵人扯上关系了,原本没怎么来往的娘家也派了人前来打听。

林氏含笑道:"不过这些事情都不是大事,我自会应付。"

"多谢阿娘。"

崔锦看向崔湛。

听了崔锦这一番话,崔湛自是晓得方才误会了崔锦。崔湛扭捏了下,说道:"爹娘都如此说了,为兄也不能说什么了。你既然懂得分寸,那为兄也信你。"末了,他又添上一句,强调说:"不许喜欢谢五郎。"

"扑哧"一下,崔锦笑出声来。

"好好好,我答应大兄。"

崔湛满意地点头。

家中小会一散,崔湛回了厢房看书。林氏有些乏了,准备歇一歇。崔元带上一壶酒往书房走去,刚走几步,崔锦追了上来。

"女儿还有一事想私下里向阿爹请教。"

父女俩一道进了书房。

崔元坐下后,便说:"说吧,你想知道什么?"

崔锦开门见山道:"女儿说了,阿爹可莫要生气。女儿想知道汾阳崔氏的事情。"果不其然，汾阳崔氏四字一出，崔元面色微变。

崔锦连忙道："其实并不是跟汾阳崔氏有关，而是秦州崔氏。小时候阿爹曾经说过，阿爹的三叔因为犯了错被逐出崔家，后来他自立门户，自称秦州崔氏。"

崔元问："怎么忽然提起这事？"

崔锦笑吟吟地道："阿爹，女儿好奇呀。"

见女儿笑得眉眼弯弯的，崔元压根儿不知怎么拒绝，只好道："的确是有一位这样的亲叔，当初他在秦州还得了秦南王的赏识，本家当时也有些后悔的，但你的叔父性子高傲，不愿回本家。如今你的几位阿叔也有官职在身，你有个堂姐还成了秦南王妃，算起来在秦州也是高门大户。"

想到这里，崔元只觉自己比起当年的三叔，委实差得远了。

不过也罢，人各自有命。

如今他有儿有女，也该知足了。

转眼间，阿宇在崔家已经待了大半月。

他在崔家过的日子远远比以前要好得多，有一片屋瓦遮风挡雨，不愁吃穿，偶尔大郎还会教他识字，这是他以前从来都不敢奢想的。

在崔家，他只要侍候好大郎，并且办好大姑娘吩咐的事情便可以了。

而两位主人都是好说话的，也不会刁难自己。

不过是短短大半月，阿宇便觉得自己长了肉。

他坐在屋外的矮凳上，看着不远处已经开始发芽的枣树发呆。一盏茶之前，大姑娘进去跟大郎说话，与以往不同的是，这一次门关上了。

阿宇晓得是他不能听的事情，索性搬了张矮凳坐得远远的。

又过了两炷香的时间，厢房的门终于开了。

阿宇立即站起来。

只见大郎送着大姑娘出来，兄妹俩有说有笑的，蓦然，他迎上了大姑娘的目光。他连忙咧嘴一笑，"大姑娘好。"

崔锦含笑道："我方才与大兄商量了下，借你用几日。你且跟我来。"

阿宇应声，跟着崔锦走到了枣树下的石桌旁。

崔锦说道："这半月以来，大兄教你识了不少字吧？"

"回大姑娘的话，大郎宅心仁厚，教导小人识字，小人感激不尽，唯有认真仔细学之，方能报答大郎与大姑娘的恩情。"

她听了，不由笑道："看来你学得不错，如今我有一事要你去办。"

阿宇站直身子。

"小人一定赴汤蹈火在所不辞。"

"没这么严重，只是小事，但是要办好的话还是需要一些耐心的。"她取出十金，道："今日你便启程去秦州，这十金，你用五金置办两套好衣裳。到了秦州后，你好好与当地的人结识，记得先打听下，要挑嘴碎的人，然后不经意地与他们说起樊城崔氏被鬼神庇佑一事，当时情况如何定要说得活灵活现。待十金用完，你便可以回来了。"

阿宇点头。

"是，小人明白。"

阿宇出发后的第二日。

崔锦见墙角的野花开了，偶尔还要大雁飞过蓝空，带着盎然春意。这段时日她过得风平浪静，谢五郎没有再传唤她，她也极少出门，在家中作画看书，倒也舒心惬意。

用过午饭后，崔锦让阿欣搬出画案，摆好画纸，画墨也磨好了。

她洗净双手，准备作画。

她渐渐发现一个诀窍，并非是每一幅画都会窥视将来。但凡有人在她身边的时候，画作便仅仅是画作，它不会有任何改变。

崔锦很是欣喜。

她觉得上天赐予她的神技像是有灵性一般，仿佛这仅仅是自己与上天之间的小秘密，甚至有时候，她会觉得自己当真是为鬼神所庇佑的。

"大姑娘今天要画什么？"

阿欣在一旁问道，她说这话时有几分兴奋。以前大姑娘都不让她在一旁观看的，说是扰乱她的心神。她特别喜欢看大姑娘作画，尤其是大姑娘专注的神情，总让她觉得自家大姑娘美如画。

崔锦蘸了墨，微微沉吟。

"还没想好。"

阿欣笑吟吟地道："大姑娘您看，枣树上有一对鸟儿，不如画鸟吧。"

崔锦笑道："也好。"

狼毫一挥，素白的画纸上渐渐出现了一对鸟儿，画得活灵活现的。微微一顿，崔锦又添了一棵连理枝，最后郑重其事地盖上自己的印章。

待画墨一干，元叟蓦然疾步走来，神色慌慌张张的。

"大姑娘，不好了。"

崔锦气定神闲地道："阿叟何必惊慌？有事且慢慢说。再大的事情也总有解决的法子。"

元叟听后，顿时咳了咳嗓子。

他镇定下来，说道："大姑娘，有一队人马抬着箱子往我们这边走来了，老奴认得是前段时日来过我们家的贵人的随从。周围的街坊们都在看热闹呢。"

阿欣上次听了崔锦一说，便知崔锦没有嫁谢五郎之意。此时，她不由担忧地道："大姑娘，那……那这该如何是好？贵人莫非是要给大姑娘送东西？现在如此招摇地过来，街坊们肯定知道贵人对大姑娘有意了，若是到时候贵人离开樊城，不带走大姑娘，那樊城里也无人敢娶大姑娘了呀。"

崔锦也不慌，不紧不慢地道："阿叟，你将大门打开，就在门外候着。"

说罢，她又吩咐阿欣。

"你与阿叟一同出去，表情快活一些。你是我的侍婢，你的一言一行便是表明我的态度和看法。记得了，切莫表现得紧张，要露出理所当然的模样，嗯，稍微有点趾高气昂也是可以的。最后……"崔锦卷起画案上的画纸，"你将此画转交给贵人的随从，便说是我无以回报，唯有投桃报李，以画送之。"

"……是！"

崔湛从厢房里走出，看了眼外面的动静，又看了一眼胸有成竹的崔锦，转身回了厢房。

约莫有小半个时辰，崔家的大门终于关上了，隔绝了外头灼热而又羡慕的视线。

元叟松了口气。

"方才真是紧张死了，这么多人盯着老奴，还是头一回。"

阿欣也拍拍胸口，说道："大姑娘，奴婢依照您的吩咐，得意洋洋地将贵人所赠的箱笼都收下了，并且悄悄地将大姑娘的画转交给了贵人的随从。"

崔锦侧着头，问："他们可有说什么？"

"只说了，一定会转交到郎主手里。"

崔锦微微一笑："阿欣，你做得很好，以后也要如此。"说着，她吩咐道："阿叟，将三个箱笼都打开来吧。"

元叟应声。

三个箱笼次第打开，这一开险些晃瞎了阿欣的眼睛。她一双杏眸瞪得好似铜铃，嘴巴也张得可以塞进一个鸡蛋了。

她忍不住惊呼道："天呀……"

贵人好大的手笔！

一箱锦缎，一箱首饰，还有一箱香料，里头随意一件足够普通人家半年的开销了。阿欣艰难地合上了嘴巴，傻乎乎地看向崔锦。

然而，崔锦面上并无震惊，仿佛眼前这三个箱笼都是再普通不过的事物。

她仅仅是轻笑了一声。

"果然燕阳城来的贵人不差钱，这么大的手笔。"

阿欣猛地点头："是呢是呢，好大的手笔！这些首饰莫说是赵知府家的千金，恐怕连郡守的千金也没有呢。还有还有，大姑娘，您瞧瞧这匹锦缎，这桃红的颜色比我们这边的铺子卖的桃红要好看得多了，一看就知道哪个才是质地好的，要是制成衣裳，再戴上首饰，熏上香料，大姑娘一定是樊城里最美的姑娘。"

阿欣说得满脸通红，仿佛此时此刻崔锦便已着华裳，戴珍宝，娉娉袅娜地站在她的身前。

她充满了憧憬之色。

此刻她早已被绫罗绸缎珠宝珍品迷花了眼，把刚刚会因此而产生闲言蜚语的忧虑忘得一干二净。这么多贵重的东西，还都是女儿家所喜欢的，只要是个姑娘都会欣喜不已吧。

"大姑娘，您瞧瞧，这支含珠绿松石步摇也很好看，珠子这么圆润这么光滑……"

"阿欣。"

崔锦打断了她的话。

阿欣霍地回过神来。

崔锦敛去面上笑意，她严肃而郑重地道："留下两匹锦缎，还有两三首饰，香料也留下来，其余都拿去当铺换成金。不能在樊城的当铺，这几日让二牛载你到邻近的小城，隔一天当几样，直到当完为止。"

阿欣诺诺地应声。

与此同时。

谢五郎也收到了崔锦的画作。

阿墨展开画纸，不由呛了一声。他失笑道："郎主，崔家姑娘可胆大得很。竟画了一对鸟儿，与连理枝，怕是想对郎主说，在天愿为比翼鸟在地愿为连理枝。郎主，崔家姑娘又在对你示爱了。"

"是么？"谢五郎淡淡地道。

阿墨不由一怔。

郎主似乎不太高兴？

他道："再倔强的姑娘遇到郎主，也只有不堪一击的份。郎主，崔氏都如此表态了，可要……"

谢五郎打断阿墨的话。

"不急,我倒是想看看这一回她想玩什么把戏。"

那一日之后,樊城里无人不知崔锦。

燕阳城贵人赠礼,从赵府到崔家,一路上,不知多少人见到了,更不知有多少人垂涎那三个箱笼。众人对里面有什么都好奇不已,还有人想去崔家打听,只不过崔家大门紧闭,连半个人影也见不着。

连着数日,樊城里茶余饭后的谈资便是崔锦与贵人所赠的三个箱笼。

一时间,崔家被推上了风头浪尖。

然,崔家人却是镇定得很。

外头讨论得热火朝天,崔家里头却好像什么事情都没有发生过一样,该做什么便做什么。崔湛也依旧埋头苦读。崔元嫌外边吵闹,索性也不去酒肆了,遣了元叟买酒回来屯着。

不过此时的崔锦却有些苦恼。

贵人赠礼一事传出后,樊城里从来没有往来过的大户人家的千金竟给她递了请帖,邀请她参加茶话会,还有邀请她一起去寺庙上香游玩的,连她出生后就没看过一眼的外祖父家也派了人前来,说是给她置办了衣裳头面,一家人该要好好地聚一聚。

请帖多如牛毛,十个手指头也数不清。

阿欣数了又数,说道:"大姑娘,燕阳城来的贵人好生厉害,也没有明说什么,只是送了礼,城里的大户人家便也想攀附大姑娘了。"

崔锦笑了笑,提笔蘸了墨,继续练字。

阿欣眨眨眼,问道:"这么多请帖,大姑娘可要赴约?"这样的事情,以前她可是想都不敢想樊城虽然只是个小城,但只要有人的地方便有贵贱,樊城里也有专属的贵女圈,放在以往,连夫人娘家的嫡女也是进不去的。可如今属于贵女圈的千金也送了请帖过来,只要姑娘赴约了,就能成为贵女圈里的人了。

狼毫一顿,崔锦没有犹豫便道:"不去,请帖都搁一边去。"

阿欣担忧地道:"会不会因此得罪他们了?"

崔锦说:"不必担忧,得罪了也无妨。贵人不是说允许我横行霸道么?那我便更肆意张扬一些。以后只要有人来递请帖,通通都在门口拒绝。"

"啊……全……全部?"

崔锦说道:"不,除了赵家。"

随着崔锦的拒绝,送请帖的人渐渐颇有微词,当然都是暗地里的,表面上仍是和

和气气的。樊城里的贵女圈晓得崔锦竟然一家也没有赴约，本就有几分心高气傲的闺阁千金对崔锦便有了几分不屑。

"得了贵人的青睐，便忘记自己是谁了，也不看看自己的身份。"

"如今还是没名没分呢，不过是得了几箱东西。等得了妾位，鼻子恐怕都要翘到天上去了。"

"不如让芳荨姐姐办一场茶话会，给那不知天高地厚的崔氏送一张请帖。我们的面子不卖，可芳荨姐姐的面子总要卖吧。"

小轩窗里，几个打扮得花枝招展的姑娘喝着茶，说着话。

赵芳荨慢条斯理地吃了半口花心酥，拿帕子轻轻地擦拭着唇角，方慢声道："几位妹妹此言差矣，如今樊城里见到贵人面的只有崔氏，贵人是何等人物，能得贵人青睐，骄傲些也是理所应当的。"

"要说容貌，樊城里又有谁能比得上芳荨姐姐。是贵人没有见到芳荨姐姐而已，我可是见过那崔氏的，长得青涩，举止粗鲁，莫说是芳荨姐姐，长得比芳荨姐姐身边的侍婢还不如。我看那崔氏就是走了狗屎运。"

说话的人是平家的三姑娘。

赵芳荨眉头微蹙，不过很快地，她又舒展眉头，道："三姑娘，这些话在我这儿说便好了。若是不小心传到贵人耳中，那便大事不妙了。正好我也有意办茶话会，到时候再给你们送请帖。至于崔氏，既然得了贵人的青睐，这请帖看在贵人的分上也只能送去。至于来不来，我也不能把握。不过到时候来了，还请几位妹妹莫要为难崔氏。"

周二姑娘轻笑道："芳荨姐姐放心，我们又岂是那些不知轻重的人。见到崔氏供着她都来不及了，又岂会为难她？"

黄昏将近，赵芳荨让身边的侍婢如絮将几位千金送出了赵府。

赵芳荨垂眼喝着茶。

"都送走了？"

"回大姑娘的话，几位姑娘都离去了。"

赵芳荨又缓缓地喝了口茶，她搁下茶杯时，面上多了分不屑。"平家终究是上不得台面的，闺阁千金又岂能将如此粗俗的字眼搁在嘴边。"

她冷笑一声。

如絮说道："有平家与周家的两位姑娘在，更能衬出大姑娘的华贵与貌美。"

赵芳荨淡淡地道："她们也就只有这样的作用了。"顿了下，她道："茶话会的事宜也该开始准备了，这次不在屋里办，在含羞亭，正好那边的玉兰开了。"

含羞亭离贵人的院落是最近的，只要贵人一出来，必然能见到含羞亭的。

如絮了然。

"奴婢明白。"

却说此时,刚刚离开赵府的马车里传出了几道窃窃私语声。里头正是方才在赵府里喝茶说话的几位姑娘。只听平三姑娘说道:"倒是可笑了,贵人不过是在赵府住了一段时日,赵芳莘还以为自己成燕阳城贵女了。瞧瞧她那架势,连贵人的面还没见着呢,就这般装腔作势,活该她得不到贵人青睐。"

周二姑娘捂嘴笑道:"就是就是,还说什么莫要为难崔氏。到时候怕是她要为难崔氏了。"

"也不想想她是什么身份,人家崔氏好歹也是汾阳崔氏里出来的,她是什么?小小知府之女罢了。我倒要看看茶话会那天赵芳莘要做什么。"

"若能让崔氏和赵芳莘同时出糗,那就是最好不过了。"

……

马车渐渐远去,黄昏已至。银盘般大的夕阳绽放出艳红的光彩,整个天地似是镀了层红光。而此时的崔锦正在屋里头数着这些时日当来的金,她的眼睛笑得眯成了一条线。

阿欣咽了口唾沫。

她从来不知道大姑娘竟然如此爱金,当初见到赵三郎的时候还没有现在见到金这般愉悦。瞧瞧大姑娘高兴得满脸通红的,不知情的还以为大姑娘对哪个俊郎君想入非非了。

崔锦道:"贵人的东西果真值钱,之前闵恭的才五百金,如今加上之前剩下的,我们有将近一千二百金了。有了这些钱,即便是去了其他地方,也能买许多屋宅和铺面。"

阿欣眨眨眼。

不知道是不是错觉,她总觉得大姑娘如今提起贵人时,双眼贼亮贼亮的,像是在看一条水鱼。

她问:"大姑娘,有了这些金,即便是瘸了腿也能生活无忧了。"

崔锦却是摇摇头。

她想做的事情,一千多金是不足以支撑的。

阿欣怔了怔。

崔锦不欲多说,含笑道:"阿欣,你不是很喜欢上次贵人赠我的衣裳么?你拿十金去成衣铺子看看有没有类似的,有的话便买下来。"

阿欣惊喜地道:"是……是给奴婢穿的?"

崔锦颔首。

阿欣的眼睛绽放出亮光,可随即她又道:"那……那为什么不买了锦缎自己做

呢？成衣铺子里的衣裳大多都是不合身的。"

崔锦说道："已经来不及了，你去挑较为合身的。若是大了，便在里头穿多一件衫子，或者唤珍嬷改小一些。"

"也是！阿嬷的针线活做得可好了。"

她屈膝一礼，高兴地道："多谢大姑娘。"

又过了几日，阿欣终于等到了赵府的请帖。一想到可以穿新衣裳了，阿欣便快活极了。她捧着请帖走进厢房，递给了崔锦。

崔锦扫了眼请帖。

请帖竟是用纸写的，以往赵家三郎给崔家递帖只是用竹简呢，看来赵大姑娘这一回是下了血本。

阿欣问："大姑娘要回帖么？"

崔锦含笑道："不用了，你去赵府传话吧，便说我会如约而至，多谢赵大姑娘的相邀。"

阿欣的眼睛微亮。

"奴婢可以穿新衣裳了么？"

崔锦笑道："不急，等茶话会那一日再穿。"

阿欣心底顿时有几分失望，但很快地她又恢复如常，横竖也只有几日，一眨眼就过去了。她弯眉笑道："是的，阿欣明白了。"

崔锦道："去吧。"

赵芳荨的茶话会定在未时，恰好是一天里最暖和的时候。虽说现在已经是春天了，但春寒料峭，早晚依旧是凉飕飕的，而未时这个时辰里，正好能穿上艳丽轻薄的春衫。

赵芳荨是见过崔锦的，只不过是大半年前的事情。

那时的崔锦于赵芳荨而言，不过是自家三弟所倾慕的人，压根儿是不值一提的小人物。她当时只有一个印象，青涩稚嫩，就像是路边的一朵长得稍微好看些的野花，正好配她的庶弟。

然而，她却不曾想过，有朝一日，那样的路边野花竟得了燕阳城贵人的青睐，反而是她这朵绿叶环绕的名贵花种被弃之如敝屣。

思及此，赵芳荨心有不甘。

此回茶话会，她定要让崔锦知道，她得了贵人青睐，只是因为贵人没有见到她赵芳荨而已。一旦见到了，她崔锦连变成渣滓的机会都没有！

"如絮，将我新裁的衣裳取来，熏上苏合香。"

衣裳是新裁的，料子是她向阿爹求了好久才求来的。当初阿爹进献洺山古玉有功，皇帝陛下赏赐了千金，且还有一些杂物，里头便有一匹素花锦，那颜色那纹案极其艳丽。

阿爹当时留了下来。

后来她苦苦哀求，阿爹才点下了头。

"还有红宝石翠玉头面，明珠金钗，都取来。"

赵芳荨仔细地吩咐，今天这一场茶话会她不仅要惊艳全场，艳压群芳，还要令贵人知晓她赵芳荨是一百个崔锦也比不上的。

转眼间，未时将到。

邀请的闺阁千金已经逐渐出现在含羞亭里，有七八位，都是樊城里有头有脸的人家里的姑娘。姑娘们晓得贵人便在一院之隔的后面，心情难免有些激动。

今日来参加茶话会，都铆足了心思打扮。

一时间，含羞亭中姹紫嫣红，姑娘们春衫薄，色彩艳，娇俏年轻得能掐出水来的脸蛋，都像是画儿一样。今日来的姑娘们之前都曾给崔锦递过请帖的，只不过通通都被拒绝了。如今晓得崔锦会来茶话会，皆心思各异。

到了含羞亭后，她们总忍不住打量周遭，想看看崔锦到底来了没有。

然，主人家已到，崔锦仍未到。

赵芳荨坐在含羞亭中央，仿佛对崔锦的迟到不以为意，笑意盈盈地与身边的平三姑娘说着话。今日赵芳荨穿着水红素华锦牡丹纹齐胸襦裙，衫子是月牙白的颜色，挽着鹅黄的披帛，乌黑的发髻上掐丝金钗含着硕大的明珠，耳垂上的红宝石翠玉耳坠衬得脸蛋白净无瑕。

"芳荨姐姐今日穿得真好看，比花儿都娇艳。"

赵芳荨捂嘴轻笑。

她这身打扮哪样不是砸了重金的，能不好看么？自然是她们这些人比不上的。

此时，周二姑娘说道："芳荨姐姐，崔氏怎么还没来？不是说她一定会来么？莫非她反悔了？"

赵芳荨说道："时间尚早，再等等吧。毕竟是姑娘家，打扮也要不少时间。且崔妹妹头一回参加我们的茶话会，难免要仔细谨慎些。"

平三姑娘说道："芳荨姐姐真是大度，若是我怕早已不耐烦了。"

周二姑娘捂嘴咻咻地笑。

"兴许是崔氏怯场了，不敢来了。"

话音落后不久,便有侍婢前来禀报。

"大姑娘,崔氏来了。"

此话一出,在场之人都不由竖起了耳朵。赵芳荨露出一丝不易察觉的冷笑,道:"愣在这里做什么,快去将崔妹妹带进来。"

说着,她又与周围的人说道:"崔妹妹年纪小,等会大家多担待一些,莫要欺负了她。"瞧瞧她多么知书达理,温良恭淑,跟崔氏那朵小野花一对比就是不一样。

众人附和了几声。

约莫过了片刻,侍婢终于领着一个穿着鹅黄衣裙的姑娘前来。

赵芳荨的目光立马落在她的身上,最先是衣裳,然后是脸蛋,一圈轮完,她露出一个不屑的笑容。大半年未见,崔氏倒是长高了不少,只可惜容貌长歪了。

她那故作镇定的模样,真真是让人笑掉大牙,简直是贻笑大方,一点也上不了台面,真不知贵人究竟看上了她什么。

其余姑娘的想法也跟赵芳荨没差。

这一回皆是她们这么近见到崔锦,毕竟是闺阁女子,出去的机会极少,偶然见到,也是远远一瞥,或是从他人口中描述所知,如今头一回这么近地看到这位为贵人所青睐的姑娘,心底下都暗暗起了较劲的心思。

从首饰到衣裳,每一处每一寸都不愿放过。

不过见到崔氏如此不堪,她们也放心了。

赵芳荨率先展露笑颜。

"崔妹妹,当真是百闻不如一见。我早已想与你好好说话了,之前三弟就曾跟我提过崔妹妹是个极其能说会道的姑娘呢。"

此话一出,平三姑娘便不由暗笑了一声。

方才是谁说莫要欺负崔氏来着?如今一来便掀人伤疤,唯恐众人不知崔氏过去曾经倾慕于赵家三郎。这不是赤裸裸地打脸么?

她看向崔氏。

崔氏咬着唇,看起来有些拘谨。她似乎想说些什么,可嘴唇刚启,赵芳荨又打断了。

"哎呀,只顾着说,崔妹妹站了这么久都累了吧,快来坐。"她很是热情地拉过崔氏,平三姑娘让出了位置。待崔氏一坐下,赵芳荨又说道:"崔妹妹定不认识诸位妹妹,以后多多往来便识得了。"

说着,她给平三姑娘使了个眼色。

平三姑娘顺着赵芳荨的意,附和道:"是呀,多多来往便认识了,以后崔妹妹可以多来我家坐坐。崔妹妹是鬼神所庇佑的人,多来我们平府走走,我家中爹娘定也高兴。"

赵芳荨审视着崔氏，见她越畏缩心中便越是得意。

她原以为大半年一过，野花也有了惊艳之色，岂料还是野花一朵。贵人定是瞎了眼，才会如此看重崔氏！

然而，就在此时，被众人声音所淹没的崔氏蓦然站起，她倏地后退了几步。

赵芳荨惊讶地道："崔妹妹是怎么了？可有哪儿不适？"

她结结巴巴地道："不……不是，奴婢只是想说大姑娘今早闹肚子了，会晚一些过来，所以让奴婢先过来告诉赵大姑娘一声。方才奴婢几次想开口，可……可是……"

她咬着唇。

刚刚情况如何，显而易见了。

几个姑娘你一言我一语的，压根儿没阿欣开口说话的余地。

众人的脸色唰的一下就变了，尤其是赵芳荨，简直是铁青铁青的。敢情穿着华服的只是一个侍婢？阿欣诺诺地道："奴婢刚刚过来的时候就想说了，可赵大姑娘的侍婢不等奴婢说完就跑进去通报了。"

所有人看阿欣的目光不一样了，纷纷觉得崔氏也太嚣张了，一个小小侍婢竟然比她们穿得还要好！一想到方才认错了人，她们顿觉不自在。

赵芳荨几经艰辛才将发青的脸色压下去，她扯唇冷笑道："是么？"

阿欣如小鸡啄米似的点头。

如絮连忙不着痕迹地拉了拉自家大姑娘的衣裳，赵芳荨深吸一口气，渐渐冷静下来。是她看轻崔氏了，借着自己的侍婢来给她们下马威，倒是个有手段的。

她的目的还未达到，现在不能发怒。

她道："既然崔妹妹晚些过来，那大家便再等一等，也不着急，崔妹妹年纪小，我们当姐姐的人自然要体谅体谅。"

此话一出，众人心中对还未到来的崔锦都有了几分不悦。

赵芳荨不经意地看了看她们，满意地收回目光。

阿欣此时也告退了。

约莫过了两炷香的工夫，侍婢终于再次过来通报了。这一回她彻底问清楚了，她小心翼翼地道："大姑娘，崔氏来了。"

赵芳荨心中冷哼一声。

片刻后，有脚步声响起。

赵芳荨随即抬眼望去，这不望还好，一望她就惊呆了。

第七章
斗智斗勇

不只赵芳荨一个人愣住了,含羞亭里里外外原先还在嬉戏的姑娘们也一道愣住了。

崔锦似乎不曾察觉到周遭的目光,她含着笑意施施然走前,只见她笑吟吟地道:"这位便是赵姐姐吧。今早吃错了东西,闹了会肚子,幸好如今已无大碍。难得赵姐姐邀请阿锦参加茶话会,阿锦却是迟到了,阿锦心中实在有愧,还请赵姐姐与诸位姐姐莫要与阿锦计较。"

说着,她提袖掩唇,矜持地点了点头。

绛紫缕金蝙蝠纹案宽袖拂起时,带起了一阵轻风。离崔锦较近的几位姑娘仍然没有反应过来,傻傻愣愣地盯着她。

饶是赵芳荨此刻也未能回过神来。

她知道贵人赠了崔氏三个箱笼,箱笼里有什么她不知道,但从崔氏侍婢的穿着看来,里面定然少不了首饰衣物。贵人出手,定是不凡。她也想过崔锦穿的衣裳比自己的要华贵要好看,甚至还做好了各种反应的准备,无论崔锦穿得多么好看,她也能让她无地自容。

然而她千算万算也没算到崔锦竟会穿成这样。

明明只是个还未到双十年华的少女,却穿上连她阿娘都不会穿的颜色,这样的纹案和颜色分明只有当祖母的人才会穿的!

偏偏她却毫不自知。

"自……自是不会计较。"半晌,赵芳荨方回过神,"崔妹妹身子可还有哪儿不适?若还有不适,我便让人去将钟巫医请来。"

赵芳荨这话一出,周围的几个姑娘也渐渐回神,纷纷你一言我一语的,目光时不时往崔锦身上飘。

崔锦摸摸鼻子,笑道:"已经痊愈了,阿锦身子好,多谢诸位姐姐的担心。"说到此处，她的两颊暮然飘上一抹红晕，她小声地道："怎么几位姐姐一直看着阿锦？莫非是阿锦的脸上有异物？"

平三姑娘问："崔妹妹的衣裳可是那位贵人所赠？"

周围的姑娘立马竖起了耳朵，连赵芳荨也忍不住屏住了呼吸。

崔锦面上的红晕加深，她绞着衣角，似有几分扭捏。许久，她才咬着唇，轻轻地点了下头。

这一回，赵芳荨又愣住了。

燕阳城里来的贵人竟然喜欢这样的？

她再次打量崔锦，瞧她面如芙蓉，确确实实是个水灵灵的美人儿。方才还觉得她穿得老气横秋死气沉沉，可如今一知道这是贵人所喜欢的穿着，登时变得不一样了。

瞧多几眼，红扑扑的脸蛋，绛紫缕金的衫子，穿在一个妙龄少女的身上，似乎还真的有几分说不清道不明的风情。

兴许这是燕阳城所时兴的打扮。

崔锦的父亲是在燕阳城里见过世面的，一定是晓得如今所时兴的，所以崔锦才会在众多姑娘里脱颖而出，所以贵人才会青睐于她。

狡猾之极！

赵芳荨不动声色地道："妹妹是第一回来我们的茶话会，不晓得我们的规矩。我们几个姐妹都习了琴，因此每次茶话会开始时都会比琴。比琴之前，每人都要拿出一个彩头，赢了的人便能取走所有彩头。"

崔锦睁大眼睛，说道："比……比琴？"

赵芳荨笑道："是呀，崔妹妹可是不曾习过琴？"周围有姑娘咻咻地笑着。赵芳荨又说道："贵人嗜琴，无琴不欢，崔妹妹怎么会没有习过琴呢？"

"之前家中穷苦，请不起教琴的女夫子。"

话一出，周围的姑娘又开始咻咻地笑着，显然有嘲讽之意。

崔锦没有露出赵芳荨想象中的窘迫神情，她一点也不在乎，笑嘻嘻地道："不过现在不一样了。等以后空闲了，阿锦也去请一个女夫子。不过樊城中哪里的女夫子好，阿锦也不清楚，到时候还请赵姐姐给我搭线。其他姐姐若知道有好的女夫子，也给阿锦介绍介绍。现在学琴应该还是来得及的。真是多亏了赵姐姐，不是赵姐姐这么一说，阿锦也不知贵人无琴不欢。"

说到这里，她皱起双眉，自说自话地道："不行呢，还是得回去就请个女夫子教我习琴。"她拉住赵芳荨的手，感激地道："真是多亏了赵姐姐，若非赵姐姐，恐怕阿锦便要在贵人面前出糗了。"

赵芳荨面色微变，顿觉自己搬石头砸了自己的脚。

崔锦扑闪着一双大眼，又道："这次的比琴阿锦便不参加了，等阿锦学会后再与诸位姐姐切磋切磋。"她从衣襟里摸出一样事物，搁到桌上。

"且作为彩头，以供姐姐们助兴。"

众人一望，是一个青玉镯，玉质澄透，似乎连一丝杂质也看不见，一看便知是上品。

有人不禁咽了口唾沫。

这样的玉镯子放在樊城的珍宝轩里恐怕没有数十金也买不下来吧，这样的彩头，崔氏好大的手笔！

赵芳荨霍地皱下眉头。

崔氏如此一来，岂不是让她的茶话会显得寒酸？赵芳荨暗中咬牙，表面却也只能云淡风轻地道："既然崔妹妹都拿出彩头了，身为姐姐的我自然也该表态了。"

她低声在如絮耳边说了几句。

不到片刻，如絮捧来一个锦盒。锦盒里有一对金兰花坠子，平日里赵芳荨也舍不得戴，是她及笄时阿娘送她的，若非与今天的衣裳不搭，她定会戴这对金兰花坠子，而不是红宝石耳坠。

一个两个都取了重金出来，其余姑娘也不好意思拿出不值钱的东西，只好各自将身上最值钱的饰物取出。一时间，含羞亭的石桌上摆满了琳琅满目的饰物，华光莹莹。

好几人看着石桌都不由得咽了咽唾沫。

若是赢了，这些值钱的饰物都是自己的了！

赵芳荨此时道："还是老规矩，请郭夫子过来。郭夫子以白绫覆眼，辨别琴声，一切皆由夫子判别为准。"

"好。"

以前比琴时其他人都会让一让赵芳荨，可如今将身上最值钱的饰物都放出去了，无论如何也不能输！

姑娘们暗中摩拳擦掌的，眼睛迸发出了亮光。

很快地，郭夫子来了。第一位弹琴的姑娘也开始了。

赵芳荨此时不禁有几分紧张。

若是将金兰花坠子输了，回头阿娘定会数落自己。思及此，她顿时怨恨起崔锦来。都是崔锦不好，若非是她，她也不用被逼到这个地步。

趁没有人注意，赵芳荨冷冷地看了崔锦一眼。这不看还好，一看她就气得七窍生烟。她在这里紧张之极，而崔氏竟然好整以暇地坐下，还让她身边那个穿着锦衣华服的侍婢给她捶肩，那副优哉游哉的模样就像是看戏一般。

这个崔氏有了贵人撑腰，便变得肆无忌惮了！

赵芳荨给如絮使了个眼色，接着她低声吩咐了几句。如絮惶恐地睁大了双眼，

"若……若是夫人怪罪下来……"

赵芳荨淡道："有我撑着，你怕什么。"

如絮这才应声离去。

就在此时，忽有一黑衣随从走来。那人一看便知不是赵府的仆役，正是谢五郎的随从。只听他说道："郎主闻得琴声，特地让我前来请诸位姑娘到含光亭。"

赵芳荨的心重重地跳了几下。

赵府有两座亭子，一为含羞亭，二为含光亭。而含光亭就在贵人所住的院落里，是阿爹晓得贵人要来，特地命人修建的。

她……她终于能见到贵人了！

崔锦听得黑衣人此话，心中却是咯噔地跳了下。上次谢五郎的反复无常，她歇了好几天才缓过神来。现在谢五郎忽然要听一群姑娘弹琴，又不知想做什么了。

一盏茶的工夫后，赵芳荨终于见到了梦寐以求的谢五郎……的身影。

含光亭中架起了素色的轻纱，只能隐隐约约见到亭中有一道身影，可即便看不清模样，赵芳荨也知里头就是燕阳城来的贵人。

亭中有声音传出。

"哦？比琴？"

赵芳荨看了崔锦一眼，抢先回答，还将比琴的规矩说了一遍。起初声音还有几分急促和紧张，到后来就变得温柔似水，还隐隐带有一分娇媚。

崔锦摸摸下巴。

赵家的大姑娘为了谢五郎，也是蛮不容易的。

半晌，含光亭里传出一道低笑声。

"倒也有趣。"

赵芳荨的心登时跳得飞快，整个人都沉浸在喜悦之中。贵人夸她有趣！即便是三弟也不曾得到贵人的夸赞呢！她心花怒放，只觉这是一个极好的开头。

她用眼角的余光瞥了崔锦一下。

见她轻咬着唇，她更高兴。崔氏开始担忧了，定是在担心她会抢走她的恩宠。

崔锦的确是在担忧，只不过她所担忧的却非赵芳荨所想那般，而是担忧自己。谢五郎格外喜欢看自己出糗，她越是紧张他便越是高兴。如今从声音听来，谢五郎今日的心情不差，也不知他又想了什么法子来欺负她。

此时，阿墨从亭内走出。

只听他说道："郎主会选出最佳的琴音，比琴从头开始。"

此话一出，在场的大部分姑娘顿时有些激动。她们你看我我看你的，一张脸蛋有

着兴奋的嫣红。含光亭里传出一声清脆的碰瓷声,谢五郎慢声道:"开始吧。"

"是……是。"

在场的姑娘加上崔锦,统共有九人。赵芳荨思来想去,抢在了第三个弹奏。在她看来,第一个弹奏的难免会紧张,而最后一个弹奏的恐怕贵人也不耐烦了,最好的顺序便是中间偏前,有前面两个弹得一般的对比,她的琴技立马就变得特别起来。

只不过赵芳荨弹奏一曲后,含光亭内丝毫动静也没有。

她不由有些失望。

幸好的是八个人都弹奏完一曲了,贵人也不曾对谁有什么特别的表示。她稍微安心了一些。

阿墨奉了新茶。

亭内再次传出清脆的碰瓷声,紧接着是谢五郎慢条斯理的声音。

"崔氏阿锦。"

崔锦抬首挺胸,微微迈出一步,响亮地应声道:"阿锦在。"阿墨也是这个时候才注意到了崔锦的穿着。他顿时被自己的唾沫呛了下,连咳数声。

"该你了。"

赵芳荨幸灾乐祸地看了崔锦一眼。

崔锦露出为难的神色。赵芳荨此时忽道:"贵人,崔妹妹自小不曾习琴,不通音律,不若由芳荨替崔妹妹弹奏一曲。"

谢五郎淡淡地道:"崔氏阿锦,你向来聪慧,想来弹琴一事也难不倒你。阿墨,去取一把桐琴。"

崔锦暗中咬牙。谢五郎今日果真是故意来为难她的,明知她从不曾习琴,却偏要弹奏一曲,这不是要让她当众丢人现眼么?

阿墨取来一把桐琴。

阿欣小声地道:"大姑娘……"

崔锦看她一眼,示意她不用担忧。她轻吸一口气,双手放在了琴弦上。一时间,在场的姑娘们都露出看好戏的表情来。

"铮"的一声,桐琴发出刺耳的声响。

有人捂嘴哂笑了一声。

然,崔锦依旧面色不改,十指在琴弦上急速弹奏,一声比一声刺耳,连停歇在树上的鸟儿都被惊飞了。在场的姑娘起初还有嘲笑的心思,可越到后来脸色便越是难看。

这哪里是琴音了,分明是魔音!

赵芳荨捂住耳朵望向含光亭,亭中的素色人影依旧没有任何反应。

对于这刺耳的魔音,崔锦仿佛一点儿也不知晓,甚至还露出满意的笑容,似乎自己弹奏的是绝世无双的佳曲。

离崔锦较近的姑娘脸色微白，方才那一曲乱弹简直是魔音攻心，若是定力不好怕是耳膜都要破了。

约莫有一盏茶的工夫，崔锦终于停下来了。她微微一笑，说道："贵人，阿锦献丑了。"不等谢五郎说话，她又施施然起身，往含光亭走近，她笑吟吟地道："上回贵人召见阿锦，给阿锦弹奏了一曲。当时阿锦为贵人的容颜所醉，并不曾仔细听贵人所弹奏的音律，只隐隐记得一些。如今碰到桐琴，阿锦想起了那一日贵人所弹的琴曲，便为贵人弹奏了此曲，不知贵人觉得阿锦学得可像？"

阿墨顿时忍俊不禁。

这崔氏果真是个伶牙俐齿的，如此一说，其他姑娘又哪敢赢了崔氏？若是赢了，岂不是在打郎主的脸么？

谢五郎道："过来。"

崔锦应声，走进亭内。

赵芳荨探出脊子，直勾勾地盯着含光亭，目光灼热得仿佛不盯出个洞来都不罢休。只可惜垂了纱帘，她只能隐隐约约见到崔锦离贵人极近。

她嫉妒极了。

"好些时日未见，你这张嘴倒是未变。"

谢五郎面无表情地道。

崔锦小声地说道："贵……贵人不是说只要有你在，阿锦便可以肆无忌惮么？莫非贵人之前只是骗阿锦的？"

谢五郎微怔。

将近一月没有见到崔氏，她似乎有些不一样了。

之前见到他时，尽管她佯作镇定，可他依旧能感觉出她的拘谨与紧张。而现今她的语气熟稔，仿佛一点也不怕他了。

崔锦又笑嘻嘻地道："之前阿锦拿出了青玉镯子当彩头。镯子要好几十金呢，郎主便让阿锦赢了吧。要是输了，阿锦可要心疼好一阵子了。"

说着，她微微凑前，伸手挽住了谢五郎的胳膊。

含光亭外的赵芳荨不由倒吸了一口冷气。

她虽看不清里面发生了什么，但从影子上看来，崔氏已经与贵人肌肤相触，脸都快要碰到一块了！崔氏好大的胆子！

崔锦撒娇道："郎主应承阿锦可好？"

谢五郎看不见崔锦的表情，只能感受到胳膊上传来女子的馨香。他没有拒绝崔锦

的亲近，缓缓地开口道："如你所愿。"

她高兴地说："多谢郎主。"

赵芳荨头一回感觉到心里在吐血。

她们之前比琴时的彩头都是不值钱的玩意，输了也无妨，今天本想打压打压崔氏的，没想到现在还把自己的金兰花坠子搭进去了。赔进去也就罢了，崔氏完全是靠美人计才赢来的。这让她如何甘心！

崔氏简直是恃宠而骄！

阿墨见状，知趣地离开含光亭，给周围的随从使了个眼色。随从很快便将其他姑娘送了出去。顿时，含光亭内便剩下崔锦与谢五郎两人。

崔锦正想松开手，却被谢五郎一把扣住。

他的五指紧紧地扣在她的手腕上。

"讨了好处便想离开了？"

"没……没有。"她又重新挽住他的胳膊，讨好地道："阿锦只是怕郎主不喜欢，不过郎主如今没有拒绝阿锦，想来是喜欢阿锦碰触的……"

她又稍微靠近了些。

谢五郎松开她的手腕，另一手摸上茶杯。他慢吞吞地喝了几口茶。

此时，崔锦又道："郎君赠阿锦的箱笼，阿锦很是欢喜。"

谢五郎说："当真欢喜？"

"当真！从来没有人给阿锦赠这么多东西呢。阿锦打开箱笼的时候，愣了好久，还死劲捏了捏自己，才知道不是做梦。郎主待阿锦这般好，阿锦做梦都在偷笑。能得郎主的看重，阿锦不胜欣喜。"

谢五郎轻哼一声。

"当了金便更加欣喜？"

崔锦顿时被呛了声。

"郎……郎主知道了……"她小声地嘀咕，"明明我让阿欣去邻近的小城当掉的，定是阿欣偷懒在樊城里当掉了。"

她连忙解释道："郎主赠了阿锦这么多衣裳和首饰，阿锦想着穿不完，不如当了金。有金在手，以后……"她的声音变小了，"以后在郎主身边打点下人也方便些。若……若郎主不喜，阿锦明日便让阿欣赎回来。"

谢五郎搁下茶杯。

他忽然变得沉默，眉头轻轻地拧起。

崔锦瑟缩了下，登时有几分慌张。

"郎主可是生阿锦的气了？"

谢五郎没有回答崔锦的问题，他道："回去吧。"

"啊？"崔锦轻呼一声，声音里有一丝不舍。谢五郎又重复道："崔氏阿锦，你可以回去了。"这一回是不容拒绝的语气。

她只好低低地应声。

"阿锦告退。"

说罢，她往后退了数步，方转身离去。外头候着的阿墨见到崔锦这么快出来不由愣了下。她轻轻地点了下头，随后带着阿欣离开。

阿欣打量着崔锦的神色，小声地问："大姑娘似乎很高兴？"

崔锦没有多说，只是微微一笑。

崔锦进赵府的时候是有人带路的，不过谁也没有想到崔锦会这么快离开贵人身边，候在院子外头的下人打了个盹，一不小心就错过了崔锦。

崔锦记性好，直接带阿欣按照原路返回。

兴许是赵府里的人怕扰了贵人，一路上竟连半个人影也没有。小径上的红花开出了花苞，衬着嫩绿的叶，散发出浓厚的春意。

将近垂花门时，忽有一道黑影窜出。

胆子小的阿欣吓得惊叫了一声。

崔锦微微按捺住惊慌的心神，冷静下来，定睛一看。只见黑影从阴影处缓缓走出，阳光之下，他的容貌渐渐显露。

竟然是赵平。

她不由微怔。

离上一次在茶肆里见到赵家三郎，已是两月有余，其间还过了个年。时间算不上长，可赵家三郎此时此刻却像是变了个人似的。

他的脸瘦成只有巴掌般大，眼窝深陷，眼睛布满血丝，下巴尖得堪比锥子，完全没有了以往的风采。以前的赵三郎是樊城第一俊，如今的赵三郎跟"俊"字丝毫搭不上边。

她说："原来是赵家三郎。"

他张大了嘴，似是想说些什么，可是却一个字也发不出声来。

他的眼神充满了愤怒。

他紧握着拳头。

阿欣被吓得直哆嗦，她小声地道："大姑娘，我们走吧。"赵家三郎的眼神好可怕，仿佛要将大姑娘吃进肚里似的。

崔锦向阿欣摆摆手，她道："不急，难得遇到了三郎，想必他是有话要与我说的。"说着，她气定神闲地看向赵三郎。

"三郎，为何要用这样的眼神看着阿锦？好像阿锦背叛了三郎似的……"

他张大嘴，无声地指控。

是！你就是背叛了我！你贪图富贵！你贪慕虚荣！你贪得无厌！为了攀附贵人，背叛了我！背叛了我们数年的情谊！

他想对着崔锦吼出这些话来，可是他做不到！

他的眼睛里似有熊熊火焰，几欲喷洒而出。

崔锦仿佛看透了他的心思。她却也没有生气，反而是冷静地看着他，唇角微微一勾，她冷笑道："三郎，何来背叛之说？人往高处走水往低处流，贵人丰神俊朗，家世无双，位高权重，我倾心于贵人是再正常不过的事情。而你，"她嗤笑道："看看如今的你，蓬头垢面，不再受赵知府的看重，如今的你算得了什么。更何况，莫非三郎以为阿锦不知你背后所做的事情？你意图谋害我父亲，还意图与林氏联手毁我清白，这样的三郎又哪里值得我崔锦的倾心！"

她看着他，一字一句地道："赵平，你不配！"

赵三郎惊呆了。

他没有想到崔锦竟然会知道这些事情！想起以前的事情，他蓦地瞪大了眼睛。以前的她都是虚情假意，说的话都是骗他的！

他扬起手掌。

阿欣倒吸一口气。

崔锦仿若未见，她勾起唇角，说："赵平，现在的你敢打我吗？你不看看我是什么身份？你是什么身份？你是为贵人所厌弃，为赵家所厌恶的庶子，而我为贵人所看重，以后还会带我回燕阳城。你敢碰我一丝一毫，恐怕到时候你的处境会比现在更痛苦。"

她微微倾前身子，笑得嚣张。

"哑的滋味不好受吧，若是还聋了，你会不会生不如死呢？"

此话一出，赵三郎的手一下子就僵住了。

他死死地瞪着崔锦，扬在半空的右手像是被定住了一样。崔锦低低一笑，说道："阿欣，我们归家。"阿欣忙不迭地点头。

赵三郎的手半晌才放了下来。

此时，一棵大树后走出了两道人影，正是赵芳荨与她的侍婢如絮。赵芳荨不屑地看了赵三郎一眼，冷道："真是个没用的，枉我放你出来。"

赵三郎咬牙。

赵芳荨说道："罢了罢了，如絮，让人把他关回去。"自从赵三郎得罪贵人后，便被关在了偏僻的院落里。而因贵人住在赵府,赵家怕会得罪贵人,索性派人看住赵三郎。赵芳荨原想着让自己的庶弟教训崔氏一番的,没想到到头来竟被崔氏取笑了。

一想到刚刚崔氏得意的模样,赵芳荨就嫉妒得牙痒痒的。

崔氏果真入了贵人的眼。

贵人竟然要带她回燕阳城!

阿墨实在想不明白。方才按照郎主的架势,怎么着崔氏也该待上小半个时辰才对。可他出去不过一小会,连茶都只喝了半口,原本还想去偷看下郎主开窍的模样,不曾想到转眼间崔氏就出来了!

阿墨思来想去也没想出个所以然来。

他走进屋里。

此时,谢五郎说道,"唤阿白过来。"

阿墨应声。不到片刻,阿白便出现在谢五郎面前。阿白与阿墨乃双生子,皆为谢恒的心腹。只不过阿白习惯在暗处,而阿墨习惯在明处。

阿白跪下施礼。

"属下拜见郎主。"

"不必多礼,起来吧。"

阿墨走到谢五郎身后,抬头瞅了眼自己的兄长,用嘴型说道:随意些。阿墨不明白他们明明是双生子,容貌极其相似,偏偏性子差了一大半。他的这位兄长极其正经八百,行事也是一丝不苟的,在郎主面前格外拘谨。

阿白仿若未见,应了声后方从地上站起,随后规规矩矩地站着。

谢五郎不吭声,他也不敢作声。

谢五郎似是在沉吟,他的手指轻叩着桌案。阿墨知道当郎主思考的时候,就会做出这样的动作来。半晌,谢五郎开口道:"上边有什么动静?"

"回禀郎主,甘州雪灾,太子殿下自动请缨去甘州赈灾。"

"甘州……"谢五郎闭目。片刻后,他睁眼问道:"皇后那边有什么反应?"

阿白回道:"太子启程那一日,皇后娘娘亲自送太子到城门。"

谢五郎蹙起眉头,他道:"太子平日素来不沾事,此回主动请缨,里头必有蹊跷。派人暗中盯梢。"

"是,郎主。"顿了下,阿白又道,"族里传话来,问郎主何时回燕阳城。"

谢五郎神情淡淡的。

"再过段时日。"

"是。"

待阿白退下后,阿墨笑吟吟地说道:"郎主,可要开春后回燕阳城?那时燕阳城里的桃花正好开了。说起来,方才我见到崔氏时,崔氏似乎有些失落呢。"

话音落后,有一小童走进。小童悄悄地看了阿墨一眼。

阿墨走过去,压低声音问:"发生何事了?"

小童悄声在阿墨耳边说了几句。

阿墨一听,不由惊愕地睁大了眼睛。待小童一退下,他便诧异地问:"郎主要将崔氏带回燕阳城?"

谢五郎皱眉道:"何来此言?"

阿墨见状,便知郎主从未应承过崔氏,当下不由一愣,随即将小童偷听到的崔锦与赵三郎的对话一五一十地重复了一遍。

末了,阿墨还有些感慨。

崔氏平日里看起来是个聪慧的,没想到得了郎主的宠爱便变得肆无忌惮了。郎主虽说允许她肆无忌惮,但是稍微有点脑子的人都晓得行事要有分寸。

崔氏这是恃宠而骄呀!

他低声问道:"郎主可真要带崔氏回去?"

若是懂分寸的崔氏也就罢了,现在的崔氏鼻子都翘到天上去了,带回燕阳城的话,以她的伶牙俐齿,说不定会闹出什么事情来。郎主是要做大事的人,后宅里的妇人必须得不生事不闹事,不然可就要跟以前的本家一样,后宅闹得鸡飞狗跳,险些误了谢家的前程。

谢五郎说道:"再观看几日。"

他活了二十多年,从未看错过人。崔氏是个有灵气的,加以调教,兴许还能助他一把。只不过今日崔氏的表现倒是让他有些失望了,比琴那会还算不错,脑子转得快。

可惜后头说出来的话让他有些失望。

不过……

他如今还不能肯定崔氏到底想要什么。

今日她靠近自己的时候,他分明是听到她的胸腔里噗咚乱跳,就像是情窦初开的少女一样。

崔锦在屋里细数自己的家当。

自从自己开始挣金后,崔锦又多了一样喜好,便是数金。金越多,她便越高兴。这一日,她在屋里仔仔细细地数了好几遍,然后分别收进不同的箱笼里。

上天赐予她神技后,算上已经用掉的,她统共挣得两千一百金。其中有五百是她与闵恭的交易,一千二是谢五郎所赠的首饰衣物当来的,剩余的四百则是这段时日收下的。

　　崔氏得贵人所青睐的消息一出，每日上门来寒暄递帖的人就络绎不绝，赠礼的更是多如牛毛。

　　这四百金便是所赠之礼得来的。

　　除掉已经用掉的，她还剩一千八百金。

　　崔锦抿抿唇。

　　她唤来了元叟，将两个箱笼递给他。她压低声音道："阿叟，箱笼里分别有五百金，你穿上最好的衣裳即刻前往秦州洛丰，在最繁华的地区置办一座屋宅。若有人问起，你先莫要透露主人家姓名，只需含糊地说主人家不日将到。洛丰城地价偏高，繁华区更甚，你置办屋宅时，约莫九百五十金便可成交。我再给你三百金，要采买最好的家具，以及置办仆役。"

　　元叟愣住了。

　　"大姑娘，我们这是要离开樊城？老爷和夫人不是不愿意么？"

　　崔锦说道："时机未到而已。你先置办屋宅家具，其余的不必忧心。另外，此事莫要声张，千万不可让爹娘与大兄知晓。"

　　元叟这才点头应声。

　　崔锦收起最后一个箱笼，呼吸微微有些沉重。

　　以前没有钱的时候，有一两金都觉得可以用很久。如今有了更多的钱，反倒是觉得处处都不禁用。她单手支颐，心想：还是得想个法子挣更多的金。

　　"大姑娘大姑娘。"

　　阿欣人还未进来，崔锦便听到她欢快的声音。她不由一笑，说："进来吧，整日跟只叽叽喳喳的麻雀一样。说吧，在外面又听到什么了？"

　　阿欣笑嘻嘻地说道："非常有趣的事情，大姑娘可想听？"

　　崔锦睨她一眼。

　　"还卖起关子来了。"

　　阿欣嘿嘿笑道："这不跟大姑娘学的么？"她摸摸鼻子，又是嘿嘿一笑，方说道："大姑娘前些时日不是去参加赵大姑娘的茶话会了么？大姑娘当时穿了件绛紫缕金蝙蝠纹的衣裳，奴婢起初还吓了一跳，还以为赵大姑娘跟其他姑娘会取笑大姑娘您，没想到现在整个樊城都在时兴这样的衣裳了。"

　　她捂嘴咻咻地笑。

　　"现在走在大街上，若只看背影，怕是少女老妇都分不清。"

　　她今个儿与珍嬷出去买菜，走在大街上时吓了一跳。春日已到，平日里常见的桃红鹅黄浅紫通通都不见了，取而代之的是朱红绛紫墨蓝，明明是曼妙的少女身姿，却

个个穿得跟老妪一般。

她憋了好久，回到家中方捧腹大笑。

珍嬷原先不明所以，听阿欣一解释，也不由忍俊不禁，直道："大姑娘真是顽皮。"

阿欣又说道："珍嬷还说大姑娘顽皮呢。"

崔锦听罢，笑了笑。她穿那样的衣裳不过是想引诱赵芳荨上当，没想到竟会在樊城里传开。看来贵人的魅力不可挡，个个都想攀附。

她从案前起身，缓缓地走到窗边。枣树长出了嫩绿的芽，点缀着枝丫，还有极少的芽上冒出细小的花骨朵儿。

阿欣说道："再过些时日就能摘枣子吃了，珍嬷还可以做枣糕和枣酥。"

崔锦忽问："今天是什么日子？"

阿欣想了想，回道："今天十六了。"

崔锦说道："阿宇去秦州也半月有余了，想来也快回来了。得在此之前，赶快将事情解决了。"

阿欣也不知阿宇究竟去秦州做什么，更不明白大姑娘想做什么。她努力地听着，可惜全都不明白，索性安静地待在一旁。

赵府。

谢五郎负手站在凉亭里，下巴微微扬起。他身后跪着阿白。阿白正在仔细地禀报着事情。阿墨则是站在一旁，安安静静地听着。

小半个时辰过后，阿白终于说完了。

谢五郎缓缓地睁开眼，仿佛有亮光在无神的双眼里一闪而过。他露出了难得的笑容，只听他说道："果真如我所料，太子的左膀右臂是留不久了。"

他扯唇道："下去吧，所有事情都按照以前吩咐那般。"

"是。"

阿墨走上前，说道："这一回太子殿下怕是得气上好一段时日了。郎主英明神武！天地无双！阿墨对郎主的敬仰简直是如同滔滔黄河，奔涌不止呀！"

阿白瞥了阿墨一眼。阿墨也同时看了他一眼。

双生子很有默契地互相做了个嘴型。

"拍马屁！"

"太死板！"

谢五郎此时转过身，他没有扶任何东西，便直接走到石凳前，坐下后，不紧不慢地说道："事情也快告一段落了，着人收拾细软，六日后启程去青城。"

阿墨问："郎主可是要去会何公？"

谢五郎"嗯"了声。

阿墨偷笑一声，说道："再过几日，何公最害怕见到的人怕是郎主了。此回一去，何公恐怕半年都吃不下饭了。"

谢五郎摸来茶杯，品了一口香茗。

此时，有小童前来，低声向阿墨禀报。阿墨听后，神色微变，转身又向谢五郎禀报。

"郎主，崔氏来了，就在外头候着。"顿了下，他看了看谢五郎的神情，随后对小童点了点头。不到片刻，小童便领着崔锦进来了。

今日的崔锦穿着草青浣花锦喜鹊寒梅纹对襟襦裙，乌黑的头发上没有任何簪钗，只簪了一朵水粉的茶花，衬得不施粉黛的脸蛋艳若桃李。

阿墨看得惊呆了，不得不承认的是，樊城虽小，但里头的姑娘容貌妍妍，像是三月春花，尤其是崔氏，不同装束有不同的风采。

但是很快地，他就回过神来，连忙看了眼自家郎主。同时在心底庆幸郎主看不到，不然得让他面壁思过去了。

"阿锦拜见郎主。"

声音里带有几分欣喜几分羞涩。若是谢五郎看得见的话，定会发现此时的崔锦目光带着崇拜。

"起来吧。"

"谢郎主。"说着，崔锦径自走前，将一篮子搁在石桌上，她笑吟吟地说道："郎主郎主，阿锦听闻郎主喜爱甜食，特地做了云片糕。郎主可要尝一尝？"

谢五郎却问："听闻？何处听闻？"

崔锦说道："其……其实只是阿锦的猜测。阿锦去茶肆里问了那天郎主吃过的吃食，发现郎主更加偏爱甜食，所以便大胆地猜测了下。若是郎主不喜的话，阿锦便自个儿吃了。"

阿墨大为吃惊。

郎主喜爱甜食，这事情只有最亲近的人才知道。郎主也只去过一次茶肆，那一次在茶肆里吃的东西也只得三四样。没想到崔锦竟然由此猜测出郎主的喜好，此女果真极是心细呀。

崔锦眨巴着眼睛，又道："不如由阿锦侍候郎主？"

阿墨抖了下。

此女不仅心细，还大胆主动得很。

崔锦见谢五郎没有任何表态，便试探着拈起一片云片糕，送到谢五郎的嘴边，且道："郎主，阿锦洗过手了。"

谢五郎张嘴咬了一口。

她的手微微颤抖了下，显然是有些紧张的。但是她很快便恢复如常，她笑吟吟地道："郎主可觉得好吃？以后阿锦天天给郎主做如何？不知……不知燕阳城里可有卖云片糕……"她摸摸头，又笑道："燕阳城里什么没有，是阿锦想多了。"

顿了下，崔锦的呼吸忽然变急。

她小心翼翼地问："之前郎主说过几个月便回燕阳城，不知是何时？"

谢五郎说道："崔氏阿锦，你回去。"

崔锦失落地应声。

接连几日，崔锦每天都过来赵府，每天都带着云片糕过来。起初谢五郎还会见她，可渐渐地，小童便不让她进去了。

第五日的时候，阿墨出来了。

他对崔锦说道："郎主对你很失望，以后你无须再来。"说罢，无情地关上了院门。

崔锦咬着唇。

她盯了紧闭的院门半晌，方转身离去。

离开赵府前，她遇到了赵芳荨。赵芳荨哈哈大笑，她道："崔氏，不是说贵人会带你回燕阳城么？怎么现在连门都不让你进去了？"

她抿唇不语，刚想绕过赵芳荨，她的侍婢蓦然杵在她面前，挡住了去路。

此时，崔锦终于开口道："赵大姑娘，你又岂知我崔氏阿锦没有翻身之日？贵人即便厌了我，可也曾喜爱过我。你又怎知贵人不会再次宠爱于我？倘若有那一日，我在贵人枕边吹风，你又该何去何从？"

她这一番话，说得极为冷静，笃定得几乎让赵芳荨以为这不过是她与贵人之间的小打小闹。

如絮此时也不敢拦住崔锦了。

她淡淡一笑，扬长而去。

不久后，樊城发生了一件大事。

在樊城住了数月的贵人终于要离开了。贵人离开的阵势比来的阵势还要让人瞩目，除了寒光森森的银甲卫，容貌妍妍的侍婢，黑袍黑衫的随从，以及奢华之极的宽敞马车之外，樊城百姓的目光更多投放在这列队伍的末尾。

没有人去关注贵人之前所青睐的崔氏有没有跟着去燕阳城，也没有关注现在崔锦究竟在哪儿。

此时此刻他们更为震撼更为惊诧的是赵府的一家子。

为首的是知府赵庆，依次跟着的是赵家的正妻，二房，三房……统共有二十三人，包括赵家三郎赵平以及他的妻子。

他们皆披头散发的，着囚衣，戴枷锁，一个个垂头哆嗦被硬生生地拉着前行。

在场的百姓们都惊呆了。

明明昨天还好端端的，怎么一夕之间就发生了翻天覆地的变化？

众人唏嘘不已。

而此时的崔锦正站在茶肆的二楼，窗子半开，她低首俯望着那支渐渐远去的队伍。阿欣踮脚探头的，表情跟外头的百姓一样诧异。

她不解地问道："大姑娘，赵知府一家怎么无端端就被抄家了？"

崔锦关上窗子，转过身，看了阿欣一眼。她微微沉吟，说道："许是犯了事吧。"她之前连着数日去拜见贵人，也没有看出什么端倪来。她只知道一事，贵人在樊城停留数月，绝对是有事情要办的。如今事情办完，他便离去了。

她想了想，蓦然想起之前无意间听到谢五郎身边的随从阿墨所说的，谢五郎接下来要去的是青城。青城乃明州中心，与樊城不一样，是地地道道的大城，而当初赵家大郎就是由赵庆举荐给明州何公的。

崔锦轻点鼻头，心想：兴许会跟何公有关。

她对阿欣道："不管是因为什么事情，我们小老百姓也用不着担心。赵家一去，于我们而言只有好处没有坏处。"

谢五郎停留的这段时日，她是有些肆无忌惮了，赵家的人定然有看她不顺眼的。本来她留了一条后路，现在谢五郎反倒是让她没有后顾之忧了。

她含笑道："走吧，我们回家。"

崔锦带着阿欣离开茶肆。

她从后门离开的，此时街道上还热闹着，她也不便去凑热闹。绕了几条弯路，将到晌午时分她才回到崔家。不曾想到的是，她刚进门，便在庭院里看到一个沉木箱笼。

她微微一怔。

此时，珍嬷从屋里走出，见到崔锦时，眼睛微亮，疾步走来，只听她道："大姑娘总算回来了。"

崔锦点点头，问："箱笼是谁送来的？"

珍嬷道："不晓得，是个穿黑衣的人送来的，说是他家郎主赠给大姑娘。"

崔锦打开箱笼，里头竟有五十金。她的脸色马上就变了。"阿嬷，黑衣人可还有说些什么？"珍嬷摇摇头，道："只说了这是他家郎主赠给大姑娘的，大姑娘看后便明白了。"

崔锦一听，咬牙切齿地道："阿欣，收好。"

说罢，崔锦转身就往房里走去。

珍嬷一头雾水的,问:"怎么大姑娘得了这么多金,看起来却有些生气?"

阿欣道:"我也不晓得。"

崔锦回到厢房后,坐了片刻,又自个儿喝了半盅冷茶,方平静下来。她不该生气的,其实这也没什么好生气的。

谢五郎赠她五十金,以此羞辱她。告诉她,她崔锦不值得跟他回燕阳城,最多也就值五十金。

她崔锦的价值就只有五十金!

她又将剩下的半盅冷茶灌入肚里,刚冒出来的火气立马降了下去。

她深吸一口气,疾步走到一面铜镜前。

铜镜里的少女被气得面色绯红,纤长白皙的手指在脸颊上摩挲,最后使劲地一掐。她疼得蹙眉,然后一本正经地对自己说道:"崔氏阿锦,你的目的已经达到,区区小事不值得生气。"

又过了两日,元叟回来了。

一到崔家,他便兴冲冲地向崔锦禀报:"大姑娘,不负所托!老奴在秦州洛丰以九百二十五金置办了一座三进的屋宅,也从可靠的人牙子那儿买了八名仆役,家具也唤了当地最好的工匠开始打造了。老奴观察了几日,工匠很是尽职,仆役也很是可靠,工匠说了约莫半月便能交货。"顿了下,元叟又道:"屋宅是现成的,恰好老奴去到的时候,有一户商户急着搬离洛丰,老奴瞧着里头装潢尚新,还挖了个荷塘,奇石假山皆有,打听过后晓得屋宅是干净的,便直接买下了。"

提到新的屋宅,元叟高兴得眼睛发亮。

崔锦含笑道:"阿叟办得很好,这些日子以来,辛苦阿叟了。"

元叟连忙摇头。

"不辛苦不辛苦,为大姑娘办事是老奴理所应当的。"他又问:"大姑娘,我们何时启程去秦州?"他已经迫不及待想搬进新的屋宅了!洛丰城地广人多,极是繁华,他在洛丰城转了一圈,几乎要眼花缭乱了。再回来樊城,只觉樊城地小人少,压根儿不值得入眼,连尘土也不及洛丰城的好。

崔锦说道:"时机还未到。"

两日过后,阿宇终于回来了。

他依照崔锦的吩咐,将身上的金用完了再回樊城。他算了算,他在樊城总共待了一个月余八天。这段时日里他每天都在秦州最热闹的地方佯作不经意地提起大姑娘为孙家大郎附身的事情,时间一久了,许是听得的人多了,竟被茶肆中的说书先生给相中了。

经说书先生当成话本一说，流传得更是广泛。

崔锦一听，说道："倒是误打误撞了。"

阿宇连忙道："定是大姑娘为鬼神庇佑，所以才能心想事成。"

崔锦笑了笑，道："这些时日也辛苦你了，去歇着吧。"阿宇连忙道："不敢当，阿宇为大姑娘办事是本分之事。"

表忠心的机会，阿宇一刻也不愿意放过。

崔锦道："嗯，下去吧。"

阿宇这才应声离去。

元叟这时又来了，他道："大姑娘，阿宇也回来了。时机还不到吗？"

崔锦瞥元叟一眼，不由失笑。"阿叟便这么着急想搬去秦州？"元叟讪讪地道："老奴只是……只是太高兴了。"

她温声道："不必心急，该来的总会来的。"

元叟在心里嘀咕了声，兴许是读的书多，大姑娘比寻常人还要冷静聪慧。元叟应了声，退了出去。之后，崔锦便安心地留在厢房里作画，或是看书写字，不急不慌的。

樊城里的百姓此时也将崔锦忘到角落里了，众人茶余饭后的谈资都在赵家身上。有人听闻赵知府因为意图谋反，所以才会被抄家的。也有人听闻赵知府是因为得罪了燕阳城的那一位贵人，所以才会落得如斯境地，可真相到底是什么，却也无人知晓。

直到新知府上任，百姓们方知上一任赵知府是因为贪了前几年赈灾的金，账簿被贵人发现了，而贵人上报朝廷，才会抄了赵庆的家。

而新知府上任的那一日，也有一封信笺送到了崔家。

崔元彻彻底底地愣住了。

他没有想到有朝一日会收到三叔的信笺，他以为此生再也不会与任何崔家人有联系了。崔元的手在颤抖，即便他想刻意压抑住，可崔锦与崔湛依旧能看出自家阿爹惊喜的神色。

崔湛沉声问："阿爹，三叔父是什么意思？"

崔元按捺住欣喜，道："你们的三叔父要接我们回家。"

虽然不是本家，但是秦州崔氏在当地也是大户人家，有家族所庇佑，便不会再孤苦无依。且三叔亲自来信，另一方面也表明三叔对他这些年的所作所为是愿意接受的。

当年他离开燕阳城，成亲后，本家曾派过一个奴仆过来，表明只要他愿意悔改，他依旧是汾阳崔氏的人。他年少离家，尽管痛恨本家的束缚，不愿将就，可人一老了，总会想家想亲人。

崔元大笑道："孩子们，收拾细软，我们要去秦州了。"

第八章
前往秦州

秦州崔氏家信的到来，让崔元与林氏沉浸在喜悦之中。崔元一接到书信，立马便让元叟去酒肆了买了几壶好酒，随后又让林氏开始收拾细软家什。

林氏又岂会不知自家夫婿心底的高兴，即便他从来没有开口，可两人同床共枕多年，他心底的遗憾她又怎会不了解？是以崔元高兴，林氏更高兴，与崔元酌酒一杯后，便风风火火地吩咐珍嬷和阿欣开始收拾东西。

崔湛心情平静，于他而言，在樊城也好，秦州洛丰也罢，并没有什么区别，只吩咐了阿宇看好他的书册和竹简，一个也不能落下。

而此时的崔锦并不在西厢房里收拾东西，她的面色有几分凝重。她唤来了元叟。

今日最开始收到来自秦州崔氏家信的便是元叟。她仔细地询问："前来送信的是何人？穿着如何？送信之人是单独一人？可有何人跟在送信人身后？送信人还说了什么？"

元叟见大姑娘面色不对劲，当即知晓有不妥之处，他认真地回想了片刻，方道："回大姑娘的话，送信人只有一个，穿着寻常布衫，看样子像是仆役的打扮，也不曾多说什么，只说不日便派人来接老爷回去。"

崔锦蹙起了眉头。

她回了西厢房，阿欣正在小心翼翼地搬着这些年来崔锦的画作。崔锦吩咐道："先不用搬了。"

"啊？"阿欣微怔。

崔锦的眉头蹙得愈发厉害，她在门口踱步。

一盏茶的工夫后，她离开西厢房，往书房里走去。书房里的崔元对月独酌，看起来连皱纹都在笑，崔锦很久没有见过自己的阿爹这般高兴的模样了。

听到脚步声，崔元回头，对崔锦招招手。

"阿锦过来，陪爹喝一杯。"

崔锦应声，上前数步，在崔元面前坐下，随后又倒了一杯酒，一饮而尽。她举空杯示意，崔元抚掌大笑："你大兄喝酒还没有你豪气。"

崔锦温声道："大兄只是性子温和，倘若逼一逼，便是十个阿锦也比不上。"

"你倒是看得清。只不过爹不求你们功名利禄，不求荣华富贵，只求你们快活开心。人生得意须尽欢，"崔元又斟酒一杯，对着夜空中的圆月，"莫使金樽空对月。"

崔锦搁下酒杯。

她轻声道："阿爹，女儿有一事要说。"

崔元看向她。

崔锦说道："女儿向外面打听了，之前女儿被孙家大郎附身一事，已经传到了秦州洛丰。三叔父似乎因为此事想起我们崔家。"

崔元道："此事我亦知晓。"

崔锦又道："只是……只是……"言语间有几分犹豫。

崔元说："阿锦，有话直接便说。"

"阿爹。"崔锦严肃地道，"阿锦认为三叔父并非真心想接我们回家，也不重视我们一家。今日送信之人仅仅是三叔父家的杂役奴仆。即便不是家人，倘若阿爹要接友人来家中游玩做客，也不会只让家中奴仆前去吧？起码也得派个心腹或是极其亲近的人。"

崔元今日被喜悦冲昏了头脑，如今听崔锦一说，顿觉几分心凉。只不过他仍是不愿相信，他道："兴许是你三叔父太忙了，高门大户的繁琐之事多，不能事事顾及也是理所当然的。兴许过些时日来便会派更多的人来接我们回去了。"说罢，他挥挥手，道："且观望观望。"

"是。"

崔锦哪会不知阿爹在自欺欺人。若当真重视，再忙也会安排好，更何况他们是亲人。再说高门大户琐碎之事虽多，但也有分工明确。三叔父分明是听到传闻，起了心思。至于他们来不来，都是可有可无的事情。来了也未必会重视。

过了半月左右，秦州崔家的人终于来了。

来的人是秦州崔家的一名家仆，唤作阿夏，跟着阿夏来的，还有一辆牛车。除此之外，便什么也没有了。阿夏给崔元行礼，说道："九爷，奴才唤作阿夏，是奉老太爷之命来接九爷的。"

崔元在汾阳崔氏里排行第九。

崔元说道："不必多礼了。"

阿夏笑问："九爷可有收拾好东西？收拾好了，即刻便能启程，约莫小半月便能

到秦州了。老太爷这些年来一直很挂念九爷。"

崔元扫了一眼，不由在心里头叹息。

他说道："收拾是收拾好了，只不过行李多，牛车怕是装不下。"

阿夏说道："扔了便是，我们崔家什么没有？肯定不会缺了九爷你们一家的。"他看了看崔元，又看了看崔湛，神情里有几分轻视。

听他话里话外的，分明是知道他们崔家不算上家仆侍婢有四口人，而牛车这么小，坐四个人已是极限，更何况还有细软以及竹简书册。

原以为还能自欺欺人，如今看来，还是自己女儿说得对。

三叔接他们回去的诚意薄如纸呀。

崔元说道："多谢三叔的好意，只是刚刚忽然想起还有细软不曾收拾，兴许要耽搁几日。也无须劳烦三叔派人来接了，待我们收拾好了会自行前去秦州洛丰。"

阿夏蹙起眉头，半晌才说道："九爷这么说了，奴才也不好推辞。那奴才便先回去复命，在洛丰等九爷一家过来。"

说罢，他随意地施了一礼便转身离去。

崔湛问："阿爹，我们还去洛丰吗？"

崔元叹道："连区区仆役也如此轻视我们，想来去到之后的日子不会好过。毕竟是寄人篱下……"

此时，崔锦走出，含笑道："阿爹，女儿已经让元叟在洛丰办了屋宅和仆役，到了洛丰，也不必住在三叔父家。不若待我们先去了洛丰，安定下来后，再去拜见三叔父。一来没有在三叔父家吃住，二来也无须看人脸色。女儿原想着当作后路，不承想到这么快就用上了。"

崔元失笑。

"原来你早已备了这一手。"

崔锦噘嘴道："哪有哪有。"

崔元瞪道："你为了搬去洛丰，没少费工夫吧。"

崔锦被识破了，索性也不装了。她跳到崔元与崔湛的中间，两只胳膊各挽一只手，笑嘻嘻地道："阿锦早已想去大城见识，如今有机会阿锦自是要把握住。等到了洛丰，美酒无数，奇人异事多，定比樊城热闹。阿爹和大兄不高兴么？"

崔元无奈道："高兴！自是高兴！都依你。"

崔湛看见崔锦笑吟吟的，也不由微微一笑。

翌日，崔元带上林氏与崔湛，三人坐了一辆牛车启程前往秦州洛丰。崔元又雇了两辆牛车，分别装了细软和竹简，而珍嬷与元叟都在后面的两辆牛车上。

众人都打扮得极为寒酸，怕会在路上引得贼人的注意。

崔锦没有跟家人一同出发，她留下了阿宇和阿欣。

崔家已经变得空荡荡。

她让阿宇以最快的速度变卖了屋宅，随后取了变卖屋宅所得的五十金购买了一辆马车，又高价雇了樊城最好的驭夫，统共花了六十金。

驭夫有着一张黝黑的脸，粗犷的身躯，是樊城里既能驭车又能当护院的能人。

所以崔锦的这十金花得很是爽快。

他们有两个姑娘，和一个少年郎，又坐着马车，没有镇得住的人驭车显然是太过危险。

马车里。

崔锦靠在车壁上阖眼歇息。阿欣之前坐过马车了，现在倒也没那么吃惊了，不过她向来好动，坐下来便静不住，左瞧瞧右看看的，乌溜溜的杏眼不停地转动。

阿宇十分安静，缩在角落里。

马车辘辘，也不知过了多久，崔锦终于睁开了眼。她问："什么时辰了？"

"未时刚过呢。"

她好奇地道："大姑娘，我们是要去哪儿？不去洛丰吗？"

阿宇依旧低垂着眼，仿佛想要将自己的存在感降到最低。

崔锦说道："洛丰自然要去的，现在我们先去阳城。"

阳城在秦州边境，是一座偏僻的小城，不过与樊城不一样的是，许多人都极其向往阳城。

阳城环山靠海，一到七八月份，海上便会浮现出各种各样的画面，宛若蓬莱仙境一般。世人都以为此乃鬼神的示警，每逢七八月，便有慕名而来的人集聚海边，等着蓬莱仙境的出现。

"阳城！"阿欣惊呼一声，显然也是听过的。只不过转眼间，她又失望地叹息一声。如今不过春季，离七八月份还远着呢，蓬莱仙境定是见不到了。

崔锦笑了笑，又阖眼歇息。

五六日后，崔锦一行人终于到达了阳城。崔锦先在客栈里落脚，随后带上阿宇去阳城里最热闹的茶肆。崔锦戴着幂篱，坐在了茶肆里最不显眼的角落里。

她连着待了数日。

第四天的时候，她让阿宇穿上之前买的锦袍，又让阿欣稍微替他打扮了下。不过是短短瞬间，一个浓眉大眼的像是不谙世事的富贵人家少年郎便出现了。

崔锦说道："茶肆里有七八个游手好闲的郎君，你今日便请他们吃饭，随后提出明日去海边游玩，让他们带上各自的随从小厮。靠海的地方有一处岩洞，洞口不大，

只容一人钻进。你想办法让他们跟你进去，随后你在岩洞里留心可有什么异样，一旦有异样，你便悄悄溜出来，我在外面等着你。"

阿宇认真地听着，连忙点头。

"是，小人明白了。"

次日，阿宇果真成功让茶肆里的郎君跟他去海边游玩，也成功让他们钻进岩洞里。只是阿宇不知道崔锦究竟要做什么，只好竖起耳朵仔细听着。

岩洞里一片漆黑。

前面有人擎着火把，阿宇则在最后面，岩洞里有水滴声，还有呼啸而过的风声，以及一众人嘻嘻哈哈的声音。

阿宇左看右看，周遭都是奇形怪状的石头，还偶尔有蝙蝠飞出。

就在此时，阿宇听到了一道奇怪的声音，很小很快，若非他一直竖着耳朵，定然是听不见的。他停下脚步，扭头望向了身边的岩石。

前头的郎君们逐渐走远，嬉笑声也越来越小。

阿宇的神情变得古怪。

他随即悄悄地往回走，大步离开了岩洞。崔锦就在外头等着。阿宇迅速地将岩洞中的异样与崔锦一说。崔锦沉吟片刻，方道："你再进去，剩下的依照我吩咐去办。"

"是。"

阿宇重新进入岩洞，再次走到那一块岩石旁时，之前走远的郎君也走回来了。

"我还以为你不见了，愣在这里做什么？"

阿宇说道："我好像听到了奇怪的声音。"说着，他伸手一指，就在里面。他兴冲冲地道："会不会里面藏了个人？"

其他郎君一听，顿时来了兴趣，数人立刻上前，围住了那块岩石。

有人在周围轻敲。

忽然那人惊呼道："里面是空心的！"随即有人附和："会不会有宝藏在里头？"听到"宝藏"二字，郎君们都兴奋不已，每个人都东敲西锤的，寻找着开启的方法。

约莫过了一盏茶的工夫，只听咔嚓的一声，岩石缓缓地挪动，露出了一个小门。

郎君们蜂拥而至。

然而，当他们所有人进去的时候，都惊呆了，里头竟有人！只见那人杵在石壁前，一副凶神恶煞的模样。阿宇低声说了句："这人眼中带煞，兴许是贼人之流。"

郎君们仔细打量，果真发现此人腰间挂着一把带血的弯刀。

"抓他去见官府！"

"肯定杀了人!"

"抓到了我们就立功了!"

"快!快!快!来人呀,快点抓住他。"

那人尽管带有弯刀,可毕竟只是一人,而他面前却是七八个郎君,且还不算小厮随从的,很快便被抓住了。

郎君们兴奋地押着那人离开岩洞,没有人注意到阿宇悄悄地离去了。

岩洞里再次恢复平静。

此时,阿宇领着崔锦再次迈入岩洞里。两人再次走到方才打开暗门的地方,阿宇退到一旁,一声不吭地看着崔锦。

只见崔锦径自走到石壁前,她蹲下来挪动了石块。

轰隆隆的声音响起,随着石壁的开启,一道人影笔直地摔到崔锦身上。她力气不足,往后连退了数步方稳住了身子。

阿宇赶紧上前扶住。

崔锦道:"我不要紧,你扶好她。"说罢,她说道:"我们回客栈。"

阿欣一整日都待在客栈里,每次听到脚步声都以为大姑娘和阿宇回来了。眼见天色将黑,她不由有些担心。大姑娘要做什么,她完全不知道,只能乖巧地留在客栈里,不拖大姑娘的后腿。

终于,在傍晚到后,大姑娘的声音在房间外响起。

"阿欣,开门。"

她连忙开了门,抬头一望,登时惊呆了。回来的不仅仅是大姑娘和阿宇,还多了个人。阿宇将昏厥的姑娘放置到榻上,随后得了崔锦的吩咐,出去寻找巫医。

阿欣在房间里打量着榻上的姑娘。

姑娘看起来跟大姑娘差不多大,不过长得有些瘦,虽然闭着眼睛,但是可以看得出是个美人儿。阿欣问:"大姑娘,这是哪家的姑娘?"

崔锦沉默了下,然后说道:"你好生照顾她,等巫医来了,让巫医看看。若是她醒了,你再唤我来。"

第二日的晌午,昏厥的姑娘终于醒过来了。

她缓缓地睁开眼,整个人下意识地瑟缩了下。她惊慌地打量周遭,不是空荡的石洞,也没有凶神恶煞的贼人,只有一个背对着她的姑娘。

她又瑟缩了下。

此时阿欣发现她醒了,她弯眉一笑,说道:"姑娘,你终于醒来了。"她高兴地喊道:"大姑娘,她醒来了。"

须臾，崔锦便走了进来。

那姑娘打量着崔锦，警惕地道："你们是谁？"

崔锦温声道："你莫要害怕，我姓崔，单名一个锦字。前几日带家仆来阳城游玩，无意间在岩洞里发现了你。还请姑娘放心，现在已经平安了。捉你的贼人也被官府捉拿了。你是哪家的姑娘？可需我让家仆给你家人传话？或是我让家仆送你回家也可。"

崔锦今日穿得很是简单，不过却看得出来料子是极好的。

"汾阳崔氏？"

崔锦温柔地道："仅仅是崔氏，你可有哪儿不适？"

那姑娘松了口气，她喃喃地道："得救了，得救了，我以为这次是九死一生……"

崔锦安静地看着她。

过了许久，姑娘终于回神，她道："多谢崔姑娘的救命之恩，我复姓欧阳。还请崔姑娘遣家仆送我归家，之前出来游玩不曾料到会有这样的一劫，实在多谢姑娘。"

阿爹定然担心得头发都白了，她归家心切，等着传话，一来一往的太浪费时间了。

崔锦含笑道："好，欧阳姑娘稍作歇息，待明日天明时我便让家仆送你归家。"

欧阳钰点点头，又问："不知崔姑娘是哪里人氏？"

她道："原是明州樊城人氏，不过近来搬到了秦州洛丰，现下春日，正是游玩踏春的好时节，遂携了家仆侍婢一路游山玩水，不承想到误打误撞救了欧阳姑娘。"

欧阳钰说道："巧了，我家便在洛丰。崔姑娘的救命之恩，阿钰没齿难忘。崔姑娘在洛丰可有落脚之处？"

崔锦道："已经置办好一切了，便是在城南。"

翌日一早崔锦便让驭夫送欧阳钰到洛丰，她仍然留在了阳城。阿欣喜滋滋地说道："真是巧了，大姑娘出去一趟也能救个洛丰的姑娘，那姑娘说是姓欧阳，会不会是欧阳家的人呢？"

崔锦说道："兴许是吧，阿欣，将铜盆取来。"

阿欣应声。

崔锦取了蜡烛，点了火，随手将桌案上的两幅画作烧了。她眼睛眨也不眨地盯着，直到化为灰烬时，方让阿欣开了窗子去味道。

阿欣说："为什么大姑娘要将画烧了？"

崔锦笑道："已经没有用了。"

此时，外头有敲门声响起，紧接着是阿宇的声音。"大姑娘，是我。"

"进来。"

阿宇看了眼铜盆里的灰烬，说道："大姑娘，听说昨天夜里阳城里好几户人家遭遇了贼人，恰好都是进了岩洞的几个郎君。不过万幸的是，并没有人发现小人。"

崔锦道："此处不宜久留了，你乔装打扮下，去雇一辆牛车，我们即刻启程去洛丰。"

春分至后，春寒渐渐离去，四处皆是春暖花开。

谢五郎伫立在一株桃树下，他仰着脖子，似是在轻嗅花香。半晌，宽袖滑下，手指轻轻地碰触着柔软的桃花花瓣。

阿墨立在一旁，静等吩咐。

谢五郎闭起双眼。

他在想象着桃花的颜色和形状。打从谢五郎出生那一天起，他就患有眼疾，不曾见过这个世间。他唯一有印象的便是出生的那一刻，似乎见到了一道璀璨的亮光，灿烂之极。

可惜之后他的世界便是一片漆黑，从此光明不复存在。

他松开了桃花。

阿墨仔细打量他的神色，随后朗声道："郎主身前有一株桃树，开满了桃花，是水粉的颜色。桃树上有蜂蝶，蝴蝶是黑蓝相间的，方才还停在郎主的附近，现在飞走了。桃树的十步开外是一个小山坡，过了山坡，便是明州闻名遐迩的明珠泉，听当地的人说到了秋季明珠泉便会倒映出五光十色来。"

顿了下，阿墨嘀咕了声。

"不过我觉得还是燕阳城的桃花好看，泉水也是燕阳城的好。燕阳城的泉水烹出来的吃食，是这些州城远远比不上的。"

谢五郎沉默了片刻。

阿墨低声问："郎主可要前去明珠泉一观？"

谢五郎道："罢了，回去吧。"

阿墨应声。

谢五郎到了明州青城后，便让人包了最好的客栈，家仆侍婢仔细布置了一番，谢五郎方入住了。谢家在各大州的中心城都有别院，青城自是不例外，只不过谢五郎每次出游都不愿住别院。

回了客栈后，便有侍婢奉上新茶和软巾。

谢五郎擦了手，喝了茶，在食案前坐下。此时已经到了晌午，他微微有些饿了。阿墨当即让侍婢奉上吃食。约莫有十来盘的吃食整整齐齐地摆在了谢五郎身前的食案上。

阿墨在一旁说道:"郎主,都是青城的特色吃食,郎主身前的是茶煮鱼羹。茶煮鱼羹旁的是糖烹肉……"阿墨一一将菜肴介绍完毕。

谢五郎却是蹙起眉头,说道:"阿墨,你呼吸变了。"

他心中咯噔一跳。

"阿……阿墨不明郎主所指,还请郎主明示。"

谢五郎慢声道:"离开樊城后,你开始变得不对劲了,倒像是心虚的模样。"他抬起头,淡淡地道:"莫非你做了什么心虚之事?"

阿墨的脸色微变,连忙摇头。可刚摇头,他又才意识到郎主看不见,他清了清嗓子,说道:"郎主,阿墨没有做任何心虚之事,只……只是近来春冬交际,喉咙与鼻子不太舒服。又兴许是与青城的水土不服。"

"是么?"

"是,阿墨不敢隐瞒。"他擦了擦冷汗。

其实他的确是有些心虚。他到樊城时,难得见到一个能让郎主感兴趣的姑娘,而崔氏也确实聪慧,本来若无差错的话,崔氏定能跟着郎主一道离开樊城的,最后回燕阳,成为郎主破荤的第一人。

可惜到最后却让郎主失望了,而且不仅仅是郎主,他也相当失望。

崔氏竟然如此不知好歹,郎主不提,她就敢提燕阳城了。他越想便越是不悦,离开樊城的时候,遣人送了五十金给崔氏。

在樊城的数月,可以看得出崔氏虽然贪婪,但也是个性子骄傲的姑娘,以郎主的名义赠她五十金,想来她会气得脸色发青吧。

"糖烹肉。"

"是。"

阿墨连忙回神,夹了一片肉到谢五郎的碗里。谢五郎吃了半口,皱眉道:"太甜。"话音落时,已有侍婢撤去这道吃食。

谢五郎蓦然想起了崔氏做的云片糕。

尽管那一日他是不耐烦的,但是不可否认的是云片糕的味道极好,恰好是他所喜欢的。也正因为如此,在他第一次对崔氏不耐烦后,后面接连几次,他也让人放崔氏进来了。平日里他谢五郎所厌烦的人,想见他第二次,可是难如登天。

谢五郎搁下筷子。

他道:"速去樊城买云片糕。"

他本想说,让人把崔氏带来当厨娘的,但是一想到她会无休止地缠着他,明着暗着地勾引他,他心中就有些烦躁。索性还是让人去买。

他吃得出来,云片糕中所需的食材只有初春才有。而云片糕又是樊城的独特糕点，崔氏能做出，定然还有其他人能做出来。

阿墨神色微变，冷不丁的心里头隐隐有种不好的预感。

青城至樊城，快马加鞭走驿道的话，今日夜里便能回来。谢五郎对甜食有种执着，身边甚至有专门到全国各地搜寻甜食的随从，谢五郎亲自取名为田郎，与"甜"谐音。

一旦发现有好吃的，田郎便快马加鞭而至。

现下命令一出，田郎便轻车熟路，迅速奔往樊城。

戌时过后，田郎风尘仆仆地归来。他跪在地上，由阿墨接过食盒，递给了谢五郎。谢五郎等了一整日，终于盼到了，洗净双手，吃上了第一片。

然，此刻的谢五郎却是皱起了眉头。

阿墨只觉心惊胆战，生怕郎主会觉得云片糕做得不及崔氏好吃，遂命人将崔氏接来。可此刻的他连咽唾沫的动作都不敢做，郎君双目不能视，是以其余四官格外敏感。他但凡有点异样，郎君便能轻易发现他的不妥，继而猜测出原因。

即便看不到，可郎君却心如明镜。

他缓缓地又吃了一片，这一回，他吃得特别慢，明明只是一两口的事情，可他却足足用了一盏茶的工夫在品尝第二片云片糕。

"田郎。"

"卑职在。"

"云片糕何处买得？"

田郎说："卑职问过樊城的当地人，说是云片糕做得最好吃的是东街小巷的张氏云片。听闻春季到后，每日前去买云片糕的人络绎不绝，樊城仅此一家让人流连忘返的糕点铺子。"

阿墨清楚地见到郎主露出奇怪的表情，维持了仅仅弹指间的工夫，面色即刻转青。

阿墨连忙道："郎主，可是云片糕有不妥？"

田郎也连忙道："禀报郎主，云片糕卑职已验过毒。"

谢五郎几乎是从牙齿间蹦出一句话来。

"即刻前往樊城，将崔氏带来。"

田郎应声。

阿墨面色变了又变，问："郎主，可是云片糕味道不好？"

谢五郎没有回答，甩袖转身离去。

他的味觉极其敏感，又岂会吃不出方才的云片糕与崔氏做的一模一样，田郎不会

说谎，那便只有崔氏说谎。是了，那崔氏头一回见他便满口胡言。后来还说什么为了他做了一整日的云片糕，里头满满的一片痴心。

结果云片糕不是她做的，不过是从别人手里买来的。

依照崔氏的性子，十句话中起码有九句是假的。

翌日，田郎回来了。

谢五郎冷哼一声："崔氏，是谁给你胆子糊弄我？"他又再次冷哼，"又是谁允许你接二连三地胡话连篇？"

他最后重重一哼。

"崔氏阿锦，怎么？不敢说话了？你之前糊弄我的胆子被云片糕给吃了？"

阿墨咽了口唾沫。

田郎觉得很是尴尬。他从未见过郎主这般不冷静的模样，他不过是刚进来，郎主便不给他说话的机会，话语像是珠子一样一颗又一颗地迅速弹出，将他杀个措手不及。

田郎身边的青衫姑娘嘴巴塞了布团，正在嗯嗯啊啊的，满脸恐慌。只不过这青衫姑娘柳眉杏眸的，显然不是……崔锦。

此时，阿墨对田郎轻轻地摇了摇头。

田郎察觉到，心中蓦然一惊。他用眼神示意，阿墨点了点头。他咽了口唾沫，说道："启禀郎主，卑职有罪。"

阿墨小声地说道："郎主，田郎……抓错人了。"

谢五郎蹙眉。

田郎连忙道："回禀郎主，卑职从未见过崔氏，只知晓崔氏住在西厢房。而这位姑娘也的确是……住在西厢房，屋宅的住址也的确没错。只是……只是不知为何就抓错人了。"简直是他随从生涯的一大败笔！

谢五郎问："究竟是什么回事？"

此时，青衫姑娘使劲地摇头。

阿墨说道："郎主，那位姑娘似乎想说些什么。"

谢五郎颔首。

阿墨便道："松绑。"

布团一出，那青衫姑娘涕泪同流，连忙磕了几个响头，说道："大人，我不是崔氏呀，你们抓错人了。我真的不是崔氏呀。我是近来才与家人搬来樊城的，大人口中的崔氏早就不在樊城里住了。"

阿墨问："崔氏去哪里了？"

青衫姑娘说："好……好像举家搬往了秦州，我也不是特别清楚，崔家走得很急，屋中的家具物什几乎没带多少。"

谢五郎愣住了。

阿墨察言观色，问："郎主，可需去秦州将崔氏抓来？"

半晌，谢五郎方冷道："不，田郎，你即刻去秦州查探。"

"是，卑职定会将功赎罪。"

之后阿墨让人将青衫姑娘送回樊城，他转身回屋，侍候谢五郎就寝。他很仔细地观察谢五郎的神情，不敢有一丝一毫的疏忽。

可惜他跟了郎主这么久，如今依旧不能完全摸透郎主的性子和想法。

他更加不明白，郎主到底是看上崔氏哪一点了？之前还算是崔氏在死缠烂打，可如今反倒是郎主更像在死缠烂打了。

当然，这些话他可不敢乱说。

他又有种预感了，总觉得崔氏迟早有一日会再次出现在郎主身边。

而此时的崔锦已经与阿宇还有阿欣一同到达秦州洛丰。

洛丰城遍地繁华，曾经出过五门高姓之一，文人骚客极是向往此地，其繁华程度堪比都城燕阳。阿宇早已在洛丰待了一月有余，可尽管如此，再次见到洛丰城，他心中依旧是激动不已，尤其是想到自己即将要住在这里，即便刻意压制，他的眼神仍旧能看出兴奋之色。

而阿欣更是看得目不暇接，一张小脸蛋涨得通红。

"大姑娘，你瞧你瞧，四周都是马车呀，几乎连一辆牛车也见不到。"

崔锦之前也来过洛丰的，只不过当时是跟着崔元去的。崔元喜爱游玩，又喜爱喝酒，出远门原想带着崔湛的，可偏偏崔湛又是个不爱出门的，而崔锦闹着要去，因此崔元在无奈之下只好带上崔锦。

兴许便是如此，才将崔锦养成这般好动的性子。

她听了阿欣的话，不由失笑。

"莫要大惊小怪的。"

阿欣吐吐舌头，连忙捂嘴，顺手将车帘放下。约莫小半个时辰后，崔锦终于来到了她的新家。守门的小厮在元叟的叮嘱之下，一早就记住了崔锦的容貌。

崔锦一下车，小厮便响亮地喊道："小人拜见大姑娘！"

崔锦摆摆手，说道："不必多礼。"

小厮问："大姑娘，小人马上唤人过来。"

崔锦说："不必了，我自己走便可。"

她走进屋宅，还没走多久，便见到了珍嬷匆匆走来。珍嬷说道："大姑娘总算回

来了,谢天谢地谢鬼神。"她松了口气。

崔锦问:"阿嬷,可是爹娘出了何事?"

珍嬷看看周围,说道:"我们比大姑娘早到了七日,起初老爷来了后还是高兴的。可没几日老爷便闷闷不乐了,还一直喝着闷酒。老爷一不高兴,夫人便也开始忧心了。大姑娘您也知道夫人是忧心不得的,一忧心就容易得病,这下都忧心了三四日了,若是忧心出病来了该如何是好?大郎也劝过老爷和夫人的,可是不太见效。如今大姑娘回来了,当真是太好了。大姑娘您一开口,老爷便高兴了。"

崔锦无须问,也晓得阿爹在闷闷不乐什么。

她叹了口气,说道:"阿嬷,你去跟阿娘说,还请阿娘放宽心。阿爹这边,我会解决的。"

珍嬷听后,兴高采烈地说道:"太好了,老奴这就去与夫人说。"

崔元在书房里。

他一杯接着一杯地喝,洛丰的酒果真名不虚传,樊城的酒远远是及不上的。有美酒,有新屋宅,有美娇娘,还有一双争气的儿女,从某方面而言,崔元觉得其实自己的人生没有什么遗憾了。

然而,他知道的,即使自己一直不愿承认,家中不管是谁一提起汾阳崔氏他便翻脸,可他也晓得自己还是渴望着回去的,期盼着自己的爹娘还有崔家能够重新接纳他,以及他视为珍宝的家人。

如今三叔亲自给他写信了。

尽管不是本家,可他也打心底里高兴。

虽然后来他看出了,三叔对自己未必有多重视,想来是听了女儿的传闻,才会想接他们一家回去,但是他心底仍旧有一丝喜悦。

只不过随着日子的流逝,他们大张旗鼓地来到秦州洛丰,而三叔却丝毫反应也没有,甚至连派个家仆上门也没有。

他心中便开始郁结了。

崔元又喝了一杯酒。

此时,外头有敲门声响起。"阿爹,是我。"

听到女儿的声音,崔元心中的郁结消散了些许。他说道:"进来。"他打量着女儿,问:"这些时日去哪儿了?"

崔锦含笑道:"女儿见阳城景色佳,便去了阳城一趟,只可惜未见得海上奇景。"

她嗅了嗅,皱起鼻子,随后又嗔笑道:"阿爹喝的酒名字可是唤作醉生梦死?"

崔元先是一愣，随后吹眉毛瞪眼睛的。

"胆子不小了，竟然敢打趣你爹。"

崔锦笑嘻嘻地道："不叫醉生梦死，莫非叫一杯愁？"

崔元敲了下崔锦的头。

此时，她正色道："阿爹，女儿已经回来了。方才我在宅里走了一圈，阿娘打理得井井有条，兄长也适应了洛丰城。女儿心想，我们既然已经安定下来了，不如择日去拜访三叔父？"

崔元拊掌道："也好，我写张拜帖，明日便让人送去崔府。"

崔锦离开了书房。

临走前，崔锦悄悄地看了自己阿爹一眼。方才喝一杯愁一下，如今愁云皆散，一杯"愁"变成一杯"喜"了。

她放心地走了出去。

刚走几步，冷不丁地，眼前冒出一道人影。

崔锦险些被吓了一大跳，她拍拍胸口，呼出一口气，嗔道："大兄，你险些吓坏阿锦了。每次都神出鬼没的，再吓多几次，大兄该去寻找阿锦的魂魄了。"

崔湛直勾勾地看着她。

崔锦被看得心里发毛，语气也软了下来，"好啦好啦，阿锦的魂魄会自己找。大兄，你莫要这般盯着我，我心里紧张。"

崔湛被逗笑了，可也是仅仅一瞬间，他又敛去笑意，一本正经地说道："你跟我过来。"

说着，兄妹俩走到一处僻静之地。

瞧大兄如此郑重，崔锦的脸色也不由凝重起来。

"大兄，可是发生了何事？"

崔湛低声道："我听到了你与阿爹所说的话。"

一听到阿妹回来了，他便立马离开了屋子。阿妹长大了，有自己的主意了，与他虽然不像赵三郎在时所有的隔阂，但阿妹越有本事，便与他离得越远。

他也不知阿妹在外头究竟做了什么，担心了许多时日。终于阿妹回家了，原想着好好跟她说一说话的，没想到阿妹一转眼便去了书房里。

他无意间听到了对话。

他蹙眉说道："阿妹，这几日我去外头打听了。三叔父与几位阿叔压根儿不记得我们，我们前去拜访他们未必会因此而重视我们。既然如此，我们又何必去看人家的冷脸？阿爹若是见到了，怕是会更加郁结，兴许会后悔来了秦州洛丰。到时候若要回

樊城了，我们也无法可施。"

崔锦听后，心中一喜。

原来大兄来了洛丰后，并非是一直留在屋宅里。果真大兄是逼一逼，才会有所行动。

她笑吟吟地道："可是阿爹不去拜访也不成，于三叔父而言，阿爹始终是晚辈，不去的话定会落下话柄。再说……"

她顿了下，正色道："阿爹想念家人，可是……我们也是阿爹的家人。若说三叔父家与我们同时掉进水里了，大兄，你说阿爹会救谁？"

崔湛登时了然。

崔元心底有些紧张。

他今日一大早便起来了，盥洗梳发，穿上了最好的衣裳。临出门前，还仔仔细细地检查了一遍，确认一切皆好后方携家带口坐上马车。

崔湛与崔锦兄妹俩互望一眼，无须多说，两人便已了然。

今日洛丰恰好有集市，虽是清晨，但大街小巷里极是热闹，车水马龙，人声鼎沸的。崔锦一家的马车正缓缓地驶过热闹的街道。

秦州崔氏的府邸就在隔壁的街道。

崔锦如今所住的地方确实是洛丰的中心地区，只不过中心归中心，与崔父三叔的府邸仍是有区别。马车离开热闹的街道后，驶向隔壁的街区。

截然相反的是，此处十分安静。

府邸林立，气势宏伟，听闻风水极好。元叟之前曾经打听过此处的地价，他原想着大姑娘给了自己一千多金呢，这在樊城都能买下整整一条街道上的房屋与铺面了，兴许也能住在此处。

不曾想到却被告知，这里的屋宅不是想买就能买的，此处是洛丰权贵之地，即便有万金，连巴掌大的地也买不到。

马车终于在崔府门前停了下来。

之前去樊城接崔元一家的家仆阿夏迎了上来，他说道："还请九爷稍等，小人方才大老远就见到了九爷的马车，已经让人进去通报了。待小厮回来，小人便立马开门让九爷进去。"

他挠挠头，歉然地又道："还请九爷见谅，我们崔府家规森严，条条款款颇多，之前因为有家仆失误，不小心放了一心有恶念的人进去，险些酿成大祸，所以自此我们崔府便格外小心谨慎。小人奉命而行，还请九爷多多包涵。"

崔元说："三叔府邸大，仔细些也是应当的。"

约莫两炷香的时间后，阿夏终于打开了一旁的角门，将崔元一家带了进去。缩在马车角落里的崔锦与崔湛互望一眼，两人轻微地摇了摇头。

马车在一院落里停下。

阿夏道："还请诸位跟小人来。"

阿夏带着崔元一家走过垂花门，又穿过游廊，走了足足两刻钟方到了一处厅堂。阿夏又说道："九爷今日来得早，老爷与大夫人今日起得晚，如今还在用早饭。还请九爷在厅堂里等一会，待老爷与大夫人用过早饭后便会过来了。"

说着，他伸手一指。

"大夫人还给九爷一家备了些糕点瓜果，都是我们崔府里的厨子做的，外边是买不到的，"顿了下，他又说，"小人就候在外面，九爷有事的话喊小人一声，小人立刻进来。"

说罢，阿夏躬身一礼，退了出去。

厅堂里便只剩下崔元一家四口。

厅堂布置得颇为雅致，只不过却有些窄了。

壁面上挂着鸳鸯交颈图。

以崔锦多年作画的经验看来，此图的笔触乃出自女子之手，且估摸作画之人学画的时间不久，绝对不超过两年。

画下摆了张琴案，琴案上有一把五弦琴，琴旁还有筌篌。

方才阿夏领着他们前来，一路上她多有留意。按理来说，在秦州算是高门大户的三叔父家应该奴仆无数才对的，可一路过来竟然只见到了两个神色匆匆的侍婢。

崔锦对崔湛使了个眼色。

兄妹俩站在画前，崔湛佯作观赏画作，刻意压低声音，问："怎么？"

崔锦轻声说道："大兄，你可有察觉出古怪来？一路过来，竟见不到几个家仆侍婢。且这厅堂也不像是平日里会客之用，壁上这幅鸳鸯交颈图又岂能登大雅之堂？这个小厅堂反而更像是姑娘们集聚一起开茶话会的地方。"

崔湛点头道："我也有注意到。一般而言，府邸的正厅应该位于东南，这里人的信风水，我曾在竹简上看到洛丰城位于秦州西北，与方向逆行，乃守财高升之位。可阿夏却领着我们走了相反的方向，且不说这个，阿爹递来的拜帖也写明了具体时间，这个时辰，三叔父与三婶母又怎会起晚了？"

崔锦说："方才我瞧侍婢都往东南边走去，兴许是来了客人。"

崔湛道："即便是来了客人，三叔父与三婶母也无须欺骗我们，明说便是，我们又不是不会体谅。"最多就是心里有些不舒服罢了。

崔锦说:"许是来了什么不得了的大人物吧。"

思及此,崔锦心中蓦然有了一个念头。

恰好此时,崔元的声音响起:"你们兄妹俩在那嘀嘀咕咕作甚,快些坐回来,免得失礼。"崔锦从崔湛身后探头出来,说道:"阿爹,想来三婶母也没这么快用完早饭,人有三急,女儿去去便回。"

崔元道:"好,速速回来。"

说罢,崔锦迈步离开了小厅堂。一走出去,刚好迎上了阿夏的目光。她弯了眉眼,说道:"郎君,不知茅厕在何处?"

崔锦容貌本就是上佳,而此时的她眉眼弯弯的,声音甜甜的,让阿夏的心险些跳漏了一拍。

"姑……姑娘,这边请。"

崔锦笑吟吟地道:"不劳烦郎君,我自己前去便可。我爹娘和大兄还在里头,若是有什么吩咐,怕是会延误了。我去去就回,郎君给我指路即可。"

从未有人这般唤他,甜美清丽的一声"郎君",阿夏只觉自己飘飘然的。

"这里直走,穿过游廊往东走数十步便能见到。"

"多谢郎君。"

崔湛在屋里听着外头的对话,眉头不由蹙起。阿妹还未及笄,美人计就用得如此娴熟,以后势必会招蜂引蝶呀。

崔锦避开阿夏的视线后,便径直往东南方向走去。一路上,她避开了几个家仆,走了许久,她终于停下了脚步,侧身躲到了树丛后。

前方站了不少侍婢,穿得姹紫嫣红的,在一道拱门前探头探脑的。

崔锦一看便知拱门内必然就是大厅。

此时,有一紫衣侍婢捧着端盘出来。那侍婢的衣裳质地显然要比拱门前的侍婢好上些许。只见紫衣侍婢恼道:"都围在这儿作甚?"

其中一侍婢回道:"大夫人不是吩咐了让我们在门外候着么?好姐姐,你快说说欧阳小郎可是如传闻那般风流倜傥丰神俊朗?我也好想去侍候小郎!"

紫衣侍婢瞥她一眼,伸手敲了下她的头。

"里头都是大人物,瞧瞧你这副模样,进去了定给大夫人添乱,到时候大夫人可要赶你出府了。都站好了,里头随时都会有贵人出来。"

"是。"

紫衣侍婢往崔锦的方向走来。

崔锦连忙往里一躲。

她仔细回想紫衣侍婢所说的话。秦州洛丰只有一个欧阳家，便是前些年领兵击退胡人的欧阳将军欧阳明，也是去年闵恭所投奔的贵人。

想起闵恭，崔锦的脑海里冷不丁就回想起他那句放肆到极致的话。

"倘若我衣锦还乡，你若还未嫁人，我便以正妻之位娶你过门。"

思及此，崔锦不由失笑。

他想娶，她还未必愿意嫁呢。

就在此时，拱门里有脚步声响起。崔锦抬眼望去，只见里头出现了一位青衫郎君，约莫只有二十出头，面白唇红，倒是生得贵气，想来便是方才紫衣侍婢口中的欧阳小郎。

不过崔锦的注意力不在欧阳小郎身上。

她见到了一位熟人。

尽管一年未见，可她还是认出了闵恭。他与一年前有了很大的变化，浓眉凤眼的，不再是当初那个挖金山的黝黑郎君。

他不知与欧阳小郎在说些什么，但是崔锦看得出，闵恭与这一位欧阳小郎颇为亲近。

崔锦转过身，悄悄离去。

崔锦按着原路返回，不过这一回她却没有了之前的好运气。

在她穿过游廊的时候，身后忽然有人喊住了她。

"你站住。"

崔锦缓缓转身，镇定地看向来人。

只见十步开外的花丛间不知何时冒出了两个姑娘，一个着桃红衣裳，一个着湖蓝衣裳，不同的是桃红姑娘身上的料子流光溢彩的，看得出来是极好的缎子，且脖子戴着璎珞项圈，手腕上还有珊瑚手钏。

崔沁皱着眉头。

蓦然，她笑起来了。

"莫非你是锦堂姐？"她笑吟吟地上前，亲热地挽起崔锦的手，说道："堂姐不说，我也知道你就是锦堂姐。阿娘说当初可是见过九叔的，九叔相貌佳，堂姐的容貌自是不会差。如今一见，果真是不同凡响。锦堂姐是要跟我们一起住了吗？太好了呢，我们崔府里姑娘少，大姐又嫁了出去，只剩下二姐姐陪我。现在锦堂姐来了，府里一定会更热闹了。"

她拍拍头，又道："哎，差点忘记了。锦堂姐，我单名一个沁字。"

"沁……堂妹？"

崔沁又说道："堂姐不必拘谨，以后这里便是你的家。我老早就听闻了堂姐的事迹，能被鬼神庇佑的人一定很了不起。二姐姐就在前面的竹林里，堂姐，我带你去见二姐姐。堂姐今年多大了？"

"还有一年及笄。"

崔沁说："啊，跟二姐姐一样大。堂姐堂姐，你一定能跟二姐姐谈得来。二姐姐人可好了，特别擅长弹琴。以后堂姐有不会的还能请教二姐姐，我们三个人还能一起弹琴呢。"

崔锦没想到崔沁会如此热情。

她问道："沁堂妹多大了？"

"我比堂姐小一岁。"

说着，两人已经迈入了竹林。崔沁又道："堂姐，你定不知道，夏天在这儿弹琴极有意境。对了，前面还有个秋千，堂姐可以去坐坐。堂姐先在秋千上等着，我去唤二姐姐过来。"

崔锦说道："这哪行，哪敢让二姐姐过来，我与堂妹去找二姐姐便好。"

崔沁说："不行不行，今天堂姐是客人，哪有客人陪着我去找人的理由。若是阿娘晓得了，定要罚我的。堂姐也不想我被罚吧。"

见崔锦没吭声了，她又笑嘻嘻地道："那堂姐在这儿等着，我和我的侍婢去唤二姐姐过来。二姐姐应该就在附近，堂姐等一会，我很快就回来了。"

"好。"

待崔沁与她的侍婢一离开，崔锦便开始环望四周。又过了会，她站得有些累了，便准备坐上秋千。岂料刚走近秋千，脚下蓦然一空。

她整个人登时重重地摔下，秋千前的空地竟有个陷阱！

她吃疼地倒吸了一口气，然而就在此时，手腕倏地一凉，似是有什么冰冷滑腻的东西缠了上来。她咽了口唾沫，往下一看。

手腕上竟是缠了一条小青蛇。

她尖叫了一声。

须臾，头顶出现一片阴影，是崔沁。她居高临下地看着洞里的崔锦，面上仍然挂着无辜的笑容，她说："堂姐怎么这么不小心？啊，方才忘记告诉堂姐了，这儿不知什么时候挖了个洞，秋千是不能坐了。瞧瞧我这记性，比堂姐小，记性却这么差，实在不妙呀。"

崔锦皱眉道："你是故意的。"

崔沁一下子就变了脸。

"我就是故意又怎么样了？你算得了什么？我们崔府是你想进就能进？真真是好

笑,也不看看自己几斤几两重,唤你一声堂姐算是给你脸面。即便是汾阳崔氏里,我阿爹还是嫡出的。而你,不过是庶出的。崔锦,你若是进了我们崔府的门,我定让你以后的日子永无安宁。"

她瞥了眼崔锦手腕上的小青蛇,瞧见她苍白的脸色,她又笑吟吟地道:"堂姐怕蛇么?不怕是最好了,倘若你当真要跟我们一起住了,等着堂姐的可就不是小青蛇了。"

话音还未落,她看见崔锦露出古怪的表情。

紧接着,她一扬手腕,腕间的小青蛇竟然笔直地被抛了上来。她的动作快得不可思议,在崔沁还没有反应过来时,那条小青蛇准确无比地落到了崔沁的肩上。

崔沁整个人登时就僵住了。

青蛇冰冷滑腻的身躯碰触到她的脸颊,令她一阵恶寒。

"红柳!"

唤作红柳的侍婢也是个怕蛇的,她伸手想去抓那条青蛇,可是手掌刚伸前,她又害怕地缩了回去。"三姑娘,奴婢……怕呀。"

"再不弄走它,你……"她不敢说话了。一说话,胸腔便会震动,肩上的青蛇就会游动。她生怕小青蛇会滑进她的衣裳里,一想到那么恶心的东西要钻进她的衣裳里,崔沁急得快哭了。

她千想万想也没有料到崔锦竟然会有这样的举措!

而就在此时,洞里传来崔锦的声音。

"沁堂妹,你不妨让你的侍婢唤人来。我瞧着这条小青蛇似乎很喜欢你的脖子,虽说没有毒,但是万一它缠上你的脖子,兴许……兴许明年今日便是你的忌日了。不过我方才走来,竹林里颇为幽深,想来也没有什么人在,沁堂妹的侍婢不走快一些的话,恐怕来不及了。"

她低笑一声,又道:"当然,沁堂妹还可以选择让你的侍婢拉我出来,我可以替你弄走青蛇。"

红柳不知该如何是好。

"三姑娘,这……"

崔沁此刻哪里还顾得上什么,一听到忌日两个字,她都快吓蒙了,"拉她上来!"

红柳这才伸手将洞里的崔锦拉了出来。

崔锦出来后,她慢条斯理地整理了下衣裳,又拍了拍身上的灰尘,方走到崔沁身边。她歪头瞅着小青蛇,又瞅了瞅崔沁。

"沁堂妹,今日之事我便不与你计较,好歹你也唤了我一声堂姐。只不过堂妹放心了,崔府这般高贵的地方,我们只是来拜访,而不是来入住的。"

说罢,她伸手捏住小青蛇的七寸。

小青蛇的尾巴一甩，重重地扫过崔沁的脸颊。她腿一软，整个人顿时跌落在地。

崔锦放了小青蛇，扬长而去。

崔沁恼怒得脑袋都快冒烟了。

崔锦离开竹林，回到了游廊上。

她方才见到崔沁时，心中便有几分疑惑。她对她太热情了！正所谓反常必有妖，她可不认为三叔父都不重视他们崔家了，崔沁还会对自己这般热情。当然也有可能是她天性纯良。

直到她们走到秋千前，她试探地提出要跟她一起去寻找堂姐时，她方确认了崔沁不安好心。

不过……

她倒是高估了崔沁的本事。

原以为有什么大招要放过来，没想到只是小小的陷阱。

她便将计就计。

自小在樊城出生，又时常跟阿爹在外面游玩，她非娇滴滴的养在深闺的千金，又怎么会怕蛇？在外头游玩的时候，饿了，遇着拳头大的蛇，生火一烤，蛇皮比豆腐还香滑，添点油盐，蛇肉香喷喷的，肉香能飘好几里。

这般想着，崔锦也有些饿了。

她疾步走回。

阿夏惊诧地问："姑娘怎么去了茅厕这么久？"

崔锦笑吟吟地道："回来的时候不小心迷路了，闯进竹林里，幸好遇到一个好心的姑娘为我指了路，那姑娘穿着青色的衣裳，虽然年纪不大，但她很是热情。多亏了她，我才能回来呢。"

阿夏想了半天，也没想出崔锦口中的青衣姑娘是谁。

这个时间，大多侍婢都在迎松园里，又哪里来会有一个年纪不大的姑娘到这边的竹林里？当然阿夏想破脑袋都不会想明白崔锦口中穿着青色衣裳的姑娘是指一条小青蛇。

崔锦回到小厅堂里。

崔元的视线扫来，他问："去哪儿了？"

崔锦垂下眼，低声说道："不小心迷路了。"言讫，她沉默地在崔湛身边坐下来。崔湛不着痕迹地打量着崔锦，眼细地发现了自己阿妹袖口上的污迹。

他轻咳了一声。

崔锦迅速抬眼，给了崔湛一个狡黠的眼神，随即又迅速收回目光，垂着头。

崔湛随即了然。

此时，崔锦忽然问道："阿爹，如今是什么时辰了？"

回答崔锦的是林氏，"刚过辰时，方才外面的家仆说你叔父与婶母快过来了。再等等，不着急，左右我们今日也没有什么事情。"

崔锦低低地应了声，便不再言语。

又过了小半个时辰，小厅堂的外头终于有了动静。

崔元率先站起，往外一望。

只见外头出现了若干人，其中带头的是一位华衣妇人，她身后跟了三四个侍婢，还有一个阿嬷。候在门外的阿夏连忙施礼。

"小人见过大夫人，几位客人已经在里头等候。"

华衣妇人方氏微微颔首。

崔元登时有些紧张。他年少离家，那会心高气傲，不愿受家族所束缚，然数十年已过，他的心境亦有所不同。虽仍然执拗于当初的想法，但心中已经开始想念家人了。

如今终于要见到血浓于水的亲人，崔元紧张得手心出了冷汗。

林氏哪会不知自家夫婿的紧张，悄悄地握住他的手，重重一捏，随后又迅速松开。崔元看了林氏一眼，紧张的心情不翼而飞。

林氏轻轻地对他点了点头。

后面的兄妹俩也各自交换了一个眼神。

方氏坐在主位上，一旁的阿嬷奉上一杯新茶。方氏缓缓地喝了几口，搁下茶杯后，才漫不经心地打量着崔元一家四口。

她的目光先是落在崔元身上，随后迅速扫了林氏和崔湛一眼，最后落在了崔锦的身上。她看崔锦的目光似乎有一丝不寻常，但是很快地，她又敛去神情，重新回到了崔元身上。

终于，方氏开口了。

"妾身之前曾听父亲提起过九堂弟，没想到有朝一日能与九堂弟一家见上面。"

此话一出，崔元就怔住了。

他年少离家，唯一见过的人也就只有三叔，当时三叔还未娶妻。方才他以为华衣妇人会是三婶，不曾想到竟是三叔的媳妇。

仿佛知晓崔元心中所想，方氏又道："前些时日九堂弟来了拜帖，当时父亲还说要亲自招待九堂弟你们一家的。不过自从父亲与母亲年事已高后便不再管家，喜爱四处游玩。恰好那一日父亲有友人相约，于是便吩咐妾身招待堂弟一家。"

说着，方氏又歉然道："本来今日老爷也是要来的，不巧的是近来公事繁多，老爷实在抽不离身，还请九堂弟多多见谅。"

崔元说："堂兄有官职在身，忙是应该的。此回我只是带上家人来拜见三叔，让孩子们也见见长辈。堂嫂如今管家，三叔也有所吩咐，我与拙荆拜见堂嫂也是一样的。"

方氏淡淡地道："九堂弟能理解自是再好不过了。"

此时，崔元又说道："此乃拙荆林氏，犬子崔湛，小女崔锦。"

方氏的目光落在了崔锦身上。

"哦？"她微微挑眉，问："这便是传闻中被鬼神所庇佑的崔氏女？"

平日里崔锦是极有主意的，崔元以为堂嫂的问题女儿会回答的。未料崔锦却是低垂着眉眼，一声不吭的。小厅堂里顿时安静起来。

崔元清清嗓子，谦虚地道："传闻而已。"

方氏盯着崔锦，眸色微深，似是在思量什么。片刻后，她说道："抬起头来。"

崔锦缓缓地抬头。

方氏仔细地打量着她。

崔锦面色不改地，反倒是崔元自个儿开始有些不悦了。方氏的目光落在自家女儿身上时，不像是在看一个晚辈，更像是在打量一件事物。

方氏露出一个笑容。

"倒是长得水灵灵的，在樊城里能长成这般模样，也是难得。"

听完此话，崔元心中更是不悦了。

什么叫做在樊城里能长成这般模样也是难得？他家的阿锦年不到二八，聪慧灵敏，容貌妍妍，是他为之骄傲的女儿。

崔元的眉头微微蹙起。

此时方氏又问道："多大了？"

回答的人仍旧是崔元，"差一年便及笄了。"

"可有许配人家？"

"还不曾。"

方氏捧起茶杯，喝了口茶，方慢条斯理地道："也该找个婆家了，之前倒是有些闲言蜚语流传过来，若是真的，怕是有些难找婆家了。"

方氏此话，似意有所指。

一直没有吭声的崔锦忽然抬眼，直勾勾地看着方氏，她认真地问："不知夫人话中所指的闲言蜚语是指什么？阿锦愚钝，还请夫人明示。"

竟敢这般直勾勾地看着长辈，好生无礼，果真是小城里出来的，一点教养也没有。她的语气微冷，说："你与燕阳城的贵人之间的事情可是属实？"

果然秦州崔氏想要接他们回来，不完全是为了她为鬼神所庇佑一事，恐怕更多的是听到她与谢五郎之间的传闻。接他们回来，怕也是想借此攀附贵人。

只可惜要让他们失望了。

崔锦回道："贵人青睐阿锦，无关男女私情，只是认为阿锦有才。"

方氏几乎想要冷笑了。

一个小小姑娘，长得有几分姿色，便敢自诩有才？当真是可笑之极。倒也不看看自己几斤几两重，真不愧是小城出来的，眼界小，太过自负。此女留在他们崔家，断不会如父亲所说那般，能助他们崔家一臂之力。恐怕还会因此招惹祸端。

思及此，方氏也没心思招待崔元一家了。

她道："九堂弟远道而来，与我们又是同支。既然来了洛丰，一家人自然没有分开住的理由。我让下人收拾个院落，过几日九堂弟便能入住了。"

当然，方氏此话也只是客套。即便再不屑崔元一家，面子工夫还是得做足。毕竟都是姓崔的，又是父亲吩咐下来的，处理得稍有不慎，定会落下苛待族人的话柄。

崔元又哪里听不出方氏口中的敷衍。

方氏不悦，他也不悦。

方才对女儿的问话，语气中的轻视，他就算是聋的也听得出来。之前还心心念念着能与三叔一家好好相处，此处好歹有个亲人，如今崔元的念头打消了。

他霍地站起。

"多谢堂嫂的好意，只是我们一家已在洛丰买了屋宅，安置好了一切，也不便来打扰三叔了。待三叔回来后，我再来拜访。时候不早了，我们不便久留，便先告辞。"

崔元一家离开后，方氏冷笑了一声。

"也不看看自己是什么身份，且不说在汾阳崔氏里也只不过是小小庶子，如今来了秦州，脾气倒是不小。他那女儿跟父亲一个样，眼界小，太自负，断不会有什么本事。不留也罢，正合我心意，免得以后见到他们头疼。"

侍婢红棉附和道："大夫人，他们都是上不得台面的。夫人莫要为了他们而气坏了身子。方才看来，那崔氏也不过如此。老太爷之前不也随便让了一个阿夏去接他们么？由此看来，老太爷对他们也是不上心的。如今他们都发话了，不会来我们府里住，以后想来也不会有那个颜面敢来攀附我们秦州崔氏了。"

方氏淡淡地道："我自是不会为了他们而气坏身子。"

马车里。

一家四口变得沉默，与出门时的氛围截然不同。崔元坐在窗边，面色有几分阴沉。而林氏则有几分担忧，一为自己的夫婿，二为自己的女儿。

她可以明显地感受到崔锦的不妥。

打从她上完茅厕回来，就变得很不对劲了。若是以往这种情形，女儿定会想尽办法哄得夫婿再展笑颜，可现在夫婿面色阴沉，女儿面色也不太好看，就连儿子也是一副心事重重的模样。

而就在此时，崔湛忽然开口了。

他惊讶地道："阿妹，你的手何时受伤了？"

此话一出，崔元与林氏的目光唰的一下就落在了崔锦的手背上。崔锦下意识地一缩，却被崔湛箍住了手腕。崔湛紧皱眉头。

"今早出门前还是好的。"他蓦然拔高声音，"是不是有人欺负你了？"

崔锦挣脱开崔湛的手，低声叹道："没有，大兄莫要胡说。只是阿锦不小心摔倒了，擦伤了而已。"说着，她垂下手腕，宽大的袍袖完全遮挡住了手掌。

林氏一瞧，立马就心疼了。

"怎么这般不小心？回去后马上用药酒擦擦，若是还疼的话，再唤巫医来。"

崔元面色微凝。

女儿向来谨慎仔细，在陌生的崔府里定然会多加小心，又怎会摔倒了？即便当真是摔了，也不会是这样的表情。从刚才堂嫂进屋时，女儿的表情便有一丝不对劲了。

只听他说道："阿锦，你告诉阿爹，伤口到底是怎么来的？"

崔锦又叹了声。

"我离开茅厕时，遇到了沁堂妹，应该是阿婶的次女。她说要带我去拜见二堂姐。阿锦不疑有他便跟着过去，岂料沁堂妹却与我开了个玩笑。阿锦不小心摔进洞里，所以才擦伤了手掌，只是小伤，爹娘不必担心。待归家后，擦擦药酒，很快便能好了。"

尽管崔锦在话中维护了崔沁，可语气中的那一丝委屈，崔元还是捕捉到了。

女儿自小就被他宠着，女儿不愿被养在深闺，想要像男儿一样周游四方，他也应承了。尽管过去的他们没有多少金，也没有权势，可是他的女儿一样被自己保护得好好的，从未受过别人的冷眼和轻视。然而如今却因为自己的族人而受了委屈。即便女儿说得轻描淡写，可他知道哪有人能开玩笑开到掉进洞里，这哪里是玩笑，分明是被欺负了。

一想到堂嫂方氏话中的不屑，和女儿所受的委屈，以及这些时日以来三叔的疏忽，崔元忽然觉得秦州崔氏不是他所念想的家人。

他所念想的家人应该是和和气气，也该与自己那般打心底将对方当做血浓于水的亲人看待，而非因为利益，而是仅仅因为亲情。

既然三叔送上冷脸，他也无须贴上去。女儿这样的性子，在秦州崔氏的府中定然是格格不入，女儿翅膀渐展，他不该为了一己之私而束缚住她的。

他想通了。

崔元说道："好，回去擦擦药酒。"

崔锦应声，随后悄悄地与崔湛交换了个眼神。兄妹俩眼中各有笑意。

明州。

白日朗朗，今日是个大晴天。谢五郎带上家仆小童前往明州里的大屿山登高赏春。明州太守晓得贵人要登高，早已提前几日封山除草去石，花了几天几夜的工夫在大屿山上铺了一条平坦的山路。

谢五郎独自一人走在最前头。

他走得很慢，似是在摸索什么。

阿墨跟在他的身后，离得不远，倘若有什么状况，他便能立刻护住郎主。自从那天田郎抓错人后，阿墨便过得心惊胆战的。

郎主这几日没有弹琴了。

往日里，郎主几乎是每日都离不开五弦琴，高兴也罢，不高兴也罢，都会弹上一曲。也正因为郎主天天抚琴，不曾生疏过，琴技方能这般精湛。

然而，这几天郎主竟然不曾碰过五弦琴。

阿墨思来想去也不知道郎主究竟在想什么，只好更加小心翼翼地侍候着。

谢五郎忽然停下了脚步。

阿墨赶紧上前。

"此处可有凉亭？"

阿墨抬头眺望，说道："回郎主的话，前方有一座凉亭。郎主可是累了？"

谢五郎道："去凉亭里歇歇。"

"是。"

阿墨随即吩咐下人打理好凉亭，一一布置好后，他方扶着谢五郎到凉亭里。阿墨取来食盒，在铺上了干净布帛的石桌上摆好了糕点，其中便有之前郎主念念不忘的云片糕。

接着，他又沏好一壶热茶。

谢五郎慢条斯理地用着糕点。

虽然他看不见，但是用糕点的仪态却是相当优雅。若非是知情人，恐怕谁也不会想到山间凉亭里的白衣郎君竟是个目不能视物的。

谢五郎品尝云片糕的时候，阿墨注意到郎主的手顿了下。

接着，谢五郎搁下糕点。

阿墨轻声说道:"郎主,本家的人催促郎主早些归家。"莫说谢家本家的人,此时此刻的阿墨也恨不得郎主能早日回燕阳城。只要回了燕阳城,仰慕郎主的姑娘那么多,兴许就有哪个入了郎主的眼,自此郎主就能将崔氏给忘了。

崔氏不出现的话,他不说,郎主就不会知道他背着他做了那样的事情。

阿墨在心里叹了口气。

其实仔细算起来,这事情不算大事。以前郎主懒得打发缠上来的姑娘时,都是由他来当这个恶人的。这些年来他都不知自己用了多少法子赶跑那些痴心妄想的姑娘们。

而现在这个崔氏……

郎主明明已经厌恶了,可是现在又像是快要死灰复燃了……

谢五郎说:"不急,我在明州多留几日,太子便不敢掉以轻心。"

阿墨附和道:"郎主说的是。"

不得不说的是,郎主真乃神人也。此回出来,在樊城待了数月,借着知府赵庆挖出了一系列贪赃的官员,虽然太子背后的何公尚在,但如今太子一下子被砍断了那么多手手脚脚,想来心里也不好受。

如今郎主待在明州。

虽说是何公的地盘,但是这些时日以来,听闻何公连饭食也不敢吃好的,生怕郎主又在哪儿放个大招,将他家一锅端了。估摸着此时的何公定在家里拜鬼神,希望郎主早日离开。

就在此时,田郎过来了。

阿墨的眉眼一跳,心中不安起来。只是再不安,也只能佯作无事人一般,禀报道:"郎主,田郎来了。"

谢五郎眉毛微挑。

"传。"

田郎上前施礼,随后道:"回禀郎主,卑职在秦州查到了不少有关崔氏的事情。"

谢五郎说:"一一说来。"

"是,郎主。"田郎清清嗓子,继续说道,"崔氏去洛丰前,在樊城里雇了当地最好的驭夫,去了阳城。随后驭夫却没有将崔氏载到洛丰,反而是阳城里送了另外一个姑娘到洛丰。卑职已经查过了,那姑娘双姓欧阳,是欧阳将军的掌上明珠。随后那驭夫又回了阳城,将崔氏载到了洛丰。"

顿了下,田郎又道:"卑职还查到一事,洛丰城中到处都流传着樊城崔氏女乃鬼神庇佑之人,秦州崔氏有所听闻似是有意接纳崔氏一家。不过崔氏一家却是拒绝了,并在洛丰中心置办了屋宅。"

他忽道:"什么屋宅?"

田郎回道:"卑职亦有所查探,屋宅是两个多月以前置办的,位于洛丰中心,听闻花了将近千金买下的。"他查到的时候,惊诧极了,不曾想到区区一个女子竟有这样的本事。他查过崔家的,于穷苦人家而言,一千金无疑是一辈子也挣不到的,可在短短数月中,崔氏竟挣得千金,并在洛丰置办屋宅,于一女子而言,委实不易。

田郎登时有些明白为何郎主会在意一个这样的姑娘。

谢五郎沉默了半晌。

阿墨看到自家郎主的面色微微发青。

谢五郎道:"退下吧。"

田郎应声。

待田郎离去后,谢五郎的面色越来越青了,甚至还有转黑的趋向。阿墨不禁有些担心,连忙说道:"郎主莫要生气,身子为重。若是因此气坏了身子,那可不值得呀。"

谢五郎淡淡地道:"我没有生气。"

阿墨的嘴唇一抖。

郎主,您这模样不叫生气的话,这天下间就没有人会生气了。

谢五郎重新拾起云片糕,咀嚼之时,用了几分力度,仿佛云片糕就是崔氏似的。他咬了一口,两口,最后重重咽下。

很好,非常好。

两个月前就已经在秦州洛丰置办了屋宅,明明那时的崔氏还在他身边口口声声地说倾慕于他,还死缠烂打地试探他,每天问一次燕阳城,一副求他带她回燕阳城的模样。

是了。

他怎么就忘记了,崔氏此人最擅长的便是一本正经地说胡话。

他竟是上当了。竟是上当了!

而且还被嫌弃了……

崔氏怎么敢!她怎么敢!怎么敢!

他谢五郎都没有嫌弃她,她怎么敢先嫌弃他?

阿墨也是在此时脑子才转了过来。崔氏在两个月以前就在秦州洛丰置办了房屋,也就是说之前想要跟郎主回燕阳城都是假象,不过是为了逃离郎主身边所以才使出来的手段。

而且……

这样的手段,不仅让他,而且还让郎主信以为真了。

他咽了口唾沫,看向自家郎主。

郎主……果然很生气……

谢五郎喝了口茶,他道:"将我的琴取来。"阿墨赶忙将五弦琴抱来。随后大屿山的半山腰间山鸟惊飞,野兽奔跑。

阿墨听着刺耳之极的琴声,又忍不住擦了把冷汗。

崔氏这一回……怕是难逃惩罚了。敢这般嫌弃,这般戏耍郎主的人,她是第一个。

小半个时辰后,谢五郎的十指终于离开了琴弦。

之前青黑的脸色早已烟消云散,取而代之的是平静的神色。

只见谢五郎微微一笑。

"阿墨,吩咐下去,收拾细软,明日启程前往秦州洛丰。"

阿墨瞅着自家郎主的笑容,总觉得平静之余似乎还有几分咬牙切齿的意味……

崔元回了家后,起初一两天还是有些消沉,偶尔想起秦州崔氏的轻视,心里头便有些不痛快。但与前些时日相比,崔元再也没有喝闷酒了。

又过了几日,崔元也不再不痛快,开始在洛丰城里四处游玩。

林氏见状,也宽心了。

崔锦晓得爹娘都舒心了,她也安心了。连着几日,崔锦都没有出门,她待在屋里作画,画了一幅又一幅,可惜没有什么成效。

她知道不能心急,只好作罢。

自从搬来了洛丰后,开销逐渐变大,她剩余的金也支撑不了几个月了。

她必须想出挣金的法子。

崔锦烧掉了画作,正想出门转转,寻找思绪时,外头传来了崔湛的声音。"阿妹,是我。"崔锦一看时辰,微微有些惊愕。

往日里的这个时辰,大兄定是在屋里埋头苦读的。

她迅速回神,提高声音说道:"大兄,进来。"

崔湛一进门,便闻到了一股烧灰的味道。他皱了皱鼻子,看向了桌案上的小铜盆。铜盆里尽是灰烬。此时,崔锦轻描淡写地笑了笑,说:"画了些不满意的画,便烧了。"

崔湛说:"以前阿妹没有这样的习惯。"

崔锦笑道:"大兄,人是会变的。阿锦只想留下最好的画作,不满意的撕了还能拼凑,烧了便再也留不下了。"

崔湛不由一怔。

崔锦藏起了小铜盆,在另外一个盛满清水的铜盆里净了手,方向:"大兄这个时辰怎么过来了?可是有话要与阿锦说?"

崔湛此时正了正色，说："坐下，我的确有话与你说。"

瞧到大兄这般正经八百的模样，崔锦也不由认真起来。待她坐下后，崔湛方问："阿妹，你究竟为何要来秦州洛丰？"

崔锦眨眨眼，说道："三叔父送了家信过来，所以我们才搬来秦州洛丰的呀。"

崔湛瞪她。

"你当真以为为兄如此好糊弄？若非你在中间做了手脚，三叔父又岂会注意到我们？"

崔锦声音软下来："大兄莫要生气，方才阿锦也只是跟你开玩笑而已。其实……"她清清嗓子，一敛嬉皮笑脸的模样。

"阿锦曾经遇过一高人，那高人有窥测将来之能。当初我能寻回阿爹，也是多亏了高人。那高人还告诉我一事，他说我们晋国三年内必有战事。"

崔湛的面色凝重起来。

崔锦继续道："阿锦不知真假，只知倘若是真的，百姓必会受生灵涂炭之苦。且高人也不曾告诉阿锦，战事是外战还是内战。只是不管是哪一个，我们留在樊城必然会受到牵连。樊城难守易攻，又曾出过一座金山，只要攻陷了樊城，一路扶摇直上，明州青城亦是唾手可得。倘若战事起，必会处于惹眼的位置。我思来想去，又让阿宇再三查探，方发现秦州群山环绕，又临近大海，怎么瞧也是易守难攻的州城。且最重要的一点是……"

崔锦的眼睛微亮。

"秦州有欧阳将军坐镇！欧阳将军击退胡人的战绩谁人不知，有这般英勇的将军坐守秦州，又有谁敢欺凌？所以，阿锦便想为我们崔家在秦州洛丰谋一个锦绣前程。"

崔湛惊住了。

不知何时起，他的阿妹除了飞速成长之外，还变得如此熠熠生辉。

尤其是方才最后一句话说出时，她的乌黑水眸似有璀璨星辰，耀眼得不可方物。她雄心勃勃，像是一个初入官场的新人，充满了自信，仿佛用尽一切手段也要爬上最高的位置。

为崔家谋一个锦绣前程！

这样的话竟从一个女子口中说出，而且还是他的阿妹。

这样的她登时让他自愧不已！仿佛有什么在崔湛的心中缓缓崩裂，像是一个蛋壳，裂纹碎开，有一个与他截然不同的自己爬了出来。

他的阿妹如此努力，身为大兄的他，又怎能安心留在家中，任由她一人在外面打拼？

崔府。

打从那一日小青蛇落在崔沁的肩上后，那种滑腻恶寒的感觉，崔沁一直没有忘记。她还因此担惊受怕了好几日，最后还病了一场。

巫医来后，给崔沁跳了驱魔舞。崔沁又休养了几日，方痊愈了。

崔沁压根儿没有想到小城里来的崔锦竟然有捉弄她的勇气，一想到自己被崔锦戏弄了，她就恨得牙痒痒的。从小到大，她都是被家人宠着长大的，哪有人敢这么待她？更何况，她的亲姐姐可是秦南王妃呢。

崔沁越想便越气不过。

她的侍婢红柳见状，便提议道："三姑娘，平日里二姑娘是主意多的。兴许二姑娘这一次也会有什么好主意。"

崔沁撅撅嘴，说道："也好。"

其实崔沁心里多多少少还是有些看轻自己的二姐姐崔柔。

崔府有三房，其中大房与二房乃老太爷的正妻吴氏所出，三房乃贵妾田氏所出。而田氏命薄，四五年前便过世了。

如今管家的方氏便是大房的。

已嫁出去的秦南王妃崔颖正是崔家的嫡女，也是崔沁的亲姐姐。而崔沁口中的二姐姐乃三房田氏所出，比她大了一岁。

崔沁向来是看不起庶出的，但又因府中姑娘少，唯一与她年纪相仿的只有崔柔。在母亲方氏再三叮嘱之下，崔沁只好勉强地与崔柔走近。

三房在芳兰园里。

崔沁走了一小会才到了芳兰园。二姑娘崔柔性子沉静，喜爱弹琴，这一点崔沁也是知晓的。她径自走向琴房，一推门，果真见到了崔柔。

琴音忽止。

崔柔的十指离开琴弦，含笑看向了崔沁。只听她轻声说道："三妹妹的身子可有好些了？前几日我去探望三妹妹，不巧的是每次都遇到三妹妹歇下了，只好在门口与芳嬷唠叨了几句。"

崔沁不以为意。

她寻了一处随意坐下。崔柔身边的侍婢紫晴随即奉上了新茶和糕点。崔沁说道："我身子已经痊愈了，只是心里仍然不舒服。二姐姐，你也听说了崔锦此人吧？便是那一日来拜访祖父的那一家子。"

崔柔说道："略有耳闻。"

崔沁咬牙道："此女太过嚣张，竟然戏弄于我，还敢口出狂言。到底是小城出来的，难登大雅之堂。二姐姐，你不知崔锦有多可恶。竟敢拿青蛇来吓我。若非她，我也不会受了惊吓。"一提起那一日，崔沁就不由想起小青蛇，她打了个寒战，随后又将心中的怨恨通通转到了崔锦身上。

崔沁拉住崔柔的手，晃了晃。

"好姐姐，你平日里主意多，你便帮我想想有什么法子能惩治崔锦。"

崔柔笑道："妹妹被欺负了，我当姐姐的自然不会坐视不理。你且让我想想，我想到了再与你说。"

待崔沁带着侍婢一离开，崔柔身边的紫晴便嘟囔道："二姑娘，三姑娘每次都不将你放在眼里，风风火火地过来，也不通报一声，每次都要打断姑娘练琴，"顿了下，她又说道："三姑娘还以为二姑娘你看不出来呢，亲亲热热地喊着二姐姐，实际上心里头却轻视着二姑娘。"

崔柔挑着琴弦，神色不改地道："我是庶出，她是嫡出，她亲姐又是秦南王妃，她自然是无所忧虑。"

紫晴低声道："说是秦南王妃，实际上也不过是……"

琴音忽然拔高，打断了紫晴的话。

崔柔嗔她一眼，低声道："王妃你也敢编派，不要命了。以后这些话不得乱说了，否则你若被惩罚，我也帮不了你。"

紫晴拍拍嘴，连忙应声。

"是，奴婢知错了。"

崔柔继续练琴，待一曲毕，她离开了琴案，行到窗边。紫晴小声地问："二姑娘要帮三姑娘吗？"

崔柔沉吟片刻，方说道："自是要帮的，只不过不是帮三妹妹。"

紫晴愣住了。

她睁大双眼，问道："二姑娘想要帮那一位？"

崔柔没有回答。

她眺望远方，似是在沉思。

同为庶出，她明白一个小城的姑娘想要引起别人的注意有多艰难。可是锦堂妹做到了，远在樊城的她竟让洛丰城里的人知道了樊城有那么一个姑娘，她为鬼神庇佑，她甚至得了燕阳城贵人的青睐。

这样的一个姑娘，能做到如此，想必是慧极的。

紫晴问："二姑娘，会不会因此……而得罪了三姑娘？若是三姑娘知晓了，大夫人肯定也会知晓的。到时候肯定要为难我们三房了，本来老夫人管家的时候便不喜我们三房，如今大夫人更是如此。"

崔柔淡淡地道："自是不会明面帮，二妹妹太过心高气傲，也不会将堂妹放在眼

底，到时候便是她自食苦果，与我们三房没有任何关系。"

更何况，正因为堂妹一家是庶出的，大夫人也不会看在眼底。

而祖父之前因为听了传闻才将堂妹一家接回来，后来又听到了堂妹被贵人所弃的消息，生怕会受了牵连，是以才派了阿夏去迎接。

想来祖父年事已高，已经失去了年轻时的精明。

三房处处受压制，兴许能借此搏一搏。

她低声与紫晴说了几句，末了，她仔细吩咐道："将原话转告三妹妹，记住，要一字不落的。"

"是。"

清晨的阳光洋洋洒洒地落下，墙角的野花盛开，院中所栽的玉兰树也开花了，一派生机勃勃的景象。崔锦用过早饭后，便在庭院里散步消食。阿欣跟在崔锦的身后，主仆两人在庭院里有说有笑的。

片刻后，阿宇过来了。

他递上一张花笺。

崔锦低头迅速地扫了眼，不由一愣。她问："是何人送来的？"

阿宇道："是路边的一小乞儿交给我的，说是要给大姑娘您的。小人也问了是谁交给他的，小乞儿说也不知道，只知那人戴着幂篱，看起来像是一位郎君。"

郎君……

崔锦下意识地想起了谢五郎，但也仅仅是想了想，很快她便自己否定了。谢五郎已经如她所愿厌弃了她，现下应该也回了燕阳城，他们之间已经再无瓜葛。

崔锦收起了花笺。

"嗯，我知道了，你退下吧。"

阿欣好奇地问："大姑娘，是谁给您送了花笺？"她方才匆匆瞧了眼，花笺做得十分精美，有些像是当初燕阳城的贵人赠给大姑娘的。

崔锦道："暂时还不知道，不过可以确定的是，今天定有事情发生。你去吩咐看门的仆役，今天仔细一些，如有人送拜帖或是请帖，全都收下来。"

阿欣应声。

她走到宅门处，吩咐了守门的仆役。虽不明白大姑娘想做什么，但是这些时日以来，大姑娘神乎其乎，这样做必定是有用意的。

果不其然，在两个时辰后，仆役收到了一张请帖。

阿欣捧着请帖送到崔锦的房里。

她兴冲冲地道："大姑娘，真的有人送请帖过来了，是秦州崔氏的人。送请帖的是个姑娘,是崔家三姑娘的侍婢,她说她唤作红柳。"

崔锦看了眼请帖,眯眼一笑。

"一打瞌睡便有人送上枕头,倒也合我心思。阿欣,你吩咐下去,明早我要去摘星楼,让驭夫备好马车。"

"是!"

翌日一早,崔锦早早就起来了。

她梳妆打扮过后,提前用了早饭,之后带上阿欣与阿宇坐上马车,往摘星楼驶去。摘星楼乃洛丰的四大食肆之一,每日上门的人络绎不绝。

其中,摘星楼最为出名的便是其招牌菜水煮羊羹。

正因为人多,所以摘星楼也是洛丰中心极为热闹的一地,甚至比有说书先生坐镇的茶肆还要热闹。

崔锦到摘星楼的时候,时辰尚早,里头的人不多。小二见到有客人来了,连忙迎前,说道:"这位姑娘便是崔三姑娘的贵客吧。来,客官这边请,崔三姑娘早已订好了位置,还请姑娘跟小人来。"

小二领着崔锦到食肆一层最显眼的位置,他侧身道:"客官,便是此处。"

崔锦颔首。

随后,小二奉上热茶。待小二一离去,阿欣压低声音道:"真是奇怪呢,崔家的三姑娘邀约大姑娘,竟然不在雅间里。"

崔锦笑了笑,她喝了口茶后,方道:"我在府里跟你们俩说的话可都记住了?"

阿宇与阿欣纷纷点头。

崔锦说:"记住便好。"

过了约莫有一炷香的时间,崔沁终于姗姗来迟。她只带了一个侍婢和一个随从,一跨过摘星楼的门槛,她便招手道:"啊,堂姐堂姐,你来了。"

穿着粉色衫子和素蓝襦裙的少女脸上浮起快活的神色,这般亮眼的色彩一下子便成为全场瞩目。崔沁仿若未见,直接奔到崔锦的身边。

"堂姐堂姐,我来迟了。你可会怪我?"

少女咬着唇,水眸盈盈的。周遭的人一瞧便心有怜惜,纷纷看向崔锦。仿佛只要崔锦点一下头,便会立马责怪崔锦。

崔沁无辜地眨着水眸。

而此时的崔锦扑哧一下笑出声来。

"堂妹好生奇怪,你不过是来迟了,我又有什么好怪你的?莫非在堂妹心中,堂姐我便是这般小气的人?"此话一出,众人登时眼前一亮。

方才鹅黄衫子的姑娘没有出声，可如今一出声，眸子亮丽，明媚得像是三月的春花，竟一下子就将粉色衫子的姑娘比下去了，显得粉色衫子的姑娘小肚鸡肠。

崔锦落落大方地道："堂妹，请坐。"

崔沁微不可见地蹙了下眉头，之后又笑意盈盈地道："今日邀请堂姐出来，是为了那一日的事情。阿沁自幼调皮，那一日与堂姐小小地开了个玩笑，还请堂姐莫要与阿沁计较。我们始终是一家人，今日阿沁以茶代酒，向堂姐致歉。"

说罢，崔沁将杯里的茶一饮而尽。

茶杯一搁，崔沁又道："堂姐，可是原谅阿沁了？"

崔锦笑了笑。

崔沁快活地道："太好了，堂姐原谅阿沁了。之前阿娘还一直说阿沁呢。堂姐可是被鬼神所庇佑的人，都快能堪比巫师了。若是得不到堂姐的原谅，也会被鬼神所怨恨的吧。"

此话，崔沁是拔高了声音来说的。

话音落后，周遭的人目光唰唰唰地就扫了过来。

"哦？就是那一位被鬼神庇佑的崔氏女？"

"怪不得如此眼熟，那一位是崔家的三姑娘吧，既然唤一声堂姐，必然是樊城的崔氏女了。"

……

周遭的人登时议论纷纷的。

崔沁此时又说道："堂姐，你真的见过鬼神吗？鬼神长何样呢？堂姐真的无所不知？"她好奇地扑闪着眼睛，仿佛当真好奇得不得了。

却无人晓得此刻的崔沁心中在冷笑。

她不信崔锦真的这么好运被鬼神庇佑，其中肯定是她耍了什么手段。

今日她会让她在众人面前出糗，从此打破樊城崔氏女被鬼神庇佑一说！

崔沁咄咄逼人地问："堂姐既然为鬼神所庇佑，肯定会晓得许多事情吧。堂姐快说说，鬼神曾经告诉过堂姐什么事情？"

见到崔锦紧抿嘴唇的模样，崔沁心中大为得意。

她就知道都是骗人的，一切都是崔锦的幌子。

"怎么堂姐不说话了？莫非……莫非都是假的？"

此话一出，周遭的人议论声更大了。

崔沁愈发满意。

然而，就在此时，一直沉默不语的崔锦开口了。她叹了声，缓缓地看向崔沁。她认真地道："堂妹，跟鬼神说话，是需要祭品的。"

"哦？什么祭品？"

崔锦道："将你身上值钱的饰物都取出，待我奉献鬼神后，方告诉你鬼神与我说了什么。"

崔沁顿觉崔锦在装神弄鬼，她发现了崔锦身后的侍婢和小厮在紧张地颤抖，定是在心虚。她爽快地道："好。"

她将身上所有的饰物和钱囊都取了出来。

崔锦面不改色地收下。

半晌后，她闭目凝神，像是睡着了一样。崔沁正想说些什么，阿宇说道："嘘，我们姑娘在与鬼神说话呢。"

阿欣附和："这个时候不能打断，不然鬼神会发怒的。"

崔沁暂且忍下。

她倒要看看崔锦想玩什么把戏。

第九章
光芒四射

摘星楼中几乎所有人的注意力都落到了闭目凝神的鹅黄少女身上。他们皆是十分好奇,也不知崔氏女是否当真能够与鬼神对话。

约莫过了一炷香的时间,摘星楼中看热闹的人越来越多。

崔沁不动声色地看了眼,心中哼了声,今日只要崔锦失败了,在众目睽睽之下,便是她装神弄鬼最好的人证,她会被世人所不齿的!

就在此时,崔锦蓦然睁开了眼!

她目光如炬地看向崔沁,让崔沁心中冷不丁地打了个寒战。她没想到睁开眼后的崔锦会跟变了个人似的,目光冷冽,那般直勾勾地看着她,仿佛在说,你打的主意我都看穿了。

她压下心底的寒意。

"嗯?堂姐?鬼神与你说了什么?"

她佯作一副好奇的模样,像一个天真无邪的少女。

崔锦淡淡地道:"堂妹十岁那年半夜尿床了吧,随后将茶水泼到了被褥上,还对外谎称是侍婢的错。若我没有说错的话,此事恐怕连你的侍婢也不知情,天大地大只有你自己一人才知道。"

众人的目光嗖嗖嗖地望向了崔沁。

只见崔沁一张脸憋得通红!

而她身边的侍婢则睁大了眼睛,似乎在为之惊诧。

"你……你胡说!"

崔锦不紧不慢地道:"我有没有胡说,堂妹你自己知晓。只是……"她收起漫不经心的模样,眼神锐利而严肃。

"堂妹瞒天瞒地,可是你敢欺瞒鬼神吗?"

此话一出，周遭的人都不由倒吸了一口气。

时下以鬼神为尊，可以瞒天瞒地，又怎能欺瞒鬼神！欺瞒鬼神者，是会永不超生的！众人的目光由怜惜变为指责，尽管崔沁还没有承认，可她现在藐视鬼神的态度激起了众怒。

崔沁哪里会想到事情会跟自己的预料不一样。

明明现在众人指责的目光应该落在崔锦身上的，可是却在她巧妙的三言两语之下扭转了矛头！崔沁此刻气得脑袋都快冒烟了。

她似乎想说些什么，可是在众目睽睽之下，她半句话也说不出来。

他们的目光是那么的可怕！仿佛只要她说错半句，他们便会不顾尊卑，唾沫能将她淹死！

崔沁咬咬牙，带着红柳离开了摘星楼。

崔沁的离去无疑是证明了她的心虚。

众人看崔锦的目光变得不一样了。

然而，此时的崔锦却半点高兴的模样也没有。只见她轻声叹息，满面愁绪。亭亭玉立的少女染了愁思，登时让人怜惜不已。

有人忍不住问道："姑娘为何而愁？为何而叹？"

"来洛丰之前，我曾遇见一个巫师。巫师与我投缘，遂与我多说了几句。起初我还不明巫师话中为何意，直到今日……"她顿了顿，眼神似有悟色，只听她喃喃道："本是同根生，相煎何太急……"

说罢，她扬长而去。

一想起刚刚她所说的话，尤其是最后一句低喃，众人听明白了她的意思。

"……竟是如此。"

"本是同根生，相煎何太急，崔家的三姑娘欺负樊城崔氏女，实在不应该呀……"

而此时，有人惊呼："崔氏女竟将首饰与金留了下来。"

众人仔细一看，桌案上果真留有崔沁方才交出来的饰物与钱袋，单单是饰物加起来便值数十金，然，崔氏女却不为所动。

有人钦佩地道："区区一女子，竟能视钱财如粪土。如此淡泊，实在难得。"

众人纷纷附和。

崔锦上了马车。

阿欣颇为不解。一想到崔家三姑娘摘下来的首饰，她就心疼得很。她小声地道："大姑娘，我们府里不是缺钱么？崔家三姑娘的首饰能当好几十金呢，方才奴婢拾了

拈钱袋，加起来兴许有百来金，足够我们府里开支小半月了。"

崔锦笑道："放长线方能钓大鱼，这些只是小钱。"

阿欣似懂非懂的。

阿宇心中亦有疑惑，只是他不敢像阿欣那般直接地问出。许是晓得阿宇心中所想，崔锦问："你想问什么？"

阿宇的脸微红。

他重重一咳，问道："大姑娘为何要说是你遇到了巫师？倘若能让周围的人相信大姑娘能跟鬼神说话，以后洛丰城的人想必会更加尊重姑娘吧。"

阿宇还有一句话没有说。

倘若由此传了出去，定也会引得燕阳城里头贵人的注意。洛丰城虽好，但始终不是都城。而燕阳城方是真真正正的天子脚下。

崔锦说道："阿宇，做事必定要看得长远。"

阿宇先是一愣，随后立马明白了。

大姑娘这是在教导他！

他眼神微亮，竖耳倾听。

崔锦见状，便知他已明白她的意思。她满意地颔首，继续道："踏出第一步时，便要想好后果，以及想好后几步的走法，以及你踏出的这一步会为你带来什么，好的与坏的，通通都要想好。如此方能扬长避短。"

阿宇微怔。

他旋即便想明白了。

"大姑娘是担心会惹来麻烦？"

崔锦眼有赞赏之意，她颔首。孺子可教也，阿宇果真是个可塑之才。她当初留下他，是正确的选择。此回摘星楼之事，她相信不久之后便会传得整个洛丰城皆知。

只是倘若以能与鬼神对话而广泛流传，必然会引得巫师的注意。

阿爹说过，如今天子信巫。而巫师家族的人断不会允许有其他人抢夺他们的名声，到时候兴许会惹来杀身之祸。且巫子为谢五郎，她不愿意与他再有瓜葛。

是以，她选择了将矛头推到了崔沁身上。

不到小半月，摘星楼那一日之事传遍了洛丰城。同时，也传到了方氏的耳中。方氏不由大惊，连忙唤来崔沁，仔细询问之下，方知道了那一日之事。

崔沁噘嘴道："阿娘！那乡下来的野丫头欺负沁儿！"

她撒娇道："阿娘阿娘，你帮沁儿出气。"以往只要她撒娇了，阿娘必定会哄她的，还会替她出主意，让她出了心底的闷气。

然而这一回，方氏的眉头紧蹙。

"沁儿，你闯祸了。"

方氏的神色前所未有的严肃。

崔沁睁大眼睛，还是不明所以。方氏叹道："崔锦这丫头指责你不敬鬼神，之后又指责你不念亲情，好处都由她捞着了，坏处只能由你承担。倘若你不再做些什么，以后这样的恶名就要跟随你一生了，到时候又有哪一户好人家愿意要你？"

崔沁一听，面色转白。

她彻彻底底地愣住了，她完全没有想到后果会这般严重。她吓得有些蒙了，嘴里只会说："都……都是野丫头不好！"

方氏眸色微深。

她倒是小看崔锦这丫头了，竟凭三言两语就将自己的女儿推到风口浪尖上。

崔沁抓着方氏的手，着急地道："阿娘，沁儿要怎么办？"

方氏安抚道："为今之计，便只有先打破传闻。从今日起，你每日去庙里拜鬼神，无论风雨，"顿了下，方氏又说道，"每逢十五，欧阳家的姑娘都要办茶话会。这个月的十五她办茶话会的时候，你将崔锦那丫头介绍给洛丰一众贵女认识。"

崔沁瞪大双眼。

"阿娘，我不要！我才不要让她结识其他贵女！"

方氏叹道："沁儿，你只能这样做，不然苛待堂姐的恶名一传，此生你是嫁不了好人家的了。即便嫁了，也不会得到夫主的尊重。你要做的只是当着一众贵女的面与崔锦亲近，摘星楼之事你无须多说。其他贵女有眼可见，到时候传闻便会不攻自破。其中舍得，沁儿你该拎得清轻重。"

崔沁一想到自己有可能会长伴青灯，便打了个寒战。

她咬咬牙，说道："女儿明白。"

方氏说道："待此事一了，再收拾那野丫头也不急。"

崔沁这才舒心了不少。

"大姑娘！大姑娘！"

阿欣急匆匆地跑进崔锦的厢房里。她手里有一张请帖。她上气不接下气地道："不好了，不好了……"

崔锦瞅她一眼，说道："急什么。我都说你几次了，以后做事万万不能急躁。有事慢慢说，就算有大事，也总有解决的法子。"

说着，她瞥了眼她手中的请帖。

"是沁堂妹送来的吧。"

阿欣惊诧地道:"大姑娘料事如神呀!"

她连忙双手递上请帖,又嘟囔道:"崔家三姑娘肯定又来找茬了,一碰上她,肯定就没好事发生。上回还想陷害大姑娘呢,幸好大姑娘聪明。这一回又不知道在打什么主意了。大姑娘,不如我们别理她了。"

崔锦打开请帖,扫了眼,笑道:"她是我堂妹,我自是不会不理她的。"

前几日洛丰城下了场大雨,众人都在躲雨的时候,唯独崔府的三姑娘一步一个脚印地淋着雨去拜见鬼神。此事传得沸沸扬扬的,崔锦听到时,不由失笑。

这崔家的三姑娘也是不要命了。

下这么大的雨,为表虔诚,还淋着雨去拜见鬼神,身子若是差些的,定会感染风寒,若是不好运的人,兴许还会得个肺痨之类的。

不过三姑娘虔诚表完,估摸着下一步便是她了。

果真她刚这么想,现在三姑娘就给她送请帖来了。

她含笑道:"何况,现在沁堂妹也不敢对我做什么。这一回,堂妹是要讨好我的。这样的机会,我又怎能错过?"

阿欣问:"三姑娘要讨好大姑娘?"

崔锦说道:"过几日便是欧阳姑娘的茶话会,沁堂妹想带我结识洛丰城的贵女呢。"

阿欣惊呼一声。

"可是……"

崔锦的手指头轻点嘴唇,"这下有好戏看了。"

几日后的一大早,街道上出现了一辆宽敞华丽的马车。这一辆马车极为显眼,崔府的标志也很是引人瞩目,在众人瞩目之下来到了崔锦的家门口。

红柳满脸笑意地对看门的随从说道:"不知锦姑娘好了没有?我们家姑娘就在马车里,说是要等着锦姑娘一道去欧阳府。锦姑娘刚来洛丰城不久,怕是会不识得路。我们家的三姑娘可担心了。"

红柳的声音不大不小的,恰好能让周围的人听得清楚。

众人一听,顿时了然。

原来是来接樊城崔氏女的。

"不是说她们堂姐妹不合么?"

"兴许是传闻吧,瞧瞧三姑娘可有心了,大老远的来接崔氏去欧阳府。"

……

红柳满意地收回目光。

而此时，崔家的大门也打开了。崔锦走了出来。红柳连忙行了个大礼，"锦姑娘安好，我们家姑娘就在车里。还请姑娘上车。"

话音未落，马车里便探出了一个头。

崔沁笑意盈盈地道："锦堂姐来了，快上车吧。沁儿还特地给锦堂姐准备了吃食呢。"

崔锦含笑道："堂妹有心了。"说着，阿欣扶着崔锦上了马车。崔锦刚坐下，方发现马车里除了崔沁之外，还有一位姑娘，柳眉弯弯的，生得很是恬静。

此人正是崔柔。

她微微一笑，说道："这位便是锦堂妹吧，我是你的柔堂姐。"

崔沁插话道："锦堂姐，这便是我之前跟你提起的二姐姐。二姐姐的琴弹得可好了，连阿娘也时常和我说要向二姐姐请教。"

崔柔此时又道："是二妹妹谬赞了，我只是平日里多加苦练，不敢班门弄斧，"顿了下，她忽然道，"除了弹琴之外，我平日里也经常练字。不知锦堂妹可喜欢练字？"

崔锦说道："练字能使人心境平和。"

崔柔道："看来锦堂妹与我想法略同。不过平日里我还喜爱在花笺上写字，一纸花笺，藏尽女儿心事。"说罢，崔柔笑了笑，便不再说话。

崔锦蓦然一怔，再打量着崔柔含有深意的目光，她登时恍然大悟。

那一日写了崔沁秘密的花笺是崔柔送来的。这位柔堂姐倒是有趣，一来便卖她一个人情。

她微微一笑。

"花笺赠情郎，情郎心明镜。"

崔柔当即明白了崔锦话中之意。崔沁倒是不以为意，她原本就不想与崔锦打交道，现在有二姐姐帮忙应对着，她也乐得轻松。

是以，她也没有多留心崔锦与崔柔的对话。

此时崔沁的心早已飞到了欧阳府上。

欧阳府里有个俊郎君，排行末尾，人称欧阳小郎，是她心心念念的郎君。

欧阳府。

崔沁在来欧阳府之前，方氏生怕自己女儿会冲动，是以特别叮嘱了又叮嘱，无论如何也要在外人面前表现出姐妹情深。

崔沁自是晓得事情的重要性。

不过她来之前也费了一番工夫，在洛丰生活了这么多年，她自然是不缺知己好友的。此回来参加茶话会的贵女中，就有四五个是她的闺中友人。

她不能对崔锦做什么，可是她的闺中友人可以。

她第一眼见到崔锦开始，便打心底厌恶崔锦，尤其是那条青蛇给她带来的噩梦，她一辈子也忘不了。她无论如何也不想让崔锦好过。

是以，当崔沁笑吟吟地给周遭友人介绍崔锦的时候，她不着痕迹地给自己的闺中友人使了眼色。

"你就是那个被鬼神庇佑的崔氏女？"

"啊，淡泊名利的崔氏女？"

崔锦落落大方地道："诸位姐姐安好，我单名一个锦字，以后还请诸位姐姐多多关照。"崔沁收回眼色，又笑着附和："锦堂姐头一回来洛丰，以后诸位姐姐定要多多照顾锦堂姐。"

此时，有道不紧不慢的声音飘来。

"哦？便是明州乡下里过来的崔氏女？"

话中充满了嘲讽之意。

崔锦抬眼望去，只见一群贵女中，有一人缓缓走前，穿着柳绿浣花锦如意云纹的交襟襦裙，手里执着一把小团扇，模样看起来有几分刻薄。

"便是汾阳崔氏所丢弃的那一家子？"

又一人走出，穿着桃红妆花锻并蒂莲的齐胸襦裙，挽着素色披帛，声音里隐隐有几分尖锐。

紧接着，接二连三地又有人走出，一人一句，说出来的都是充满轻视的话。

崔沁不动声色地打量着崔锦。

却见崔锦忽然挽住了崔沁的手，轻声叹道："堂妹，这些可是你的友人？怎么你交的友人如此嫌弃你的家世，你却丝毫反应没有？"

崔沁愣住了。

此时，有姑娘捂嘴笑出声来。

崔沁也是这时才反应过来。为汾阳崔氏所丢弃的，可不仅仅是崔锦一家，就连他们秦州崔氏最起初也是被汾阳崔氏遗弃了的。

她们不过是五十步笑百步！

崔沁的一张脸憋得通红。崔氏阿锦太过可恶！每次都是靠一张利嘴陷她于窘迫之境！还让她不知该如何反驳！

崔沁正想给崔柔使眼色的时候，一侍婢上前。

"各位姑娘，我们家姑娘有请。此回茶话会在簪花园。"说罢，侍婢微微侧身，"姑娘们请。"

崔沁的面子这才稍微挽回了一点。

偏偏此刻她有气也发不得，只能硬生生吞下，还不能松开崔锦的手。

崔锦像是无事人那般，一路上还和周围的姑娘谈笑风生的。这样的对比，简直让崔沁气得青筋直冒！

到了簪花园后，一众姑娘眼尖地发现了主位旁边多了个位置。以往只有秦南王妃或是燕阳城有贵客过来的时候，才会在一旁添个席位。

可今日她们并没有收到任何消息。

在姑娘们疑惑的同时，她们也纷纷入席了。欧阳姑娘的茶话会每月十六便会举办，基本上来的姑娘都是大家各自所熟悉的，因为如此，席位通常都是固定的。

渐渐地，站着的姑娘便只剩下崔锦一人。

她看看崔沁，又看看周围的姑娘，发现底下的席位已经满了。崔沁知道自己这个时候该开口的，可是心底就是有一股气，使得她开不了口。

她就想看着她尴尬的模样。

可是让崔沁失望的是，足足半刻钟，崔锦不仅仅一点尴尬的模样都没有，而且还神色如常。她在缓缓地打量着在场的所有人。

众人开始窃窃私语。

有姑娘想邀请崔锦坐过来的，可是周遭的姑娘一点动静也没有，她也不愿成为众矢之的，想了想干脆撇过头索性作罢。

而就在这个时候，崔锦迈开步伐，她往前走了数十步，最后在主位旁边的席位施施然坐下。

所有人惊呆了。

崔沁暗暗冷笑一声。果真是乡下来的野丫头！竟如此不知天高地厚。这下铁定要被欧阳家的姑娘轻视了。野丫头来欧阳家之前肯定没有做好准备工夫，欧阳府又岂是儿戏之地？

打从欧阳将军击败胡人后，欧阳将军便驻扎于秦州洛丰。

如今胡人还在边境处虎视眈眈，之所以有所顾忌便是因为欧阳将军的存在。是以，当今圣上极是信宠欧阳将军，就连巫师大人也对欧阳将军尊敬有加。

也正因为如此，欧阳家才会水涨船高，落于秦州洛丰，连秦南王府也要给欧阳府几分薄面。路上两家马车遇上了，秦南王府的必定会先让行。

听闻在燕阳城里，尊贵如公主也与欧阳家的千金亲密如姊妹。

如今！

崔锦这野丫头竟敢坐在那样的位置上，等欧阳姑娘一到，她这颜面就丢到东街去了。

崔柔似是想说些什么，却被崔沁一把拉住。

崔沁给几个闺中友人使了眼色，四五人互相一望，皆是明了，遂极其迅速地敛去惊诧，复又与周围的人谈笑风生起来。

崔柔只好暗中给崔锦眨眼睛。

只可惜崔锦仿若未见，微微垂首，端坐在桌案前。她的脸上是平静的神色，连眸色也是沉静的，就那般安安静静地坐着，仿佛与世隔绝了一般。

崔柔压低声音与崔沁道："三妹妹，锦堂妹姓崔，倘若她出了糗，我们同为崔家人。"

崔沁道："她不过是一野丫头，恰好姓崔罢了。"横竖她从头到尾都没将她当过是真正的崔家人。

崔柔见她如此固执，只好作罢。

约莫过了一盏茶的工夫，簪花园外头终于有了动静，内里有侍婢探头望了望，连忙说道："欧阳姑娘来了。"

一众姑娘登时起身，有不少人纷纷看向崔锦。

崔锦依旧平静如初。

崔沁低声哼了句："装模作样。"她可没忘记当初在摘星楼的时候，她是怎么装神弄鬼的，还靠着牙尖嘴利陷她于窘迫之境，害她淋了场大雨！

此时，崔锦缓缓地站了起来。

而簪花园的大门此刻也有一着粉紫云锦玉兰花纹案交襟襦裙的姑娘走了进来，只见姑娘的腰肢上玉带轻束，扎得腰肢不盈一握，脸蛋微微有些圆润，面相极有福气。

此人正是欧阳钰。

许是有个当将军的父亲的缘故，她走起来路来不像是寻常家贵女那般婀娜婷婷，反倒是有一种英气与柔美的结合。

她边走边爽朗地笑道："让诸位久等了，我本来早已到了簪花园，不承想方才我的阿弟将我唤了过去。我阿弟年纪尚轻，又是近来才回到洛丰，以前在燕阳城野惯了。听我要开茶话会，竟想过来凑热闹。"

她捂嘴笑道："这儿姑娘这么多，又皆是云英未嫁的，岂能让他来一饱眼福？"

此话一出，皆把周遭的姑娘逗笑了。

不过同时，也有不少人有些遗憾。传闻那个从燕阳城回来的欧阳小郎可是难得的俊郎君，贵气逼人。似是知晓姑娘们心中所想，欧阳钰又笑道："不过若是诸位想见一见我那不成器的小弟，等茶话会结束后，我将小弟唤来偏厅，诸位能隔着屏风悄悄地瞧一瞧。"

不少姑娘面含娇羞。

欧阳钰哈哈一笑。她抬起头，这会，她的目光落在了崔锦身上。

崔沁心中得意起来。

野丫头，这回看你还怎么伶牙俐齿。

所有人的目光都在欧阳钰与崔锦的身上徘徊，所有人都不说话了。

就在此时，欧阳钰露出惊诧的神色。她疾步上前，以一种再熟稔不过的姿势握住了崔锦的双手，她极是激动，语气是满满的高兴。

"方才我听我的侍婢说没见到你的帖子，我还以为你不认识来欧阳府的路，正想让我的侍婢去接你呢。没想到你悄悄来了。"

先前众人惊呆了，这一回众人更是惊得眼珠子都要掉下来了。

怎么她们没有人听过欧阳家的姑娘与这位从明州小城过来的崔氏女这般亲近？莫不是她们眼花了？崔沁使劲地擦了擦眼睛，确认自己没看错后，她的面色顿时就变了。

而此时的欧阳钰并没有注意到底下姑娘的异样。

她说道："之前一别，我便在家中休养了些时日，所以一直没有给你递拜帖。"

崔锦明白了欧阳钰话中的意思。她含笑道："你经历了一场大病，好好休养也是应该的。现在相聚，早一日迟一日也没有分别。"

她来到洛丰后，便没有从洛丰人的嘴里听到欧阳钰被劫走一事，想来是欧阳将军将它遮掩掉了。不过女子被劫，若是传了出去，定会对名声有损。

这样的做法，她能理解。换做是她，她也会这么做。

欧阳钰眼中笑意更深。

"阿锦果真与我投缘。"说到此处，她转身与底下的姑娘说道："险些忘记与你们说了，我之前认识了一位姑娘，姓崔，唤作阿锦，乃我欧阳钰的救命恩人，从此便是我们欧阳府的座上宾。阿锦以前是……"

她看了崔锦一眼，说道："你说是明州哪个城来着？我忘记了，病了一场，记性也不太好了……"

崔锦笑道："是樊城。"

"阿锦以前是樊城人，如今举家搬来洛丰。以后便是洛丰人了！阿锦在此处人生地不熟，以后诸位姐妹还要多多关照阿锦才是。"

底下的姑娘吃了一惊。

她们不曾想到方才还是孤立无援的崔氏女转眼间便有了一个这样庞大的靠山！欧阳府的座上宾！

"……好。"

"一定一定，欧阳姐姐的座上宾自然就是我们的座上宾。"

"我方才一见到崔妹妹就觉得与她投缘呢。"

……

就连方才对崔锦说出嘲讽话的姑娘也倒向崔锦这一边了。一个，两个，三个，剩余的人见状，也纷纷附和。崔沁的脸色由青转白，难看极了。

崔锦此时的笑容像是针一样扎在她的心底。

渐渐地，她发现所有人的目光都落在她身上，而欧阳钰的面色似有几分不悦。崔柔赶紧扯了扯她的衣袖，崔沁此时才回过神来。

她的笑容比哭还要难看。

"堂姐怎么没跟我提起过这事？"

崔锦笑吟吟地道："本想跟你提的，但是堂妹太过热情……"她望向欧阳钰，又说道："后来我便想着横竖都是来欧阳府，也不认识路，便坐上堂妹的马车了。"

欧阳钰恍然道："原来阿锦你与秦州崔氏还是同一家。"

崔锦没有否认。

崔沁见状，心底微微松了口气。而其他姑娘见崔锦不曾提起之前的事情，也不由对崔锦有了改观。顿时，茶话会中一派其乐融融。

茶话会结束的时候，已是黄昏将近。

有姑娘心心念念着要去见欧阳小郎，不过可惜的是欧阳小郎出门了，她们只好悻悻离去。而后，欧阳钰又单独留下了崔锦用晚饭。

崔锦推辞了一番，接受了。

众人见状，便知道崔锦是真真正正得到了欧阳姑娘的承认。欧阳钰甚少留人用饭，如今却将崔锦留下来了，可见欧阳钰对崔锦的重视。

众人你看我我看你的，各自有各自的思量。

只不过不管如何，崔氏阿锦的名字在洛丰贵女圈里是打响了！

崔锦用过晚饭后，方带着侍婢离开了欧阳府。

崔锦的心情极好，连阿欣也看得出来。阿欣笑吟吟地说："大姑娘，现在崔家的三姑娘可不敢轻视你了。"

"经过这一回，沁堂妹想动我也得思量思量。"

阿欣说道："话说回来，真是巧呢。若姑娘没有去阳城游玩，也不会凑巧救了欧阳姑娘，更不会有今日的待遇，"顿了下，阿欣噘嘴道："大姑娘方才应该整一整崔家三姑娘才对的，之前三姑娘一直对你不好，若是在欧阳姑娘面前落了她的面子，她的脸色一定会很好看。"

崔锦摇摇头。

"沁堂妹始终姓崔。"

第九章 光芒四射

她若想在洛丰为崔家挣一个锦绣前程，除了要靠自己之外，还要依靠家族。秦州崔氏在洛丰已盘旋有数十年，无论是人脉还是地位，不是她依靠三言两语便能挣得来的。这是时间的积累。

虽说方氏看起来眼皮子有些浅，但是崔氏里还是有聪慧之人的。

崔锦不再多说。

驭夫二牛驾着马车已经停留在欧阳府的角门前，阿欣扶着崔锦上了马车。马车里，阿欣又像是只小麻雀一样叽叽喳喳地说个不停。

今日崔锦高兴，也任由她说，还时不时附和上几句。

"大姑娘，奴婢想着这几日一定会有很多请帖上门。今日其他姑娘都知道了大姑娘是欧阳姑娘的座上宾，肯定会有许多人想来巴结大姑娘的。到时候礼一手，金就哗啦啦地来。"

经过之前在樊城的一遭，阿欣已经可以想象出数不清的金要落入他们崔家的钱袋里了。

她一双眼睛贼亮贼亮的。

崔锦夸道："你这次倒是聪明，猜对了。"

阿欣笑嘻嘻地道："在大姑娘身边跟久了，也会变聪明的。"

崔锦瞧她那一副得意的模样，不由失笑。又过了一会，崔锦的面色蓦然有些不妥。她警惕地眯起双眼，还压低了声音，说道："阿欣，过了多久？"

阿欣见崔锦面色如此凝重，不禁有些害怕了。

"应该有两炷香的时间吧。"

崔锦皱眉，说道："不对劲，今天我坐沁堂妹的马车去欧阳府的时候，途中还停留了一小会，可也只花了一炷香的时间。此时还不到宵禁，可周围却安静极了。我们回家的路上有一条热闹的街道，这个时候应该还有不少人才对的。"

她悄无声息地掀起车帘，外头果真如她所想，不是平日里回家的路。

阿欣登时有些惊慌。

"大姑娘……这……这……"

崔锦的手指轻轻地一点阿欣的唇瓣。

"莫慌，此时要冷静。"说着，她喊道："二牛，先不回家，拐个弯再去一趟欧阳府。我有样东西落下，若不拿回来恐怕欧阳姑娘会亲自送回来。欧阳姑娘毕竟是欧阳将军之女，总不好让她多走一趟。"

崔锦怀疑有歹人控制了她的马车。

方才阿欣叽叽喳喳的时候，马车似乎颠簸了下。而洛丰城的路早已铺平，二牛的驭车之术又极好，这些时日以来驾车都是平平稳稳的。

她怀疑便是那时歹人上来了。

她此话的目的便是让歹人警惕。好歹有个示警，她崔锦并非寻常人，与欧阳将军之女关系非比寻常，倘若有什么意外，欧阳家必定为她讨回公道。

二牛没有应声。

崔锦抿紧了唇瓣。

阿欣愈发恐慌，她问道："大姑娘，这该如何是好？"

她皱起眉头。

她现在可以确定驭车的人不是二牛了。此人定然是针对她而来的。她来了洛丰城将近一个月的时间，今日又风头尽出，被盯上的可能性很大。

只是被谁盯上了，崔锦一时半会想不出什么人来。

她再次掀起车帘。

马车跑得太快，跳窗的话，定会摔伤，到时候更不容易逃跑了。而周遭越来越荒凉，大喊也不能自救。只剩下一个法子了！

她倾前身子，在阿欣耳边低声说了几句。

阿欣惊慌地摇头。

"不行的，不行的。"

崔锦说道："没有行不行，你必须要这么做。只有这样做，你才能救我。他们的目标是我，不是你。等会你听我命令行事，你回去后立马告诉大兄，让大兄想法子，无须惊扰阿爹和阿娘。听明白了没有！"

阿欣哆嗦了下。

"明……明白！"

"很好，阿欣，你可以的。若是你不可以，兴许今夜便是我们主仆俩的丧生之日。"

听到此话，阿欣打起精神，重重地点头。

也不知过了多久，马车终于停下来了。

车外有人重重地踢了车厢一脚，粗着嗓子吼道："滚下来。"

崔锦看了阿欣一眼。

阿欣咬牙点了点头。

崔锦这才放心下了马车，她的脚还未碰地，便已是耳听八方，眼睛扫向了四周。周遭一片荒芜，二牛早已不见，眼前只有一个络腮大汉，生得凶神恶煞。

"还有一个！"

崔锦仔细听着马车里的动静，随后大喝道："往左边跑！"

跳下来的阿欣立马使了吃奶的劲儿往左边奔去，大汉欲要追阿欣，刚迈一步，却见崔锦动了动身子，他立即不动了。

他似有思量，随后恶声恶气地瞪了崔锦一眼。他解开马缰，在马臀一拍。马匹撒腿便跑，很快便跑没了踪影。此时，他用力推了她一把。

"走。"

崔锦说道："这位兄弟，你若要金的话，我可以给你。十金？百金？抑或千金？只要你放了我，我就出得起。"

崔锦边说边打量着络腮大汉的脸色，见他不为所动。

她又试探着道："我钱袋里有十金，给兄弟你买酒喝。"

络腮大汉微微一顿，扫向了崔锦。崔锦心中一喜，立即双手奉上钱袋。她又试探着问："只求兄弟告知我一事，好让我死也死得明白。"

络腮大汉掂了掂钱袋，收了起来。

"只怪你救了不该救的人。"

此话一出，崔锦的心情有了一丝绝望。原先想着是洛丰城里看她不顺眼的人，或是像是崔沁那般嫉恨她的人，可她却没想到竟会是因为救了欧阳钰而惹下的祸端。

不对！

她明明做得天衣无缝的，连阿宇与那群郎君们游玩踏春时，还特地乔装打扮了一番。莫说是其他人，连她也险些认不出来。

所有痕迹都一一抹掉了，到底是哪里出了差错。

崔锦想不明白。

又走了许久，他们进入一个山头。此时，络腮大汉停下脚步。崔锦抬眼望去，眼前蓦然出现了七八人，他们高举着火把，皆是长着络腮胡须。

其中领头的一人打量着崔锦。

"就是她了？"

"大哥，就是她。"

那人打量的眼神变得带了分色眯眯，同时的，又有些懊恼。带崔锦过来的络腮大汉又说道："大哥，方才我过来的时候，察觉到身后有人跟着，只不过却不知道是何人。"

被称之为大哥的人说道："多少人？"

"似是有四五人，一时半会分不清是敌是友。"

"不管是敌是友，只要不与我们抢夺，便由他们去。"他摩拳擦掌地看向崔锦，"崔氏，你倒是很大的胆子，敢在我们眼皮子底下夺人，坏了我们的计划。"

他嗤笑道："不过也罢，看在你是个美貌小姑娘的分上，今天夜里好好地让老子尝一尝你的身体，之后再让我的兄弟尝尝鲜，此事就一笔勾销。崔氏，这笔交易划算吧。"

崔锦的心颤了下。

她往后退了几步。

若说不害怕那定是假，此处山林间黝黑一片，七八个如狼似虎的歹人肆无忌惮地打量着她的身体，此情此景之下，她害怕得双脚都在发软。

她又后退了几步，此回不小心踩到了石子，本就双腿发软的她一没注意整个人跌坐在地。

脸蛋上浮起了一丝苍白。

歹人哄堂大笑，仿佛崔锦的害怕取悦了他们。

有一人渐渐靠近崔锦，搓着手，说道："别害怕，等今夜过后你便会缠着我们大哥了。我们大哥号称一夜百次郎，能让你醉生梦死！"

有人想去握住崔锦的手。

而就在此时，一阵凛冽的冷风吹来，夹杂而来的还有一道银色的寒光。歹人痛苦地叫了声，手背上不知何时竟中了一支箭羽。

紧接着，只听嗖嗖嗖的数声。

四五支箭羽从天而落，精准无比地射中了崔锦身边的歹人，皆是一箭毙命。剩余的歹人面色一变："是谁？"

一俊郎君慢悠悠地晃出。

"嗯？怎么？你们认得我？看你们表情，似乎不太认得我。不过也算了，本郎君刚从燕阳城回来，你们孤陋寡闻些也是正常的，再说你们本就是作奸犯科的小人，认得我反而侮辱了本郎君。子都，这些歹人污也，毙之。"

话音一落，又有数箭落下，剩余的歹人全都倒下了。

崔锦望向身后。

一道黑影从树后缓缓走出，他看着她，唇角一勾。

"英雄已救美，崔氏阿锦，你是不是该以身相许以示谢意？"

月夜之下，火光莹莹。

闵恭挺拔的身影在地上拉得很长，他直勾勾地看着她，就像是当初在焦山凉亭上时，那般肆无忌惮地打量着她。

而与之前不同的是，这一回他的眼中有了与以往不一样的笑意。

他伸出手。

"我送你回去。"

欧阳小郎大笑："何必送，子都已英雄救美，美人该以身相许才是，索性今日便与我们的子都拜了月光，再拜了鬼神，以天为被以地为床结成夫妇算了。"

此时崔锦恐惧已消。

她冷静下来，没有接受闵恭伸出来的手。她自个儿从地上爬起，拍了拍身上的灰尘，又将乱发拂到耳后，方一本正经地道："欧阳小郎，婚姻大事岂能儿戏。只拜月光与鬼神，欧阳小郎莫非处处与姑娘结秦晋之好。如此，怕是要伤了洛丰城一众姑娘的芳心……"

欧阳小郎瞠目结舌。

半响，他又大笑道："子都呀子都，此女果真如你所说那般，有趣有趣。被本郎君调侃一番，寻常姑娘早已面绯绯耳赤赤，她竟还面不改色地反调侃于我。哈哈哈，难得难得。"

闵恭道："她向来如此。"

语气中似有几分熟稔。

崔锦躬身一礼，又道："崔氏阿锦在此多谢两位郎君的救命之恩，此情此恩，阿锦将来一日必会回报。"

欧阳小郎又大笑道："寻常女子不该是说此情此恩，我无以回报唯有以身相许么？或是做牛做马待来生结草衔环……你区区一女子又能回报我们什么？"

崔锦正色道："欧阳小郎可有听说阿锦乃被鬼神所庇佑之人。阿锦运气好着呢，是否能帮到郎君，郎君且拭目以待。"

欧阳小郎拍手称赞。

"这般有自信，本郎君欣赏。子都，你挑姑娘的眼光果然不差。"说着，他又拍了拍手，有三四人从暗处走出，他神色变得冷冽。

"将这些人处理了，再找出他们老窝，端了。"敢打他阿姐的主意，简直是不要命了。

"是。"

数人纷纷应声，又迅速地消失在山林间。

欧阳小郎神色恢复如初，笑吟吟地说道："好了，子都，我不打扰你送美人归家了。"说罢，他跃上马匹，飞奔而去。

地上溅起了浓浓灰尘，山林间再次恢复平静。

闵恭此时方仔细地打量崔锦。

比起一年前的她而言，长高了不少，他记得去年这个时候她才到他的胸前，如今已经快到他的肩下了。五官也长开了不少，乌黑亮丽的水眸依旧璀璨如星芒。

他开口道："上车，我送你回去。"

崔锦却是有些犹豫。

闵恭道:"莫非你是怕孤男寡女的,而我会对你动手?"

崔锦笑出声:"不是,阿锦相信闵郎的品行。我只是在担心两事,你方才可有见到我的侍婢阿欣?"

闵恭瞅着她,又问:"还有另外一事是什么?"

崔锦说:"洛丰城不是樊城,洛丰有宵禁,此时回去定会被抓去见官府的。"所以她想着不如寻个地方过一夜,明日早晨再回去。

闵恭说道:"你的侍婢我已让人送她回去,洛丰有宵禁,但我有欧阳家的令牌,一样能送你回去。"他粗着嗓子道:"别东想西想,快上马车。姑娘家家的,想这么多作甚。"

崔锦只好上了马车。

刚上马车,她又想起一事。她问:"我的驭夫呢?"

闵恭说:"崔氏阿锦,我救了你一命,你问来问去怎么没问到我身上来?"

崔锦眨眨眼。

"这……这有什么好问?郎君拜入欧阳将军门下,从此青云直上。如今郎君深得将军宠信,又能与欧阳小郎亲近,自是为众多儿郎所羡。郎君很好,阿锦没有想要问的。"

闵恭咬牙切齿道:"崔氏阿锦,你果真忘记了当初我所说的话。"

崔锦道:"……什么话?"

"待我衣锦还乡之时,我会以正妻之位娶你过门。"

崔锦瞪大双眼,"我以为是戏言……"

闵恭说:"我闵恭从不说戏言。"他看着她,一本正经地道:"崔氏阿锦,你记住了。下回见到我,你要问我三个问题。一,郎君最近过得如何?二,郎君可有想念我?三,郎君何时娶我为妻?"

"啊?"

"只许应是,不许有其他回答。"

崔锦半天没有吭声。

闵恭的脸色僵住了,他忽然逼近,在离崔锦还有半臂的距离时方停了下来。他仔细地审视着她,一字一句地问:"你已经倾心于谢恒?"

崔锦登时愣住了。

闵恭竟然知道来樊城的贵人是谢五郎!

他道:"崔氏阿锦,谢恒不是你能倾心的。他也不会倾心于你。他是巫子,是谢家的人。他也不会娶你的,你就死了这条心吧。"

听到此话,崔锦登时变得恼怒。

"我何时说了我倾心于谢五郎？"

闵恭道："你没有倾心便对了，我会挣得功名，亦会风风光光娶你。"他盯着她，又道："洛丰城的贵女都是庸脂俗粉，燕阳城我虽没见过，但是我知天下间女子都差不多，没有比你好的。我不需要家世相当的正妻，我只想要一个我心悦的姑娘。"

崔锦似乎还想说些什么。

闵恭又道："你不必多说，我且当你应承了。在我衣锦还乡之前，你便安安分分地留在洛丰城。欧阳姑娘是个懂得感恩的人，你救了她一命，她会记得你的恩情。以后你有事情，她定会伸出援手。秦州崔氏，能用便用，不用便舍弃，总之，你记住四个字，安分守己。"

她这模样再过一两年，全然绽放之时，必然会招来狂蜂浪蝶。燕阳城中的天子好美色，若是一不小心被看上了，那便难办了。

崔锦愈发恼怒。

他这般自说自话好生让人讨厌。

她崔锦又非物品，岂能由他指点？不过今日且看在救命之恩的分上，她不与他争吵了。崔锦不再开口，沉默地坐在马车的角落里。

马车在崔锦家的后门停下。

闵恭没有下马车，他问："崔氏阿锦，我方才所说的话你可都记住了？"

崔锦答道："我记性向来很好。"该记的都会记，不该记的会自动忘掉。

闵恭露出满意的笑容。

他说道："很好，你今日受了惊吓，早些歇了。"

"好。"

说罢，闵恭放下车帘，渐渐消失在崔锦的视线里。崔锦冲着闵恭的马车嘟囔了一句："自大！自负！谁要当你的正妻！"

她转过身，正准备轻叩门环的时候，忽有一道声音传来。

"崔氏。"

她的手僵住了。

这道声音她记得的，是谢五郎身边的阿墨的。她咽了口唾沫，头一回希望自己的记性差一些。她再次咽了口唾沫，缓缓地转身。

果真是……阿墨。

一见到这人崔锦心中只觉不妙。

她咧开唇，佯作高兴的模样，问："郎主可是在半路想起阿锦了？所以想接阿锦回燕阳城？"

阿墨面无表情地道："郎主的确在心中挂念着你，还请姑娘跟我走一趟。"

崔锦伸手一指天边的月光。

"都这个时辰了，阿锦不敢打扰郎主歇息。若是郎主因为阿锦而少了歇息的时间，阿锦心中实在有愧，且今日阿锦风尘仆仆的，仪容不整，不宜见郎君，怕会污了郎主的……"双目二字在喉咙里转了一圈，被崔锦硬生生地吞下，她改口道："不如阿墨郎君与郎主说一说，阿锦明日再去拜见郎主？"

阿墨依旧面无表情地看着她，想起之前此女的所作所为。

他忽然觉得郎主有一句话说得极对——

一本正经地说胡话。

崔氏将此技能掌控得炉火纯青。

他冷冷地道："此话你留着与郎主说吧。"他侧过身，声音是不容拒绝的严肃，"崔氏，请上车。"

崔锦欲哭无泪。

早知如此，还不如跟那群歹人斗智斗勇呢，再不济应付闵恭也是好的。如今跟着阿墨去见谢五郎，回来的时候可能就只剩半条命了。

她深吸一口气，说："能否允许让我先与家人报个平安？"

"无须，郎主已经让人替你报了。"

……替她报了。

这还不如不报呢！

崔锦再次深吸一口气，以壮士扼腕之态毅然踏上了马车，她回首深情凝望自己的家园。阿墨见着了，嘴角一抖。看来崔氏果真是个聪明的，已经晓得情况不妙了。

不过阿墨不打算多说。

他此时此刻也有些害怕，生怕崔氏一多嘴就将五十金的事情说出来了。但是现在瞧她这副模样，已是自顾不暇，想来也不会去提五十金一事。

阿墨自我安慰，心中盼望着郎主早日了结了崔氏。

在漆黑的夜里，马车辘辘声显得格外响亮。崔锦只觉声音压在她的心上，噗咚噗咚地乱跳着。她敢肯定谢五郎绝对不会因为半路想起自己了，所以才特地回来接她。

今夜发生的事情都不太对劲。

先是阳城的那一群歹人，而后又是谢五郎，这些事情明明都在她掌控之中的，可是现在却出现了变数。

她抿紧唇瓣。

路上遇到有盘查的衙役，崔锦此时恨不得官府将她抓去审问了。可惜没有如了她的意，阿墨一句话也没说，衙役便点头哈腰的，惶恐得不行。

崔锦低声叹息。

权势横行的时代里，果然不能指靠官府。

过了许久，马车终于停了下来。崔锦下了车，抬头望去，竟是一座别院。门口挂着两盏灯，映出了上面的牌匾——谢家别院。

崔锦不由诧异了下。

谢五郎竟然让她来谢家别院了，已经生气到要在自家地盘宰割她的地步么？

院中灯火通明，来来往往的仆役侍婢让崔锦觉得此刻不是夜晚，而是白昼。她们仿佛没有见到崔锦一般，手脚麻利地在搬着东西。

崔锦停下脚步，打量了下。

阿墨催促地道："郎主等着呢。"

崔锦边走边问："阿墨郎君，她们在做些什么？"

阿墨睨了她一眼，本来不想回答的。可是一想到郎主对崔氏实在特别，若是哪一日当真成了郎主的枕边人，还是能够说得上话的。

他回答道："郎主今日刚到别院，侍婢们依照郎主习惯布置家具。"

崔锦一听，心中重重地咯噔了下。

刚到别院就把她叫来，这是生气到何等地步了？

崔锦不再多问，也不再多想，连忙跟上阿墨的脚步。她决定了，遇到这种权势滔天的贵人，讲道理没有用，算计也没有用，索性跪下抱大腿承认错误得了。

万一谢五郎在这里将她宰了，她这些时日以来的努力就付之东流了。

阿墨带着崔锦穿过数道游廊，又走过一道拱桥，跨过一条小径，终于来到了一处屋宅。屋宅内纱帘重重，有熏香与琴音飘出，她看不清里头有什么人。

阿墨此时却带她拐了个弯，到了两扇红木边框的门前，他推开门，侧过身。

"郎主喜洁，还请崔姑娘沐汤焚香。"

有了第一回的经验，这一回崔锦倒也不诧异。横竖谢五郎就是喜洁，不沐汤焚香，他就不舒服。她应了声，进了屋里。

屋中雾气氤氲，竟不是浴桶，而是汤池。

雾气迷花了崔锦的眼，她只能看见手臂长的距离。她褪下衣裳，双脚缓慢地滑入汤池中。刚触碰到温热的池水，她吃疼地皱了下眉头。

今天走了太多路，脚开始磨皮长泡了，浸润在温热的池水里微微有些刺痛。但是她很快就适应了。

她的大半个身子没入池水中。

劳累了一整日，如今有温热的汤池可沐，她舒服地发出声来。浸泡了一会后，她

开始打量身处的汤池,底下是白玉砌成的,四周没有喷水的笼头,可见水是从汤池里流出的。

池水极为清澈,还隐隐有股香味。

她正想去寻找水的源头,冷不丁地却是见到一双脚。她吓了一跳,下意识地叫出声,然而比她意识更快的是她的双手,她死死地捂住了嘴巴。

她循着双脚往上看……

完全赤裸的身子,与身子相接的是谢五郎的人头。她惊恐得眼珠子都要瞪出来了!可是这个时候理智让她保持了冷静。

她迅速调整了自己的呼吸,佯作没事人一般继续在汤池中戏水,甚至还发出了快活的声音。

一步,两步,三步……

很好,谢五郎没有任何动静。

四步,五步,六步……

妙极,谢五郎还是没有任何动静,而池边已经近在咫尺。她只要再努力走两步,胜利就在前方!崔锦的手已经摸上了池边,慢慢,慢慢往上爬……她咽了口唾沫。

极好极好。

她的大半身子已经离开了汤池,再迈一脚,就能完全离开了。

她小心翼翼地缩起脚,尽量不让自己发出任何声音。然而,在她的右脚脱离水面的时候,冷不丁地,有一只烫热的手掌握住了她的脚掌。

这一回,她想忍住惊呼声,可惜没有忍住。

惊呼声一出,她只觉天旋地转,随后整个人重重地没入池水中,口鼻耳灌进了温热的水。她在池底划了几下,浮出水面后,猛地咳嗽起来。

待她咳停后,一道低沉沙哑的声音响起,此时她方注意到谢五郎就在自己的身前。

"嗯?不逃了?"

她赶紧移开目光,不敢直视谢五郎的身躯,甚至还伸手挡住了自己的胸。可是转眼一想,谢五郎又是个看不到的,她挡了也是白费力气,索性松开了手。

之前所决定的跪下抱大腿承认错误,崔锦发现此法在此景之下不可行。

她眼珠子一转,说道:"是……是阿锦不好,阿锦不知贵人在此处,扰了贵人沐汤。阿锦现在便离去……"她刚在水中迈出一步,谢五郎就扣住她的手腕,微微一拉,她的脚步跟跄了下,靠在了谢五郎身上。

此时两人皆是赤身裸体的。

因温泉水沐浴过的肌肤微微发烫,而崔锦也是头一回这般亲密地与郎君接触,她登时羞红了脸。

她动了下。

谢五郎慢条斯理地道："这一路来，我仔细考虑过。"

他话说得极慢，让崔锦只觉底下的热汤是地下的油锅，而谢五郎就是那个送她去油锅的鬼差。仿佛为了惩罚她，一字一句都说得极慢。

"你既然倾心于我，我便带你回燕阳城。今日便在汤池里行了周公之礼。"

他的手在她的腰肢上揉捏着，感受到她颤抖的身体，这些时日以来的恼怒在慢慢消去。

"怎么？不愿意？崔氏阿锦，你不是一直盼着我带你回燕阳城么？"

崔锦冷静下来。

她说道："郎主如天边明月，阿锦只是地上尘埃，阿锦不配在郎主身边侍候。"

"是么？"

"是，阿锦有自知之明。"她努力地忽视现在窘迫的境况。

蓦然间，谢五郎的声音冷了下来。

"自知之明？崔氏阿锦，数月不见，你拈花惹草的本事倒是不小呀。"

崔锦愣了下，随即不由大惊。

谢五郎知道闵恭的事情了？

她连忙道："没……没有，阿锦一直安分守己，并无拈花惹草。即便有花花草草，也不是阿锦主动招惹的。"

谢五郎似是满意此回答。

他松开了崔锦的腰肢，整个人重新滑入池水中。他淡淡地道："你回去吧。"

竟……竟是这般容易放过她了？崔锦不敢置信！

不过此时她心中大喜，连忙应了一声。

她来之前已经做好剩下半条命的准备了，如今与命比起来，不过是坦诚相对以及被摸了把身子，倒显得没什么所谓了。她自幼跟爹在外游山玩水，性子不似深闺女子，亦没有太强的贞操观。

只觉人生在世，没有什么能与自己的命相比。

命在，一切都好说。

她急忙离开了汤池。

而就在此时，谢五郎的声音又淡淡地飘来。

"我会在洛丰待上一段时日。"

说罢，他不再言语。

崔锦的脚步登时僵住了，心中又是咯噔一跳，今日这般容易放过她，岂不是说明以后的日子还长着？

仿佛察觉到崔锦的心思，谢五郎低低一笑，听起来愉悦得很。

阿墨捧来软巾，侍候谢五郎擦身。

他仔细地打量着郎主的神色，打从崔氏来了一趟后，郎主的神情便变得有些不一样了。前些时日，眉眼间总有几分阴郁，现在完全消散了。

小童捧来素白的宽袍大袖。

阿墨接过，又侍候谢五郎穿上了衣裳。阿墨扶着谢五郎走出，行到了隔壁的屋里，穿过重重轻纱。谢五郎径自走到琴案前，他信手抚琴，弹了一首巫曲。

一曲毕。

阿墨奉上一杯温茶。

青花缠枝的杯盖碰上茶杯的边沿，发出清脆的声响。随之而来的，还有谢五郎低沉沙哑的嗓音。

"查清了吗？"

"回郎主的话，那人姓闵，单名一个恭字，箭术了得，极得欧阳将军的宠信，与欧阳小郎亲如兄弟。听闻欧阳将军认为闵恭此人乃有大才，还欲收为义子。"

顿了下，阿墨瞅了谢五郎一眼。

"据探子回报，闵恭此人在樊城早已与崔氏相识。"

谢五郎捧着茶杯的手微微一顿，他搁下了茶杯，淡淡道："哦？如何相识？"

"回郎主的话，还不曾查清。"

谢五郎没了喝茶的心思。

阿墨又道："闵恭此人，委实是大患。欧阳将军如此宠信于他，不日定能扶摇直上。而欧阳将军与我们又是……"他看了看谢五郎，改口道："此回又破坏了我们的计划，若非闵恭，英雄救美的就是郎主了。如今让闵恭白白捡了个便宜。"

谢五郎垂着眼。

他自小就是个喜爱掌控全局的人，近来事情接二连三地出乎他意料，先是崔锦，后是闵恭。

他淡淡地道："欧阳家如今不能除，先除掉那批人的老窝。"

"是。"

崔锦将近两更时分才回到了家中。

令她诧异的是，家里安静得不可思议。她原先在回来的路上已经想了无数措词，以此安慰爹娘与大兄。她还曾想过当她一进门，就会看到大兄铁青的脸色以及担忧的眼神。

可是她预想中的一切都没有发生。

圆月挂在高空，夜色沉静如水，就连元叟开门时，也没有半分惊讶的表情，而是揉揉惺忪的睡眼，说："大姑娘你回来了。"

崔锦瞅瞅元叟，几乎以为自己不是经历了两场大劫，而是在外游玩踏春刚刚归来。

这样的不对劲让崔锦蹙起了眉头。

她问："爹娘都入睡了？"

元叟惊讶地道："老爷与夫人早已入睡了，大姑娘如今都两更了。"

"大兄呢？"

元叟说道："大郎也歇下了。"

崔锦愈发觉得不对劲。爹娘不知情还能入睡，可若是大兄的话，定会着急得睡不下，兴许还会不顾被抓去见官府的危险，带人出去寻她。

她眯起眼睛，疾步往自己的厢房走去。

一进门，她便见到阿欣在矮榻上打着盹儿。

"阿欣。"她唤了一声。

阿欣随即醒来，她揉揉眼睛，待看清了眼前的人后，她高兴地道："大姑娘你总算回来了。"崔锦问："发生何事了？"

阿欣说道："奴婢也不太清楚，似乎只是虚惊一场。大姑娘让奴婢回来搬救兵时，奴婢遇到了闵家郎君。闵家郎君让人送了奴婢回来。奴婢回来后本想告诉大郎的，可是元叟却惊讶地问我，为何这么快回来了。奴婢仔细询问下，方知早已有人过来通报，说大姑娘今晚会留宿在欧阳家。"

崔锦愣住了。

"是谁通报的？"

阿欣说道："元叟说是燕阳城贵人身边的小童。"

崔锦又是一愣，她问："元叟可有说是何时通报的？"

阿欣点头，说道："刚过申时。"

崔锦心下当即一惊。

刚过申时……那个时候她还在欧阳府里与欧阳钰相谈甚欢！那时的她甚至还不知道自己会遇到阳城的那群歹人！

电光石火之间，崔锦终于明白了！

不是她的判断出了错，亦不是她在阳城留下了蛛丝马迹，一切都是谢五郎在背后操纵着！为了惩罚她欺骗了他！所以当时歹人说身后跟了四五人，不是指闵恭与欧阳小郎他们，而是谢五郎的人！

晌午时分。

欧阳小郎陪自己的阿姐用午饭。

欧阳钰上回被歹人捉去，回来后休养了半月有余方稳定了心神。之前好些时日，夜里都在梦魇，幸好如今已经不再梦魇了。

欧阳小郎说："阿姐不必担心了，小弟我已经捉拿了那群歹人的头目，待将他们的老窝一端，他们从此便会消失在世间，再也不会出现在阿姐的面前了。"

欧阳钰笑道："当真是你捉拿？"

欧阳小郎轻咳一声："子都与我亲如兄弟，他出了力，亦等于我出了力。昨天倒是多亏了崔氏，若非歹人盯上了她，此回也没有那么容易逮住歹人。"

欧阳钰颔首道："此回是我连累她了，之前又救了我一命，是该好好地谢一谢她。"说到此处，她又瞅了欧阳小郎一眼，"也不说这个，反倒是你。这次回来洛丰了，便不走了吧？你已年有十六，再过几年也该讨一门亲事。在燕阳城中可有心仪的姑娘？"

欧阳小郎说："阿姐！好端端吃着饭，怎么提起这事来了？男子大丈夫顶天立地，就该先立业后成家。"

"好，不说成家，便说立业。阿爹等着你继承他的衣钵，你却成日好风雅，我们欧阳家的子嗣莫说你，就连我身为女子，孩提时也被阿爹逼着习武，倒是你溜得快，在燕阳城待了十数年，如今回来了莫不是想通了？要开始继承阿爹的衣钵了？"

欧阳小郎瞪眼道："阿姐，你好狡猾，故意引诱我往下跳。"

欧阳钰微笑道："既然跳下来了，便将话说清楚免得阿爹日日来说我，阿娘也夜夜来磨我。你打算何时去军营？大兄与二兄已在军营里摸爬打滚数年了。"

欧阳小郎道："跳下来了，我也要爬上去。阿姐，我还小，这些事不着急。"他又道："对了，子都今日约了我，我得去赴约了。"

说罢，他脚底抹油似的溜得飞快。

欧阳钰无奈地摇头。

当真不知该拿家中的幼弟怎么办，兴许该娶个媳妇治治他了。

欧阳小郎穿过拱桥，疾步往府门走去。刚离开欧阳府，他就遇上了闵恭。闵恭身后还有一随从。闵恭说道："小郎，跟我来。"

两人到了一偏僻之处。

欧阳小郎诧异地问："发生何事了？"

闵恭说道："那人来了洛丰。"

欧阳小郎面色微变，他低声道："是巫子谢恒？"

闵恭颔首。

欧阳小郎蹙起眉头，"上回他去了樊城，断了殿下的一肢，又去了明州青城，吓得何公不敢妄动。殿下已是气得寝食难安。如今来了洛丰，究竟所为何事？"

闵恭说道："此事我亦摸不透。"

欧阳小郎又道："先让人暗中盯梢，洛丰可不是他们谢家的地盘。若敢乱来，就别怪我们欧阳家不客气了。"

此时，一直跟在两人身后的随从开口道："主公，卑职有一事禀报。"

欧阳小郎问："歹人的老窝已经端了？"

"回主公的话，卑职率领弟兄们到达时，发现歹人的老窝早已被清理得一干二净，一人不剩，看来是已有人先我们一步。"

"可查出了何人？"

"是谢五郎。"

欧阳小郎眉头紧蹙。

崔府。

崔沁从欧阳家回来后，便有些浑浑噩噩的。方氏问她在茶话会表现得如何，崔沁动动嘴，话音还未出，竟是捂住双颊哭了起来。

女儿一哭，方氏难免会心疼，温声软语地哄了哄。

崔沁方断断续续地说道："阿娘，崔氏阿锦那野丫头是故意的！她一定是故意的！她就是想看女儿的笑话。"

方氏轻叹一声，不由有些头疼。

因为沁儿是她在生死关头转了一圈才生下来的，是以从沁儿出生开始，她便格外宠着她，事事顺着她的意。夫主也格外疼宠沁儿。

然而，现在沁儿被养得太娇气了。

第十章
再度相逢

方氏只好放弃问女儿，她给崔沁的侍婢红柳使了个眼色，随后又哄了女儿好一会。待崔沁哭累了，她才仔细地问了红柳一番。

听红柳一回禀，方氏登时愣住了。

崔氏那丫头竟然得了欧阳钰的青睐？还被奉为座上宾？

"此事当真？"

红柳回道："回夫人的话，千真万确。欧阳家的姑娘还说以后崔氏阿锦便是他们欧阳家的贵客，谁欺负了崔氏阿锦便等于与欧阳家作对。"

方氏不由陷入沉思。

她万万没有想到崔氏阿锦还有这样的能耐！

红柳问道："夫人，三姑娘还要去向崔氏示好吗？"

方氏皱眉道："这个暂时不急。之前不曾来往，又发生了那样的事情，现在贸然贴上去，会落下势利的话柄。先观望个几日，若是其他人有所行动了，再看看如何。"

本来崔氏若对洛丰其他贵人有恩，他们崔家也不在乎。他们家已经出了个秦南王妃了。

可是这人却是欧阳钰，欧阳小郎的阿姊。

欧阳钰此姑娘看似极好相处，却是油盐不进，想巴结也难以巴结。而欧阳小郎最听的便是欧阳钰的话，人说父母之命媒妁之言，这欧阳小郎奇怪的是不怕爹娘只怕阿姊。

沁儿还有两年便及笄了。

早在沁儿满十岁的时候，她就开始注意洛丰城里的人家了，左挑挑右挑挑，看来看去还是欧阳家的好。欧阳大郎已经娶亲，二郎也定亲了，便只剩下欧阳小郎。

只不过方氏知晓的是，洛丰城里不知道有多少家贵女盯着欧阳家的这门亲事呢。

倘若能借着崔氏与欧阳钰的关系，兴许还能搭把手。

在方氏打着崔锦的主意时，阿欣也很是烦恼。不过她的烦恼自是与方氏不同。打从大姑娘从欧阳府回来后，每日送上门的请帖便堆得跟小山般高，还有数不清的小礼大礼。

阿欣与珍嬷清算着送来的礼，有用的都收进了库房，没用的便都堆了出来，留作打赏下人用。

两人清算后，珍嬷向林氏汇报，而阿欣则向崔锦汇报。

阿欣烦恼地道："大姑娘，请帖这么多，你几乎都要去。每次登门都要花点金。这般花下去也不是法子呢。虽然这阵子有欧阳姑娘送来的重金酬谢当初的救命之情，可重金虽重，但也不能用一辈子。"

崔锦道："金没了还能再赚，不着急。"

阿欣睁大眼，好奇地道："大姑娘变得有些不一样了，之前好些日子都在为金而发愁。"

崔锦笑道："经历了一些事情，自然不一样了。"

那天经受了歹人的恐吓，又受到了来自谢五郎的恶意，她的心境若是再不变化，迟早有一日会永远活在惊慌之中。她这人没什么特别好的，唯一能引以为傲的不是上天赐予她的神技，而是自己的心境。

金没了，想法子再挣便是。

当务之急，是要想法子熬到谢五郎离开洛丰。

谢五郎已经知道自己当初耍他的手段了，像他那么高傲的人，又是从小含着金汤匙出生的，恐怕到目前为止都没有人这般戏耍过他。

现在他发现了，心中定会不悦，也定会想着法子来惩戒她的。

思及此，崔锦有些懊恼。

自己的手段果然还是太稚嫩，当初若是能再完美一些，兴许谢五郎就不会发现了。不过也罢，人总是在不停地成长，吃一堑长一智。

阿欣似懂非懂的。

她低头数了数请帖，说道："大姑娘，还有十家的请帖呢，剩下的都要去吗？"

崔锦道："自是要去的。"

他们崔家要想在秦州洛丰落脚，除去结识权贵之外，洛丰有何人也要了解清楚。如今多亏了欧阳钰的影响力，才使得更多的贵女晓得她崔氏阿锦的存在。

任何一个以后能帮助得了他们崔家的人，她都不愿错过。

送来的请帖她几乎是一个不落，上门拜访过了，与贵女闲聊一番，便能更清楚地了解洛丰。他们崔家初来乍到，需要知道的东西还有很多。

当崔锦将请帖一张一张地消灭后，已是五六日后的事情了。

她疲惫地踏回家门。

还未走到厢房，阿宇便匆匆走来。瞧到崔锦面上的倦色，他不由一怔，竟是将想要说的话给忘了。崔锦看了他一眼，问："何事？"

此时，阿宇方回过神来。

他说道："方才有人来给大姑娘传话，是上回燕阳城来的贵人。那人说贵人吩咐了，让姑娘明日打扮好去见他。等时间一到，自会有人接姑娘去的。"

崔锦打起精神，说道："我知道了。"

阿宇担忧地道："姑娘的脸色看起来不太好，可要请巫医回来？"

崔锦摇摇头，说道："不必了，只是今日走动得多，有些乏了。歇一夜便好。"

到了第二日。

崔锦很早便起来了，她唤了阿欣进来。阿欣侍候她盥洗后，崔锦说道："将之前贵人赠我的衣裳与首饰取来，并且熏上贵人所赠的香料。"

阿欣问："大姑娘是要赴宴吗？"

崔锦顿了下，说道："不知。"

目前看来，她还摸不清谢五郎究竟想做什么。唯一能肯定的是，今日让她打扮好去赴的定跟鸿门宴没有区别，横竖谢五郎肯定心怀不轨。

她一定得打起十二分精神。

她又吩咐道："去珍嬷那儿取一个薄荷香囊，让珍嬷放多点薄荷叶子。"

阿欣打量了下崔锦的神色，担心地说："大姑娘可是觉得乏了？以前大姑娘再累也不会用薄荷叶提神，稍作歇息便元气十足。"

崔锦说道："不乏，只是以防万一。"

阿欣在心中轻叹一声，应道："是的。"

大姑娘还不曾及笄，肩上的担子便这般重，这才刚刚起步呢，以后该如何是好？她思来想去顿觉自己帮不上大姑娘什么忙，只好决定明日去买猪脑回来给大姑娘炖汤。

与此同时，一辆宽敞奢华且招摇的马车出现在人们的视线里。

车厢的木质是最上等的沉香木，听闻一小撮便能卖上数百金。前头的两匹马色泽纯正，连皮毛也是光鲜亮丽的，看起来便知是难得的好马。

然，最惹眼的不是马车的材质，而是马车的车顶上矗立着申原谢氏的标志。

申原谢氏！

五门高姓之一！

燕阳城的新晋世家！拥有巫子的申原谢氏！

马车从谢家别院驶出的时候就已经让众人所瞩目,而其后这一辆代表着申原谢氏的马车在洛丰城的闹市横穿而过,让所有见到这辆马车的人都不禁好奇。

申原谢氏究竟想要去哪儿?

甚至有不少人悄悄地跟上了这辆马车。人们原以为马车会停在权势贵人所居之所,好比王家。虽然秦州王氏已经不再留居于秦州洛丰,但每逢时节,这里的王府便成为了王家的别院。曾有传闻说,谢家似是有意与王家联姻。

然而谢家的马车经过王府时并没有做任何的停留,依旧是马不停蹄地绝尘而去。

渐渐地,渐渐地,马车放慢了速度。

它离开了权势之所,而是绕进了一条街道上,随后拐了个弯,最后缓缓地停了下来。

众人抬眼望去。

马车停在了一座不起眼的屋宅前。

此时,驭夫跳下马车,轻叩了屋宅的正门。很快的,便有一阿叟出来应门。众人竖起耳朵倾听,只依稀听到我家郎主,你家姑娘。

尽管听得不是很清晰,但是这已经足矣了。

能成为郎主的,在谢家只有已经自立门户之人,除此之外,便是巫子谢恒。

这八个字一起传出,无疑是充满桃色的想象。

就在众人好奇之极的时候,屋宅里走出了一个姑娘。只见那个姑娘水眸盈盈,一把乌黑亮丽的头发绾成了高髻,耳垂明月珰,她穿的不是洛丰城时兴的襦裙,而是上好锦缎做成的三重衣,袍袖极宽,微风拂来时,衣袂飘飘,便像是踏在云端一般。

众人瞪大了双眼。

啊,是那个近来名扬洛丰的崔氏女!

外头的议论纷纷,崔锦又岂会没听到?她一出家门口,便已经看到了马车外看热闹的人群了!若非谢五郎允许的,他们又岂敢看谢家马车的热闹!

她恼得脸色都发白了。

谢五郎这般大张旗鼓地来接她,岂不是在宣告世人,她崔锦是他们谢家的人了?如此一来,她这辈子只能嫁给谢家了。又有谁敢在老虎面前拔须?

崔锦劝慰自己。

不要紧的。

嫁不出去也不碍事,她有手有脚,还有上天所赐的神技,最重要的是她可以凭一己之力,只要谢五郎不干扰,她能过得很好。大不了招婿上门,她崔锦有养家的能力,夫婿也不需要多能干,长得白白净净的,好看一些的,可以给她一个孩子便成了。

若是崔湛此时知晓崔锦的想法，定会气得脸色发青。

都这种时候了，还惦记着好相貌的！

这么一想，崔锦倒也安心了。

然而，就在此时，马车忽然停了下来。驭夫对跟着马车走的阿欣说道："郎主有令，只召见崔氏一人，还请姑娘先回。"

阿欣轻呼了一声。

马车里响起了崔锦的声音。

"阿欣，你先回去。我回去时，贵人自会派人送我，你不必忧心。"

阿欣只好应声。

待阿欣离去后，驭夫又继续驭车。崔锦是早晨一过便上了谢家的马车，然而直到夜幕降临，马车还未曾停下来。

驭夫也一声不吭地驭车，像是在驭一辆永远不会停下来的马车。

他竖起耳朵仔细听着马车里的动静，让他失望的是，马车里一点动静也没有。他足足驭车有五个时辰，其间不曾言语，而车里的崔氏竟是不曾出声，甚至连问一句都没有。

若非重量尚在，他几乎要以为自己载的只是一辆空车。

终于，马车停了下来。

驭夫开口了："崔姑娘，别院已到，还请姑娘下车。"

车门缓缓打开。

崔锦踩上阶，下了马车。夜色沉沉，她的模样极为精神抖擞，水眸亮得像是有璀璨星芒，且她的模样看起来似乎还对马车有几分不舍。

"到了呀。"

驭夫蒙了下，点了点头。

此时有小童走来，"崔姑娘，这边请。"

谢五郎优哉游哉地弹着五弦琴，虽是不成调，但是能看得出来此刻他很是愉悦。阿墨进来的时候微微有些忐忑，他刻意放重了脚步。

"郎……郎主。"

谢五郎说："崔氏下马车了？她看起来如何？"

阿墨咽咽唾沫说道："崔氏看起来精神抖擞，没有任何不适。小童仔细检查了马车，在软垫上发现了糕点的碎渣，从垫子的褶皱看来，崔氏今日应该是在马车里睡了吃，吃了睡。驭夫说，今晨接崔氏的时候，崔氏穿着宽袍大袖，并没察觉出她在袖里藏了吃食，所以……"郎主想让崔氏在马车里陷入恐慌，怕是不太容易。此女今日过得比郎主还要优哉游哉，且听驭夫说，崔氏下马车的时候精神比上马车前要好多了。

谢五郎冷道："她倒是随遇而安。"

阿墨说道："郎主，崔氏已经在别院里了。"

谢五郎说："带她过来。"

"是。"

此时的崔锦正在打量周遭的景致，歇了一整日的她现在精神奕奕的，兴许还能围着洛丰城跑上一圈。不得不说的是，谢五郎果真是个多金的。

马车里舒服极了，那软垫软得像是天边的云端。

她出门前，吩咐阿欣备了一小袋吃食，就藏在大袖里。她坐马车的时候，有带零嘴的习惯，没想到今天正派上用场了。

之前连着劳累了数日，每天都在见不同的人，几乎没有一天是好好休息的。每日都是日出前便精心装扮，日落后才回到家中，她怕爹娘担心，更怕大兄忧心，不敢将疲惫表露于面，只好强撑着。

今天多亏了谢五郎的马车，她足足睡了四个时辰，比往日里的夜晚睡得还要沉。

崔锦睡了美美的一个觉，此时只觉夜色好，月色佳，看什么都是极妙的。以至于阿墨过来的时候便见到了一个笑容可掬的崔锦。

对比起郎主青黑的脸色，阿墨微微有些头疼。

"郎主要见你。"

崔锦应声。

阿墨带着她走在长廊上。谢府别院不小，构造上颇有江南的雅致，亭台楼阁在夜色中若隐若现。崔锦分了心神欣赏着夜色朦胧中的谢府别院。

即将拐弯时，阿墨不动声色地瞅了崔锦一眼。

他忽然出声道："你若不想受到郎主的青睐，便顺着郎主的意思，太过聪颖的姑娘，郎主不会放手的。"

崔锦没想到阿墨会提点自己。

之前她可以明显感受到阿墨对自己的不喜，如今暮然间提点她……

她低声一笑。

"我明白你的意思，多谢郎君。"

阿墨又看了她一眼。不得不说，崔氏女能得郎主的特别对待，能让郎主念念不忘，实在是有她的出彩之处。阿墨在一道门前停下，他侧身道："郎主就在里面。"

崔锦颔首致谢，提起裙裾，进入屋内。

她很快便见到了谢五郎。

屋里只有谢五郎一人，兴许是为了方便谢五郎，屋里颇是空旷，而谢五郎负手站在雕花镂空的窗前，微微仰着头，似是在眺望夜空中的明月。

崔锦施礼。

"阿锦拜见郎主。"

谢五郎没有转身，他缓缓地道："你过来，站在我身边。"

"是。"崔锦从善如流。她踩着小步子走到了谢五郎身侧，并没有完全与他并肩，而是微微空了半步的距离。

"今夜月色可好？"

崔锦说道："今天是圆月，跟人脸一般大的月亮挂在夜空中，银辉遍地，月色极佳。"

谢五郎说："我从未见过月亮，也不知何为银辉。"

崔锦微怔，不曾料到谢五郎蓦然会说出这样的话来。谢五郎淡淡地道："我只知此刻眼前是黑色的，我唯一见过的颜色。"

他说此话时，眼睛微微垂下。

从崔锦的方向看去时，外头的银辉恰好笼罩着他细长的眼睫。这个高高在上的天之骄子，竟然会有这般落寞孤寂的一面。

"你在可怜我？"

崔锦否认，她认真地道："郎主，阿锦只知有失必有得。上天夺走郎主的双目，必定会还给郎主更重要的东西。"

而就在此时，她只觉腰肢一暖，她的鼻尖撞到了谢五郎的胸膛。他垂着头，鼻息喷洒在她的头顶，好听而沙哑的声音在耳畔间响起。

"比如你？"

崔锦的脸蛋一下子红透了，胸腔里心如鹿撞。

那样一个尊贵无双的天之骄子，在对她说，比他双目还要重要的是她。无论真假，她只觉自己此刻的脸烫得火红火红的。

他的手指抚上她烫热的脸颊，轻轻地摩挲着。

"阿锦，你的脸很烫……"

"阿锦，你的心跳得很快……"

"阿锦，你心悦于我是么？"

他第一次唤她"阿锦"，用这般温柔醉人的声音，仿佛她是他心尖上的人。她说："郎……郎主……你莫要戏弄阿锦。"

她的声音里充满了不知所措。

她想要躲避他手指的摩挲，可刚微微别头，腰肢上的手臂便像是烙铁一般炙热地箍紧她，使得她更为贴近他的身子，仿佛两人的身子快要融为一体。

"哦？阿锦觉得我在戏弄你？"

她说："尊贵如郎主……"

他打断了她的话，"在此之前，我只是个男人。阿锦，你心悦于我么？"他的鼻息离她越来越近，他的唇几乎能贴上她的脸颊。

两人都没有注意到此刻的他们是有多么的亲密。

崔锦张开唇，正想说话时，谢五郎又道："阿锦，我要听真话。倘若你再用以前的话来糊弄我，今夜你就只能宿在我的榻上。"

崔锦说："阿锦敬重郎主，不敢心悦于郎主。"

"有何不敢？"

"阿锦尚有自知之明，晓得自己配不上郎主，亦不配在郎主身边侍候。"

谢五郎皱眉。

"是不配？还是不愿？"此话已隐隐有不悦的气息。

崔锦深吸一口气，说道："不配。"

谢五郎面上的不悦骤然消散，他搂紧她的腰肢，亲密地与她耳鬓厮磨，只听他说道："阿锦，今夜我便给你一个配得上我的机会。"

配得起他的机会？

饶是崔锦再聪慧，此刻一时半会的她也没想通谢五郎话中的意思。而此时，有脚步声响起，崔锦扭头望去，是阿墨。

对于谢五郎与崔锦的亲密之态，阿墨仿若未见。

他眼观鼻鼻观心地说道："郎主，已经到齐了。"

谢五郎道："带她去换衣裳。"

"是，郎主。"

阿墨上前，侧身说道："崔姑娘，这边请。"崔锦别无他法，只能跟上。阿墨将她带到一间耳房，他停留在门口，并没有进去。

耳房里有两面屏风，其中一面松柏常青图案挂着素白衣袍，另一面水墨山河纹案屏风前则站了一侍婢。

侍婢伏地行礼。

"奴婢唤作幼芳，是侍候姑娘更衣的。"

崔锦愣住了。

她注意到了一事，侍婢给她行了大礼。以往谢五郎身边的侍婢与家仆，见到她时，行的仅仅是客人之礼。而如今行的却是……主人之礼。

她彻彻底底地怔住了。

谢五郎……他是什么意思？

幼芳起身，低眉顺眼地道："奴婢得了郎主吩咐，侍候姑娘更衣。"

崔锦轻轻地应了声。

幼芳褪去了崔锦身上的衣裳，随后顺下屏风上挂着的素白衣袍。当崔锦穿上的时候，她嗅到了一股熟悉的味道，是谢五郎的味道。

幼芳又道："还请姑娘坐下，奴婢为姑娘梳发。"

崔锦试探地问："郎主为何要我换上他的衣裳？"

幼芳低声道："回姑娘的话，郎主之事，奴婢不知。"崔锦听到此回答，也没有失望，倒是冷静下来了。既来之则安之。

渐渐地，幼芳解开了崔锦的高髻，用象牙梳子梳顺，随后又抹了头油，最后不曾绾任何发髻，仅仅用一条水红的发带束住了发尾。

幼芳道："姑娘，梳妆已成，郎主已在等候。"

崔锦回到原先的屋里。

谢五郎倚在窗边，许是听到了脚步声，他开口道："好了？"

阿墨没有回答，崔锦看了他一眼，只好轻声应道："是。"谢五郎低笑一声，他径自向崔锦走来，离她仅有半步的距离时方停下了。

他低头一嗅。

"好香。"

崔锦的脸微红，呼吸也急促起来。

谢五郎愉悦地低笑："差不多了，走吧。"说罢，他迈步离开了屋里，崔锦似有怔愣，停在原地半晌。直到阿墨给了她一个眼神，她方猛地回神，连忙跟上。

约莫走了一盏茶的工夫。

崔锦的眼神慢慢地变得诧异，别院里起初还是冷冷清清的，几乎找不到一个侍婢或是家仆，然而，当穿过一道月牙门后，霍然间便热闹起来。

此时，阿墨高喊道："郎主到——"

谢五郎低声在崔锦耳边说道："好好把握。"话音落时，他已大步往屋里迈去。崔锦下意识地跟上。当她整个人踏入屋内时，她的面色刹那间就白了。

屋里权贵齐聚一堂，皆是洛丰城里的大人物，她甚至还看到了欧阳小郎，以及他身边的闵恭。

所有人纷纷起身，齐刷刷的目光落在了谢五郎的身上。很快地，便有人注意到了谢五郎身后的姑娘。

与巫子谢恒一模一样的装束，容貌清丽而不俗，紧跟在他的身后。

两人之间的关系扑朔迷离。

谢五郎入座后，众人方重新坐下，仍有不少人的目光在崔锦身上打量着。她跪坐在谢五郎的身边，脸色微微发白。

她不曾想到谢五郎口中所说的给她一个配得起他的机会竟是如此的……堂而皇之。

竟然在她没有任何准备之下，就将她暴露在洛丰权贵的眼前，硬生生地烙上了谢五郎的名号。从此，世人皆以为她是谢家的人。

他这一招惩罚，太过……诛心！

崔锦的呼吸变了。

谢五郎开口说道："此回贸然邀请诸位，是谢某的唐突。恰好近来经过洛丰，忽然想起洛丰人杰地灵，便索性来小住几日。今日宴请诸位，只为与诸位畅饮，仅谈风雅，不谈政事。"

底下的人接二连三地附和。

酒过三巡时，崔锦仍然跪坐在谢五郎的身侧。谢五郎与宾客谈笑风生，期间他不曾与崔锦说一句话，仿佛忘记了自己身边有这样的一人。

崔锦低垂着头，尽量与坐地屏风贴近。

她没有打量在座的宾客，那般低垂头，就像是谢五郎的影子一样。蓦然，她挪动了下脚步，悄悄地后退，趁所有人酒兴正高的时候，她离开了宴席。

阿墨正想禀报郎主。

谢五郎已是知晓，他低声道："无妨。"

月色清朗。

崔锦伫立在长廊上，她仰头望着空中明月，似是有所沉思。她从袖袋里取出薄荷香囊，在鼻间轻轻一嗅，薄荷的香味袭来，她登时精神了不少。

她重新收好香囊。

身后蓦然响起一道声音。

"崔氏阿锦，你将我的话忘记得彻底。"

崔锦缓缓回首，只见月夜之下，一郎君着墨蓝衣袍，浓眉微蹙，正不悦地看着她。此人正是闵家郎君。他前些时日刚与她说了利弊之处，转眼间，她竟跑到谢恒的眼皮底下了。

今日她还以一种这样的方式出现在洛丰权贵面前，打下了谢家五郎的烙印。

事情变得棘手了。

闵恭的眉头蹙得越来越紧，脸色也微微有些发青。

崔锦淡道："人生不如意之事十有八九，又岂能事事顺心如意？"

"他逼迫于你？"

崔锦道："郎君尚不能位极人臣，还望保重。"

说罢，她敛眉一礼，留下深思的闵恭。

崔锦再次回到了宴席上。

在外面待了一会的她回来后像是想通了什么，她依旧跪坐在谢五郎的身侧，然，与先前不一样的是，她的脸色不再发白，眼睛则是微微发亮。

她挺直身板，将自己完全展现在一众权贵的面前。

在阿墨为谢五郎斟酒的时候，一双纤纤素手接过他手里的酒盅。阿墨愣了下。崔锦靠近谢五郎，斟满了一杯酒。

她嫣然一笑。

"阿锦敬师兄一杯，以此多谢师兄的提拔。"

此话一出，在场之人不由看向了崔锦，不少人露出了惊诧的表情。他们听到了"师兄"两字。谢五郎是谢家第五子，除此之外，他还是巫子。

巫师家族与五大世家不一样。

巫师家族，是大巫师收揽天下拥有巫力之人，为朝廷效忠。因此自是不存在血缘之事，有能者居之，巫师家族里以师门称之。

而如今与巫子谢恒看似亲密的姑娘蓦然喊了一声"师兄"，岂不是在说她乃巫师家族的人？

众人再看崔锦的衣裳，白衣水红发带，正是巫师家族的着装。

崔锦仰脖一饮而尽，随后以空酒杯示意。

阿墨瞪大了双眼。

谢五郎面无表情，不过他也不曾反驳于她。于是乎，谢五郎的沉默便成了默认，在场的众人这会已经完全将崔锦当作巫师家族的人了，看崔锦的目光也不一样了。

崔锦笑意盈盈地又自斟一杯。

"阿锦敬诸位一杯，先饮为敬。"

她再次仰脖，将酒杯里的酒喝得一滴不剩。她这般落落大方的模样，丝毫不像是深闺女子，加之谢五郎的默认。在场权贵先是一愣，随后陆续举杯。

宴席在宵禁之前结束了，宾客逐渐离去。

当厅堂里只剩谢五郎与崔锦两人时，崔锦往后退了数步，她伏地一拜，高声道："多谢郎主给阿锦的选择。"

换上他的衣裳，束起水红发带。

宴席上他不吭一声，不曾主动提过她，也不曾忽视了她。

她知道的。

今日在众多权贵之前，谢五郎的女人，或是谢五郎的同门，这是他给她的选择。自此，洛丰城无人不知她崔锦，上至权贵，下至普通百姓。

他以这样的一种方式，给她一个配得起他的机会。

"今日马车之行且当与之前的事一笔勾销。"

崔锦霍地抬头，她愣愣地道："郎主不生气了？"

"你过来。"

她从地上站起，往前迈了数步。谢五郎伸手揽住她的腰肢，逼迫她的头靠在他的胸膛上。"之前我曾与你说过，只要你不忤逆我，我会宠着你，且还允许你肆无忌惮。"

他的另一只手抚上她的乌发。

"此话依旧作数。"

离谢五郎举办的宴席已经过了两日。在短短两日之间，崔氏阿锦的名字再次在洛丰城中传遍了每一个角落。

如今秦州洛丰几乎无人不知樊城崔氏女。

各家的请帖与拜帖再次堆成了小山。阿欣原以为大姑娘又要再次一家一家地走了，不曾料到这一回大姑娘却是称病一一拒绝了。

崔锦躲在厢房里。

每次阿欣进去换冷茶奉新茶的时候，都能见到大姑娘紧锁眉宇。画纸铺了一张又一张，地上还有许多皱巴巴的纸团。

阿欣头一回见到崔锦这么烦恼。

她轻声说道："大姑娘，身子为重。"

崔锦头也未抬，便说："我知道了，你退下吧。"

阿欣只好应声。

她抱着端盘离开了崔锦的厢房，没走几步就遇到了崔湛。阿欣行礼道："大郎……"话还未说完，崔湛便打断了。

"阿妹还是如此？"

阿欣如小鸡啄米似的点头。

崔湛不由蹙眉。

阿欣瞧了瞧，发现大郎与大姑娘皱起眉头的模样很是相似。她小声地道："大姑娘倘若继续这么下去，恐怕身子会受不了。大姑娘最敬重大郎了，兴许大郎劝一劝，

大姑娘便愿意出来走走了。"

崔湛说道:"阿妹自小性子倔强,此时她定有烦恼之事。待她想通便好。你好生侍候着阿妹,她一出来便让人来告诉我。"

说着,崔湛疾步离开。

阿欣看着崔湛离去的方向,顿觉奇怪。平日里大郎不太出门,今日竟然要出门了,实在难得。

直到傍晚时分,崔锦才离开了厢房。

她对着夜幕打了个哈欠,伸了个懒腰。阿欣到屋里头一看,揉成一团的画纸早已被收拾得干干净净。她惊讶地道:"大姑娘,这些事情奴婢干便好,怎能劳烦大姑娘呢?"

崔锦笑道:"顺手罢了。"

阿欣打量着崔锦的神色,见她眉眼舒展的,心中方安心了不少。

冷不丁的,有香味飘来。今日只用了几块糕点的崔锦肚子登时叫了起来。她循着香味望去,只见一道青色人影从拱门处走出,手中有一个油纸袋。

正是崔湛。

阿欣见状,悄无声息地退下。

崔锦咽了口唾沫,说道:"大兄,你怎地买了这么香的烤鸡?"

崔湛含笑道:"今日出门时恰好路过食肆,想起阿妹今日没怎么吃东西,便顺手买了只烤鸡。"此话一出,崔锦又岂会不知大兄哪里是顺手,分明是特地给她买的。

兄妹俩进了屋里。

崔湛取出烤鸡放在银盘上,又取来刀具,一一切成块。崔锦一见,不由失笑。她说道:"大兄,我与阿爹在山间游玩时,遇着野鸡,烤了后都是直接用手抓着吃的。"

崔湛皱眉道:"女儿家家的岂能如此粗鲁?"

崔锦道:"哪里粗鲁了?烤鸡抓着吃才好吃呢,比用筷子夹肉吃要好吃得多。"

崔湛不以为然。

"在为兄面前,不许如此吃。"

崔锦只好作罢。她很快又笑吟吟地道:"大兄今日怎么突然想起给阿锦买烤鸡了?"

崔湛瞥她一眼,"说得好像为兄平日里不给你买吃食似的,这还尚在家中,倘若以后嫁人了,岂不是连兄长也给忘得一干二净了?"

崔锦被呛了声,连着咳了好几下。

"好端端的,怎么扯到嫁人的话题来了?"

崔湛一手轻拍她的背,一手递上温茶。他温和地说道:"即便你嫁人了,也不许忘记兄长。"顿了顿，他凝望着她，"无论你遇到什么烦心事，为兄一直在你身后。"

听到此话，崔锦登时就明白这只烤鸡的用意了。

她的眼眶不禁有些湿润。

大兄大费周章地就为告诉她这句话。她这几日的烦心大兄果真晓得了。她翕动着鼻翼。崔湛又道："阿妹，若是熬不下去，我们便回樊城。"

方才还是泛红的眼眶，此时猛地生了泪珠，一颗一颗地滚落。

她扑到了崔湛的怀里，抽泣着。

洛丰城无人不羡慕她此时的风光，不知多少贵女想取而代之，成为谢五郎身边的人。更不知有多少权贵想要巴结她，一因谢五郎的同门，二因谢五郎。

她之前努力了这么久，慢慢地在贵女圈打响了名号，让欧阳家的姑娘奉她为座上宾。

可是……这么多的努力全都抵不过一个谢五郎。

他轻而易举地便抹掉了她的所有努力，在她身上打下烙印。她知道单凭自己要有现在的风光，起码要十年。可同时的，她也知道此时此刻的自己完全被谢五郎掌控，她家的荣辱兴衰只凭谢五郎的一句话。

风光背后的如履薄冰与心酸，外人看不到，只有大兄看到了。

崔湛轻轻地摸着她的头，像是小时候那般，她受委屈了，不高兴了，便扑到兄长的怀中，哭一哭，蹭一蹭，第二天便笑颜再绽。

翌日。

崔锦起了个大早。

她精神奕奕地与家人一道用了早饭，又陪崔元与林氏说了好一会的话。之后她方来到庭院中。她唤来了阿欣，问道："我称病的这几日中三叔父家可有表示？"

阿欣点头道："回大姑娘的话，这几日都有送东西过来。头一日送的绸缎黄金，得知姑娘病后，第二日送来了灵芝和人参，夫人说这两样都是上好的药材，可见其心思。"

崔锦略微沉吟，又问道："是以什么名义送来？"

阿欣想了想，说道："是以大爷的名义送来的，崔大夫人和崔三姑娘亦有送礼。"

听罢，崔锦吩咐道："取笔墨来，待我写张拜帖你让阿宇送到崔府。"

"啊？大姑娘要独自一人去崔府？"

崔锦道："阿叔以自己的名义送来，想必也不是将我当成侄女，而是谢五郎的师妹。既然如此，我单独拜访崔家亦无不妥。"

她落下最后一笔。待笔墨一干，阿宇便送往了崔府。

她又吩咐道："阿欣，取我新做的衣裳来。"
"是。"
前些时日，崔锦买了一匹素色的锦缎，随后让珍嬷裁成了最简单的衣裳样式。阿欣侍候崔锦换好衣裳后，又依照崔锦的吩咐，只将发尾以发带束之。
待崔锦妆成，阿宇也回来了。
他回禀道："大姑娘，大爷正好在府中，说是随时欢迎大姑娘前去拜访。"
崔锦颔首："备车。"

小半个时辰后，崔锦到了崔府。
这一回与上回是截然不同的待遇，在门口候着她的不是一个名不见经传的家仆，而是崔府的总管。迎接她的也非角门，而是正门。
崔家的总管唤作刘支，生得脸尖皮薄，看起来很是精明。他笑容可掬地道："大姑娘可来了，里边请。"
崔锦下了马车，对刘支微微颔首。
随后刘支领着崔锦到了正厅，无需通报，崔锦便见到了她的阿叔崔全。
崔锦行了晚辈的礼。
"侄女拜见阿叔。"
崔全受了她这一礼，在她起身时，让身边的侍婢赶紧扶起了崔锦。崔全说道："上回堂弟过来，我恰好有公事在身，没有亲自招待你们一家，实在是我的疏忽。之前父亲也亲自吩咐过了，以前父亲也时常提起你爹。没想到十多年过去了，我们一家人又重新在洛丰相聚。"顿了下，崔全又道："之前沁儿不懂事，对你多有不敬，实在是我们教导无方。"
崔全此话一出，崔锦便明白这位阿叔想要表明的意思。
她微微一笑，说道："沁堂妹年纪还小，与阿锦只是小打小闹，阿叔不必介怀。"
崔全打量起她来。
这是崔全第一回这么近打量自己的侄女。之前在巫子谢恒的宴席中，她坐得太远，坐得太高，他几乎无法想象自己的侄女摇身一变，就多了个如此强大的靠山。
且之前在宴席中，她落落大方，也不因满堂权贵而怯懦。
如今说话又是温和有礼，让人如沐春风，语气中也不失强硬，会让人觉得她相当有底气，全然不能轻视了去。

第十一章
口蜜腹剑

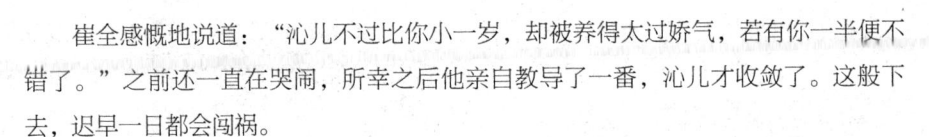

崔全感慨地说道："沁儿不过比你小一岁，却被养得太过娇气，若有你一半便不错了。"之前还一直在哭闹，所幸之后他亲自教导了一番，沁儿才收敛了。这般下去，迟早一日都会闯祸。

崔锦笑了笑，没有附和。

这时有侍婢奉上糕点，模样很是精致。崔锦尝了一块后，又拿帕子揩了揩唇。她忽然敛去表情，看向崔全，目光幽深。

只听她道："阿叔想必也听闻了阿锦在樊城时的传闻。"

她又道："想必阿叔不知一年前的我一无所有，家中也是极为穷苦，甚至是三餐不继。但是……阿叔可知这一年里我们为何会有了翻天覆地的变化？"

"阿锦曾经遇到了一高人，高人指点了阿锦一番，使得阿锦开了窍……"接着，崔锦将这一年来所做的事情避重就轻地讲了。

她今日来崔府。

不为叙旧，也不为拜访，她是来摊开自己的筹码，获得应有的回报。

她之所以选择崔全，一为他是目前崔家的掌权人，二为她听到了十多年前的一事。当年三叔父在洛丰崛起，然而仅仅十年便有衰败之象，彼时是崔全一人独揽大权，将崔家拯救于水火之间。由此可见，崔全是个有远见的人。

但是……至今秦州崔氏仍不能在洛丰达到鼎盛之态，崔锦猜想有三，一为崔家的三房各怀心思，二为崔家当下的子孙资质略微平庸，三为内宅不安，当家主母略逊一筹。

这是为何几十年下来，秦州崔氏虽出了个秦南王妃，但是……却仍旧止步不前。而汾阳崔氏却能经久不衰，一代接一代。

话毕，崔锦目光灼灼地看着崔全，抑扬顿挫地道："阿叔，侄女不敢妄言，但还请阿叔相信侄女能屈能伸。如今有贵人青睐，阿锦方有今日风光。他日无贵人扶持，阿锦亦能从泥地爬起，与秦州崔氏再攀高峰。"

崔全不曾料到这样一番雄心壮志的话竟会从一个姑娘家家的口中说出，尤其是眼前的姑娘还不到二八年华。他不由陷入沉思。

崔锦起身道："还请阿叔再三思量，阿锦先行告退。"

三日后，一张帖子送到了崔锦的手中。崔锦今日不做巫人打扮，她用了最平常的装束。崔全再次在正厅里招待崔锦。

这一回，崔全开门见山地道："你想要什么？"

"阿叔，我们是一家人。一家人自是要相互扶持。"她顿了下，又道："一家人也自是该住在一处，只是阿爹却不喜束缚。因此，阿锦希望阿叔能僻一个单独院落出来，衣食住行不受管制。"

经过上回歹人劫持，崔锦想明白一事。

她目前的能力微弱，不可能事事都提前知晓，正所谓防不胜防。若当真有歹人算计他们家，恐怕防得了一次，防不了第二次，有家族庇佑才是平安之道。

崔全道："可以。"

崔锦又说："我听闻阿叔在青郡有一处避暑山庄，我阿娘到了夏天便怕热，到时候还请阿叔借阿锦一用。"

崔全不由莞尔。

"你倒是有孝心。"

崔锦又说："还有最后一点，若他日阿锦陷入泥潭，阿叔若要自保，阿锦必不会有怨。阿锦只有一愿，不求对阿锦雪中送炭，只求阿叔护住阿锦的家人。"

崔全轻叹了一声。

"我应承你。"

崔锦回家后，便与崔元还有林氏说了搬家一事。

崔元与林氏一听，两人都怔愣住了。崔元皱起眉头道："堂兄怎地转变得如此快？是因为听了之前的传言？"

先前崔元是渴望着与家人团聚的，但是经过之前在崔府的一事，一想到女儿受了欺负和轻视，那丁点的心思也烟消云散了。

如今蓦然听说堂兄要接他们过去一起住，崔元下意识地便想到最近有关女儿的传闻。

女儿来了洛丰后，便开始大展身手，有时候他瞧着女儿都觉得皇孙贵女也不过如此。女儿如此有能耐，他亦心满意足。近来与燕阳城那位贵人的传闻，他是知道的。但是他相信女儿有分寸，因此也不曾多问过。

若是堂兄一家当真因为贵人的传闻而接受他们一家。

这样的接受，他宁可不要。

崔锦含笑道："阿爹，阿叔之前与女儿说了。那一日的确是他们有不周到之处，阿叔还说了，阿爹住进来后不仅仅能与家人团聚，生活上亦不会有任何改变。我们的衣食住行不受阿婶的管制，且每月还有份额的金。阿娘管家也能轻松一些呢。"

她又笑道："阿叔还说了，晓得阿娘怕热，如今夏天已到，已经让人收拾在青郡的避暑山庄。到时候阿爹能与阿娘去避暑，听闻青郡的避暑山庄里还藏有许多百年难得一见的美酒。"

崔元瞪她一眼。

"为父像是为了酒而不顾颜面之人吗？"

崔锦笑哈哈地道："自然不是，阿爹威武不屈，贫贱不移，富贵不淫，乃名留青史的正当之人！"

崔元无奈地道："你贫嘴起来，为父都说不过你。"

崔锦弯眉笑道："那阿爹是愿意去崔府了？"

"是是是。"

崔元没有反对，林氏自然也不会反对，遂一家四口收拾了东西，翌日便搬到了崔府里。方氏被崔全训了一顿，如今又知崔锦风头正盛，还盼着她帮忙牵欧阳小郎的红线，如今自是奉崔锦一家为贵客。

方氏让人打扫了一个明净的院子，还让人帮忙将家具物什都搬来了，热情得与当初的方氏俨然不是同一人。待一切稳妥后，崔全又召集了全家人，热热闹闹地吃了顿晚饭。

崔元的心方安了下来。

洛丰城的夏天不比樊城，太阳一出，地面滚烫滚烫的。而林氏又实在怕热，忍了几日无意间听到崔锦提起避暑山庄，便开始心痒痒的。

她与崔元一说。

崔元沉吟了半晌，最后决定带上林氏一道前去青郡的避暑山庄。

崔元与林氏启程的那一日，崔锦与崔湛前去送行。崔锦低声问："大兄，你不与爹娘一块去避暑山庄么？山庄安静，大兄你定会喜欢的。"

崔湛瞥她一眼。

"不去。"

崔锦还想说什么，崔湛又道："马车颠簸，再安静也不去。再说我若是去了避暑山庄，家里就没人管你了。到时候你岂不是要闹翻天了？"

崔锦的嘴角一抖。

"大兄，你就这么不看好阿锦？"

崔湛又道："我得在家中看好你，免得你又倾心于哪个皮相好的郎君了。再来第二个赵家郎君，为兄当真不客气了。"

崔锦捂嘴笑道："大兄要如何不客气？用竹简砸人么？"

崔湛挑眉，"阿妹这是在嘲笑为兄？"

崔锦笑嘻嘻地道："哪敢哪敢。"

兄妹俩一路往回走，两人生得出众的皮相很容易就惹得周围人的瞩目。崔锦无奈之下只好雇了一辆马车。

马车里，崔锦又笑嘻嘻地道："洛丰城的人是没怎么见过大兄，都说欧阳小郎如何俊朗。依我看，欧阳小郎生得还没有大兄好看呢。大兄文质彬彬，阿爹与阿娘又是好相貌的，大兄的五官自然不差。若是大兄带上折扇，穿上宽袍大袖，到茶肆里赋诗一首，定会被人追捧，到时候哪里还有欧阳小郎的戏，议论的定然都是崔家大郎。"

崔锦本意是调侃自己的大兄，原想着大兄会敲自己的头，她索性伸手捂住头颅。未料大兄迟迟没有下手，而是陷入了沉思。

她不由一怔，松开了手，好奇地道："大兄在想什么？"

崔湛认真地问："欧阳小郎的阿姊是唤作欧阳钰？"

"是呀，单名一个钰字。"

崔锦瞅着他，问："大兄怎么突然提起欧阳姑娘来了？"

崔湛道："只是恰好有所听闻而已。"话音落时，他重重地在崔锦脑门一敲，"敢调侃你大兄，没轻没重的！"

崔锦防不胜防，最好认命。

兄妹俩在马车里说说笑笑的。

马车即将到崔府的时候，蓦然停了下来。驭夫说道："郎君，有人截下了马车。"听到此话，崔锦掀起车帘，正好见到了一小童。

小童乌眸水灵灵的，她一下子便认出了是谢五郎身边的小童，便也只有谢五郎那般的人才能将家仆与侍婢也养得跟寻常人家不一样。

她对崔湛说道："大兄，你先回去吧，我晚些再归家。"

崔湛探头看了眼，沉默了下，方应了声。

"好，早些回来。"

崔锦点点头，随后跟随小童上了另外一辆马车。马车仍是谢家的那一辆奢华宽敞的马车，驭夫也还是之前的驭夫。

不过这一次马车里竟然搁了好几个食盒。

崔锦扫了眼便不再多看。

然而，跟着马车一块走的小童却开口了："姑娘，马车里的糕点是郎主为你准备的，里头都是郎主所喜爱的吃食。"

崔锦今日与爹娘用早饭，因为将要离别，崔锦吃得有些多，至今肚里还是撑着的。

她懒懒地瞥了眼，又收回目光。

两刻钟后，马车驶进了谢家别院。崔锦下了马车后，小童也不见了，驭夫默默地牵了马车离开，院里很快便只剩她一人。

她环望周遭，并没有见到阿墨，更没有见到其他家仆。

院里安静得不可思议。

崔锦抿抿唇。

片刻后，她迈开步伐，走出了院落。前几次她过来都是夜里，每次阿墨都带她走了不同的路。她仔细地想了想，索性随意挑了个方向便直接迈步前行。

穿过一条花丛小径时，眼前蓦然出现了一个小湖泊，湖面波光粼粼，似有星辰在闪烁。

岸堤有一道九曲回廊，连接着湖心的水榭。

崔锦左右打量，依旧没有见到半个人影。她直接走上了回廊，到了水榭中。此时正值夏季，湖心中央的水榭格外凉快。

她伸手将乱发拂到耳后。

就在此时，忽有拍翅声响起。

她循声望去，视线里蓦然出现了一只鸟儿，羽毛是红黄相间的，眼珠子乌溜溜的，头顶有一根俏皮的红羽，模样很是憨厚。

崔锦登时愣住了。

紧接着，又有一只一模一样的鸟儿出现在崔锦的视线里。

两只，三只，四只，五只……数不清的鸟儿在湖泊上振翅而飞。苍穹之下，极其壮观，就像是一张巨大的网在天空中铺了开来。

崔锦惊呆了，她连呼吸都屏住了。

"小……小……"

"小红缨？"接话的人自崔锦身后慢慢走前，谢五郎伸出一只手，鸟儿扑腾扑腾地落在他的手背上。他微微一笑："是你所想念的小红缨么？"

"郎……郎主……"

他说："焦山凉亭间，你与我倾诉旧事，念及小红缨。如今我赠你此湖，养下九十九只小红缨，意为长长久久。"

她……她没有想到那一日她的无心之言，谢五郎竟是记住了。

他轻击双掌。

十名侍婢，十名仆役同时出现在水榭外。他们纷纷伏地行礼。

谢五郎道："他们是照顾小红缨的家仆，有他们在，小红缨皆能寿终正寝。"

他好大的手笔！

竟赠她湖泊，赠她鸟儿，还附带二十名家仆。

"阿锦，我此举可有令你快活？"

崔锦说："我……我很是惊喜，没有想到郎主会记得我所说的话。"真的真的没有想到，以至于她现在的心情极其复杂。

"听了便记住了，阿锦，你高兴么？"

崔锦点头，半晌她才意识到谢五郎看不见，开口道："郎主，阿锦很高兴。"

谢五郎揽上崔锦的腰肢，离开了水榭。

两人走到屋里。

阿墨奉上两杯茶，又奉上了糕点。此时，谢五郎忽然道："我喜欢吃什么糕点？"崔锦不由一怔，她低头看了眼桌案上的糕点，试探地道："杏花酥？"

谢五郎又道："还有呢？"

崔锦一时半会答不上来。

她蓦然想起马车里的几个食盒，以及小童所说的那句——马车里的糕点是郎主为你准备的，里头都是郎主所喜爱的吃食。

谢五郎淡淡地道："你没打开食盒？"

崔锦立马道："郎主为阿锦准备的吃食，弥足珍贵，阿锦心想郎主所赐的吃食定要焚香沐汤，挑好时辰，方能慢慢品尝，如此才不会辜负了郎主的心意。"

谢五郎道："又在一本正经地说胡话了。"

说此话时，谢五郎没有一丝不悦，反倒是有几分笑意。他道："也罢，等你回去后好好记着。明日我再考你。"

"啊？"她背下来做什么？

谢五郎说道："有何惊讶？作为我身边的人，你岂能不知我的喜好？好好记下，若是明日少背一个，你便与我同沐一回。"

听到这话，崔锦立马想起那一日汤池中赤裸身体的谢五郎。

她咽了口唾沫。

谢五郎说："嗯？还是说阿锦你想与我再同沐一回？在水里鸳鸯交颈？"

"阿锦定会一字不落地背下。"

谢五郎的表情里似有一丝遗憾。

接下来，谢五郎让崔锦给他念书，念了整整半个时辰。在她念得口干舌燥后，在胡床上阖着眼的谢五郎缓缓地睁眼，说道："阿墨，取我的琴来。"

"阿锦。"他唤了她一声，轻轻地拍了拍自己的身前，示意她坐过来。

崔锦只好从善如流。

待她坐下时，谢五郎忽然从背后拥住了她，他的呼吸喷洒在她的耳尖上，灼热而湿润。他沙哑地道："阿锦，我弹琴给你听。"

……可不可以换个姿势？

阿墨取来谢五郎的五弦琴，随后又眼观鼻鼻观心地无声无息地退下。

崔锦的一张脸红了个透。

谢五郎将琴搁在了崔锦的双膝之上，他整个人环住了她，紧紧地贴着她的背部。崔锦只觉自己快与谢五郎融为一体了。

隔着薄薄的夏衫，她几乎能感受到衣裳之下的肌肤的灼热。

"想听什么？"

崔锦的声音微颤："但凭郎主喜欢。"

谢五郎愉悦地说："便来一曲《凤求凰》吧。"说罢，他的十指在琴弦上滑动，行云流水的乐曲倾泻而出。崔锦没有心思听，此时的谢五郎明明在弹着琴，可他的唇却在有意无意地碰触她的耳朵。

冷不丁地，她感觉到耳尖有湿软传来。

谢五郎他竟是含住了她的耳尖！

崔锦打了个激灵，他的手指越来越快，竟半点差错也没有。忽然，乐曲慢了起来，他的舌尖轻轻地点着她的耳尖。当乐曲快起来时，他的舌尖又如同在琴弦一般，急速地晃动。

一曲《凤求凰》毕时，崔锦整个人已经瘫软在谢五郎的怀里。

"好听么？"

他的手在她腰间摩挲，隐隐有往上爬的趋势。崔锦连忙坐直身子，说道："郎主不是给了阿锦选么？"

谢五郎说："你应该明白那只是为你掩盖的一层皮，你不愿让世人知晓你与我之间的亲密，我便顺着你。"他又开始摩挲她的腰肢，像是在把玩什么似的。

他的呼吸微微有些急促。

"崔氏阿锦，你的身子让我流连忘返呢。"

崔锦抿紧了唇瓣。

然而，就在此时，谢五郎忽然松开了她的腰肢。他轻轻地在她的耳垂上亲吻了一口，说道："我的阿锦似乎不太乐意，今日便如你的意。见到阿锦不舒服，我……心

中竟也有不适。"

他扳过她的头，语气纯真得不能再纯真。

"阿锦，你说我该怎么办？见到你不高兴，我也不高兴。谢家五郎又岂能有这样一个弱点的存在？"

她看着近在咫尺的他。

他的表情是带着疑惑的，他的表情是那么的真挚，那么的真诚，又那么的真实，仿佛他当真在为这个问题而苦恼着，为崔氏阿锦而烦心着。

崔锦说道："阿锦不愿成为郎主的苦恼，甘愿……"

话还未说完，谢五郎又说道："只不过如今还没有人敢动我身边的人，崔氏阿锦，在我谢恒身边，我永保你的平安。我在，你在。"

谢五郎每日都会召见崔锦。

清晨一起来，她刚梳妆好，谢家的马车便已经停在崔府的门口。直到日落之前，谢家的马车又会送回崔锦。崔锦只觉如今自己在谢家别院待的时间比她在新家里待得还要长。

谢五郎每天都要抱着她，偶尔会做出很是亲密的举动，偶尔又只让她陪在一边。有时候可以半天不说话，有时候他会弹上一整日的琴。

渐渐地，渐渐地，大半个月将过时，崔锦变得有些不一样了。

崔锦的异样，阿欣是最快发现的。大姑娘的面色偶尔会变得绯红，偶尔会看着某一样事物发呆，还偶尔会自己偷笑。这样的异样，阿欣是见过的。

就是当初大姑娘倾心于赵家郎君的时候。

想起大姑娘这阵子去谢家别院去得频繁，阿欣立马便想到了那一位燕阳城的贵人——谢家五郎。

阿欣忐忑地问："大姑娘，你是不是已经对贵人倾心了？"

崔锦嗔道："莫要胡说。"

阿欣歪着头，仔细地打量着大姑娘，心想，现在的大姑娘嬉笑嗔骂都是带着女儿家的娇羞，果然是对贵人倾心了。

阿欣小声地说道："大姑娘，你之前不是说绝对不会喜欢燕阳城的贵人么？贵人身份如此高贵，定不可能只娶大姑娘一个的吧，到时候老爷肯定不愿意。"

听到此话，崔锦的眉头染上了愁绪，但是她仍旧否认道："我并没有倾心于谢五郎。"

阿欣见状，也不再多说。

而此时，崔锦却又忽然道："阿欣，我如今的模样看起来当真像是倾心于谢五郎？"她的眼神里似乎有一丝期待，随着阿欣的点头，期待慢慢变成了喜悦。

阿欣不明所以。

怎么大姑娘一会高兴一会又不高兴的？

崔锦含笑道："阿欣，唤二牛备车，我要去谢家别院。"

阿欣愣道："大姑娘今日不等贵人的马车吗？"

崔锦眨巴着眼睛，说道："总不能每天都让贵人来接我吧，偶尔也要主动主动的。"

马车很快便到了谢家别院。

守门的随从见是崔锦，也不曾阻拦，直接让崔锦进去了。崔锦在谢家别院里待了大半个月，如今的她已是十分熟悉谢家别院里的每一条路。

她先是去了红缨湖里看望小红缨。

早晨的小红缨格外活泼，对她也很是亲近。有侍婢递上鸟儿的吃食，崔锦撒落在地，小红缨们扑腾着翅膀纷纷落在崔锦的身侧。

崔锦笑吟吟地看着它们。

她伸出手，两三只小红缨立马熟稔地落在她的手臂上，有歪着鸟脖子的，有用乌溜溜的眼珠子看着她的，还有扑闪着翅膀的。

她伸出另外一只手，轻抚它们的头。

它们也很是乖巧地不动，还有一只蹭着她的掌心。

她轻声地说道："以后可能见不到你们了。"语气中有几分遗憾和可惜。

小红缨听不懂，继续蹭着她的掌心。

她低声一笑，放飞了它们。她唤来侍婢，问："郎主在何处？"

"回姑娘的话，郎主在青竹园里。"

阿墨守在青竹园的门口，他大老远便见到了崔锦。崔锦施施然走来，对他微微颔首示意，便直接走进青竹园。

阿墨已经习以为常。

近来郎主太过宠爱崔氏，几乎到了摘星星摘月亮的地步。以至于燕阳城的本家都飞鸽传书过来，细问崔氏的事情，只不过每一封传书都被郎主截下了。

崔锦走了一小会，便见到了谢五郎。

她刻意屏住了呼吸，踩着无声的步伐逐渐靠近谢五郎。他垂首弹琴，看起来似乎十分专注。离谢五郎还有十步的距离时，她停下了。

她直勾勾地看着他，眼睛眨也不眨地，将他的眉眼、唇鼻，还有双耳，慢慢地看了个遍。

他的琴音将停时，她又再次无声地迈开步伐，转到了他的身后。

当琴音停止时，她环住了谢五郎的双肩，笑嘻嘻道："郎主，你猜猜我是谁？"她的声音带有一丝鼻音，许是有些轻微风寒的缘故，她说出来的话带着一股软糯软糯的味道。

谢五郎低低一笑，转身便将崔锦搂在怀里。

"调皮。"

崔锦噘嘴道："郎主早就发现了？"她懊恼起来，"明明阿锦已经屏住呼吸了，走路也是无声。郎主是怎么知道的？"

谢五郎低头在她发间一嗅。

"你身上的香味。"

崔锦恍然大悟，转眼间，她又搂住谢五郎的脖颈，笑吟吟地道："明日我再来吓郎主一跳。"她主动靠近他，鼻息离他极近。

"郎主，你这般抱着阿锦，阿锦心中很是欣喜呢。"

"阿锦喜欢郎主这样抱着我，喜欢郎主含笑的模样，还喜欢郎主唤阿锦的声音。每一样，阿锦都好喜欢。"

"郎主，你听，阿锦的心在怦怦怦地跳着。"

……

谢五郎怔住了。

此时此刻他怀中的少女大胆而奔放地向他表达着内心的喜悦，声音好听得像是淙淙流水，从他耳畔滑下，直达胸腔，慢慢地淹没了他的心脏。

"郎主郎主，阿锦以后唤你五郎可好？"

谢五郎迟迟没有回崔锦。

他似是陷入了怔愣之中。

崔锦又唤了声："郎主？"

谢五郎这才回过神来，意识到自己为了怀中的姑娘而失神后，他蹙下了眉头。随后，他站了起来，冷着一张脸迅速离开了青竹园。

崔锦一头雾水，只觉今日谢五郎有些莫名其妙。

约莫过了一炷香的时间，阿墨走来，说道："崔姑娘，郎主在屋里等你。"

崔锦应了声，旋即跟上阿墨的脚步。走了七八步路的时候，崔锦忽然说道："郎主他不喜欢别人唤他五郎么？"

阿墨瞥了崔锦一眼。

"这个倒是没有，本家都是这般唤郎主的。"

崔锦叹了声，她发愁地道："郎主是不是不喜欢我唤他五郎？方才我一唤，他脸色便不太好看了。若是郎主不喜欢的话，我以后便不唤了。"

顿了下，她又小声地道："可是五郎唤起来，比郎主亲近得多。五郎多好听呀。"

阿墨又瞥了她一眼，见她为一称呼而纠结得眉头紧锁，又时而叹息，时而欢喜的。阿墨心想，崔氏果真是倾心于郎主了。郎主一出手，就是不同凡响。

到了门槛前，崔锦伸长脖子瞅了瞅，见谢五郎神色如常后，她方安心地走进去。

"阿锦？"

崔锦应了声，说："郎主可是要弹琴了？"平日里的这个时候，谢五郎总要弹一曲的。

谢五郎说："怎么不唤五郎了？"

"啊……"她惊喜地道，"阿锦可以吗？"她三步当两步地坐在了谢五郎的身侧，满怀期待地道："当真可以唤五郎？"

谢五郎含笑道："我应允你。"

"五郎。"

"嗯。"

崔锦的声音极是快活，她又连着唤了好几声的五郎。谢五郎不厌其烦地应她。在崔锦唤第十声的时候，他忽然感觉到脸颊上贴来了一处柔软。

蜻蜓点水的一下，又迅速松开。

他听到了崔锦急促的呼吸声，还有自己重重的心跳声。他没有任何犹豫便拉过崔锦，双手捧住她的脸颊，整个人慢慢地靠近。

"……五郎。"

"……嗯。"

他的手指轻轻地摩挲她的唇瓣，无意间碰到湿润的舌尖，他微微顿了下。随后，他倾前身子，捕获她的唇瓣。

他重重地吸吮着。

毫无经验的他只能靠着本能吸吮她唇里的甘甜，双手也是情不自禁地在她的身体游移，先是脖颈，后是胸前的丰满，再到平滑的小腹，而后是……

呼吸变得粗重。

空旷的屋里充满了喘息声。

崔锦猛地回过神。她推开了谢五郎。

"五郎，阿锦还是待嫁之身！"

谢五郎压抑住小腹下奔涌而上的气息，他没有再有动作，而是安静地抱住了崔锦。崔锦动了下，他声音沙哑地道："莫动。"

崔锦听得出他声音里的压抑，也不敢动了。

半炷香的时间后，他松开了崔锦。崔锦小声地问："郎主会带阿锦回燕阳城么？"

谢五郎说："好。"

第十二章
跌落谷底

夜色已黑。

崔府里静悄悄的,只有巡逻的护院的脚步声。护院经过崔锦一家住的院子时,不由得停下了脚步。此时已是子时,连倒夜香的下人也歇了,然而此时此刻,别致的院子里头灯火通明,还隐隐有翻箱倒柜的声音传出。

"真是怪矣,都子时了,九爷一家怎么还不曾歇息?莫非是进了贼不成?"

另一护院低声道:"怎么可能进贼?若当真进贼了,我们府里哪会这么安静。里头那位可是贵人宠着的,眼下自不会有不识趣的人敢得罪里头那一位。"

护院嘟囔道:"也不知里头在做些什么。"

另一人又道:"你就莫要操心了,里头做些什么,莫说是你,连我们府里的夫人都管不着。大爷吩咐过了,九爷一家的事情谁也不能管。走吧,还是去其他地方看看。"

两人的脚步声渐行渐远。

夜风拂来,带了一丝凉意,而此时的阿欣却是满头大汗。她一手拿着手帕轻擦额头,一手叉着腰,双目灼灼地看着搬动箱笼的仆役。

"啊,轻些轻些!别这么使劲,里头可是大姑娘最爱的东西,得轻拿轻放,可不能碰坏了。"

"……还有那边的!对,说的就是你,将箱笼往里头搁一点,外面还要放竹简呢。"

"不对不对,这个放歪了。燕阳城那么远,得放正一些,路上颠簸的地方多着呢。不放正容易摔下来!"

"……"

远在凉亭里的崔锦见到阿欣如此卖力,不由失笑。

她披着樱红浣花锦仙鹤云纹披风,端坐在凉亭中。凉亭里只有她一人,石桌上的茶已经凉了，糕点也没用几口，通通都搁在了青花缠枝纹高足瓷盘上。

从阿欣身上收回目光后，崔锦遥望天边的月光。

今夜月色极好。

这些时日以来的月色都很好，就像是谢五郎对她一样。谢五郎赠了她许多东西，不过是短短大半月，谢五郎赠她的东西多得库房里都塞不下了。除了身外之物，他更是将自己捧到了云端之上。

她头一回尝试到了俯瞰众人的滋味。

原来站在高处是如此美好，只要一伸手便能随心所欲。

只可惜月有阴晴圆缺。

茶香袭来，唤回了崔锦游离在外的思绪。

阿宇不知何时出现在凉亭中，一杯清茶渐渐斟满。月光倒映在清澈透亮的茶水中，像是一抹银光。崔锦说："是你呀。"

阿宇低眉顺眼地道："小人见姑娘的茶冷了，便奉上新茶。"

崔锦捧起茶杯，轻轻地吹了吹。

她喝了一口后，问道："大兄歇了？"

"回大姑娘的话，大郎早已歇了。这段时日大郎外出得频繁，也不许小人跟着，每次回来后便早早歇下。今日也是如此。"

崔锦道："大兄如今喜欢外出是件好事，你是大兄的陪读，以后这些事情也无须与我说。大兄做什么自有他的理由。"

阿宇应了声。

崔锦搁下茶杯，又瞅了他一眼，淡淡地道："说吧，还有什么事情。"

阿宇摸摸鼻子，嘿笑一声："果然瞒不过大姑娘。"他压低声音问道："大姑娘过几日当真要跟贵人回燕阳城了？"

崔锦微怔。

阿宇又压低了声音。

"大姑娘，小人瞧着崔府里似乎有贵人的人。"阿宇说此话时，眼睛微微地亮了亮。

崔锦笑道："阿宇，你是个聪明人。"

阿宇的眼睛更亮了。他原先只是猜测，还不能完全肯定大姑娘到底想做什么。而如今大姑娘回的这一句，让他彻底肯定了自己的猜测。

他拍拍胸口说道："小人的命是大姑娘给的，无论如何，小人定会与大姑娘共进退。"

崔锦道："行了，退下吧。"
"是！"
崔锦将杯里的清茶喝光了，再次搁下茶杯时，她的眼里浮起了笑意，只见她对阿欣招招手，说道："好了，今夜便到这里，剩下的明后两天再收拾也不迟。"
阿欣立马让其他人去歇息了。
她兴高采烈地走过来，说道："大姑娘！已经收拾得七七八八了！"
崔锦含笑道："没有收拾好也没关系，横竖到了燕阳城还能买新的。燕阳城什么都有，五郎的府中更是无所不有。倒是五郎赠我的那些东西，仔细收着，千万别磕破了。"
提起"五郎"二字，一双水眸里荡漾着比月光还要柔和的神色。
阿欣嘟囔了句："大姑娘还说自己不是春心荡漾。"
崔锦登时瞋她一眼。
"敢编派你家姑娘，小心你家姑娘让贵人罚你。"
阿欣笑嘻嘻地说："大姑娘，你自己听听，左一句贵人右一句贵人的，大姑娘的心都陷下去喽。"
崔锦的脸微红，用鼻子重重哼了声，说："不许再耍嘴皮子。"

谢恒不日便回燕阳城的消息很快便在洛丰城里传了开来，而传得更开的是这段时日以来风头极盛的崔氏女也要跟着谢家五郎回燕阳城。
这意味着什么，众人都再明白不过。
一旦跟着谢五郎回了燕阳城，说是飞上枝头变凤凰也不为过。这于一小城的小户之女而言，已经能用传奇两字来形容了！
此消息一传开，所有人的目光都盯在了崔锦的身上。
然而，崔锦接连几日却不曾离开过崔府，只留在府中吩咐仆役仔细收拾细软，对于外头传得沸沸扬扬的闲言蜚语，她仿佛半点也不知晓。
期间，曾有闵恭的拜帖递来，崔锦看了一眼，便让阿宇回绝了。
之后，闵恭又送了第二张帖子，崔锦也让阿宇回绝了。
再后来，闵恭又送来第三张，只不过崔锦仍旧没有见他。而这一回在阿宇回绝之后，闵恭再也没有送来帖子。阿宇说："送帖子的随从说让大姑娘好自为之。"
崔锦勾唇一笑，也不曾生气。
反倒是阿欣气得脑袋冒烟，跺脚愤愤地道："闵家郎君太过自负！好自为之四字岂是他说得！"
崔锦轻笑道："其实闵家郎君还算不错。"

阿欣瞪大了双眼，嘟囔道："比起贵人可是差多了。"

崔锦笑了笑，没有再多说什么。阿宇仔细打量崔锦的神色，默默地在心中揣摩崔锦所说的每一句话。

很快地，谢五郎离开洛丰之日到来了。

那一日，崔锦起得很早。她对镜描眉，画出了精致的妆容，还在眉心间贴了时兴的花钿，衬得容貌愈发妍妍，连阿欣见到时都被惊到了。

她说："以大姑娘的姿色，到了燕阳城一定能将贵女们都比下去！"

崔锦含羞一笑："迫不及待地想让五郎见到了。"

阿欣捂嘴轻笑。

此时，有人轻轻地敲了敲门，崔锦道："进来吧。"门一推开，便有一侍婢走进。阿欣眨巴着眼睛，兴高采烈地道："是不是贵人的马车来了？"

侍婢摇头，说道："大姑娘，方才贵人派人来说，让大姑娘先去洛丰城外等着，贵人稍后就到。"

阿欣登时有些失望。

她问："为什么要先让大姑娘在城外等着？"

侍婢自是不晓得答案。

崔锦神色不改地道："五郎这么说定有他的原因，不必多说了。阿欣，让二牛备好车，等会就启程去城外。大兄先留在洛丰，待爹娘避暑归来后再一道前去燕阳，其余都妥当了么？"

阿欣点头。

"大姑娘，一切都准备妥当了。"说着，她又捂嘴笑道："大姑娘，怎么你现在这模样不像是要见情郎，反倒更像是要上战场了。"

崔锦一听，神色变得柔和。

只见她嗔了阿欣一眼，道："莫要胡说，走吧。"

马车渐渐驶出了崔府，此时时辰尚早，但街道上的人却不少。尤其是见到崔府里驶出了七八辆马车，里头沉沉的，似是装着家当，众人无须猜测便知是崔锦的马车。

而今日正是谢五郎离开洛丰城的日子！

众人窃窃私语，还有不少人流露出羡慕的眼神儿。

当真是上天掉了个大馅饼砸在了崔氏女的头上，怎么他们就没这个好运气呢？

洛丰城外。

七八辆马车依次排开，停在了树荫之下。城门外蹲了不少乞儿，个个探头张望着，瞅着崔锦的马车。也有不少百姓为了看热闹，一路跟着崔锦来到了城外。

此时正值晌午，天空上的太阳毒辣辣的，树上的蝉鸟叫得格外响亮。

而马车里的崔锦仿若未闻，她安安静静地端坐着，背脊挺得笔直。她阖着眼，似是在沉思，又似是在歇息。阿欣的声音从车窗外飘来。

她热得已是满头大汗。

"大姑娘，怎么贵人还没有来？我们已经在城外等了将近两个时辰了，马儿都快受不了了。"

崔锦的声音没有任何起伏。

"再等等。"

阿欣只好应声，转了个弯，寻了一处更为阴凉的地方，不停地摇着团扇。她歪头瞅了眼崔锦所在的马车，叹了声，自言自语地道："怎么大姑娘就不热呢？马车里闷得快能烤焦了。"

阿宇不知何时飘到阿欣的身后。

他说道："大姑娘心凉。"

三个时辰又过去了。

毒辣的日头开始下沉，蝉鸟也叫累了，蹲在城外的乞儿也去觅食了，看热闹的百姓们也散去了。城外渐渐陷入一片灰暗之中。

有仆役点了灯，挂在了马车上。

阿欣开始心急了。

她走到崔锦所在的马车，正想开口询问时，崔锦从马车里钻了出来。她看了眼阿欣，道："让阿宇去谢家别院问问，是不是五郎那边有急事发生了？"

阿宇领命而去。

不到半个时辰，阿宇便回来了。

崔锦问："可有问到什么？"

阿宇白着脸道："回大姑娘的话，小人到了谢家别院后，还不曾开口便被守门的侍卫赶了出来。"话音一落，阿欣惊诧地瞪大了双眼。

"怎……怎么会！"以前经常都是阿宇替大姑娘向贵人传话的，贵人那边的随从铁定认得阿宇的！阿欣着急地问："你没有说你是大姑娘派来的么？"

阿宇绝望地道："我说了大姑娘的名号，可是依旧被赶了出来。"

阿欣露出不敢置信的神色。

而此时的崔锦低下了头，没有人能看见她现在的表情。半晌，她才轻声道："既然如此，便先回去吧。宵禁的时辰将至，再不回去就来不及了。"

翌日。

崔锦一大早便起来了，她没有让阿欣帮忙梳妆，而是亲自画眉傅粉。片刻之后，铜镜中出现了一个双眼青黑，脸色发白的姑娘，她的眼里布满血丝，连神态也是憔悴的。

她挑了一件素色的衣裳，发髻也是随意挽起，只戴了一支玉簪。

随后，她离开了厢房，登上了马车。

二牛忐忑地问："大姑娘要去哪儿？"

崔锦淡淡地道："谢家别院。"顿了下，她又补充道："不要走平时的路，今日从洛丰城最热闹的大街驶过去。"

昨日崔锦在城外等了一整日的事情，今日早已传开。

越来越多的人盯着崔府。

如今崔府的门大开，崔锦坐着马车缓缓驶出时，不到一盏茶的工夫，消息立即一传十十传百，传得众人皆知。

好热闹的人盯紧了崔锦的马车，悄悄地一路跟随。

跟着马车一路走的阿欣感受到众人灼灼的目光，不由有些心慌。今早大姑娘起来时，神色很不对劲。这样的神色她见过的，之前在樊城时，那些受到夫家冷落的妇人便是如此，充满哀怨的眼神，日复一日年复一年的憔悴。

阿欣心中隐隐有不妙的预感。

终于，马车到达了谢家别院。

守门的侍卫瞥了阿欣一眼，神色不再像以前那般殷勤。阿欣挤出一个笑容，说道："我们家姑娘想见郎主。"

侍卫冷冷地道："我们郎主诸事繁多，没有空。"

语气中已有赶人的意思。

阿欣咬住了唇瓣，登时不知该如何是好。她望向马车，马车里却是一派安静。片刻后，马车终于有了动静。一只素白的手伸了出来，阿欣连忙扶住。

只见马车里缓缓地钻出一个穿着素色衣裳的姑娘，腰肢不盈一握，然而微风拂来时，她却是踉跄了下，整个人似乎要随风而去一般。

崔锦看向侍卫。

她竟是低低地笑了声。

侍卫怔住了，连阿欣也不明所以。崔锦又低笑了一声，两声，三声……当她抬起眼时，有晶莹的泪水从眼眶处缓缓滑落。

她呢喃道："我明白了，明白了，真的明白了。"

一连三句明白，一句比一句要重，一句比一句要凄凉。她忽然甩开了阿欣的手，使劲地擦了擦眼眶，兴许是力度太大的缘故，她的双眼红得像血一样。

她跪了下来，用力地磕了三个头。

阿欣连忙跟着跪下。

侍卫看着崔锦的举动，蒙了。待回过神后，落入他眼底的是渐行渐远的马车以及地上暗红的血迹。

谢五郎站在窗前，负手而立。

当阿墨走进庭院时，他淡淡地开口："崔锦说了什么？"阿墨抬眼看了谢五郎一下，方回道："崔氏磕了三个响头，还连着说了三句我明白了。"

顿了顿，阿墨又说道："侍卫说崔氏还哭了，是哭着磕头的。"

"然后？"

阿墨轻咳一声："然后崔氏便离开了。"

谢五郎呢喃道："她明白了……"

阿墨听到此话，心中腹诽，郎主你都做得如此明显了，崔氏又是个聪明的，岂会不明白？崔氏一直都是郎主棋盘上的一颗棋子，这些事情都在郎主你的掌控之中呀。

只不过腹诽归腹诽，阿墨自是不敢说出来，连呼吸也不敢有变，生怕郎主会发现自己的变化。

如今崔氏难以自保，恐怕也不会提起五十金的事情了。

阿墨暗中松了口气。

同时，他又觉得有些遗憾。这段时日以来，有崔氏在身边时，郎主显然是比以前要多话了一些，甚至变得有些不一样了。

蓦地，谢五郎道："她当真哭了？"

阿墨说："千真万确，侍卫说崔氏先是沉默了许久随后开口说我明白时便开始哭了，眼泪一直在掉。"

谢五郎道："你退下吧。"

"是。"

阿墨离去后，谢五郎踱步到琴案旁。他轻抚五弦琴，随意地抚弄琴弦。也不知过了多久，谢五郎露出了怔忡的表情。

若阿墨此时在的话，定会大为诧异。

郎主竟会露出这样的神情！

谢五郎也不明白为什么此时此刻的自己竟然一点也不快活，明明所有事情依照自己的计划在进行着，棋盘上的棋子也很乖巧很听话，丝毫差错也没有出现。

他报复了崔锦。

可他……不高兴，一点也没有报复之后的快意，反倒是有一丝道不明说不清的郁结。

不过是短短半日，崔锦在谢家别院的门前吃了闭门羹的消息便传了开来。随之而来的，还有崔氏被谢五郎抛弃的消息。

本来众人都只是半信半疑，然而消息传了几日，而谢五郎的人也不曾出来澄清，更不曾有任何表现，众人便晓得了，崔氏果真被谢五郎抛弃了。

所以这几日崔氏才会闭门不出。

有人见到巫医在崔府进进出出的，稍微打听了下，方知是崔氏病了。听闻病得很重，只不过谢家别院那边半点消息也没有传出。

经此一事，百姓们更加肯定崔氏不受巫子谢恒的待见了。

而与此同时，恰逢有巫子谢恒的师弟前来洛丰。谢恒的这位师弟唤作王信，正是秦州王氏的人。王信在王家排行第四，乃嫡出的身份，在燕阳城里便已与谢五郎交好，两人堪称知己好友。

王四郎来了洛丰后，也不曾去谢家别院。

他去了茶肆。

王四郎嗜茶，每到一个地方必定会先到茶肆，将当地的茶通通品尝一遍。在茶肆里时，有人认出了王四郎。王四郎为人向来随和，也喜爱与人交谈。

这一来一往之中，有人提到了崔锦。

王四郎皱眉道："万万不可能，巫师家族收弟子又岂是儿戏？我在燕阳城待了这么久，怎么不知我何时添了个师妹？是谣传罢了。"

此话一出，众人想起这几日谢家五郎对崔锦的态度，登时就明白了。

崔锦乃巫族之人不过是谎言而已！

兴许正因为得罪了巫族之人，所以身为巫子的谢五郎方会如此彻底地抛弃了崔锦！

这般言语一传十十传百的，很快，整个洛丰城皆知。以往每一日都有人往崔府给崔锦送拜帖，登门拜访的人亦是络绎不绝，大街小巷里提起崔锦都是羡慕的语气。

可是如今仅仅是数日的时间，却完全变了个样。

众人提起崔锦时都是轻蔑的语气，往常羡慕妒忌的话语也变成了幸灾乐祸。崔府也从门庭若市变成了门可罗雀，以往送拜帖的人此时对崔锦皆是避之不及，仿若崔锦是什么可怕的东西。

连崔锦在闹市里买的屋宅还被人投掷了石块。

崔府。

崔沁这几日很是高兴，连走路的时候都是轻飘飘的。之前一直听别人说崔氏如何如何，那种羡慕的目光她每次一看心里便不高兴。

凭什么崔锦可以轻而易举地得到贵人的青睐？甚至后来连阿爹也要让他们一家，将风水最好的院子给了他们！里头有个别致的凉亭，她以前眼馋许久了，在阿爹面前撒娇了不少次，也缠了阿娘许久，可是最后还是不了了之。

那个院子虽然偏僻了些，但当初请了懂风水的大师来看，说此处是风水最佳的院子。

最开始的时候祖父住了小半月，可惜后来就病了。再请大师来看，大师说祖父镇不住这个院子。于是乎，院子便空了下来，里头的装潢与摆设都是极为雅致的。

后来大房掌管崔府的大权后，这个院子本来是该由他们大房住的，可是后来阿爹住惯了原先的院子，也不想费事，院子便又空了下来。

她原想着再过一阵子便再向阿爹撒娇，她看得出来阿爹的神色中已有几分松动了，只要她再接再厉阿爹肯定会应允的。

可是她千算万算也没有料到最后院子会给了崔锦一家！

她当时都快气得脑袋冒烟了，若非当时崔锦风头正盛，她定会让她不痛快。现在好了，她被贵人抛弃了，再也不是那个人人都想巴结的崔氏女了。

没有贵人当靠山，现在的她便什么都不是！

崔沁大步往梧桐苑走去。

红柳跟在崔沁身后，心中有几分忐忑，她犹豫地道："三姑娘，这样不好吧。老爷不是说了不管九爷一家如何，我们都不能随意过去打扰？若是老爷知道了，定会责骂三姑娘的。"

崔沁从鼻子里哼出了一声。

"也不知崔锦给阿爹灌了什么迷药，竟让阿爹对她服服帖帖的。阿娘心中也不爽得很呢，我现在去教训教训她，阿娘心中也能高兴高兴。再说了，现在崔氏已经失势了，贵人也抛弃她了，还有什么可怕的？"

红柳说："那……那欧阳家那边？"

崔沁又哼了声。

"欧阳家向来与谢家不和，崔锦一与谢家好上了，欧阳家可曾派人过来问候过她么？前几天的茶话会也没邀请她呢。这已经在表明立场了，崔锦的靠山已经没有了。"

可以让她随意欺负了！

崔沁的眼珠子一转，又说道："再说了，我与她也算是堂姐妹一场。如今她不好过，身为堂妹的我不也该去安慰安慰么？"顿了下，她瞪了红柳一眼。

"不许再啰唆！"

红柳哆嗦了下，只好作罢。

到了梧桐苑后，崔沁对守着院门的小厮道："我来探望锦堂姐，还不开门让我进去？"

小厮说道："大姑娘身子不适，吩咐了小人这几日不见任何人，还请姑娘回去吧。"

崔沁一听，恼了。

"什么叫不见任何人？我是任何人吗？我可是府里正经八百的姑娘，来探望自己的堂姐还要经过你一个下人的允许？当真是笑话！"

小厮还是不为所动。

崔沁更恼了。

崔锦在厢房里作画。

她画了一幅又一幅，这几天对外说是养病，实际上她精神好着呢。不过就是没日没夜地作画，这几日下来，她所作的画4根手指头已经数不清了。

此时，有人敲了敲门："大姑娘，是我。"

崔锦搁下画笔，揉了揉眉心，道："进来吧。"

阿欣应了声，推门而入。她仔细地看了看崔锦的神色，见自家姑娘不像前几天那般憔悴后，方松了口气。天晓得她有多害怕大姑娘熬不下去了。

燕阳城的那一位贵人当真任性得很，那般反复无常，说抛弃就抛弃，如今还让大姑娘沦落到如此地步。幸好大姑娘心性好，若是换了寻常姑娘怕早已一条白绫吊在横梁上了。

阿欣这几日不敢提起任何与燕阳城有关的字眼，小心翼翼地侍候着。

今天大姑娘看起来气色好多了，眉头也不是紧皱着的，松缓了不少。阿欣搁下茶盅和茶杯，又斟满一杯清茶。

"大姑娘这几日没怎么进食，奴婢做了些清爽可口的糕点。大姑娘若是饿了，可以尝一尝。"

崔锦笑道："好。"

说着，她在铜盆里洗净了手，拈起一块糕点。

似是想起什么，她忽然说道："与五郎一起久了，倒是染上他的习惯了。以往在樊城时哪有这么讲究。"

阿欣心中大叫不好，她也不知该说些什么，只好眼巴巴地看着崔锦。

崔锦无奈地笑了下，又道："不过这个习惯也不错，是该洗净手了才吃东西。"说罢，她咬了一口糕点，三下五除二地便吃完了一盘糕点。

阿欣哪里会不知自家姑娘是化悲愤为食量，登时心酸不已，又默默地在心底咒骂了谢五郎几句。

崔锦喝光了一杯清茶，搁下茶杯时，眉眼忽然动了下。

她道："是谁在外头吵闹？"

阿欣愣了下，回过神后连忙道："是三姑娘，说是要来探望大姑娘，但是小厮将她拦在外头了。"她又说道："三姑娘肯定不安好心，眼下见大姑娘失势了，定是来取笑大姑娘的。"

崔锦却是笑了声。

"让她进来。"

阿欣又愣了下。

崔锦又说道："这几日心里不爽利，正缺了个人出气。"

崔沁闹了半天终于进来了，心中简直是又恼又气。她疾步走进，没走几步，便见到崔锦在她最爱的凉亭里优哉游哉地喝着茶，看起来颇是惬意，一点也不憔悴一点也不落魄，完全不像是一个失势的人该有的表情。

今日的崔锦穿了件樱红的襦裙，淡黄的衫子，尽管身上没有任何配饰，可依旧像是鲜花一样娇美。

她登时就愣住了，呆呆地站在凉亭数十步之外，怔怔地看着崔锦。

直到崔锦轻飘飘地看来，她才猛地回神。

"你……"

崔锦轻笑一声："怎么？堂妹见到我如此好，心里不高兴了？"

"我……"

崔锦又道："堂妹心里定是在想贵人不待见我了，也不宠着我了，洛丰城里都在看我的笑话，所以今日堂妹无论如何都想来插一脚是吧？只不过我精神如此好，倒是让堂妹失望了。"

她慢声道："真是可惜呀。"

被戳破心思的崔沁一张脸顿时变得通红，连话也不知该怎么说了。

崔锦又道："莫说我这个堂姐没有指点你，下回堂妹想来取笑我，不妨先看看自己有几斤几两，你阿爹尚不敢对我如何，你崔沁又算得什么。我即便是失势了，也轮不得你对我指手画脚。"

她把玩着自己的手指，似是想起什么，又低笑出声。

"说起来，我倒是忘记告诉堂妹你了。前些时日欧阳小郎还曾与我说过话呢。欧阳小郎生得丰神俊朗的，委实是一方人物。"

此话崔锦说得极慢，尤其是末尾那一句，她将音调拉得极长，带有一种意味深长。

崔沁立即瞪大了双眼。

"你……"

崔锦笑起来:"我怎么?堂妹今日过来不是说你就是说我的,到底想说什么?"

"我……"

崔锦打断了她的话:"堂妹信不信我能让欧阳小郎厌恶于你?"

崔沁的脸色登时变白。

她是信的!

尽管崔锦说得漫不经心,可她偏偏就是信了。她这个堂姐很是古怪,就如同她是为鬼神所庇佑一样,有时候她说的话尽管语言很是苍白,可她下意识地便会相信。

崔沁咬住下唇。

崔锦露出微笑。两人对望了一眼,崔沁受不住了,捂住了脸颊,转身便跑出了梧桐苑。红柳见状,连忙跟着跑出去。

阿欣说道:"大姑娘好生厉害,竟将三姑娘堵得一句话都说不出来。"

她的一双眼睛亮晶晶的。

"大姑娘大姑娘,方才说欧阳小郎的话,是真的?"阿欣仔细地想了想,燕阳城的那一位贵人是指望不上了,这放眼洛丰城,当属欧阳小郎最佳。况且大姑娘也说过了,她要嫁的人一定要嫁最好的。没了谢家五郎,有欧阳小郎也是不错的。

阿欣的如意算盘打得哗哗响。

崔锦的嘴角微抖。

她正想说些什么,冷不丁地背后传来崔湛的声音。

"欧阳小郎?嗯?"

崔锦吓了一跳,连忙解释道:"阿欣胡说的,大兄莫要相信她。"她给阿欣使了个眼神儿,又说道:"方才只是跟沁堂妹戏言,戏言而已。"

岂料崔湛却说:"我见过欧阳小郎。"

崔锦愣了下。

他又道:"你跟我到屋里去,阿欣你不用跟着。"崔湛的表情颇为凝重。阿欣赶忙应声,微微侧过身子,让崔锦跟着崔湛离开凉亭。

到了屋里后,崔锦仔细地打量着崔湛,同时心中也在琢磨方才的那一句话。

门一关,崔湛转过身来。

他直勾勾地看着崔锦。

崔锦无意识地弯眉一笑,撒娇地道:"大兄何时见过欧阳小郎了?"

崔湛道:"无意中见到的,人的确不错,生得也好看。"说最后一句话时,他瞥了崔锦一眼,眼中有深意。崔锦岂会不知大兄又在不满她喜欢长得好看的男子一事,

她重重地咳了咳，说道："大兄，我也只见过欧阳小郎一次，方才当真只是戏言。大兄不必放在心上。"

崔湛说："你可以放在心上。"

崔锦这一回彻底愣住了。她从未见过大兄会主动跟他提起哪个男子，以往她看上的人，无论哪一个大兄都嗤之以鼻，尤其是赵三郎，还险些在兄妹俩之间造成了隔阂。

如今大兄竟然说出了一句这样的话。

欧阳小郎真真是头一个呀。

"我……"崔锦忽然被自己呛了下，她连着咳了好几声，眼泪都要掉出来了。崔湛拍拍她的后背，又给她倒了一杯温水。片刻后，她才好了许多。

崔湛一本正经地道："阿妹，你可以认真地考虑考虑。"

崔锦又被呛到了。

半晌，她才说道："大兄，莫非你是在担心我与谢五郎？"

听到"谢五郎"三字，崔湛登时皱起眉头，甚至从鼻子里哼了一声出来。他说道："谢家五郎生得太过好看，不好。"有一句话，崔湛没有说出来。谢五郎太过反复无常，家世太高，与阿妹不适合。且……他实在担心阿妹与谢五郎最后会弄假成真。

他这个阿妹，他自己心里有数，见到长得好看的，便容易动心。一旦真的动心了，便是飞蛾扑火之势，拦也拦不住。若对象是谢五郎那样的人，怕是最后连命都没了！

崔锦叹了声。

她道："大兄可曾记得阿锦与你说过的话？"

崔湛看着她。

她继续说道："阿锦曾说，不会喜欢谢五郎。谢五郎那样的人，阿锦配不起，也不想配得起。之前是阿锦失策了，惹上了这样一个麻烦的人，这一回阿锦定会掌握好，虽然过程苦了些，但是终归还是能好起来的。"

她抬起头，定定地看着大兄，一本正经地道："谢五郎的确生得好看，只是于阿锦而言，他却只是一尊神，遥不可及的神，避之不及的瘟神。"

崔湛从未听过自家阿妹说如此重的话。

她竟用了"瘟"之一字，可见她心底是极其不待见谢五郎了。

他又道："当真不考虑欧阳小郎？"

崔锦捂嘴笑道："阿锦还不曾及笄呢，大兄与其担心我的婚事，还不如先担心自己的终身大事。阿娘平日里虽然不说，但也是着急的。"

崔湛见她有心情调侃自己了，也彻底放心下来。

崔锦回了厢房。

她收拾好画案后，将阿宇唤了进来。她含笑道："阿宇，你即刻前往明州。记得要乔装打扮，然后四处传出消息。"

她勾勾手。

阿宇附耳过来。

阿宇听罢，震惊地道："这……这……大姑娘是要跟谢家作对了？"

崔锦微笑道："我不过是小户之女，岂敢与谢家作对？谢家短短数十年依靠巫族挤进五大高门望族之中，升得太快，树敌定然不少。这消息一传开，谢家自会往他们的对敌身上想，定不会猜到我头上来。何况这不过是假的消息，只要谢五郎信了便成。"

到时候他自然无暇顾及于她。

而且这段时日以来，在洛丰城里，谢五郎目的已达，想来也不会再惦记着她了。只要他一离开，估摸着也不会念想着她了。

她崔氏也不过是个无趣的姑娘罢了。

不过她还是得多谢谢五郎，这段时日在他身边，她学到了很多东西。虽然被占了不少便宜，但是她觉得也值得了。

最起码她的心境不一样了，眼界也开阔了。

她好像看到了一个以前从来都没有看见过的世界。

阿宇领命后，崔锦又唤来阿欣。

她道："替我化一个无神的妆容，头发也不必梳得太好，可以适当地乱一些。"

阿欣诧异地道："大姑娘是要出门吗？"

崔锦道："差不多该出去转一圈了，我过得太好，五郎心里不如意，便让他如意如意。"待瘟神一走，她便自由了。

他将她捧到顶端再重重摔下，她一样可以依靠自己的力量重新爬起来。

只要谢五郎不来干扰她！

谢家别院。

阿墨发现自己越来越揣摩不透自家的郎主了。他定定地瞅着谢五郎，仔细地打量着他面上的神色，可惜看了半晌，也不知此刻郎主到底在想些什么。

他只好作罢，垂下头来，安安静静地等着郎主的吩咐。

过了很久很久，一直垂手而坐的谢五郎终于有了动静。他缓缓地抬手，落在了五

弦琴上，可是他仅仅是轻轻地碰触，不曾发出一丝声响。

仿佛在回忆些什么似的。

片刻后，他道："你再说一遍。"

阿墨微怔，随即回神，利落地将之前所禀报的话语再次重复。

"……崔氏前日在茶肆中受人冷落，还被人耻笑。之前与崔氏所交好的人如今亦对她避之不及。据底下的人回报，崔氏面色不佳，看起来很是憔悴，上马车时险些踏空摔落。听闻崔氏夜里难寐，独自一人在湖边呆坐了半宿，被发现时，崔氏鞋袜尽湿。崔氏身边的侍婢吓得脸色发青，自此半步也不敢离开崔氏。"

顿了下，阿墨又道："没了郎主的宠爱，崔氏怕是想寻死了。"

他以前倒是高看了崔氏，到底还是跟寻常女子一样，沾上情爱两字，便要寻死寻活的。不过经历了这样的变数，被人从云端重重摔下，从万千宠爱到受尽冷眼，这样的落差也委实难以接受。

似是想起什么，阿墨在心中又重重地哼了声。

崔氏也是活该的。

敢那般戏弄郎主，活该受这样的罪！简直是胆大包天，也不看看他们郎主是何人，岂能胡来？

阿墨望向谢五郎。

郎主神情依旧难测。过了会，他又道："再说一遍。"

阿墨愣住了，呆了一会。

谢五郎不悦地道："阿墨，没听到我说什么？"

阿墨连忙回神，又一字不落地重复了一遍。话音落后，谢五郎的表情有几分古怪。阿墨百思不得其解。就在此时，谢五郎又道："再说一遍。"

阿墨从善如流。

这一回他边说边仔细打量谢五郎的神色。

郎主神色除了古怪之外，还添了一丝……心疼？阿墨使劲地擦了擦眼，总觉得方才是自己的错觉！郎主怎么可能会对崔氏心疼！定是错觉！错觉！

在阿墨重复完第六遍的时候，有小童无声走进，低声在阿墨耳边说了几句。

阿墨在心中松了口气，禀报道："郎主，王四郎来了。"

谢五郎的眉头蹙起。

就在此时，空旷的屋里响起嗒嗒嗒的声音。木屐踩着地板发出清脆的声响，阿墨扭头一望，正是穿着宽袍大袖的王四郎。

"数月未见，五郎怎么一听我的名字便紧蹙眉头？我王四郎可对鬼神起誓，绝无顺走五郎家中的好茶。"

阿墨默默地退下，顺带关上了屋门。

王四郎见谢五郎依旧眉头紧锁，不由大笑。

"五郎呀五郎，你眉头皱成这般，莫非是与情之一字有关？且让我掐指一算，"王四郎当真伸出手指，似模似样地动了动，而后一本正经地道，"果真与情之一字有关，是那一位崔氏女吧。五郎好生无情，好端端的一个姑娘被你糟蹋如此，以后怕是没有好人家愿意娶她了。"

似是想起什么，他又道："倘若被燕阳城的崔氏本家晓得这事，那一位善妒的怕是也饶不过她。"

谢五郎淡淡地道："师弟怎么来洛丰了？"

王四郎一听谢五郎以同门相称，便知他心中不悦，索性也不提了。

"师兄出来已久，大师父不放心，遂让我出来看师兄可有不务正业……"顿了下，王四郎的表情变得严肃，他认真地看着谢五郎，问道："师兄出来已有数月，可曾寻回来了？"

"不曾，许是机缘未到。"

王四郎顿觉可惜，不由轻叹。

他虽称谢五郎一声师兄，也为巫族之人，但是也仅仅是因为有天赋而已，加上他是王氏之子，才勉强入了巫族的门。

而师兄为巫子，乃名副其实。

师兄自小便目不能视物，实际上却是开了天眼，自小便能窥测天意。只是不知为何随着年纪的增长，天眼渐合，在一年前，天眼全合，师兄彻底丧失了上天赐予他的神技。

而知晓此事之人，只有三人，一是巫族族长，二是他，三是五郎本人。

所幸师兄聪慧，至今还不曾有人发现此事，连皇室中人也不晓得。倘若此事一旦揭露，定会在燕阳城掀起轩然大波。只是事已至此，也只能随机应变了。

兴许机缘一到，天眼又会再次睁开。

王四郎安慰道："师兄也莫急，此事不能急于一时。再不济，天大地大定能寻一高人。"

是夜。

今夜无月，只得点点星光。崔府里的巡夜人提着灯笼走过崔府的每一个角落，经过秋光湖时，巡夜的侍卫冷不丁地瞥到一抹素白的人影，吓了一大跳。

但是他很快又反应过来，搓了搓胸口，低声道："九爷家的姑娘每天半夜都待在湖边，每次都要被她吓一跳。"

另一侍卫说道:"老爷吩咐了,九爷家的事情不必多理,当没看到便是。"

两人又低声说了几句,很快便离开了秋光湖。

而此时的崔锦并不知两个巡夜人的对话,她正坐在湖边,眼睛半眯,似是在沉思,又似是在打瞌睡。反倒是她身后的阿欣不停地点着头,眼皮子都快要撑不住了。

一阵夜风吹来,阿欣打了个寒战,睡意也消失了。

她搓了搓双臂,再瞅瞅周遭漆黑的夜色,以及婆娑的树影,心中不由一阵害怕,挪动了下臀部,稍微靠近了崔锦,小声地说道:"大姑娘,已经两更了,要不要回去?"

这段时日以来,大姑娘天天夜里都在湖边坐着。

起初她没跟着,发现的时候险些吓了一大跳。她还以为大姑娘想不开呢,吓得她都不敢离开大姑娘了。可是接连数日下来,她发现大姑娘压根儿就不是想不开。

她知道大姑娘肯定是别有用意的,只好继续寸步不离地跟着。

崔锦睁开了眼。

她的声音里毫无睡意,"再坐一会。"

阿欣问:"大姑娘明天还要继续么?"再过一段时日,都要入秋了。夜里在湖边这么坐着,迟早都要得病的。

崔锦说:"再坐几天便好了。"

算起来,阿宇也差不多该从明州回来了。

过了小半个时辰,崔锦终于从湖边站了起来。她活动了下筋骨,方与阿欣缓缓地踱步回梧桐苑。回去的路上遇到了巡夜的人,崔锦幽幽地看了他们一眼,重重地叹息。

何为幽怨,演绎得淋漓尽致,让巡夜人都不禁打了好几个寒战。

进了梧桐苑后,崔锦让阿欣回房歇息了,也无须她守夜。阿欣乏得不行,应声后便回了房里。崔锦独自一人穿过寂静的游廊。

蓦然间,有一黑影闪现。

崔锦大惊失色,正想大喊出声时,一只宽大的手掌捂住了她的嘴巴。熟悉的声音在她头顶响起,"别喊,是我。"

认出了声音,崔锦迅速冷静下来。

是闵恭。

她摆手示意。

闵恭问:"当真不会喊出声?"

崔锦点头。

闵恭这才松开了崔锦的嘴巴。崔锦当即后退了数步,她蹙起眉头,冷冷地看着他:"闵家郎君夜闯崔府不知所为何事?"

闵恭道:"谢家五郎弃了你。"

"那又如何?"

闵恭说:"你当真倾心于他?"

"是又如何?"

"你倾心于他什么?"

崔锦蹙眉道:"与君无关。"闵恭露出了一丝耐人寻味的笑容,"我以前便知你无情无义,如今方知你岂止是无情无义,你还没心没肺。你身边有个唤作阿宇的随从对吧。我在明州见到了他。"

崔锦心下一惊。

闵恭又笑道:"你且放心,我们目的一样。不过你并非真的倾心于他,我很高兴。"所以才会忍不住半夜当了一回偷鸡摸狗之辈。

他又道:"谢恒很快便会回燕阳城。"

崔锦抿紧唇瓣。

闵恭说道:"此事一过,你莫要再与谢恒有任何牵扯。以前的事情我可以当做没有发生过,我之前所说的话也依旧作数。"

说罢,他冷不丁地探前脖子,在崔锦的脸蛋上亲了一口。

随后消失在夜色之中。

崔锦捂住脸颊,一双眼睛瞪得宛若铜铃。

这……这个无赖子!

第十三章
东山再起

听完阿白的禀报后,谢五郎的脸色变得凝重。他沉默了半晌,方开口道:"阿墨,吩咐下去,明日启程前往明州。"

阿墨连忙应声。

待阿白退下后,王四郎悠悠地走进。瞧见谢五郎的神色,他问:"要去明州了?"

谢五郎道:"明州传来消息,不知真假,但无论如何得亲自去探一探。"

王四郎的神色也不由凝重起来。

"是有关太子殿下的消息?"

谢五郎颔首。

王四郎道:"我也陪你去一趟明州,随后一起回燕阳吧。五郎此番出来,已有半年不曾回去了。巫族与谢家的人都很是挂念你。"

听到此话,谢五郎的脑子里蓦然响起一道清丽的女声。

"五郎五郎,你可会带阿锦回燕阳城?"

那时的崔氏躺在自己的怀里,温香软玉的身子就那般亲密地与自己紧贴着,他能闻到一股清新的幽香,萦绕在他的周遭。

她的声音里充满了快活。

即使他看不见,可他知道她的眉眼一定是弯着的。

阿墨说,崔氏看自己时,眼睛里似有璀璨星辰。他从未见过星辰,但他想一定是极为美妙的东西。

蓦然,王四郎大笑起来。

他边晃脑边道:"此回出来果真是值得了,竟能见到五郎露出如此神思。以往陛下还以为五郎与我太过亲近,曾戏言索性断了那个袖。如今看来,断袖是不必了。"

王四郎再次哈哈大笑。

谢五郎却是冷冷一笑："我谢恒岂是断袖之人？陛下简直是胡闹。"

"五郎呀五郎，平日里提起断袖你也不曾恼怒。今日竟是恼了怒了，此番来洛丰，果真是值得呀值得呀。"王四郎晃着脑袋，将声调拖得极长。

谢五郎冷哼一声，不再言语。

谢五郎离开洛丰城的那一日，是个极好的天气。奢华的马车浩浩荡荡地行驶在最繁华的大街上，前来相送的自是少不得当地权贵。

百姓们目送着谢五郎离开的同时，也没有忘记崔锦的存在。

不少人茶余饭后的谈资依旧是崔氏女。

谢五郎真的离开了洛丰城，然而被弃的崔氏女仍旧留在了洛丰城，落魄孤寂地像是一抹幽魂。茶肆里的说书先生一拍惊堂木，嘴皮子一张，更是将崔氏说得凄惨落寞。

茶肆里的宾客听得津津有味。

"说起来，崔氏女幸亏有秦州崔氏护着，看在秦州崔氏的面子上，才不至于灰溜溜地回去那穷乡僻壤之地。若无崔家护着，怕是早已在洛丰待不下去了。"

"不过话说回来，这崔氏也是个有能耐的，短短数月间，竟能在洛丰掀起这样的轩然大波。如今整个洛丰城，倒是无人不知崔氏女了。"

"哼，无人不知又如何？到底都是些坏名声。依我看，崔氏女不是下嫁破落户，就是与青灯为伴。好人家哪会要她？"

……

茶肆里的众人你一言我一语的，说得热火朝天。

而此时茶肆的雅间里阿欣气得脸色发青，她跺跺脚，说道："男子汉大丈夫的！个个都跟长舌妇一样！太可耻了！"

阿欣气得脑袋都快冒烟了。

"简直是岂有此理！我们家大姑娘能嫁的人多着呢，他们想娶也未必能娶得到！"

与气得头发快竖起来的阿欣相比，崔锦显然要冷静得多。外头的闲言蜚语，她仿若未闻，优哉游哉地品着香茗，瞅见阿欣这般模样，她还很有心情地笑出声来。

"阿欣，冷静些。"

阿欣愤愤地道："大姑娘，这该如何冷静！外头那些人太过分了！大姑娘还是黄花大闺女呢，他们就这般堂而皇之地议论。"

崔锦淡然地道："成大事者不拘小节，有议论也是意料之中。"

阿欣嘟囔道："大姑娘的大事不就是找一户好人家？嫁人生子，侍候公婆，当好一个主母，与夫主和和美美。"

崔锦含笑道："人生在世，能做的事情还有更多。"

起初在樊城的时候，她最大的愿望便是嫁给赵三郎，成亲后管教好他，与他琴瑟和鸣，然后就这般和和美美的一辈子。

然而，当上天开始庇佑她了，赐予她寻常人不能得的神技时，她便知道这是上天给她的一个机会。她拥有了以往不能有的本钱，她值得更好的男人。

而后，她遇上了谢五郎。

也多亏了他，她方知她自己有更多的能耐。身为女子，她所追求的可以不仅仅是一户好人家，抑或是在后半辈子中将所有目光只放在自己的夫婿身上。

上天赐予她这样的神技，是在引领着她，是在告诉她。

女子亦能当自强！

只是这样的言语，她不会告诉阿欣。她此时的思想已经发生了变化，告诉阿欣，她也只会懵懂不知，甚至会觉得自家姑娘疯了，竟敢与泱泱晋国所推崇的主流而作对！

阿欣似懂非懂地道："不管大姑娘做什么，肯定都是对的！"

崔锦微微一笑。

日落时分将至。

茶肆里的宾客渐渐散去，说书先生也归家了。阿欣干坐了两个时辰，已经有些乏了，在坐地屏风前打着瞌睡。

直到茶杯与桌案轻轻一磕，阿欣才猛地惊醒过来。

她抬眼望去。

大姑娘已经喝完最后一杯香茗，而桌案上已有两个茶盅，一盅是兰贵人，一盅是五指山雪茶。她说道："大姑娘要回去了么？"

崔锦道："不急，再让掌柜来一盅雪茶。"

阿欣只好应声。

片刻后，小二端来一壶雪茶。崔锦又让阿欣拿了一个新的茶杯，她提起茶盅，斟了两杯新茶。阿欣诧异地道："大姑娘，你这是……"

崔锦道："再过一盏茶的工夫，你便出去将停在西北方的马车里的人请过来，记得从茶肆的后门进来。"

阿欣点点头。

待一盏茶的工夫过后，雅间的门被推开了。

一个身着墨蓝衣袍的男子出现在崔锦的面前，他眯着眼，问："你早知我在外头？"此人正是闵恭。崔锦给阿欣使了个眼色，阿欣当即后退数步将门关上了。

"郎君请小声一些，莫要惊扰了周围喝茶的客官。"

阿欣不说还好，一说闵恭的脸色便不太好看。他好歹也是堂堂男子汉，竟偷偷摸摸地从后门进来，如今还让他小声一些，活脱脱跟做贼一样。

他闵恭就有这么见不得光么？

崔锦说道："我为郎君烹了茶，还请郎君品尝。"

闵恭心中本是有气的，但是见到坐地屏风前的崔锦一副云淡风轻的模样，穿着宽袍大袖，露出皓白的手腕，手中握着薄胎瓷杯，一旁还有袅袅上升的熏香。

冷不丁地，闵恭便气不起来了。

他也不知为何，一见到这样的崔锦，那一点恼怒，那一点不悦，就随着熏香飘到了窗外，渐渐地消散了。总觉得这样安安静静的一个美人儿，就该温柔地对待。

他坐了下来，捧杯喝了口雪茶。

闵恭不爱喝茶，他喜欢喝酒。只有在喝酒的时候，他胸中才有那种肆意飞扬的快感。欧阳小郎亦爱酒，是以与他一起时，常常都是在喝酒。

崔锦含笑问："味道如何？"

闵恭很直接地道："尝不出。"

崔锦轻笑一声："闵郎不觉此茶入口甘苦，过后嘴中却是一片甘甜，就连咽下唾沫也是甜的。此茶单名一个雪字，唤作雪茶，茶味就如你我一样，只能先苦后甜。"

闵恭先是一怔，随后露出笑容。

"所以我才说我们是一样的人。"

一样的出身，只能依靠自己向上奋斗。她是最适合他的正妻。

崔锦说："我知晓闵郎这些时日以来在欧阳小郎面前为我美言了不少，只是……阿锦虽处谷底，但亦有能力爬出。闵郎的好意，我心领了。"

闵恭不由蹙眉。

"你怎么如此不识好歹。"话音未落，闵恭登时明白了，他紧皱双眉，问："你是在担心谢恒？"

崔锦垂下眉眼，说："谢家郎君位极人臣，而阿锦只是区区女子，即便有心可也无力。"此话一出，闵恭的拳头就紧紧地握住了。

崔锦此话说的是她自己，可何尝说的又不是他。

"有朝一日，我必定护你周全，不受任何人欺压。"

崔锦起身，缓缓地一拜。

"多谢郎君。"

此举，是接受了。

闵恭心中一喜，她之前一直在拒绝自己，如今却是头一回应承了自己。这样的转变让他心中愉悦起来，甚至在想着定要更加努力地往上爬，如此方能护她周全。

他正想扶起她时，阿欣已是先扶起了崔锦，一脸警惕地瞪着他。

闵恭只好作罢。

待闵恭离去后，阿欣不解地问："大姑娘，你与闵家郎君……"

崔锦摇了摇头。

她前日无意中在画中得知闵家郎君在她走出茶肆的时候将她掳了去，在马车里又轻薄了她一下。她思来想去，只好先缓一缓他。

闵恭是可以拉拢的人，以后他必能成大事，可以成为她的靠山。只不过，她不愿靠山用婚姻换来，且如今谢五郎虽然离去了，但有了前车之鉴，她摸不准他会不会回来。

与他亲密相处了一段时日，她晓得这个男人骨子里也是高傲的。

即便他戏耍了她，可她知道一旦她与闵家郎君有所牵扯，兴许他又会做出可怕的举动来。目前而言，对于她来说，谢五郎是要远离的瘟神，闵恭也是暂时不能接近的无赖子。

上次蓦然间偷亲了她一口，她还记着呢。

不过如今她也不能得罪闵恭，思来想去，她只能运用女子天生就有的优势，先稳住他，再伺机而行。男人用得好，也能成为她的助力。

崔锦起身。

"回去吧，今日之事切莫与大兄提起。"

"是。"

那一天崔锦从茶肆里回去后，便连着好几日没有离开过梧桐苑。她一直待在厢房里，连饭食也是在厢房里吃的。

阿欣也不知自家姑娘在鼓捣什么，只知大姑娘一直翻着老爷留下的竹简。终于在第四天的时候，崔锦离开了厢房。

她唤来了阿欣。

"你去打听下，阿叔可有在家中？"

片刻后，阿欣归来。"回大姑娘的话，大爷在家中呢。大爷身边的随从还说大姑娘若想来向大爷请安，现在便可以过来。"

崔锦听后，毫不犹豫便道："走罢，便去向阿叔请安。"

崔锦到了崔全所在的院落后，先是请了安，而后大大方方地落座。崔全打量着自己的这位侄女，这段时日以来，外头闲言杂语漫天都是，方氏也多次向自己吹枕边风，只是崔全相信自己看人的眼光，一一挡下。

他说："贵人已经离去，你要如何爬起？"

崔锦道："请阿叔给阿锦一个月的时间，一个月后阿叔自会知道阿锦是如何爬起。"她敛衽一礼，又说："阿锦今日过来还有一事相求。"

"哦？"崔全挑眉，他道："何事？若是与燕阳城那位有关的，我们崔家也只能说是人微言轻。"

崔锦笑道："非也。阿叔在洛丰城郊外可是有一座布庄？"

崔全愣了下，半晌才想起自己的确有一座这样的庄子。是很久之前秦南王赠予他的，只不过洛丰繁华，布庄亦是不少，他的布庄里头染出来的布料虽然不差，但也不是最好的，久而久之，在众多布庄之中便显得稍逊一筹，做出来的成衣搁在铺子里也卖得不怎么好，每个月挣的金也仅仅能够维持布庄的开支。

不过崔家也不缺那点金，加之又是秦南王所赐，是以便也没怎么打理。

如今听崔锦提起，崔全便说："的确是有一座布庄。"

崔锦说："不知阿叔能否让阿锦打理这座布庄？"

崔全想了想，爽快地道："你们一家来了洛丰这么久，你爹又是我堂弟，我本来也该送你们一份见面礼的。正好你现在提起了布庄，索性便将这座布庄送给你们一家。"

崔锦不曾想到崔全会如此大方，连忙拜谢。

方氏得知后，心里恼得不行。

崔全说："你恼什么，不过是个破落的布庄，地处偏僻，即便是卖掉也得不了多少金，里头还养着一群秦南王的人，前些时日你不还头疼这个布庄么？现在正好当作人情送给他们一家。这若传了出来，堂弟一家落魄如斯，我们崔氏仍旧如此接济他们。一来我们能摆脱秦南王的布庄，二来我们还能得一个重情重义的名声。迟些时候朝廷便会派人过来视察，恰逢考察之时，有此名声加持，兴许还能博个升官的机会。"

方氏一听，也不恼了。

她道："还是夫主想得长远。"

崔府里头的人很快便晓得了大房要将洛丰郊外的布庄交给崔九一家打理，不过话是如此说，而崔元与林氏早已去了避暑，也只剩崔湛与崔锦兄妹。

且崔湛性子沉闷，又是个极少开口的人，而打理布庄又是些琐碎的俗事，自然而然的便只能由崔锦一人做主。

这几个月来，有关崔锦的闲言杂语闹得满城皆知。

无论是哪一件事，都能让洛丰城百姓在茶余饭后说上个大半天，只是大部分人都忽略了一事。崔锦纵然在洛丰城掀起了轩然大波，但她仍然只是个没有及笄的少女。

最留心此事的人莫过于是与崔锦有血缘关系的堂妹崔沁。

她一知晓母亲将郊外的布庄交给崔锦打理时，硬是在方氏身旁撒泼打滚了足足一

个时辰。即使方氏与她解释了利弊，可崔沁仍旧不服气。

方氏无奈之下只好板着脸训了崔沁一顿。

崔沁被训了，泪珠子哗啦啦地流下。哪有当娘不疼女儿的？方氏被她哭了一会，也心软了，口头上应承了她待她及笄时给她的嫁妆里再添几间铺子。

崔沁心里头那口气才消了不少，只不过她依旧贼心不死，想方设法地在崔柔面前说了一顿，企图挑拨离间。当她见到崔柔神色晦明晦暗时，方满意地离去。

当天晚上，崔柔便去了梧桐苑。

"锦堂妹，我知你是个极有主意的人，只是不妨实话与你说，那一座布庄接了会十分棘手。这几年来，还有过一旬都是依靠大房的补贴才维持了下去。"

崔柔看了崔锦一眼，委婉地道："若是换做寻常人家，怕是早已被布庄的盈亏给掏空了。"

说罢，崔柔也不再多说。

她晓得锦堂妹是个聪明人，此时退出还是来得及的。

崔锦笑道："多谢堂姐的指点，阿锦心中有分寸的。"崔柔的这份心意，她会记着的。在这偌大的崔府里，也只有三房与她往来时较为真心实意了。

见她如此，崔柔也明白她已是拿定主意，便不再多说。

崔柔离开后，阿欣也不由担忧地道："大姑娘，我们如今剩下的金也不多了，大爷那边定不会给我们多少补贴的。"

崔锦说："不必担忧，我自有分寸。"

阿欣见自家大姑娘胸有成竹的，登时也放心了不少。

翌日。

崔锦穿上之前谢五郎赠她的华衣，又让阿欣给她绾了高髻，又在额间贴了花钿。这番打扮下来，阿欣都不禁看得目不转睛的。

她家的姑娘就是长得好看，穿粗布麻衣都有种清水出芙蓉的秀丽，更别说精心打扮之下，又穿上了贵人所赠的华衣，简直耀眼得像是空中的圆日。

尤其是今日还在额间点了牡丹纹案的花钿，恰好遮掩住了她这个年纪的青涩，尽添端庄华贵。

阿欣说："大姑娘如此穿着，便是宫里的娘娘都比不上呢。"

崔锦扑哧一声笑了出来。

"一大早嘴巴就甜得跟抹了蜜似的，你见过宫里的娘娘么？"

阿欣的杏眼睁得圆圆的。

"可……可是奴婢就是觉得没人能比大姑娘更好看了。"以前在樊城的时候还没有这么察觉,直到后来到了洛丰,大姑娘锋芒展露,便也越来越耀眼。

那一种好看,并非是容貌上的,而是从大姑娘的骨子里无意间透露出来的。

她不怎么识字,也想不出华丽的词藻,只有满脑子的"好看"两字。

崔锦轻点她的鼻头。

"嘴甜!不说了,去外头点上五六个仆役,再唤人备好车,将阿宇也叫上。"

阿欣嘿嘿地笑着,应了声后,又悄悄地看了眼崔锦,才离开了厢房。阿欣此刻是打心底的高兴,似乎打从燕阳城那一位贵人离去后,大姑娘的笑容便越来越多,也越来越真。思及此,阿欣默默地腹诽了一句,最好燕阳城的那一位贵人再也不要来洛丰城,害得她家姑娘劳心伤神,简直是可恶至极!最好哪一日坐马车的时候摔个跟头!

"啊……"

阿墨惊呼出声,吓得脸色都发白了。他连忙道:"郎主且安?"谢五郎从马车里钻出,脸色微微发青,他问:"发生何事了?"

王四郎的马车从后头绕了过来,他跳下马车道:"五郎霉矣,车辕陷入泥泞之中。"

阿墨伸出手,扶着谢五郎下了马车。

阿墨呵斥道:"你是如何驭车的?若是摔坏了郎主,赔上你一家性命也不够。"驭夫心底不由有些后怕。

谢五郎面无表情地道:"罢了,抬起马车,歇息片刻后再启程。"

"是。"见郎主没有追究之意,驭夫松了口气。

阿墨说道:"郎主,前方正好有一处亭子。"

谢五郎颔首。

阿墨让人在亭中清扫干净,又铺了软垫和桌布,备上了一壶清茶与两三盘糕点。谢五郎坐下后,发青的脸色才微微有了好转。

王四郎自个儿斟了一杯茶,笑道:"五郎这几日果真霉矣。"

谢五郎不以为然。

王四郎细数道:"到了明州,发现都是虚的,白来了一趟。启程回燕阳城,好端端的天气,却下起了暴雨。就连你那一向稳妥的驭夫,竟也在泥坑摔了跟头。"

说着,他瞥了眼谢五郎被撞得瘀青的额头。

"霉矣霉矣。"

谢五郎说道:"我不信命数。"打从他得知自己有了上天眷顾,可以窥测将来时,他便知命数在凡人手中一样可以扭转。即便此时此刻的他不得上天眷顾,可他依旧如此相信着。

没了神技，他还有庞大的谢家与巫族。

谢五郎说：“明州之事，有人在背后作祟，若无猜错与欧阳家必定脱不了干系。”他不以为意地道：“我在洛丰城待了两月，欧阳家便已不耐烦了。”

王四郎莞尔道：“被人不耐烦，你怎地还如此高兴？"

谢五郎说：“能让人不耐烦，心中怨着恨着，也是一种能耐。”

王四郎被呛了声。

“你倒是说得堂而皇之。不过回了燕阳城，心中念着想着的也不在少数。”王四郎知道的事情多，谢五郎早已到了娶妻之龄，燕阳城里盼着能嫁给他的贵女们多如牛毛，其中又属汾阳崔氏的嫡女与他们王家本家的嫡女最为旗鼓相当。

这两人为争当谢五郎正妻打小便开始攀比，不比个高下定不肯罢休。

他长在王家，可没少听说自己这位阿妹为了比过崔家那一位嫡女所费的心思。尤其是他与五郎交好，也不知当了多少回中间人，可惜五郎眼光顶顶的高，莫说这两位贵中之贵的嫡女了，连公主的仰慕都不屑一顾。

不曾想到五郎在外游历了大半年，竟有女子入了他的眼。

若是燕阳城的那几位晓得了，恐怕会有一场腥风血雨了。这内宅的争斗，杀人不见骨血哩。

思及此，王四郎忽道："五郎当真不懂得怜香惜玉，姑娘都是水做的，不就耍了点心眼么？用得着这么对人家姑娘？你一离开，崔锦怕是会四面楚歌了。"

阿墨默默地看了王四郎一眼，心中腹诽，崔氏落魄时，郎君你也默默地插了人家一刀呢。

仿佛看透了阿墨心中所想，王四郎睨他一眼。

"阿墨你不懂，我若是那时就知晓崔锦算计了五郎，我定不会这么说。这年头还有姑娘敢在老虎面前拔须，还拔得如此堂而皇之光明正大的，我王四钦佩得很。"

谢五郎搁下茶杯，发出不轻不重的声响。

他面无表情的。

王四郎也不怕他，道："就看在算计你的分上，也该带回谢家。如此有趣的姑娘，放在家里头，正好能解闷。听说还是个伶牙俐齿，读过诗书的，兴许还能红袖添香。"

谢五郎仿若未闻。

他这位知己好友，其实什么都好，脾性也对他的喜好，唯一不好的便是太聒噪，偏偏他也不怕他，索性专心品茶。

崔锦坐上了马车。

她统共带了八人前往洛丰郊外的布庄。

布庄里的总管姓刘，单名一个洪字，是秦南王府大总管的爱妻金氏的远方亲戚。

崔锦下马车之前，刘洪已经带了布庄里的人在外头候着。

对于这一位新接手的主人，刘洪是打心底不乐意的。本来从秦南王府的布庄变成了崔府的布庄就已经降了一个等级，如今又再次降了一个等级，还给一个不到二八年华的女娃打理，这不明摆着是要给姑娘家练手的么？

且不说近来洛丰城的传闻，以前这庄子崔府也没用心打理，他每月将账本交给方氏身边的林嬷嬷核对便成了，若挣得好便上交多一点金，挣不好崔府也不会帮忙打点着。

虽然这个差事油水不多，但好歹也是闲差事，且地处郊外，布庄里众人为他马首是瞻。

如今来了个小女娃，他就得被压一头，心里怎么想便怎么不舒服。

所以当崔锦的马车停在布庄前时，刘洪的脸上虽然带上了笑意，但心底始终是对崔锦有所鄙夷和不悦的。驭夫下了车，刘洪见到有一穿着浅紫衣裳的女娃子从马车里跳了下来。

身手倒也利落，只是怎么看怎么像是小城里出来的，一点也不似传闻那般。

不过刘洪想归想，鄙夷归鄙夷，表面上该做的工夫还是得做足。他正要开口说话时，浅紫衣裳的女娃子抢先一步开口了。

"想必这位就是刘总管了，我是大姑娘身边的侍婢阿欣。"

刘洪一听，不由愣了下，没想到竟然看错了人。

此时，阿欣又道："庄子里有歇息的地方么？"不等刘洪回答，她又说："还请刘总管带路。"刘洪要说的话吞进了肚里。

他侧身一指，说："这边请。"同时的，他在心里嘀咕了声，这崔氏倒是会摆架子，他便看看这个还未及笄的小姑娘想要怎么给他下马威。

阿欣先到了偏阁里，随即让仆役从随行的马车里搬出了一座坐地屏风，小小地布置了一番后，方请了崔锦进来。

刘洪进入偏阁时，只能见到屏风后有一道模糊的身影。

刘洪在秦南王府里干过活儿的，自是晓得大家闺秀的做派。可是转眼一想，崔氏也并非什么大家闺秀，不过是明州小城来投奔秦州崔氏的，左右也只能算是小户之女。

之前又发生了那样丢脸的事情，如今却将贵女的做派做了个十足。

刘洪顿觉可笑，心中的轻视又添了几分。

他递上了这个月的账本，并且汇报了这段时日以来布庄里头的诸多琐碎之事，每

一样都讲得极其详细，以至于连阿欣也忍不住打了个哈欠。

刘洪不动声色地看了眼屏风后的崔锦。

可惜屏风里的人影纹丝不动，他看不见她的表情。

足足有半个时辰，刘洪才停下来了。他在心里得意地哼了声，做人就该知难而退，小城出身的姑娘管什么庄子，绣绣花弹弹琴便好了。

偏阁里头安静起来，若非有指尖翻动账本的声音，刘洪都要以为崔锦在屏风后面睡着了。

他又瞥了眼站在屏风旁的阿欣。

见她低垂着眉眼，一声不吭的，他心中便愈发得意，以为崔锦当真被自己唬住了。毕竟初来乍到的姑娘，要接手这么多繁琐之事，也委实不易。

约莫过了一炷香的时间，安静的偏阁里响起了崔锦的声音。

"刘总管，洛丰统共有多少布料铺子？"

"大的布料铺子只有三家，供应他们布料的都是洛丰原有的大布庄。"

"我们的布庄是给什么铺子供应？"

刘洪说："只是一些小的布料铺子，洛丰的布料铺子三家鼎立，其余的也只能捞一些温饱的小钱。我们崔家的布庄染出来的布也入不了洛丰权贵的眼。"说着，刘洪看了眼阿欣，道："大姑娘的侍婢身上的衣裳便是出自流云商铺，是我们洛丰上好的铺子之一。"

布庄原先是秦南王妃想开的，非如今的这位续弦，而是先王妃。不过布庄也只是先王妃一时的兴致，兴致一过，正想处理的时候，却意外辞世了。

屏风后忽然传出一声低笑。

"刘总管的眼睛当得上一个'精'字。"

刘洪不由一怔。

此时，崔锦又缓缓地道："流云，如裳，浣花商铺三足鼎立，其中又以流云的布料最佳，而供应流云的布庄，正是闻名遐迩的陆家庄。如裳与浣花的布料次之，但胜在样式繁多，又是大商铺。其余小铺的布料虽不是顶好的，但是也不算差，可惜论样式也不及如裳与浣花，且名气也不够。"

刘洪的眼神微变。

此时方知崔锦是有备而来的，方才的几问不过是在试探他。

刘洪有了一丝认真。

"我们崔家布庄虽小，但先秦南王妃寻回来的人都是有手艺在身的，制出来的布料尽管及不上流云，但也未必不能与如裳，浣花一拼，想来这几年来刘总管也费了不少心思。庄里井井有条之余，废缸里头色彩斑斓，刘总管亦有一颗勃勃野心吧。"

所以才会不停地尝试新的布料，企图杀出重围。

若说方才刘洪之前只有一丝认真，此时的他心底已有几分震撼。

崔锦进来布庄时，马车恰好经过了染缸场，不曾想到她的心思竟是细腻如斯！刘洪咽了口唾沫，收起了轻视的心思。

"不知姑娘可有高见？"

他下意识地便问出了这句话。

这几年来，他的确很是苦恼，自家的布料不差，可惜要他们布料的都是些小商铺。流云如裳浣花根本对他们布庄不屑一顾，且小商铺成本低，给的价格自然也是一般。

他原先也以为是纹案的问题，绞尽脑汁染出了新的纹案，可依旧无人问津。

崔锦道："若刘总管愿意一搏，我的确有个法子。"

刘洪问："敢问姑娘，不知是什么法子？"

崔锦一说。

刘洪瞪大了双眼，连连摇头道："不成不成的，即便染出了洛丰城中独一无二的布料，流云如裳浣花也看不上，且因成本高，其余小铺也未必愿意要，到时候亏的便只能是我们布庄。"

崔锦慢声道："我们布庄的料子不差，缺的只是一个打响名气的机会，还望刘总管仔细思量。"说罢，她道："时候也不早了，阿欣，回府吧。"

阿欣应了声，扶起了屏风后的崔锦。

刘洪渐渐看清了崔锦的容貌。

这不看还好，一看刘洪就倒吸了一口气。他不曾料到崔氏竟生得如此好看！且乍看之下，她身上似乎还有一丝与众不同的气质。

刘洪想起洛丰城里谢家巫子对崔氏青睐有加的传闻，登时就明白了。

崔锦离开了布庄。

回了崔府后，阿欣担忧地问道："大姑娘，刘总管会答应我们的要求么？"

崔锦肯定地道："他不会不答应，他只能答应。"她已经接手崔家布庄，里头的人都由她管。她与刘总管一谈，一是为了拉拢人心，二是让刘总管信服她。

她看得出来，刘总管不是个随遇而安的人，他的眼睛里燃烧着向上爬的野心。

他费尽心思这么久，样样都做足了，却得不到应有的回报，他怎能甘心！布庄需要一个扬名的机会，而她崔锦最不缺的就是上天赐予的机会。

第十四章
天佑崔锦

果不其然，翌日刘洪便亲自来了崔府，应承了崔锦。

他昨天仔细想过了，也将这几个月以来崔锦在洛丰城的所作所为清清楚楚地打听了一遍。

最终，刘洪选择了放手一搏。

此时的他已是别无他法。

他只能信任崔锦，将最后一根救命稻草放在崔锦身上。他跪下道："但凭大姑娘吩咐。"

崔锦说道："布料的事情你比我懂，我也不班门弄斧了。"顿了下，崔锦道："你尽快染出一匹纹案新、样式独特的，颜色不能太艳丽，我的要求便是这些。待染成后，你先交予我看看。若是成了，再大量生产。"

刘洪犹豫地道："大姑娘有所不知，我们的布庄……"

崔锦微笑道："若是金的问题，刘总管大可不必担心。"

她拍拍手，若干仆役抬出了十个檀木箱子。箱子一开，屋里头金光灿烂，险些晃花了刘洪的双眼。他惊呆了，"这……这……"

崔锦道："我要做得最用心的布料，还望刘总管莫要辜负了我的期望。"

刘洪不曾想到崔锦竟能一次拿出这么多金，心中震撼不已，连连点头，信誓旦旦地道："刘洪定不负大姑娘的期望。"

待刘洪离去后，阿欣的心都快能出血了。

那可是大姑娘的所有家当！

若是此事不成，那可真赔了夫人又折兵，到时候恐怕连布庄都养不起了。

崔锦却像是没事人一样，仿佛对刘洪的能力一点儿也不担心。见阿欣如此焦急，她还笑吟吟地说道："焦急什么，钱出去了，总会回来的。人生总得搏一搏。"

阿欣嘟囔道："万一失败了……"

崔锦道："失败了便重新再来。"

她做每一件事都喜欢想好几个下一步，只要确认自己可以承受决定带来的最坏下场，她便能义无反顾地去做。

五日后，刘洪再次来到了崔府，将日夜赶工的布匹交给了崔锦。崔锦一看，满意极了，立即让刘洪继续日夜赶工，尽可能地染出更多的布匹来。

刘洪领命离去。

崔沁一直留意着梧桐苑的情况，自然没有错过刘洪的一举一动。她将事情与自己的母亲说了。方氏一听，不由嗤笑了声。

崔沁道："锦堂姐真是不自量力呢，以前刘洪那人捣鼓了多少新花样，不也无人问津。又不是天子所赐的，哪有这么容易成功？"

方氏道："让她折腾去，原以为她能做出什么大事，走的不过是别人的老路。不出两月，她必定会掏空布庄，到时候哭也没地方让她哭。"

崔沁笑嘻嘻地道："到时候阿爹就晓得自己看错人了。"

两母女暗地里的话也暂且不表，崔锦自是不知她们背地里的冷嘲暗讽。不过就算晓得了，她也会不以为意。此时的她正忙着让洛丰城最好的绣娘给她做衣裳。

待衣裳裁好后，崔锦前往崔全的院落。恰好方氏也在，崔锦便一一请安。方氏有夫婿在身边，倒也不敢刻薄，还算和气地与崔锦说了会话。

过了会，崔锦才进入正题。

"阿锦自知这段时日给府里带来了不少麻烦，而阿叔不仅仅没有冷落阿锦一家，且还赠阿锦布庄。阿锦心中实在有所愧疚。这几日来，阿锦仔细想过了，阿锦无以为报只能去寺庙中为我们崔府祈福，祈祷鬼神佛祖的庇佑。"

方氏听了，只觉好笑之极。

这到头来竟然只能乞求鬼神庇佑了，崔锦显然是走投无路了。她打量了下自己的夫婿，只见崔全神色不改，只说了句："也好。"

崔锦叩头拜谢。

离去后，方氏说："夫主，阿锦此番怕是惧了。"

崔全道："惧也罢，不惧也罢，我应承了她一月之期，如今还有二十天。"他方才看着她胸有成竹的模样，隐隐约约觉得他这个不到二八的侄女兴许是真的有法子可以令布庄起死回生的。

不过即便她不能，他也不会毁约。

他崔全应承了他人之事，必定不会食言。

方氏只好讪讪地笑了下。

然而，出乎方氏的预料，崔锦当天便收拾细软离开了崔府。方氏原以为崔锦会去附近的庙里，洛丰城郊外正好有一处南山寺，香火颇盛，寻常人家都喜爱去里头上香。

可是据下人回禀，崔锦所坐的马车驶出洛丰城后便进入了官道，一去不复返了。

若非崔府里还有个崔湛，方氏都要以为崔锦这是要灰溜溜地回她那穷乡僻壤之地了。

崔锦这回出远门带上了阿欣与阿宇，还有若干仆役，以及驭夫。崔锦一离开洛丰后，便马不停蹄地赶路，无论寺庙大小，只要经过了，必定会进去拜一拜，上一炷香。

就这般过了十天。

期间，崔锦也不知拜了多少座寺庙，上了多少炷香。阿欣全然不知自家大姑娘到底想做什么，第十一天的时候，阿欣终于没忍住，开口问道："大姑娘这是要将秦州所有的寺庙都拜一遍么？"

崔锦说道："拜鬼神自是要诚心诚意。"

阿欣说："秦州里可多寺庙了。"

崔锦道："再多寺庙，只要诚心在，总能拜得完的。"说罢，崔锦也不再言语。

又过了两日，路经莲山时，崔锦让马车停了下来。

恰好山下有一和善的妇人搭了座茶棚，崔锦便上前讨了一杯茶水。

妇人看了看崔锦，笑着说道："我在这里摆了十来年的茶棚，难得见到长得这般标致的小姑娘。"说着，她又看了眼崔锦身后的阿欣与阿宇，不由微微有些诧异。

"怎地只有你一人？小姑娘单独出门，少见得很。"

崔锦笑道："从小野惯了，也不为规矩拘束。"顿了下，她打量着周遭，问："不知附近可有寺庙？我从小便喜爱寺庙，每到一处地方总要去庙里拜拜鬼神佛祖，上上香以表诚心。"

妇人也不由笑道："喜爱寺庙的姑娘也少见得很，不过你今日路过这里，还凑巧问了我，也算是缘分。若是你问其他人，定没多少人知晓。我在这儿摆了十几年的茶棚了，莲山附近有什么，我可是最清楚不过了。即便你问附近的百姓，也未必晓得哩。"

妇人伸出一指。

"这是莲山，从这里直走上山，约莫要一个多时辰的工夫，直到莲山的深处时你便能见到一座庙。庙极小，几乎没有香火，庙里只有一个和尚。我也是无意间迷路了才发现了一座这样的小庙，那和尚看起来倒是像个隐世之人。"

崔锦听罢，连忙道谢。

山路狭窄，马车上不去，崔锦便留下了马车，让阿宇和阿欣带上细软。她付了茶钱后，便踏上了莲山。这一回，阿欣当真是被自家大姑娘的虔诚给感动了。

她说："鬼神若知大姑娘如此虔诚，肯定会庇佑大姑娘的！"

阿宇保持了沉默。

崔锦嘱咐道："等到了后，少说话，莫要惊扰了庙里的和尚。"

阿欣说："奴婢晓得的！"

足足有两个时辰，崔锦在莲山里绕了好一段路后才见到了妇人口中所说的小庙。阿欣见到时，眼珠子都快要瞪出来了。这岂止是小庙？简直就不是庙了！

莫说屋子，那么大的一尊神像竟是坐落在屋檐之下，连个遮风避雨的地方都没有。若非神像前有香炉果品蒲团，她几乎要以为这是哪个挨千刀的对鬼神的不敬！

阿欣连忙瞅了瞅崔锦。

没有在自家大姑娘面上寻得惊诧的神色时，阿欣开始怀疑自己是不是大惊小怪了。只有阿宇在崔锦的脸上寻得了欣喜之色。

崔锦郑重地道："走吧，先进去打个招呼。"

崔锦带着两人绕过神像，径自走了进去。很快，三人便见到了有一年轻的和尚坐在胡床上打瞌睡。阿宇轻轻地咳了声，和尚睁开睡眼。

他似有几分惊愕。

崔锦说："我们是来上香的。"

和尚"哦"了声，扬扬下巴，道："请随意。"说着，又合上眼继续打瞌睡。

崔锦道了声"谢"，可她却也没有径自去上香，反而是寻到了一水井。阿宇打了桶凉水上来，崔锦洗净了手，又寻了一处屋瓦遮掩之地，褪去了身上的脏衣裳，换上了新衣裳，正是刘洪日夜赶出的那一匹布料所裁成的宽袍大袖衫。

衣衫上的纹案融合了异邦流传进来的独特花纹，与时下晋国所时兴的淡雅相互结合，用了提花织锦的方式完美地绣在了衣裳上。

崔锦跪在地上，裙摆像是花开一般铺在地面。适逢有阳光照射，衣裳似是有流光溢彩，华美之极。

崔锦虔诚地叩拜。

阿欣在一旁都看呆了。

崔锦在佛像前跪了足足两个时辰，直到太阳将要下山时，崔锦才起身离去。在阿欣的搀扶下，下了山。主仆数人在莲山附近寻到小镇，找了家客栈歇息。

阿欣原以为第二日又要继续启程的，可是没有想到大姑娘却不走了。

她又再次上了莲山，又继续净手换衣，仍是跪足了两个时辰。第三日，第四日，第五日……直到第八日的时候，她终于不再上莲山了。

阿欣心疼极了。

"山上寒气重,大姑娘你每天跪两个时辰,蒲团又那般薄,寒气都不知吸了多少。珍嬷说年轻时不注意,年老了就要受苦受累了。"

崔锦摆摆手,说道:"只不过跪了几日,不碍事。"

阿欣眼巴巴地说:"大姑娘,我们出来已有二十日了。"

崔锦笑道:"想家了吧?"

阿欣如小鸡啄米似的点头。

"也差不多该启程回洛丰了,吩咐下去,明日便回洛丰。"

阳城。

阳城近海,每逢夏季便会集聚众多文人骚客于此。大多数人日夜逗留在海边,只为一睹海上奇景。前几年海上出现了一座仙气缭绕的仙山,有梅花鹿伏卧在绿茵之地,还有蝴蝶丛飞,像是蓬莱仙境一般。

只不过奇景只维持了不到一盏茶的工夫,很快便消失了。

后来还有画师专门留居在阳城,只为奇景再次出现时,执笔画下。这一回也不知从哪儿起了传闻,说是今年必有奇景出现,来自晋国各地的文人骚客遂陆陆续续地集聚于此。

那是一个很普通的日子,海边依旧热闹极了,一边赋诗弹琴,一边谈笑风生,还有商人在做小买卖。偌大的海滩上有着数不清的坐地屏风。

然而,就在晌午过后,本是风平浪静的海面上蓦然起了风浪。

在半个时辰后,渐渐浮现了一幅画面。

海滩上有人惊呼了一声。

"啊,奇……奇景出现了!"本是热闹的海滩上瞬间变得鸦雀无声,众人都屏住呼吸望向了海面。只见海面上腾空出现了一座高山上的寺庙。

半人高的神像前跪了一个如花似玉的姑娘。

她穿着纹案独特的宽袍大袖,兴许是阳光的缘故,似有莹莹华光在衣衫上流转,美得如同画中仙一般。那姑娘无声地叩拜着,一举一动都是如此的虔诚。

……所有人都看呆了。

时隔二十多日,崔锦回到了洛丰。她并没有第一时间回崔府,而是直接去了郊外的崔家布庄。刘洪与众人日夜赶工,终于得出了三千匹布,整整齐齐地堆叠在仓库之中。

刘洪见到崔锦,苦恼地道:"大姑娘,我们这些布帛没人要,连以前与我们合作的小商铺也嫌弃我们这一次衣裳的颜色与纹案，不是说不好看，而是特别不看好。我试着拿了几匹到相熟之人的铺子里，也没人多看一眼。"

崔锦说："莫急，时机还未到。这几日，你清点上一车的布，先去流云，无论如何一定要让流云的掌柜见到我们的布，不管他要不要，你定要与他说我们这次的布一匹至少二十金。"

刘洪睁大了双眼。

若非顾虑着崔锦的身份，他真想说你疯了！想钱想疯了！布庄里敢卖二十金的布起码都是上等的云锦，他们这次考虑到成本的问题，布料虽然是锦缎，但非上等锦缎。

崔锦说："你依照我所说的去做便是，另外如裳和浣花两家商铺，也别忘了去。"

刘洪动动嘴，似乎还想说些什么，但是见到崔锦如此笃定的模样，只好将话语咽下。之后，刘洪依照崔锦所说那般在洛丰三大布料商铺转了圈，果真如他所想那般，到了最后是被人扔出来的。

刘洪气伤去了崔府。

崔锦依旧是笃定地道："莫急，再等一些时日。"

崔锦的一张嘴巴伶牙俐齿，舌灿莲花的，刘洪说不过她，只好悻悻离去。刘洪离去后，崔沁过来了。打从崔锦出远门后，崔沁便一直等着嘲笑她的这一天。

如今崔锦终于回来了！

她立马放下课业，迫不及待地来了梧桐苑。

崔沁上下打量着崔锦，见她消瘦了不少，也安心了。有了上次的前车之鉴，崔沁也不敢像上次那样堂而皇之地取笑她。

她说："锦堂姐，你可回来了。你不在的日子里，我和二姐姐可想念你了。"

崔锦岂会不知她的小心思。

她皮笑肉不笑地道："是么？"

崔沁又道："锦堂姐拜了这么多天的鬼神，可有什么心得？"顿了下，她眨巴着眼睛，说："莫非心得是一匹布卖二十金？"

崔锦歪着头看她，直勾勾地看着她。

崔沁不由被看得有些心慌，问："你这么看着我做什么？"

崔锦长叹了一声，问道："沁堂妹，你可知前几日我碰上了什么人？"不等崔沁说话，崔锦便径自说道："我遇见了一个少年郎，他有一个心悦的姑娘。两人皆是门当户对，少年郎想着要告诉那一位姑娘，他倾心于她，想等她及笄后便上门提亲。可是少年郎却是个别扭的性子，想对她好，可是却又不知该怎么做，最后只好不停地欺负那个姑娘。不过嘛，少年郎年纪小，喜欢欺负自己所倾心的姑娘也是理所当然

的……"

她睨着崔沁。

"倒是沁堂妹你……成日盯着我的错处，一见面便欺负我，还用小青蛇来吓唬我。我百思不得其解，也不知自己到底哪儿得罪你了，后来我遇到那个少年郎就明白了。"

崔锦拍了拍崔沁的肩膀，意味深长地道："沁堂妹，你喜欢我就直说，这么别扭可不好。"

崔沁的脸登时红了。

"你……你……"胡说八道！她讨厌死她了！

崔锦又叹道："脸竟然都红了！还说不喜欢我？罢了，看你脸红我也于心不忍。阿欣，将沁姑娘送出去。我这位堂妹一见我就脸红，羞矣。"

崔沁无言以对。

阿欣想要送她，却被她瞪了眼。阿欣看了看崔锦，又看了看崔沁。最后崔沁捂着脸离开了梧桐苑。待崔沁离开后，崔锦笑出了声来。

在这之后，崔全召见了崔锦。

崔锦请了安，开门见山便道："阿叔，还请再给侄女半月的时间。"

崔全问："胸有成竹？"

崔锦微微一笑："阿锦不敢说有十分的把握，但是九分是有的。"

崔全见状，微微沉吟，颔首应之。

接下来的半月，崔锦足不出户，她只留在崔府里，每日不是作画便是看书，或是与崔湛说话。崔元与林氏寄回来了书信，说是已经从避暑山庄启程了，约莫半月左右便能回到洛丰。

崔锦看后，欣喜不已。

许久没有见到爹娘，她心里挂念得很。

而与此同时，被一众商铺所拒的崔家布庄在一个明媚的秋日里踏上了第一位穿得光鲜亮丽的买家，正是如裳商铺的大掌柜。

若是问刘洪现在的感觉什么，刘洪只会答四个字。

——不敢置信。

那一天如裳商铺的大掌柜进来的时候，他整个人就开始觉得像是做梦一般。那可是如裳商铺的大掌柜！平日里压根儿是不会去布庄的！都是布庄里头的人恭恭敬敬地送上布匹，然后等着被挑。

可那一日如裳商铺的大掌柜却是亲自过来了。

不仅仅如此，他还给他送了那一日误伤的赔礼，并且买了五百匹的布，一匹二十二金。比大姑娘预计的还要多了两金！

直到大掌柜离去后，刘洪才开始使劲地捏自己的脸，确认不是做梦后，他傻笑了好久，当天立马赶往崔府，亲自向崔锦禀报。

见到崔锦没有任何惊诧的神色，刘洪这一次是彻底地心服口服了。

这一位大姑娘果真是有能耐的！

很快，又过了几日，接着如裳商铺大掌柜的到来之外，浣花商铺的二掌柜也过来了，同样也是买了五百匹，价格也与如裳商铺的一样。

渐渐地，其余小商铺也得到消息了，然而想要来置办布匹的时候，刘洪却拒绝了。

他去了如裳商铺一趟，与大掌柜坐下来喝了一盅茶，足足坐了一个下午。离开的时候，刘洪露出了古怪的神色。紧接着第二日，刘洪做了两件事情。

一是关上了布庄的大门，剩下的两千匹布，他是死活也不愿意再卖了，即便是如裳商铺的大掌柜再次登门，他也只是客客气气地与大掌柜喝了茶，却只字不提布匹的事情。

二是刘洪亲自挑选了最好的三十匹布，装了一车，亲自送到了崔锦的手中。

阿欣完全不明白刘总管的做法。

她疑惑地道："大姑娘，刘总管怎么把布庄的门都关了？哪有人像他这样做生意的？为什么不卖给如裳商铺呢？"

阿欣的问题一个接一个地蹦出。

崔锦说："刘洪此人比我想象中要精明得多。"野心也要大得多！只不过，她欣赏有胆识亦有行动力的人。她笑了笑，又道："既然刘洪送了三十匹过来，我也不能浪费了。"

阿欣听了之后，更是迷惑了。

莫说刘洪这几日的举动，她还不明白之前吃了闭门羹的两大商铺为何频频找上刘总管买布匹呢。阿欣想不通，其余布庄的人也想不通。

他们崔家新出的布庄，他们也摸过了，看过了，料子不是顶顶好的，花纹是独特了些，但也不值得重金买下。难不成是如裳、浣花商铺吃了崔家的迷药不成？

众人百思不得其解。

只不过很快，谜题就解开了。

不到七日的时间，洛丰城中几乎是人手一幅画，正是那一日在海边的画师所流传出来的。画中有一片大海，海上有一仙气缭绕的仙山，山上有一座小庙，庙里有一姑娘，正虔诚地叩拜。其中让人瞩目的是她身上的衣裳，那般独特的纹案在阳光之下流

转着莹莹华光。

在阳城海边的画师是个极其擅长工笔画的，足足费了两天两夜的时间，他方画出了这幅画来。画一出，立即就被阳城的权贵收了，随后又渐渐流出临摹的版本，一传十，十传百的，这幅画在秦州如同星星之火一般，转眼间便燎了原。

权贵关注画中的姑娘是谁，而有幸得到这幅画的姑娘，更关注的却是画中姑娘身上的衣裳。

能在海上奇景出现的姑娘，想必是上天下凡的仙子，仙子所着的衣裳，她们又怎能不喜欢！每个姑娘从小心里便有个仙子梦，尤其是在好风雅的晋国里，飘飘欲仙的衣裳更为姑娘所喜好，如今见到了这样的衣裳，她们又怎能不心动？

画像流传的同时，也不知哪儿忽然传出了消息，画中姑娘正是洛丰的崔氏女，而崔氏女身上的衣裳正是从崔家布庄里做出来的。

此消息一传，竟陆陆续续有不同地方的马车驶向了如裳商铺和浣花商铺，离去时是满车的布匹。

如裳商铺和浣花商铺里的五百匹布，竟是在短短五日之内一销而空。

有布庄见到如此盛况，连忙日夜赶工，也如法炮制了一模一样的布匹，连纹案与织法都一模一样的。可惜商铺一听不是崔家布庄所出的，纷纷拒绝了。

时下信鬼神，能在海上奇景出现的姑娘，必定是得了鬼神的庇佑，身上的每一样事物都是鬼神所赞同的，不是崔家布庄出来的布匹，又怎能有那样的奇效？

他们买的是布匹，可更多买的是一种对鬼神的信仰。

崔府梧桐苑的门前，一小厮笑吟吟地说道："阿欣姐姐好。"

阿欣很快便回过神来，认出了小厮，正是大房那边的，在阿欣的印象中好像是大爷身边的人。不过以往可没这么热情。

"是阿竹呀。"

被唤作阿竹的小厮面上笑意更深了，他说道："是呢是呢，没想到阿欣姐姐竟然记得我的名字，真真是受宠若惊。"他进入正题，说道："还请阿欣姐姐通传一声，九爷与九夫人昨日刚从避暑山庄回来，我们大爷说一路颠簸得很，得好好地办个洗尘宴，加之数月不曾相聚，大爷与大夫人心里头也怪想念的，说是还准备了九爷喜爱的烈酒，今夜定要好好地把酒言欢。"

阿欣点点头。

"我晓得了，这就去告诉大姑娘。"

阿竹嘿嘿一笑："劳烦阿欣姐姐了。"阿欣转过身，往梧桐苑里走的时候，不由嘀咕了声，以前都不叫她姐姐来着，这大户人家里头风向转得还真快。

不过她心里头还是蛮高兴的，沾了大姑娘的光，其他人也对她恭恭敬敬的。

思及此，她不由加快了脚步，走到了厢房前。

她轻轻地敲了敲门，声音欢快地道："大姑娘，是阿欣。"屋里头好一会才响起了崔锦的声音，"进来吧。"

阿欣推门而入。

她随即闻到了一股余存的烟味，她小声地咳了咳，抬眼望去时见到桌案上的小铜盆里头只剩几缕灰烬，而大姑娘则在另一边盛满清水的铜盆里净手。

她拿帕子擦了擦手，对上了阿欣的目光。

阿欣连忙道："大姑娘，方才大爷身边的小厮过来了，说是为老爷和夫人办了洗尘宴。"

崔锦颔首。

阿欣见状，也不多说什么，退离了厢房。对于大姑娘喜欢烧画之事，她早已习以为常，崔锦推开了窗了，铜盆里的灰烬随风散去。

此回多亏了画中的提示，不然她也想不出这个法子。

原想着搏一搏的，没想到还真的成功了。

这一次她烧了两幅画，一幅是海上奇景，一幅是莲山下妇人的茶棚。多亏了茶棚，她方知小庙的所在。也多亏了奇景上展现的小庙，而里头正因为佛像旁有一盂兰盆，她确认了时间。七月十五中元节，家家户户定置盂兰盆。不过当她上了山，见到年轻的和尚时，为了保险起见，她只好连续七日上山，直到和尚撤去了盂兰盆，她方不再上山。

她所画的海上奇景，并无她的存在，如今添了个她，虽然她想要的效果已经得到了，但此时此刻她依旧有些担忧。

就如同之前她抢了谢五郎得洺山古玉的机缘，之后她便与谢五郎纠缠上了。如今难得摆脱了他，也付出了不少代价，现在她依靠海上奇景重回以前的位置，相当于改了原先应有的命数。

崔锦认为有得必有失，这一回得了地位，却不知会失去什么。

她抿紧唇瓣。

洗尘宴上，崔府的一大家子齐聚一堂。崔府里的每个人都神色各异，尤其是目光落在崔锦身上时，所有人都很是好奇，究竟崔锦为何出现在海上奇景之中。

那可不是想上就能上的，若非上天的宠儿，又怎能如此风光。

如今整个秦州无人不识崔氏女。

想来再过一段时日，就会传遍晋国各大州，最后直到燕阳。若是宫里的那一位晓

得了,因此而召见了崔氏女,那就是祖祖辈辈积德了。

而崔锦亦会因此一朝飞上枝头变凤凰!

即便她为谢家巫子所抛弃!可她却用最有力的事实向世人证明!她崔氏的的确确是受到了鬼神的庇佑,所以才能有寻常人碰不着的机缘。

崔全这会是越看崔锦便越是满意,同时也深深地钦佩自己的眼光,他果真没有看错人,幸好当初接受了崔锦一家,不然今时今日的荣耀便落不到他们崔家。

如今人人提起崔氏女,说的便是洛丰崔氏。

待老太爷回来后,晓得他们如此争光,想必也会欣慰得很。老太爷一辈子都想挣最好的脸面,然后向汾阳崔氏证明,没了本家,他自立门户后一样能光宗耀祖!

崔全看崔锦的目光又添了几分慈祥。

家宴酒过三巡时,崔全问出了在场崔家人最好奇的问题。他问:"莲山地势偏僻,又是人烟稀少的山峰,阿锦你怎地就到莲山去了?还这么凑巧在里头发现了一间寺庙?"

此话一出,崔家人都安静下来,十多双眼睛唰唰唰地落在了崔锦身上。

崔锦落落大方地起身。

今日她仍旧穿着那一日在莲山上的宽袍大袖,她行到宴席的中间,缓缓跪下。她拜了三拜,方道:"阿锦那一日曾与阿叔说,要叩拜鬼神,乞求庇佑,以此感谢崔家对阿锦一家的接纳。阿锦便想着要将秦州的寺庙都叩拜完了,如此方能显示阿锦的诚心。阿锦离开洛丰后,遇到寺庙便进去叩拜上香,一路东去,兴许是鬼神看到了阿锦的诚心,所以才会显灵。"

她将一切推到了鬼神的身上。

但凡涉及鬼神,便容易令他人信服。

果真如她所料一般,此话一出,在场的崔家人,尤其是崔全尤为动容。这下不仅仅满意崔锦,而且还添了真心实意。

就连方氏听了,也不禁对崔锦刮目相看。

崔全拊掌道:"难为你有这样的心意。"其他人纷纷附和。

宴席临近尾声时,崔锦又将刘洪送来的布赠给了崔家的所有女眷。此番下来,连以往对崔锦颇有微词的崔沁也不得不承认,她这位堂姐在为人处世上,是极有手段的。

而在家宴过后,崔锦的孝心传遍了整个崔府,没几日又传了出去。一时间,洛丰城里的人都对崔锦都大为赞叹,众人仿佛都忘记了当初崔锦与巫子谢恒的那一桩事情。

渐渐地,崔府门前又变得门庭若市,甚至比之前还要热闹。

每日过来送拜帖的人亦是络绎不绝,许多人都想一睹画中崔氏女的真容。只不过这一回的崔锦却不像以前那般,只要是张帖子就接,她这一次只挑选了寥寥数张,皆是洛丰权贵之女。

而崔锦每次赴约时，都会赠上一匹布帛。

很快，刘洪送来的三十匹布帛全都送完了。洛丰城出现了一个奇怪的现象，众女以能穿崔家布庄的布帛为荣，尤其是海上奇景中崔锦的那一套宽袍大袖。

如裳商铺与浣花商铺的五百匹布帛早已销空，然而崔家布庄却不愿再卖，连如裳商铺出价到五十金一匹也不愿。

众人都不知崔家布庄的刘总管究竟在想什么。

直到数日后，一直没声没息的流云商铺终于有所动静。在一个明媚晴朗的秋日里，流云商铺的大掌柜买下了崔家布庄剩下的两千匹布，并且与崔家布庄签订了合约——以后流云商铺的供应布庄除了闻名遐迩的陆家庄之外，还有崔家布庄。

此消息一传出，晋国的布商都为之震撼。

半月后，刘洪去了崔府，将账本交给崔锦核对。片刻后，崔锦对刘洪说："我果真没有看错刘总管。"三千匹布帛除去成本与其他，足足挣了有四万金，更别提流云商铺与崔家布庄的合约定下后，崔家布庄的前程比星光还要璀璨。

刘洪谦逊地道："多谢大姑娘赏识。"

他很清楚一事，崔家布庄能起死回生，靠的不是他们的手艺，而是崔锦的名气。他此时是彻底相信了当初洛丰的传闻，崔氏女是受鬼神庇佑的。

不然，便无法解释为何崔锦可以如此笃定。

流云商铺愿意与他们崔家布庄合作，看中的也仅仅是崔氏而已。所以刘洪不敢骄傲。

崔锦含笑道："我向来是赏罚分明之人。你做得好，自然就该赏。以后每个季度所挣得的金，除去你应得的金，我会再赠你一成。"

刘洪愣住了。

崔锦又笑道："是以你为布庄挣得多，你自己也能挣得更多。"崔锦给阿宇使了个眼神，阿宇抬出一个檀木箱子，里头装满了金。

崔锦又道："这次辛苦整个布庄的人了，这些金劳烦刘总管拿去给布庄里的人分了。"

刘洪没想到崔锦竟是这么大方，不由更为动容。当下想着以后定要更努力地想法子将布庄办得更好，如此才能不辜负大姑娘的期待。

待刘洪离去后，阿欣欣喜若狂。

她高兴得连话都说得结结巴巴的。

"大……大姑娘，我们有了好多金。"这是以前连想也不敢想的！不是千金！而是万金！这是打断了腿也不用愁呀！

崔锦自然也是高兴的。

不过高兴之余，她考虑的却是更多了。她唤来了阿宇，让他将这个月挣来的金取出两成送给了大房。布庄始终是大房所赠，虽说依靠自己的力量扭转过来了，但钱一多，难免会招人嫉恨。

即便方氏此时没有微词，但时日一久，难免会心有隔阂。

方氏收到布庄的两成收入时，也不得不承认一事。

崔锦虽来自穷乡僻壤之地，但的确比自己的小女儿要出色得多，说是八面玲珑也不为过。如此一想，方氏再瞅着翻了不知多少番的两成收入，心里头对崔锦剩下的那一点隔阂也渐渐消失了。

过了段时日，崔府接到了欧阳府的请帖。

再过五日，便是欧阳将军的四十岁大寿。欧阳将军喜爱热闹，欧阳府上下都是晓得的，是以，欧阳府决意大办此次寿宴。

崔府的一家子都收到了请帖，包括崔元一家。方氏仔细告诉了林氏各种注意事项。林氏心存感激，回了梧桐苑后与崔锦说："堂嫂像是变了个人似的。"

崔锦笑了笑，心想布庄的两成收入送得果真没有白费。

寿宴那一日，正值秋高气爽。数不清的马车渐渐涌向了欧阳府。此回寿宴，除了欧阳府重视之外，其余前来赴宴的人也极其重视。

欧阳将军名声在外，受邀而来的都是权贵之家，正好可以为自己的子女提前打探，兴许便能在里头寻得一个佳婿佳妇哩。

方氏自然也不会错过此次机会。

欧阳将军的寿宴，欧阳小郎必定会出席。不过她晓得自己女儿劲敌众多，她这一次是来看看自己女儿究竟有多少劲敌。

若是太多，还是算了。

方氏想起小女儿的性子，嫁给欧阳小郎未必会幸福。若是得不到欧阳家的青睐，退而求其次也是好的。

于是乎，在众人心思各异之中，欧阳将军的寿宴开始了。

女眷与男人是分开的。

女眷的宴席在簪花园，与男人的宴席只有一院之隔。崔锦这段时日风头正盛，自然是为众人所瞩目的。不过崔锦落落大方的模样，也挑不出一丝毛病。

林氏头一回参加这样的宴席，心里头紧张得很。

崔锦在母亲身旁低声地说着话，片刻后，林氏方安心了不少。宴席进行到一半的时候，崔锦喝的茶水有些多，便唤了欧阳府的一个侍婢带路。

她离开了簪花园。

侍婢带着她去了最近的茅厕。崔锦出来后，侍婢却是不见了。她也不以为意，横竖回去簪花园的路她还记着。

然而此时却有一小童倏然从草丛里冒出，险些吓了崔锦一跳。

小童上前，说道："崔姑娘，有人想见你。这边请。"

崔锦狐疑地道："是谁想见我？"

小童说道："崔姑娘见后便晓得了。"此话一出，崔锦心中登时冒出了一抹人影。她犹豫了一小会，仍是跟上了小童的脚步。

小童穿过小径，来到了梅林之中。

之后，小童侧过身子，不再前行。只听他道："我家主人便在里面。"

崔锦一听，默默地叹息一声。约莫走了百来步，她便在一株枯树之下见到了一道墨绿的背影。果真如她所料，是闵恭。

"郎君安好。"

"阿锦心中可曾有挂念我？"

崔锦的嘴角微微一抖，答道："听闻郎君去了军营，郎君在军营中训练，为的是保家卫国，如此忠勇之士，阿锦与千千万万百姓都会心心念念。"

闵恭顿时低笑了一声。

"两月未见，阿锦依旧伶牙俐齿。这次便放过你。"

他缓缓转身。

此时，崔锦方真真正正看清了闵恭。她不由愣了下。之前在欧阳府养得肤色微白的他黑了许多，整个人看起来也壮实了不少。

不过短短两月，闵恭竟是变化如此大。

闵恭笑道："怎么？看傻了？"

崔锦摇摇头，说道："郎君在军营想必是极其努力的。"她还发现他脖子有道伤痕，约有手指长，极浅。

注意到了崔锦的视线，闵恭眼中笑意加深。

他走上前，索性是稍微拉开了衣袍，让崔锦看得更清楚。他指着脖子上的伤痕，说道："这是训练时不小心被人伤着了，我本来可以避过的，但是当时分了心，"他顿了下，直勾勾地看着她，"我想到了你。"

刀横过来的时候，他无意间就想起了崔锦。

那个在一群凶神恶煞的歹徒之中仍旧冷静自如的她，还有初见时她狡黠的模样，便是如此分了神，受了点小伤。

他收拢好衣袍，又说："我如今在欧阳将军麾下办事，虽然很小，但是我也有官

职了。军营里的欧阳大郎和二郎对我都很是赏识，假以时日定能升官加爵。"

他又说："我之前应承你的事情，每一样都没有忘记。军营中自是不能与欧阳府相比，可是一想到你，我便能坚持下去，想着有个人等着我护她周全。"

崔锦没有想到闵恭竟会对她说出这样的一番话来。

闵恭蹙下眉头。

"真是不解风情的女人，我说了这么多竟是连一丝感动的表情都没有。"

崔锦倒是被这句话逗笑了，她说道："郎君将阿锦看得这么高，阿锦……委实受宠若惊。"惊，确确实实是有的，只不过这些话崔锦都不信，男人的油嘴滑舌，她已经在赵家三郎身上尝试过了。

男人说甜言蜜语时，未必都是真的，即便现在是真的，以后也难说。

更何况闵恭是个心有大业的人，她不过区区一女子，又何德何能成为他的所有支柱？这些话，听后一笑而过便算了，当不得真。

闵恭问："当真受宠若惊？"

崔锦点头。

闵恭轻哼了声，"罢了，饶过你。"

崔锦说："郎君，阿锦出来的时间不短了，也该回去了。"说罢，她欠身一礼便退了数步，随后转身离去。闵恭没有阻拦，他瞅着她的背影，眸色变得幽深。

崔锦这两个月来做了什么，他亦有所听闻。

时人信鬼神，可他却不是特别崇敬鬼神。他一直认为世间并无鬼神，他能走到今日，靠的是自己和机遇，与鬼神半点关系也没有。

然而，崔锦却借着鬼神，一次又一次。

尤其是这一回。

他也不曾想到她会以这样的一种方式重新站起！他不信这是鬼神所庇佑的，他相信崔锦背后定有一高人，或是……崔锦本身便藏有本事。

只不过无论是前者抑或后者，崔锦此女，他必要得之。

洛丰离燕阳足足有一个月的行程。

谢五郎的马车走得不快，一路上几乎是在游山玩水，是以行程便更慢了。王四郎每到一个地方，马车停下后总要去一趟茶肆。

这一日，他买了茶回来。

谢五郎坐在马车前弹奏五弦琴，琴音悠悠，看得出来心情不差。

王四郎凑了前去，问："阿墨，今日你家郎主为何如此高兴？"

阿墨道："想来是燕阳城将近，郎主将要归家，所以心里头高兴着。"王四郎瞥了阿墨一眼，说："你骗得了其他人，可骗不了我。你家郎主从来都不是念家的人，若是念家，这回早已到了燕阳城了。"

阿墨摸摸鼻子。

"郎君心知肚明，又何必来为难阿墨？"

琴声止，谢五郎道："今日秋高气爽，我心情好。"王四郎低声说："今日的确秋高气爽，五郎是因为太子赈灾一事而高兴吧。我方才从茶肆里回来时，恰好听到有人在说。陛下如此看重太子，太子却……"

谢五郎说："的确是这段时日以来较为值得高兴的事情。"

此时，阿墨忽然道："郎主，阿白过来了。"

谢五郎神色微变。

若无他的吩咐，阿白向来不会主动前来的，除非是发生了意外之事。他问："发生何事？"

"禀报郎主，阳城流传出了一幅画像。"他双手递上画像，阿墨正想接过，却被王四郎捷足先登。王四郎惊愕地道："咦，这……这不是阳城的海上奇景么？"

阿墨探头一望，呼吸瞬间变了，眼珠子也瞪得老大。

"郎……郎主，崔氏竟是在画里头。"

谢五郎的眉头紧皱，他问道："阿白，还查到了何事？"阿白立即将这段时日以来阳城发生的事情一五一十地禀报，自然也没有遗漏崔锦虔诚拜鬼神一事。

谢五郎听罢，眉头皱得愈发厉害。

片刻后，他冷道："立即发动人手，崔氏的画像不能流传到燕阳城，截断任何机会。"

王四郎一听，却是笑出声。

"五郎这是在保护崔氏呀。"

画中姑娘容貌妍妍，又是出现在海上奇景中，若是流传到了燕阳城，宫里的那一位必然晓得。陛下向来好美色，崔氏这般姿色，若是被陛下见着了，必定是宫妃的命。

只不过宫里妃嫔数不胜数，陛下又是个喜新厌旧的，估摸没个几年，崔氏便要与冷宫为伍了。

谢五郎没有搭理王四郎的话。

他的眉头依旧是紧皱着的，同时，他还有一丝不解。

他年少时曾预言过海上奇景，其中便有这一回，只是地方是对了，时间也对得上，然而现在却出了纰漏，竟多了个崔锦。

而上一次洺山古玉也因崔锦而乱套了……

蓦地，谢五郎出声。
"调头，去洛丰。"

中秋将至。
每逢中秋，洛丰必有花灯节。花灯节那一日，洛丰的宵禁会停歇一天。家家户户的闺女带着侍婢小厮阿嬷，在满是花灯的大街上游玩，芙河上船舫林立，尽是大户人家华贵的私船。
这是崔锦头一回在洛丰过中秋节。
以往在樊城时，可没这般热闹。
虽是团圆佳节，但也仅仅由林氏省吃俭用买了半斤的猪肉，绞尽脑汁做了几道荤菜，再买上一壶崔元喜爱的美酒，珍嬷摘了宅里的甜枣，碾碎了做成枣糕，一家人在庭院里赏月吃饭。每逢此时，崔元便会起了雅兴，对月赋诗一首，由崔湛与崔锦点评。谁点评的好，能让崔元大为满意的，便能得到一张完好的纸。
彼时家穷，能用于书写的纸，崔元往往是单月给崔锦买，双月则轮到崔湛。兄妹俩都很是珍惜，一张纸正反两面往往写得连指甲尖都插不进。
为了得到奖赏，兄妹俩年年都暗中较劲，使出看家本事。不过无论谁赢谁输，那一张纸总会落到崔锦的手中。崔湛一见到自家阿妹眼巴巴的眼神，便总会于心不忍，唯有忍痛割爱。
入夜后，崔府的一大家子都到了芙河上，游河坐船放花灯。唯独崔元一家还留在了府里头。崔元认为家中虽然富裕了，但也不能抛弃以前家中的习惯，遂一家四口便在府里像以前那般吃了一顿中秋饭。
饭后，崔元喝着醉仙居最上好的花雕，赋了一首赏月诗。
崔湛与崔锦兄妹俩纷纷点评，今年是崔湛赢了。崔湛依旧将奖励送给了崔锦，至于原因，崔湛也不知，他已是下意识地想着将所有东西都送给阿妹。
崔元有了三分醉意，与林氏低声说着话。也不知说了什么，林氏低低地笑着，面皮上似有红晕。
兄妹俩相视一笑。
林氏两颊的红晕加深，啐了崔元一眼，却与崔锦说："知你的心都在外头的花灯上了，去吧去吧。"崔锦眨巴着眼，说："哪有，明明是阿娘的心都在阿爹身上了！"
"还敢打趣你娘？再说就不让你出去了。"
崔锦嘿嘿笑道："好嘛好嘛，不打趣便是。"
林氏又说："夜里小心一些，早些回来，别玩得连家都忘记回了。"

崔锦挽住林氏的胳膊,笑吟吟地道:"阿锦晓得的,阿娘好好照顾阿爹便成,不用担心女儿。"说着,崔锦拉着崔湛离开了梧桐苑。

出了崔府的时候,崔湛破天荒地没有跟着自己的妹妹。

"外面人多,我去人少的地方走走。"

(第一部 完)